比较文学与世界文学 研究丛书

主编 曹顺庆

初编 第 **4** 册

东方诗话学(下)

蔡镇楚 著

花木兰文化事业有限公司

国家图书馆出版品预行编目资料

东方诗话学（下）／蔡镇楚 著 －－ 初版 －－ 新北市：花木兰文
化事业有限公司，2022〔民 111〕

目 4+228 面；19×26 公分

（比较文学与世界文学研究丛书 初编 第 4 册）

ISBN 978-986-518-710-1（精装）

1.CST：诗话 2.CST：东方文学

810.8　　　　　　　　　　　　　　　110022059

ISBN-978-986-518-710-1

9 789865 187101

比较文学与世界文学研究丛书
初编　第四册　　　　　　ISBN：978-986-518-710-1

东方诗话学（下）

作　　者 蔡镇楚
主　　编 曹顺庆
企　　划 四川大学双一流学科暨比较文学研究基地
总 编 辑 杜洁祥
副总编辑 杨嘉乐
编辑主任 许郁翎
编　　辑 张雅淋、潘玟静、刘子瑄　美术编辑 陈逸婷
出　　版 花木兰文化事业有限公司
发 行 人 高小娟
联络地址 台湾 235 新北市中和区中安街七二号十三楼
　　　　　 电话：02-2923-1455 ／传真：02-2923-1452
网　　址 http://www.huamulan.tw 信箱 service@huamulans.com
印　　刷 普罗文化出版广告事业
初　　版 2022 年 3 月
定　　价 初编 28 册（精装）台币 76,000 元　　　　版权所有 请勿翻印

东方诗话学（下）

蔡镇楚 著

目 次

第十三章　东方诗话的语境分析

所谓"语境"，李清良博士在《中国阐释学》第一篇"语境论"里曾从阐释学的角度做过专门的阐释[1]，认为语境"是指与意义承担者发生联系的诸种事物所共同构成的统一体"。我在此借用为中国诗话乃至东方诗话在其发展演变过程中，长期形成的一种文化义蕴与语言艺术境界。

中国诗话的人文语境，是中国传统文化的历史积淀，是诗话论诗的文化传统与诗学理念，是总结中国诗歌创作经验与指导诗歌创作的基本规律。

诗歌，是语言的艺术，是语言的诗化。语言艺术之美，集中体现在诗化的诗歌语言之中。审美语言学，是对语言艺术作审美的考察，是美学与语言学的一门交叉学科。东方诗话特别是中国诗话，以其论述的对象是诗歌，是诗化的语言艺术。诗话论诗的语言艺术，诗话对诗歌语言表现艺术的关注与阐释，为审美语言学的建设提供了极其丰富多彩的语言文献资料。然而历代诗话研究者与语言学研究者，都尚未涉足这个领域。故 1990 年拙著《诗话学》问世后，北京大学叶朗教授非常高兴，建议我利用丰富的东方诗话资料，再撰写《审美语言学》与《比较诗话学》两部著作。

一、自然为文

东方诗话，以汉语为基本语言形态。中国诗话固然，连其中的少数民族作家从事的诗话创作，如清代蒙古族法式善的《梧门诗话》《八旗诗话》、满族诗人恒仁的《月山诗话》、杨仲羲的《雪桥诗话》等，亦都采用汉语写作而

1　李清良《中国阐释学》，湖南师范大学出版社 2001 年本。

成。古代朝韩诗话与日本诗话、越南诗话等，东方诗话圈内的诗话著作，皆以汉语为基本的语言形式，属于汉文诗话。只是近代朝韩诗话与与日本诗话，则有朝鲜谚文诗话与日本俳文诗话的语言形态。

中国诗话，诞生在中国语言学史上的近古时期。依照王力《汉语史稿》，中国语言学史经历了上古、中古、近代和现代四个历史时期：上古期，从远古到公元三世纪以前；中古期，从六朝到南宋前期；近代期，从南宋后期到1940年鸦片战争；现代期为鸦片战争特别是五四运动以后。

与文学创作一样，中国诗话创作的语言艺术，始终跟随着中国汉语语言的发展方向而有所变化。

中国诗话自欧阳修时期崛起，经历了中古、近古语言时期的宋、元、明、清几个朝代。唐宋时代，是汉语近代化的一个重要阶段。其主要标志是书面语言与口头语言的融合一致性，具体表现有三：一是判断句系词“是”的大量运用；二是被动句式中“被”字的广泛使用；三是“了”“着”等词尾的出现。

中国诗话的语言艺术形态，属于唐宋时代盛行的古文所规范的语言。虽然文言句式尚时而出现，但骈俪化的句式、深奥难懂的词汇、诘屈聱牙的语法结构，已经比较少了，代之而起的是书面语言与口头语言的日趋统一，是诗话语言艺术的近代化与通俗化。宋代初期诗话，如欧阳修的《六一诗话》、司马光的《续诗话》、刘攽的《中山诗话》等，都曾广泛地吸收近古时期语言近代化的成果，诗话的语言日趋通俗化，显示出唐宋古文的语言魅力，特别是宋代白话文的语言形态与叙事艺术的语言特色。

这就是“自然为文”的语言艺术，“平民化”的语言艺术。诗话行文运笔的这种语言艺术，即如郭绍虞先生在《宋诗话辑佚·序》所云：“在轻松的笔调中间，不妨蕴藏着重要的理论；在严肃的批评之下，多少带些诙谐的成分。”

自然为文，应变作制，如流水之汩汩，如行云之飘逸，乃是中国诗话的一种独特的语言风格和审美情趣。正因为如此，诗话论诗评诗，并不像西方诗学那样冷酷、严峻、无情地对诗歌、小说、戏剧作法官式的评判，注重的不是严密的逻辑推理，而是以“平民化”的语言“自然为文”，性情为文，通俗为文，谐趣为文，以至方言、俗谚、俚语为文，注重诗歌艺术的审美鉴赏，特别关注诗歌雅俗共赏的语言艺术，完全抛弃了骈俪古奥难懂的语言文字，而所关注的多系市井文化与民间的语言艺术。

二、俗语与胡语

以俗语入诗，颇为常见；以胡语入诗，却极为少见。欧阳修的《六一诗话》涉及于宋代通俗语言者，其一云：

> 仁宗朝，有数达官以诗知名。常慕"白居易体"，故其语得于容易。尝有联云："有绿肥妻子，无恩及吏民。"有戏之者云："昨日通衢遇一辎軿车，载极重，而羸牛甚苦，岂非足下'肥妻子'乎？"

其二曰：

> 李白《戏杜甫》云："借问别来太瘦生，总为从前作诗苦。""太瘦生"，唐人语也，至今犹以"生"为语助，如"作么生"、"何似生"之类是也。

其三曰：

> 陶尚书谷尝曰："尖檐帽下卑凡厮，短鞨（yào）靴儿末厥兵。""末厥"，亦当时语。余天圣、景祐间已闻此句，时去陶公尚未远，人皆莫晓其义。王原叔博学多闻，见称于世，最为多识前言者，亦云不知为何说也。笔记之，必有知者耳。

其后，魏泰的《临汉隐居诗话》，从地域方言的角度，来解答欧阳修的疑问，指出：

> 永叔《诗话》载陶谷诗云："'尖檐帽下卑凡厮，短鞨（yào）靴儿末厥兵。'不晓'末厥'之义，又尝问王洙，亦不晓。"予顷在真定观大阅，有一卒植五方旗，少不正，大校恚（huì）曰："你可末豁如此！"予遽召问之，大校笑曰："北人谓'粗俗'也。"岂"厥"之音"豁"乎？亦莫知孰是。

唐诗的语言艺术，已经趋于通俗化。如李白的"太瘦生"，如白居易体，都是诗歌语言通俗化的标志之一。宋人用语之趋向通俗平易，已经是一种社会潮流。不仅民间语言，连朝廷书奏亦开始使用通俗化语言。这种社会语言现象，自然引起宋代诗话作者的兴趣。陈师道《后山诗话》论诗，亦十分关注俗语俚谚，如：

> 熙宁初，有人自常调上书，迎合宰相意，遂丞御史。苏长公戏之曰："有甚意头求富贵，没些巴鼻使奸邪。""有甚意头"、"没些巴鼻"，皆俗语也。

因迎合宰相之意，上书用"常调"而升迁为御史丞。此所谓"常调"，就是平常语，俗语。宋代诗话，虽文白夹杂，但多追求趣味性，采用唐宋白话语言形式。其中以记叙诗歌本事为主者，大多类似话本小说，诗化的故事性很强。欧阳修《六一诗话》所记录的这些方言俚语等地域性的通俗语言，以及其诗话创作所运用的语言，充分反映了宋代诗话行文运笔时语言通俗化、平民化的审美特征。

诗话之"话"，本身就与宋代盛行的话本小说相关联。"话"者，故事也。话本，就是说书艺人讲故事的底本。话本小说，是宋元崛起的白话短篇小说，是市民文化繁荣发展的产物，反映的是市民阶层的生活情趣。

诗话的名称、诗话论诗的叙事艺术、语言艺术的通俗化、平民化，正说明诗话的诗歌批评是"平民式"的批评，而语言骈俪化的《文心雕龙》则是"贵族式"的批评。

受中国诗话影响，日本诗话亦注重俗语，常常引用俗语。如菊池桐孙《五山诗话》云："白香山以诗为说话，杨诚斋以诗为谐谑。二公才力当不减少陵，只欲新变代雄，故别出此机杼，以取胜耳。后人轻诋二公者，固不知二公之心；其模仿二公者，亦未免憪憪也。鄙语曰：'咬人屎橛，不是好狗。'今之为白为杨者，率皆此类。"

俗语，即"市井语"，本是市井文化的重要载体与传播媒介。诗话这种"平民式"的批评，曾大量吸收市井语，即平民化的语言词汇。宋人刘攽《中山诗话》记载苏子美笑着说的一句话："交不著。"刘攽自注云："京师市井语也。"这个"市井语"，就是当时汴京流行的市民口头语。同时，诗话之注重诗本事与考据者，亦多关注诗歌中的汉语词汇，比较详尽地考证其出处与词义解说。如清人宋长白《柳亭诗话》，凡 763 个论诗条目，多为历代诗语考证与解说。正如其同学罗坤序中所云："自三代以迄今兹，凡涉于诗句、诗联、诗之格律、诗之长短，本末名物家数，罔不兼收毕举；而一字半语，具有根据，正讹霹谬，□益无穷；如人璃圃珠渊，琳琅参错，取之不尽……又若仙厨瑶席，玉馔天浆，食之不厌；其价值□□□□，诚学海之奇观也。"其考据训释，堪称典核渊博，不啻一部诗学辞典，一部语义学辞典。这是中国诗话对语言学特别是汉语词汇学的一大贡献。

中国诗话之作，历来以汉字汉语书写而成，较少涉于古代其他少数民族语言者。然而北宋人刘攽《中山诗话》所记载的语言学资料中有一条关于"胡语"与"胡语诗"的重要资料，实在难能可贵。其云：

　　　　余靖两使契丹，虏情益亲，能胡语，作胡语诗。虏主曰："卿能道，吾为卿饮。"（余）靖举曰：

　　　　夜宴设逻（厚盛也）臣拜洗（受赐），两朝厥荷（通好）情感勤（厚重）。

　　　　微臣雅鲁（拜舞）祝若统（福祐），圣寿铁摆（嵩高）俱可忒（无极）。

　　　　主大笑，遂为釂（jiào）觞。汉史有《槃木白狼诗》，译出夷语，殆不若（余）靖真胡语也。刘沆亦使虏，使凌压之。契丹馆客曰："有酒如渑，系行人而不住。"沆应声曰："在北曰狄，吹出塞亦何妨。"仁宗待虏有礼，不使纤微迕之。二公俱谪官。

所谓"胡语"，就是古代中国北方地区的少数民族语言。用胡语写作的诗歌，谓之"胡语诗"。余靖（1000-1064），字安道，北宋韶州曲江（今广东韶关）人。天圣进士，因上书反对仁宗贬谪改革家范仲淹而被贬官。庆历三年（1043）为右正言。后曾多次出使辽国，两次出使契丹，且通晓契丹语。却因作"胡语诗"，被弹劾而去官。后复职，知桂州，复加集贤院学士，官至尚书左丞知广州。余靖此首"胡语诗"，翻译成汉语就是：

　　　　夜宴厚盛臣受赐，两朝通好情厚重。

　　　　微臣拜舞祝福祐，圣寿嵩高俱无极。

契丹语"设逻"，汉语为"厚盛也"；"拜洗"为"受赐"之意；"厥荷"为"通好"之意；"感勤"为"厚重"之意；"雅鲁"为"拜舞"之意；"若统"为"福祐"之意；"铁摆"为"嵩高"之意；"可忒"为"无极"之意。这是一条相当珍贵的语言文献学资料。刘攽《中山诗话》这一则诗话，既真实地记载了北宋时期北方"胡语"的语言状态，又反映出宋代诗话关注方言俚语乃至所谓"夷语"的审美语言学观念。诗话研究，如果仅仅局限于其中之"诗论"，而不注重作文化学的研究，这样弥足珍贵的语言学资料，就会因其熟视无睹而失之交臂。

三、方言俚语

　　方言，是民族共同语言的一种地方变种，是特定地域文化的语言载体。它凝聚着特定地域的历史文化内涵，具有永恒的文化凝聚力和鲜明的地方特色。从"书楚语、作楚声、纪楚地、名楚物"的《楚辞》到唐诗宋词元曲，以方言俚语入诗，自古有之。而方言俚语，又是诗歌的语言活力，是诗歌的艺术生命之所系。故诗话论诗，常涉于方言、俚语、俗谚、谜语、酒令、隐语、歇后语之属，为诗话创作的语言艺术注入了新鲜血液，而成为审美语言学的研究对象之一。如宋人蔡居厚《蔡宽夫诗话》"诗用方言"云：

> 诗人用事，有乘语意到处，辄从其方言为之者，亦自一体，但不可为常耳。吴人以"作"为"佐"音，淮楚之间以"十"为"忱"音，不通四方。然退之"非阁复非桥，可居兼可过。君欲问方桥，方桥如此作"、乐天"绿浪东西南北水，红栏三百九十桥"，乃皆用二音，不知当时所呼通尔，或是姑为戏也。呼"儿"为"囝"（jiǎn），"父"为"郎罢"，此闽人语也。顾况作《补亡训传》十三章，其哀闽之词曰："囝别郎罢心摧血"。况善谐谑，故特取其方言为戏，至今观者为之发笑。然五方之音各不同，自古文字，曷尝不随用之。楚人发语之辞曰"羌"、曰"蹇"，平语之辞曰"些"，一经屈宋采用，后世遂为佳句；但世俗常情，不能无贵远鄙近耳。今毗陵平语皆曰"钟"，京口人曰"兜"，淮南人曰"坞"，犹楚人曰"些"。尝有士人学为骚辞，皆用此三语，闻者无不拊掌。（《宋诗话辑佚》卷下）

此则诗话对方言的论述，集中表现出方言的社会文化地位。方言，是特定地域文化的重要标志，也是维系某一地域人们的生活方式与思想情感的语言纽带。贺知章《回乡偶书》诗云："少小离家老大回，乡音无改鬓毛衰。儿童相见未相识，笑问客从何处来。"宦游一生，而乡音无改。这"乡音"就是方言；方言的历史凝聚力是巨大的，永恒的。

中国诗话之作，涉于语词考据者，多引经据典考述诗句俗语方言。宋人刘攽《中山诗话》涉于方言俚语俗谚者，多达 16 则诗话。例如：

> 今人呼秃尾狗为"厥尾"，衣之短后者亦曰"厥"，故欧公记陶尚书诗语"末厥兵"，则此兵正谓"末贼"耳。世语虚伪为"何楼"，盖国初京师有何家楼，其下卖物皆行滥者，非沽滥称也。世语优人为"何市乐"，说者谓南都石驸马家乐甚盛，诋诮南市中乐人，非也。盖唐元和时《燕吴行役记》，其中已有"何市"字，大抵不隶名军籍而在何市者，散乐名也。世谓事之陈久者为"瓒"，盖五代时有马瓒，为府幕。其人鲁憨，有所闻见，他人已厌熟，而乃甫为新奇道之，故今多称"瓒"为"厌熟"。京师人货香印者，皆击铁盘以示众人。

父老云，以国初香印字逼近太祖讳，故托物默喻。

北宋京师为汴京，在今河南开封。刘攽所述京师今人之口语、俗语、行业语者，皆系北宋中原地区流行语。其中《中山诗话》涉于佛家语言者有二，其一曰：

> 王丞相嗜谐谑。一日，论沙门道，因曰："投老欲依僧。"客遽对曰："急则抱佛脚。"王曰："'投老欲依僧'，是古诗一句。"客亦曰："'急则抱佛脚'，是俗谚全语。上去'投'，下去'脚'，岂不的对也。"王大笑。

其《中山诗话》中尚有涉于谜语酒令者，曰：

> 近岁有以进士为举首者，其党人意侮之。会其人出令，以字偏旁为率，曰："金银钗钏铺。"次一人曰："丝锦紬绢網。"至其党人，曰："鬼魅魍魉魁。"俗有谜语曰："急打急圆，慢打慢圆，分为四段，送在窑前。"初以陶瓦，乃为令耳。

清人劳孝舆的《春秋诗话》五卷，其中卷四曾记录春秋时期的民间歌谣、谚语、隐语、投壶词之类，如周谚云："山有木，工则度之；宾有礼，主则择之。""匹夫无罪，怀璧其罪。"《宋人诗话外编》所引录的吴曾《能改斋漫录》论及的方言俗语有"麦秋"（按：蔡邕《月令章句》曰："百谷各以其初生为春，熟为秋。故麦以孟夏为秋。"）、"侬"（按：吴语"我"也。）、"欢"（按：吴声歌曲，多以"侬"对"欢"，详其词意，则"欢"乃妇人，"侬"乃男子也。）、"搭猱"（按：俗以不情者为搭猱，唐人已有此语。）、"客作"（按：江西俚俗骂人，有曰"客作儿"。）、"闲人有忙事"、"么麽"（按：《通俗文》曰："不长曰么，细小曰麽，莫可切。"）、"咄嗟咄喏"、"情人眼里出西施"等，考证详实，例证确凿，分析中肯。

诗话如话，诗话论诗，曾大量列举历代诗人以方言俚语入诗。如程毅中等编《宋人诗话外编》引录王楙《野客丛书》"以鄙俗语入诗中用"条，比较详实地记录了杜甫、戴叔伦、权德舆、许浑、张祜、王建等"唐人有以俗字入诗中用者"；又在"用方言"条，以大量诗句为例，说明杜"子美善以方言里谚点化入诗句中，词人墨客，口不绝谈"。不仅如此，作者还运用考证之法，探源究柢，指出历代诗话考证诗歌中方言俚语出处之误。如其"咄嗟"条云：

> 刘贡父以司空图诗中"咄喏"二字，辨《晋书》石崇"豆粥咄嗟"为误。石林谓孙楚诗有"咄嗟安可保"之语，岂又岂是以"喏"为"嗟"？自晋以前，未见有言"咄嗟"，殷浩谓"咄咄逼人"，盖

拒物之声。"嗟"乃叹声,"咄嗟"犹呼吸,疑晋人一时语耳。仆观魏陈暄赋:"汉帝咄嗟。"《抱朴子》:"不觉咄嗟复凋枯。"李白诗:"临歧胡咄嗟。"王绩诗:"咄嗟建城市。"张说诗:"咄嗟长不见。"陈子昂诗:"咄嗟吾何叹。"司空图诗:"笑君徒咄嗟。"此诗于"花"字韵押,是亦以为"咄嗟"。贡父所举,乃别一诗,曰:"咄喏休休莫莫。"且陈暄、葛稚川、左太冲、陈子昂、李太白之徒,皆在司空图之前,其言亦可验矣。况复图有前作"咄嗟"字,无可疑者。仆又推之,窃谓此语,自古而然,非特晋也。《前汉书》:"项羽意乌猝嗟。李奇注:"猝嗟,犹咄嗟也。"后汉何休注《公羊》曰:"噫,咄嗟也。"此"咄嗟"已明验汉人语矣。又《战国策》有"叱咄叱嗟"等语,益知此语自古而然。贡父所说,固已未广,石林引孙楚诗,且谓晋人一时之语,亦未广也。"咄咄逼人",乃殷仲堪语,石林谓殷浩,误也。殷浩语乃"咄咄书空"。

刘贡父之述"咄喏"者,未见于其《中山诗话》;而叶梦得之辩,即见于其《石林诗话》。王楙之辨误,主要是针对《石林诗话》而发的。一个"咄嗟",一条俗语辨误,王楙引经据典,追根溯源,一直追溯到《战国策》,指出刘贡父、叶石林等诗话论述之误,得出一个"咄嗟"运用"自古而然"的科学结论。此段辨误文字,无异于一篇严谨务实的考辩论文。这是怎样一种思辨精神,一种注重文献考证的科学精神。如此严肃认真的写作态度,对欧阳修"以资闲谈"的诗话创作宗旨,无疑是一种超越。宋代诗话创作中的这种考据论辩之风,在南北宋之交尤为突出,诸如《优古堂诗话》《珊瑚钩诗话》《韵语阳秋》《环溪诗话》《蔡宽夫诗话》等。

朝韩诗话,也关注着中国汉语的方言俚语。鱼叔权《稗官杂记》云:"'不分'二字,中国方言也。'分'与'喷'同,'不分',即怒也。犹言未喷其怒,而含蓄在心也。老杜诗:'不分桃花红胜锦,生憎柳絮白于绵。'生憎,即憎也,亦方言也。'不分'既方言,故以'生憎'对之。东坡诗'不分东君专事物',亦此意也。"

以汉语的方言俗语入诗,东方诗话语言艺术的通俗化,一则是唐宋诗词早已存在的语言艺术传统,二则宋代诗话也赞赏以俗语入诗。如《陵阳先生室中语》"俗语入诗"条引《西清诗话》言王君玉谓人曰:

诗家不妨间用俗语,尤见功夫。雪止未消者,俗谓之"待伴",

尝有诗云："待伴不禁鸳瓦冷，羞明常怯玉钩斜。"待伴，羞明，皆俗语，而采拾入句，了无痕类，此点瓦砾为黄金手也。余谓非特此为然，东坡亦有之："避谤诗寻医，畏病酒入务。"又云："风来震泽帆初饱，雨入松江水渐肥。"寻医、入务、水肥，皆俗语也。又见南人以饮酒为"软饱"，北人以昼寝为"黑甜"，故东坡云："三杯软饱后，一枕黑甜余。"此亦用俗语也。

诗话对诗家间用方言俗语的肯定，是因为看到了方言俗语在诗歌创作中的审美价值与语言地位。语言艺术，有雅俗之分；而"雅"与"俗"又是相对而言的。唐宋诗词的语言艺术魅力，就在于雅不避俗，俗不伤雅，以俗为雅，雅俗共赏。但丁《论俗语》，曾经明确指出"俗语方言是高贵的、光辉的"。从审美语言学的角度来看，方言俚语的适度入诗入词，进一步增强了诗词语言艺术的生命活力，有利于民族文化特别是地域文化的传播与发扬光大，有益于诗歌艺术走出象牙之塔，使诗歌艺术成为大众化的艺术。

四、诗眼论

"诗眼"之说，最早出自于唐人诗格。

唐代普惠院著名诗僧保暹《处囊诀》一卷，以禅论诗，其中"诗有眼"一则认为贾生《逢僧》"天上中秋月，人间半世灯"之"灯"字、"鸟宿池边树，僧敲月下门"之"敲"字、"过桥分野色，移石动云根"之"分"字……"乃是眼也"。保暹所论未必完全正确，如"灯"字未必就是"诗眼"，但首创"诗眼"之说，就具有开创之功。

北宋诗话，继承与发展了唐人的"诗眼"之说。著名词家秦观的女婿范温有《潜溪诗眼》一卷，正式以"诗眼"为书名，以显示其论诗主旨之在于标举"诗眼"者。而是书共计29则论诗条目，尽言历代诗家名作之用意、用韵、用典、用字者，并无一处论及"诗眼"。惟有其第27则云："句法以一字之工，自然颖异不凡，如灵丹一粒，点铁成金也。浩然云：'微云淡河汉，疏雨滴梧桐。'工在'淡''滴'字。如陈舍人从易偶得《杜集》旧本，至《送蔡都尉》云：'身轻一鸟'，其下脱一字。陈公因与数客各以一字补之，或曰'疾'，或曰'落'，或曰'起'，或曰'下'，莫能定。其后得一善本，乃是'身轻一鸟过'。陈公叹服，一'过'字为工也。"诗眼，因炼字而得。范温其所谓"诗眼"之意，全在于"炼"字，并引白居易《金针集》之语，认为"炼句不如炼字"。其"诗眼"之说，深深打上了江西诗学的印记。

其后，南宋末期的魏庆之，在《诗人玉屑》卷三"句法"之中，总论"诗眼"，提出诗眼用字的四个基本原则，认为"眼用活字"、"眼用响字"、"眼用拗字"、"眼用实字"，并且说"五言以第三字为眼，七言以第五字为眼"。所谓"活"字，是指富有生命力的字眼，这种"活字"一般为动词，具有动感，属于一种动态美。如他列举岑参《客舍》诗"孤灯燃客梦，寒杵捣乡愁"，即以其第三字"燃""捣"为眼；戴叔伦《客舍》诗"风枝惊散鹊，露草覆寒蛩"，即以其第三字"惊""覆"为眼；许浑《赠何押衙》诗"万里山川分晓梦，四邻歌管送春愁"，即以其第五字"分""送"为眼；张孝标《古宫行》诗"莺传旧语娇春日，花学严妆妒晓风"，即以其第五字"娇""妒"为眼。又其卷八"锻炼"亦强调"炼字"，认为"作诗在于炼字"，明确指出"句中有眼"云：

> 汪彦章移守临川，曾吉甫以诗迂之云："白玉堂中曾草诏，水晶宫里近题诗。"先以示子苍，子苍为改两字云："白玉堂深曾草诏，水晶宫冷近题诗。"迥然与前不侔，盖句中有眼也。古人炼字，只于眼上炼，盖五字诗以第三字为眼，七字诗以第五字为眼也。

所谓"响字"、"拗字"、"实字"，则是从诗歌炼字的音韵、声调、格律、词性等角度，强调"诗眼"用字的规范化与标准化。魏庆之《诗人玉屑》所述"诗眼"，虽多引前人所论，但应该是宋代诗话"诗眼说"的集大成者。然而，魏庆之的见解，也只是宋人的经验之谈而已，后世所理解的"诗眼"也未必尽然。比如王维《送元二使安西》的"劝君更尽一杯酒，西出阳关无故人"之一"劝"字；王安石《泊船瓜州》"春风又绿江南岸，明月何时照我还"之一"绿"字，古往今来，脍炙人口，却并不囿于宋人关于"诗眼"位置的规矩。可见，"诗眼"之眼，贵在一个"活"字，只有"活"而不死，才能显示出诗歌的艺术生命力。

元人杨载《诗法家数》论诗眼，强调"诗要炼字，字者眼也"，认为"诗句中有字眼，两眼为妙，三眼者非"；而句中的字眼，"或腰，或膝，或足，无一定之处"。

明代朱之蕃于万历乙巳年（1605），出使朝鲜，带去一部由吴默、王樻辑录、朱之蕃评点的《诗法要标》三卷手稿本，在中国没有流传，今被韩国赵钟业教授收录于《韩国诗话丛编》之中。其中卷一有"诗有字眼"之目，引陈羽《吴城吊古》诗，评曰："唐诗妙处，多在虚字上用工，所谓字眼也。吟诗要一字两字工夫，一字出奇，便自过人。如前诗'怜'字，此诗领字，正是良工苦心处，乃字眼也。若专于写情赋诗，又贵宛转玲珑，不拘字眼也"。诗注重炼字，以字眼为眼，故有朱之蕃称之为"字眼"者，而其引用旧题白居易《沙中金集》所云，亦恪守"眼用实字"、"眼用响字"、"眼用拗字"的前贤陈说，认为"凡诗眼用实字，方得句健"。

刘熙载《艺概·诗概》云："炼篇、炼章、炼句、炼字，总之所贵乎炼者，是往活处炼，非往死处炼也。夫活，亦在乎认取诗眼而已。"这里强调的是"炼"的目的在于"认取诗眼"，而何谓"诗眼"，刘熙载似乎以为"诗眼"就是"活"；活则有生气，有生命力。关于"诗眼"的类别，刘熙载指出：

诗眼，有全集之眼，有一篇之眼，有数句之眼，有一句之眼；

有以数句为眼者，有以一句为眼者，有以一、二字为眼者。

刘熙载在《诗概·词曲概》中又说：

余谓眼乃神光所聚，故有通体之眼，有数句之眼，前前后后，无不待眼光照映。若舍章法而专求字句，纵争奇竞巧，岂能开合变化，一动万随邪？

由此可见，所谓"诗眼"，乃是诗之神光所聚者，是诗中最为传神的关键字眼。而所谓"诗眼"，则有广义与狭义之分：狭义的诗眼，是指唐宋人所说的"句中眼"，是一句中最为传神的关键字眼；而广义的诗眼，是指清人诗话中所说的全集之眼，一篇之眼，即全篇主旨之所在。其中"全集之眼"者，如杜甫《中夜》诗云："长为万里客，有愧百年身。"清人杨伦《杜诗镜铨》称此二句"真是酿出一部杜诗"。故前人谓此二句是杜诗"全集之眼"。又如杜甫《偶题》诗云："文章千古事，得失寸心知。作者皆殊列，名声岂浪垂。骚人嗟不见，汉道盛于斯。前辈飞腾入，余波绮丽为。后贤兼旧制，历代各清规。……"这是一首论诗诗，论述诗学源流而已。然而明人王嗣奭《杜臆》却说："此公一生精力，用之文章，始成一部《杜诗》，而此篇乃其自序也。《诗三百篇》各自有序，而此篇又一部《杜诗》之总序也。"既然是一部《杜诗》总序，就是全集之眼。

如此看来，所谓"诗眼"，不再是一字一词，而扩大为一首诗歌。这种广义的诗眼说，从事诗人诗作的总体研究尚可，而于单篇的诗歌赏析，则无关紧要，因为它注重的是"句中眼"与"篇中眼"，是狭义的"诗眼"。本来，"篇中眼"也就包括了唐宋人所说的"句中眼"，如王安石《泊船瓜州》一首，"春风又绿江南岸"句中眼之"绿"字，也是篇中眼。还有杜甫《月夜》"闺中只独看""双照泪痕干"人们皆以其"独看"与"双照"为诗眼，以为由"独看"到"双照"，正是"心已驰神到彼，诗从对面写来"，更显示出夫妻之间的恩爱之笃。又如杜甫《自京赴奉先县咏怀五百字》一首长诗，盖以其中"朱门酒肉臭，路有冻死骨"二句为其"诗眼"。而《登高》则以"万里悲愁长做客，百年多病独登台"二句为其"诗眼"，皆说明"诗眼"并不局限于一字一词，其中之眼，只是全诗的主旨之所在，又是全诗的关键字句，如此而已矣。

眼睛，是人的心灵的窗户；诗眼，乃是展现诗人心灵的窗户。透过"诗眼"，我们可以洞察诗人心灵深处的思想真谛与诗歌深层结构中的艺术底蕴。可以说，如果把握住"诗眼"，就能够驾一法而策警马，驭一言而释全篇。所以，诗眼是诗歌审美赏析的一把金钥匙。由诗眼而衍生出"词眼""曲眼""文眼""画眼"者，人们将审美鉴赏的笔触延伸到了各种艺术鉴赏领域，从中获得的审美享受，乃是无穷无尽的。

五、意象论

东方文学艺术理论体系中的"意象"之论，渊源于《周易》[2]。作为一个哲学范畴，出于东汉王充《论衡·乱龙篇》提出的"形象"与"意象"之辨[3]。三国时代的王弼《周易略例·明象章》，乃是中国第一篇发挥"意象"之论的专论，以《庄子·外物》"得鱼而忘筌""得意而忘言"为依据，替《周易》"立象以尽意"辩护，阐明"意""象""言"三者之间的辨证关系，为"意象"之说进入文学艺术及其理论批评领域奠定了理论基础。

由哲学而用之于文学艺术理论者，则始于《文心雕龙·神思篇》。"意象"（image）与"情趣"（feeling）相对而言，乃是构成诗歌艺术境界的两大要素之一。谢榛《四溟诗话》云："景乃诗之媒，情乃诗之胚，合而为诗，以数言而统万形，元气浑成，其浩无涯矣。"（卷三）[4]日本田能村竹田《竹田庄诗话》说："悲欢，情之质；笑啼，情之容；声音，情之形；诗词，情之迹。"朱光潜《诗论》云："每个诗的境界都必有'情趣'和'意象'两个要素。'情趣'简称为'情'，'意象'简称为'景'。"意象与情趣的结合，即情景交融，才能构

2　《周易·系辞上》，钱仲联主编，湖南教育出版社 1992 年本。

3　王充《论衡·乱龙篇》，参见蔡镇楚《新译论衡读本》，台湾三民书局 1997 年。

4　《四溟诗话》卷三，丁福保《历代诗话续编》下册，中华书局 1983 年校点本第 1180 页。

成诗歌的艺术境界。

一般而言，这种"意象"包括两大类型：一是都市意象，富有一种台阁之气；二是自然意象，具有一种山林之气。无论是何种意象，都离不开使用比喻，尤其是博喻。这种博喻，佛教称之为"象喻"。中国诗话论诗衡文，往往采用大量的比喻，构成一个个意象群，即所谓"象喻"。这种文学批评方法的意象化，我们称之为"意象批评"。

意象批评，是一种以意象为喻的文学理论批评方法[5]。它以"象喻"为中心，以都市意象与自然意象为主体，以诗化的语言艺术，来构筑色彩斑斓的诗歌理论批评体系，给读者留下的是无尽的审美享受和无限广阔的想象空间。这种批评，与结构严谨、逻辑严密的论辩式理论思维，迥然有别，是诗化的文学理论批评，或者说是文学理论批评的诗化，也可以说是审美语言学的具体化、形象化。正因为如此，中国诗话论诗特别注重"意象批评"；中国诗话作者特别向往和追求"意象批评"所构建的天地人浑然合一的艺术境界。

一般来说，意象批评肇始于《诗经》及其"赋比兴"传统手法[6]，成于六朝崛起的文学理论批评著作特别是钟嵘《诗品》，而后兴起的唐、宋、元、明、清等历代诗话乃是意象批评的集大成者。中国诗话的意象批评，其论诗的主要内容，大致有以下几个方面：

其一，以意象论诗体者

诗体，是诗歌的体制形态，字句、体式、韵律基本是定型的；但不同的诗体，则具有不同的风格特征。这种审美特征是什么，诗话不作理性分析，不作正面论述，而是用各种不同的比喻，以意象出之。明人黄生以五言古诗为"诗之根本"，而以其余诸体为"诗之枝叶"。在《诗麈》里他又说：

> 近体如马之驾车，必六辔在手，而后能不失其驰；古体如风之使帆，朝发白帝，暮到江陵矣。盖近体主格，古体主气故也。然善御者，二十四蹄，投之所向，无不如意；舟凭风力，而水道之曲折，

---

5 参见蔡镇楚《中国文学批评史》，中华书局 2005 年本第 175 页。

6 《管子·地员》以意象为比喻，指出音高与家畜鸣叫声有类似之处："凡听徵，如负猪豕，觉而骇；凡听羽，如马鸣在野；凡听宫，如牛鸣窌（jiào 地窖）中；凡听商，如离群羊；凡听角，如雉登木以鸣，音疾以清。"他说，徵音如猪叫声，羽音如原野上的马鸣，宫音如地窖中的牛叫声，商音如离群的羊叫声，角音如树上的野鸡叫声。这是最早以各种意象比喻音乐声调者，是音乐意象论的先驱者。（参见蔡镇楚《中国音乐诗话·管仲乐律学》，湖南师范大学出版社 2006 年本第 22 页）。

不致差错，亦恃有舵。则主格而气未尝不存，主气而格未尝可废也。

黄生以驾车使帆为比喻，论述近体与古体之别，强调其"格"与"气"在各体诗歌创作中的作用。清人管世铭《读雪山房唐诗序列》亦以意象论诗体，云：

> 五言古诗，琴声也，醇至淡泊，如空山之独往；七言歌行，鼓声也，屈蟠顿挫，若渔阳之怒挝；五言律诗，笙声也，云霞缥缈，疑鹤背之初传；七言律诗，钟声也，震越浑锽，似蒲牢之乍吼；五言绝句，磬声也，清深促数，想羁馆之朝击；七言绝句，笛声也，曲折缭亮，类羌城之暮吹。

管氏论诗体，以器乐之声为喻，这种语言之美，如诗，如乐，如云霞飘渺，如美文佳构，新颖别致，生动优美，别开生面，使人赏心悦目。以"琴声"比喻五言古诗，指其诗体风格之醇厚朴实无华，所谓"发秾纤于简古，寄至味于淡泊"；以"鼓声"比喻七言歌行，是谓其诗体风格之盘曲顿挫，纵横开合，如渔阳怒挝，铿锵有力，富有震撼力；以"笙声"比喻五言律诗，说明其诗体风格之流动飘逸，含蓄蕴藉，骑鹤若仙；以"钟声"比喻七言律诗，说明其诗体风格之庄重沉著，浑厚豪宕，具有摇荡山岳、激越人心的力量；以"磬声"比喻五言绝句，是谓其诗体风格之清丽明快，韵律急促，催人奋起；以"笛声"比喻七言绝句，说明其诗体风格宛曲流丽，音律嘹亮悠扬，声调神韵富有艺术表现力。

此外，明人胡应麟《诗薮·内编》亦以意象论七言律诗云：

> 五十六字中，意若贯珠，言如合璧。其贯珠也，如夜光走盘，而不失回旋曲折之妙；其合璧也，如玉匣有盖，而绝无参差扭捏之痕。綦组锦绣，相鲜以为色；宫商角徵，互为以成声。思欲深厚有余，而不可失之晦；情欲缠绵不迫，而不可失之流。肉不可使胜骨，而骨又不可太露；词不可使胜气，而气又不可太扬。庄严，则清庙明堂；沈著，则万钧九鼎；高华，则朗月繁星；雄大，则泰山乔岳；圆畅，则流水行云；变幻，则凄风急雨。

以如此丰富、如此优美的词语来比喻七言律诗，其夸饰形容，其铺张扬厉，其骈俪至美，其排比序列，其议论精微，其意象组合，其语言之美，如诗如画，如水如云，读之令人叹为观止。这就是"全美"的七言律诗，是审美境界中的七言律诗，是胡应麟诗学观念中最为理想中的七言律诗。

清人王士祯《渔洋诗话》又以古代经典著作比喻诗体，云："七言歌行：

杜子美似《史记》，李太白、苏子瞻似《庄子》，黄鲁直似《维摩诘经》。"

其二，以意象论诗法者

古往今来，诗歌创作方法，《诗大序》概括为"赋比兴"三种。元人杨载《诗法》云："夫诗之为法也，有其说焉。赋比兴者，皆诗之制作之法也。"中国诗话以意象论诗法，亦无出其右者，只是发挥得更加淋漓酣畅而已。清人邬以谦《立德堂诗话》云："韩信点兵，多多益善，可为读诗之法；王猛扪虱，旁若无人，可为作诗之法。"王猛，字景略，前秦人。家贫而博学，好读兵书，气度弘远。隐居华山，桓温入关，他被褐相见，扪虱而言，畅谈当世之务，旁若无人。后事符坚为丞相，国势日强。封清河郡侯。临终嘱咐符坚，不要图晋，符坚未听，以致败于肥水之战。邬以谦以此典故比喻作诗之法，乃是强调诗歌创作必须要富有个性，要眼空四海，如王猛扪虱，旁若无人。

律诗之分联，依次为首联、颔联、颈联、尾联，凡四联八句，有如"虎头—猪肚—豹尾"，特别讲究"起承转合"式的结构形态之美。以意象论律诗四对联语者，元人杨载《诗法家数》云，首联"要突兀高远，如狂风卷浪，势欲滔天"；颔联"要如骊龙之珠，抱而不脱"；颈联"要变化如疾雷破山，观者惊愕"；尾联"必放一句作散场，如剡溪之棹，自去自回，言有尽而意无穷"。

诗，由诗句构成，诗句好而后诗好。故诗家强调"练句"。诗有诗法，句有句法。句法何在？在于"练"。练句者，则成于天然，忌于雕琢。故以意象论句法者，如明人黄子肃《诗法》云：

> 第一等句得于天然，不待雕琢，律吕自谐，神色兼备。奇绝者，如孤崖断峰；高古者，如黄钟大吕；飘逸者，如清风白云；森严者，如旌旗甲兵；雄壮者，如千军万马；华丽者，如奇花美女。是为妙句。

一个妙句，或奇绝，或高古，或飘逸，或森严，或雄壮，或华丽，六种语言形态，皆以意象比喻出之，使之形象化，既具体，又生动。其如"孤崖断峰"、"清风白云"者，其如"黄钟大吕"者，其如"旌旗甲兵"、"千军万马"者，其如"奇花美女"者，各种意象，曲尽形容，语言之诗化，给人以无穷的审美享受，读者易于接受。

欧阳修《六一诗话》在诗歌摘句鉴赏时，往往不说其妙在何处，只是频繁地使用"妙句也"、"佳句也"几个字。后世诗话，多以意象论诗，明确指出"佳句""妙句"的基本要求。以意象论佳句者，如明人谢榛《四溟诗话》

卷一[7]云：

> 凡作近体，诵要好，听要好，观要好，讲要好。诵之行云流水，
> 听之金声玉振，观之明霞散绮，讲之独茧抽丝。此诗家四关，一关
> 未过，则非佳句矣。

近体诗之"佳句"，总之要好；"好"在何处？谢榛以各种奇妙的意象为喻，分别描写其构成近体诗"佳句"的"诗家四关"，即句、音、色、味。妙语连珠，出神入化，最能益人心智，新人耳目，美感迭出。

其三，以意象论诗味者

诗味者，诗歌之审美滋味也。论味，辨诗味者，已如前之《味论》所述；而以意象论诗味者，如《清诗话》所收录之《师友诗传录》[8]所云：

> 问："昔人云：辨乎味，始可以言诗。敢问诗之味，从何以辨？"
> 阮亭答："诗有正味焉。太羹元酒，陶匏蚕栗，诗《三百篇》也；
> 加笾折俎，汉、魏是也；庖丁鼓刀，易牙烹敖，煇薪扬芳，朵颐尽
> 美，六朝诸人是也；再进而肴蒸盐虎，前有横吹，后有侑币，宾主
> 道厌，大礼以成，初、盛唐人是也；更进则施舌瑶柱，龙鲊牛鱼，
> 熊掌豹胎，猩唇驼峰，杂然并进，胶牙螫（shì）吻，毒口蛎（lì）
> 肠，如'中'、'晚'（唐）、玉川、昌谷、玉溪诸君是也；又进而正
> 献既彻，杂肴错进，芭糁藜羹，薇蕨蓬菖（fú），矜鲜斗异，则宋、
> 元是也；又其终而社酒野筵，妄拟堂庖，粗截（zì）大肉，自名禁
> 脔，则明人是也。凡此皆非正味也。总之，欲知诗味，当观世运，
> 夫亦于此辨之而已矣。"

王士禛以意象论诗味，即以各种食品之味为喻，说明各个不同时期的诗歌有不同的滋味，认为诗味如同不同的食品菜肴，是随着时代之变而不同的，指出辨别诗味须"当观世运"。其论诗语言远不如前此所述之美，甚至略显熬牙结口，但其以筵席上的酒食菜肴为意象而比诗味，却是别开生面的。

其四，以意象论诗歌艺术生命者

诗歌的艺术生命在哪里？在自然界，在人世间，在社会人生，在诗人的心灵深处，在丰富多彩的意象之中。故明人钟惺《诗论》云："诗为活物。"这

---

7 《四溟诗话》卷三，丁福保《历代诗话续编》下册，中华书局 1983 年校点本第
  1138 页。
8 《清诗话》上册，上海古籍出版社 1963 年本第 143 页。

是一个相当精辟的论点。其意是说，诗是诗人情感的流露，是诗人心灵的展示，是"天地之心"，是天人之合，是具有生命力的，是充满活力的。所以，中国诗话论诗，特别关注诗歌的艺术生命；以意象论诗，就有今人吴承学所谓之的"生命之喻"。

生命之喻，乃是意象批评的最高境界。人之可贵者，在于生命的活力；人之伟大者，在于无穷无尽的创造力。中国诗话论诗的"生命之喻"，不同于其他的自然意象之喻与都市意象之喻，而是以人为喻，以活生生的人为比喻，重在表现诗歌的艺术生命力与艺术创造力。如宋人姜夔《白石道人诗说》开篇云：

> 大凡诗自有气象、体面、血脉、韵度：气象欲其浑厚，其失也俗；体面欲其宏大，其失也狂；血脉欲其贯穿，其失也露；韵度欲其飘逸，其失也轻。

以人之气象、体面、血脉、韵度比喻诗之气象、体面、血脉、韵度，以人的生命力之旺盛比喻诗歌艺术生命之源，指出诗歌与人一样，其气象要浑厚而不要失之庸俗，体面要宏大而不要失之狂傲，血脉要贯通而不要失之显露，韵度要飘逸而不要失之轻浮。这样的诗歌，才富有蓬勃的艺术生命力。

明人胡应麟《诗薮·外编》卷五以树干、枝叶、花蕊为喻而论诗之筋骨、肌肉与色泽神韵，十分生动形象。云：

> 诗之筋骨，犹木之根干也；肌肉，犹枝叶也；色泽神韵，犹花蕊也。筋骨立于中，肌肉荣于外，色泽神韵充溢其间，而后诗之美善备，犹木之根干苍然，枝叶蔚然，花蕊灿然，而后木之生意完。斯义也，盛唐诸子庶几近之；宋人砖用意而废词，若枯卉槁梧，虽根干屈盘，而绝无畅茂之象；元人专务华而离实，若落花坠蕊，虽红子嫣熳，而大都衰谢之风。

明人归庄《玉山诗集序》又以人比喻诗之气、格、声、华，云："余尝论诗，气、格、声、华，四者缺一不可。譬之于人，气犹人之气，人所赖以生者也，一肢不贯，则成死肌，全体不贯，形神离矣；格如人五官四体，有定位，不可易，易位则非人矣；声如人之音吐及珩璜琚瑀之节；华如人之威仪及衣裳冠履之饰。"以人之气比喻诗之气脉要求贯通，以人的武五官四体比喻诗之格律要求严谨，以人之话语与美玉之声比喻诗之音色节奏之美，以人之仪表服饰比喻诗之形式华美。这也是一种生命之喻，只是所注重的还包括人的声色谈吐与人的服饰之美。

其五，以意象论艺术风格者

诗歌风格，就是诗人的艺术化身，是诗人的人品与诗品的妙合为一，是诗人的气质、个性、才情与时势、文学思潮、审美情趣的艺术结晶。以意象为喻而用之于论诗歌艺术风格者，如宋人蔡絛的《蔡百衲诗评》。是书评议唐宋十四名家诗风，长短并举，瑕瑜互见，颇有见地。作者指出：

> 柳子厚诗，雄深简淡，迥拔流俗，至味自高，直揖陶、谢；然似入武库，但觉森严。王摩诘诗，浑厚一段，覆盖古今；但如久隐山林之人，徒成临淡。杜少陵诗，自与造化同流，孰可拟议；至若君子高处廊庙，动成法言，恨终欠风韵。黄太史诗，妙脱蹊径，言谋鬼神，唯胸中无一点尘，故能吐出世间语；所恨务高，一似参曹洞下禅，尚堕在玄妙窟里。东坡公诗，天才宏放，宜与日月争光，凡古人所不到处，发明殆尽，万斛泉源，未为过也；然颇恨似方塑极谏，时杂滑稽，故罕逢蕴藉。韦苏州诗，如浑金璞玉，不假雕琢成妍，唐人有不能到；至其过处，大似村寺高僧，奈时有野态。刘梦得诗，典则既高，滋味亦厚；但正若巧匠矜能，不能少拙。白乐天诗，自擅天然，贵在近俗；恨为苏小虽美，终带风尘。李太白诗，逸态凌云，照映千载；然时作齐梁间人体段，略不近浑厚。韩退之诗，山立霆碎，自成一法；然譬之樊侯冠佩，微露粗疏与。柳柳州诗，若捕龙蛇、搏虎豹，急与之角而力不敢暇，非轻荡也。薛许昌诗，天分有限，不逮诸公远矣；至合人意处，正若刍豢悦口，咀嚼自佳。王介甫诗，虽乏风骨，一番清新，方似学语小儿，酷令人爱。欧阳公诗，温丽深稳，自是学者所宗；然似三馆画手，未免多与古人传神。杜牧之诗，风调高华，片言不俗；有类新及第少年，略无少退藏处，固难求一唱而三叹也。右此十四公，皆吾生平宗师追仰所不能及者，留心既久，故闲得而议之。至若古今诗人，自是珠联玉映，则又有不得知也已。[9]（《苕溪渔隐丛话》后集卷三十三）

蔡氏不仅以意象为喻论诗，纵论唐宋诗人诗歌风格，而且与一般或褒或贬者不同，始终坚持一分为二的态度，既论其长处，也论其短处，实在难能可贵，

---

9 宋胡仔编《苕溪渔隐丛话》后集卷三十三"张云叟"，人民文学出版社 1984 年廖德明校点本，第 257 至 258 页。

在宋人诗话中可谓凤毛麟角。而后的诗话，以意象为喻而评论历代诗歌风格者，数不胜数，如《清诗话续编》收录的牟愿相《小澥草堂杂论诗》"诗小评"一则就以各种意象评论《古诗十九首》和乐府诗以及汉魏六朝与唐代的 70 位诗人的诗歌风格。

其六，以意象论诗人者

清人吴乔《围炉诗话·自序》云："诗非天降，非地生，人为之也。"人为万物之灵。然而，"无有屈原，岂有《离骚》？"诗人是诗歌创作的抒情主体，是诗歌王国星空中一颗颗最亮丽的星星，是诗化的"天地之心"。是诗人们以自己的喜怒哀乐，以自身的人生遭遇，以自己的生命之笔，书写出世界上最美丽、最动人心弦的诗歌。诗话作家们无论用怎样优美的语言、怎样诗化的语言，来评论历代优秀的诗人，都是很不过分的。在中国诗话的艺术长廊里，以诸多意象为喻而评论诗人者，宋代诗话有敖陶孙的《敖器之诗话》，评论曹操、曹植等二十九名诗人，云：

> 因暇日与弟侄辈评古今诸名人诗：魏武帝如幽燕老将，气韵沉雄；曹子建如三河少年，风流自赏；鲍明远如饥鹰独出，奇矫无前；谢康乐如东海扬帆，风日流丽；陶彭泽如绛云在霄，舒卷自如；王右丞如秋水芙蕖，倚风自笑；韦苏州如园客独茧，暗合音徽；孟浩然如洞庭始波，木叶微脱；杜牧之如铜丸走坂，骏马注坡；白乐天如山东父老课农桑，言言皆实；元微之如李龟年说《天宝遗事》，貌悴而神不伤；刘梦得如镂冰雕琼，流光自照；李太白如刘安鸡犬，遗响白云，核其归存，恍无定处；韩退之如囊沙背水，惟韩信独能；李长吉如武帝食露盘，无补多欲；孟东野如埋泉断剑，卧壑寒松；张籍如优工行乡饮，酬献秩如，时有诙气；柳子厚如高秋独眺，霁晚孤吹；李义山如百宝流苏，千丝铁网，绮密瑰妍，要非适用。本朝苏东坡如屈注天潢，倒连沧海，变眩百怪，终归雄浑；欧公如四瑚八琏，止可施之宗庙；荆公如邓艾缒兵入蜀，要以险绝为功；山谷如陶弘景祗诏入宫，析理谈玄，而松风之梦故在；梅圣俞如关河放溜，瞬息无声；秦少游如时女步春，终伤婉弱；后山如九皋独唳，深林孤芳，冲寂自妍，不求赏识；韩子苍如梨园按乐，排比得伦；吕居仁如散圣安禅，自能奇逸。其他作者，未易殚陈。独杜工部如周公制作，后世莫能拟议。

如此多的意象组合，如此新颖奇特的比喻，用以评述魏晋六朝与唐、宋时期最优秀的二十九位著名诗人，或以景喻，或以物喻，或以人事喻，或以典故喻，或以军旅喻，或以梨园喻，或以美女喻，或以气象喻，或以道教喻，或以禅宗喻，要言不烦，褒贬适度，切中肯綮，富有鲜明的个性与生动的形象性，可谓宋代诗话以意象论诗的集大成者。

明代后七子领袖王世贞《艺苑卮言》卷五，不仅全文引录了敖陶孙《敖器之诗话》以意象论诗人的以上文字，认为其论述"语觉爽俊，而评似稳妥"，而且仿效这种论诗方法，广而生发，以评论明代诗坛一百多位诗人，云：

高季迪如射雕胡儿，伉健急利，往往命中；又如燕姬靓妆，巧笑便辟。刘伯温如刘宁好武诸王，事力既称，服艺华整，见王谢衣冠子弟，不免低眉。袁中潜如师手鸣琴，流利有情，高山尚远。刘子高如雨中素馨，虽复嫣然，不作寒梅老树风骨。杨孟载如西湖柳枝，绰约近人，情至之语，风雅扫地。汪朝宗如胡琴羌管，虽非太常乐，琅琅有致。徐幼文、张来仪如乡士女，有质有情，而乏体度。孙伯融如新就衔马，步骤未熟，时见轻快。孙仲衍如豪富儿入少年场，轻脱自好。浦长源、林子羽如小乘法中作论师，生天则可，成佛甚遥。解大绅如河朔大侠，须髯戟张，与之周旋，酒肉伧父。杨乐里如流水平桥，精成小致。曾子启如封节度募兵东征，鲜华杂沓，精骑殊少。汤公让、刘原济如淮阴少年，斗健作口敢人状。刘钦谟如村女簪花，浓艳羞涩，正得各半。夏正夫如乡啬夫衣绣见达官，虽复整饬，时露本态。李西涯如陂塘秋潦，汪洋澹泆，而易见底里。谢方石如乡里社塾师，日作小儿号嗄。吴匏庵如学究出身人，虽复闲雅，不脱酸习。沈启南如老农老圃，无非实际，但多俚辞。陈公甫如学禅家，偶得一自然语，谓为游戏三味。庄孔阳佳处不必言，恶处如村巫降神，里老骂坐。陆鼎仪如吃人作雅语，多在咽喉间。张亨父如作劳人唱歌，滔滔中俗子耳。张静之如小棹急流，一瞬而过，无复雅观。杨文襄如老弋阳伎，发喉甚便而多鼻音，不复见调。桑民怿如洛阳博徒，家无担石，一掷百万。林待用如太湖中顽石，非不具微致，无乃病重何？乔希大如汉官出临远郡，亦自粗具威仪。祝希哲如盲贾人张肆，颇有珍玩，位置总杂不堪。蔡九逵如灌莽中蔷薇，汀际小鸟，时复娟然，一览而已。王敬夫如汉武求仙，欲根正染，时复遇之，终非实境。石少保如披沙拣金，时时见宝。文征仲如仕女淡妆，维摩坐语；又如小阁流窗，位置都雅，而眼境易穷。康德涵如靖中宰相，非不处贵，卜匡扰粗率，无大处分。蒋子云如白蜡糖，看似甘美，不堪咀嚼。王钦佩如小女儿带花，学作软丽。唐虞佐如苦行头陀，终少玄解。王子衡如外国人投唐，武将坐禅，威仪解悟中，不免露抗浪本色。熊士选如寒蝉乍鸣，疏林早秋，非不清楚，恨乏他致。张琦如夜蛙鸣露，自极声致，然不脱淤泥中。唐伯虎如乞儿唱《连花乐》，其少时亦复玉楼金埒。边庭实如洛阳名园，处处绮奔，不必尽称姚魏；又如五陵裘马，千金少年。顾华玉如春原尽花，芒藦不少。刘元瑞如闽人强作齐语，多不辨。朱升之如桓武似刘司空，无所不恨。殷近夫如越兵纵横江淮间，终不成霸。王新建如长爪梵志，彼法中铮铮动人。陆子渊如入赏官作文语雅步，虽自有余，未脱本来面目。郑继之如冰凌石骨，质劲不华；又如天宝父老谈丧乱，事皆实际，时时感慨。孟望之如贫措大置酒，寒酸淡泊，然不至腥。黄勉之如假山池，虽尔华整，大费人力。高子业如高山鼓琴，沉思忽往，木叶尽脱，石气自青；又如卫洗马言愁，惟悴婉笃，令人心折。薛君采如宋人叶玉，几夺天巧；又如倩女临池，疏花独笑。胡孝思如骄儿郎爱吴音，兴到即讴，不必合板。马仲房如程卫尉屯西官，斥堠精严，甲仗雄整，而士乏乐用之气。丰道生如沙苑马，驽骏相半，姿情驰骋，中多败蹶。王舜夫如败铁网取珊瑚，用力坚深，得宝自少。孙太初如雪夜偏师，间道入蔡；又如鸣蜩伏蚓，声振月露，体滞泥壤。施子羽如寒鸦数点，流水孤村，惜其景物萧条，迫晚意尽。王履吉如乡少年久游都会，风流详雅，而不尽脱本来面目；又如扬州大宴，虽鲑珍水陆，而时有宿味。常明卿如沙苑儿驹，骄嘶自赏，未谐步骤。张文隐如药铸鼎，灿烂惊人，终乏古雅。王稚钦如良马走坂，美女舞竿，五言万自长城。陈约之如青楼小女，月下箜篌，初取闲适，终成凄楚；又如过雨残荷，虽尔衰落，嫣然有态。杨用修如暴富儿郎，铜山金埒，不晓吃饭着衣。李子中刁家奴，火军车马，施散金帛，原非己物。廖鸣吾如新决渠，浮楚浊泥，一瞬皆下。皇甫子安如玉盘露屑，清雅绝人，惜轻缣短幅，不堪裁剪。袁永之如王、谢门中贵子弟，动止可观。黄才伯如紫瑛石，大似鞑鞨，晚年不无可恨。周以言如中智苾刍，虽乏根具，不至出小乘语。施平叔如小邑民筑室，器物俱完。张以言如甘州石斗，色泽似玉，肤理粗漫。胡承之如病措大习白猿公术，操舞如度，击刺未堪。华子潜如盘石疏林，清溪短棹，虽在秋冬之际，不废枫橘。张孟独如骂阵兵，嗔目揎袖，果势壮往。张愈光如拙匠琢山骨，斧凿宛然；又如束铜锢腹，满中外道。汤子重如乡三老入城，威仪举举，终少华冶态。傅汝舟如言《法华》作风话，凡多圣少。乔景叔如清泉放溜，新月挂树，然此景殊少，不耐纵观。蔡子木如骄女织流黄，不知丝理，强自斐然。王道思如惊弋宿鸟，扑刺遒迅，殊愧幽闲之状。许伯诚如贾胡子作狖游，随事挥散，无论中节。陈羽伯如东市倡，慕青楼价，微傅粉泽，强工颦笑。王允宁如马服子陈师，自作奇正，不得兵法；又如项王呕呕未了，忽发暗呜。徐昌谷如白云自流，山泉冷然，残雪在地，掩映新月；又如飞天仙人，偶游下界，不梁尘俗。何仲默如朝霞点水，芙蕖试风；又如西施、毛嫱，毋论才艺，却扇一顾，粉黛无色，罕见其比；又如大商舶，明珠异宝，贵堪敌国，下者亦是木难、火齐。宗子相如渥洼神驹，日可千里，未免啮决之累；又如华山道士，语语烟霞，非人间事。梁公实如绿野山池，繁雅匀适；又如汉司隶衣冠，令人惊羡，但非全盛仪物。吴峻伯如子阳在蜀，亦具威仪；又如初地人见声闻则入，大乘则远。冯汝行如幽州马行客，虽见伉亻良，殊乏都雅。冯汝言如晋人评会稽王，有远体而无远神。张茂参如荒伧度江，揖让简略，故是中原门第。卢少木便如翩翩浊世佳公子，轻俊自肆。朱子价如高坐道人，衩衣蹑屐，忽发胡语。陈鸣野如子玉兵，过三百乘则败。彭孔嘉如光禄宴使臣，饾饤详整，而中多宿物。徐汝思如初调鹰见击鸳，故难获鲜。黄淳父如北里名姬作酒纠，才色既自可观，时出俊语，为客所赏。谢茂秦如太官旧庖，为小邑设宴，虽事馔非奇，而饾饤不苟。魏顺甫如黄梅坐人谈上乘，纵未透汗，不失门宗[10]。

如此博大精深、美妙绝伦的意象之喻，集古今人事故实之大成，酣畅淋漓，

---

10 见周维德集校《全明诗话》第三册，齐鲁书社 2005 年 6 月全六册校点本第 1987 至 1992 页。

曲尽其妙，是中国诗话史上以意象论诗之最。中国诗话如此惊人的智慧与博学的知识水平，中国诗话如此丰富的语言表现能力，确实令人瞠目结舌，惊叹不已！是兜书袋吗？非也；是卖弄知识吗？非也。这是诗，是创作，是审美，是妙笔生花，是意象的渊薮，是审美语言学的精华，是知识、语言与智慧的艺术结晶。在如此丰富的"意象"面前，西方的所谓"意象派"算得什么？在如此众多的"博喻"面前，印度梵语诗学中的比喻又算得什么？一个王世贞，就足以让古今中外的语言学家们感到自惭形秽，无地自容！

明代中期公安派的理论家江盈科《雪涛斋诗话》"评唐"一则诗话，也用意象批评方法来评论唐代著名诗人，云：

> 李太白诗，清虚缥缈，如飞天真仙，了无形迹，下八洞仙人，欲逐其后尘，已无可得，况凡人乎？若七言律诗，彼自逃束缚，不肯从事，非才不杜也。杜子美诗，古骨古色，如万金彝鼎，偶遇买手，逢识者自然善价而沽；若百室之邑，千人之聚，不必开口问价，谁能赏得此老，至其七言律，固云宏肆，然细读细思，何一句一字，不是真景，在盛唐中，真号独步。孟浩然遣思命语，都在目前，然有影无色，有色无像，如海中蜃市楼台人物，是真非真，是幻非幻；若要作诗，且须放下此老，勿与争衡。王摩诘诗，和平澹泊，发于自然，全是未雕未琢意思，譬如春园花鸟，羽毛声韵，色泽香味，都属天机，纵有边鸾好手描写出来，便隔一层，不相仿佛。李长吉，赋才奇绝，构思刻苦，观其用字用句，真是呕出心肝。卢玉川任才任性，任笔任意，兼太白之逸，并长吉之怪，为一人者也；诗家如李长吉，不可有二，如卢玉川不能有二。若王昌龄、刘随州、柳柳州、元刘、钱郎诸君子，都作得稳当，各自成家，所以不朽。至于李义山之刻画，杜樊川之匠心，贾浪仙之幽思，均罄弹精神，穷极精巧，方之诸人，更为刮目。白香山诗，不求工，只是好做，然香山有香山之工，前不照古人样，后不照来者议，意到笔随，景到意随，世间一切都着并包囊括入我诗内；诗之境界，到白公不知开扩多少，较诸秦皇汉武，开边起境，异事同功，名曰广大教化主所自来矣。

江盈科评述唐诗，较之于其他以意象为喻而从事诗学批评者，有所不同。别人仅以意象为喻，不做解说，显得异常朦胧隐晦，而江盈科既用比喻，又予以解说，评述比较到位，语言平易通俗好懂。这是他以意象为喻论诗的特色，也是他的长处。

还有以各种意象作比喻之评论古文作家者，如唐人皇甫湜的《谕业》以意象为喻评论张说等唐代古文作家，宋人刘克庄已引录于《后村诗话》之中；明人王世贞《艺苑卮言》卷五又采用意象之喻评论宋濂等六十四位明代文人，云：

> 宋景濂如酒池肉林，直是丰饶，而寡芍药之和。王子充、胡仲申二公如官厨内酝，差有风法，而不堪清绝。刘伯温如丛台少年入说社，便辟流利，小见口才。高季迪如拍张檐幢，急迅眩眼。苏伯衡如十室之邑，粗有街市，而乏委曲。方希直如奔流滔滔，一泻千里，而濚洄滉漾之状颇少。解大绅如递夹快马，急速而少步骤。杨士奇如措大作官人，雅步徐言，详和中时露寒俭；又如新廷尉牍，有法而简。丘仲深如太仓粟，陈陈相因，不甚可食。李宾之如开讲法师上堂，敷腴可听，而实寡精义。陆鼎仪如何敬容好整洁，夏月熨衣焦背。程克勤如假面吊丧，缓步严服，动止举举，而乏至情。吴原博如茅舍竹篱，粗堪坐起，别无伟丽之观。王济之如长武城五千兵，闲整堪战，而作于寡。罗景鸣如药铸鼎，虽古色惊人，原非三代之器。桑民怿如社剧夷歌，亦自满眼充耳。杨君谦如夜郎王小具君臣，不知汉大。罗彝正如姜斌道士升讲坛，语不离法，而玄趣自少。陈公甫如坐禅僧圣谛一语，东涂西抹，亦自动人。祝希哲如吃人气迫，期期艾艾；又如拙工制锦，文理黯然，雅色可爱，惜窘边幅。湛源明如乞食道人，记经呗数语，沿门唱诵。李献吉如樽彝锦绮，天下瑰宝，而不无追蚀丝理之病。何仲默如雉翚五彩，飞不百步，而能铄人目睛。徐昌谷如风流少年，顾景自爱。郑继之如孔北海言事，志大才短。王子衡如线笮旄牛，珍贵能负，而不晓步骤。康德函如嘶声人唱《霓裳》散序，格高音卑。王敬夫如孤禅鹿仙，亦自纵横。高子业如玉盘露屑，故是清贵，如寒淡何。夏文愍如登小丘，展足见平野，然是疏议耳。王稚钦书牍如丽人诉情，他文则改鼠为璞，呼驴作卫。江景昭如入鸿胪馆，鸟语侏俪，一字不晓。廖鸣吾如屠沽小肆，强作富人纷纭，殊增厌贱。郭价夫如乡老叙事，粗见亹亹（wěi）。丰道生如骨董肆，真赝杂陈，时亦见宝，而不堪偿诈。李舜臣如盆池中金鱼，政使足玩，江湖空阔，便自渺然。陈

约之如小径落花，衰悴之中，微有委艳。黄勉之如新安大商，钱帛米谷金银俱足，独法书名画不真。陆浚明如捉麈人，从容对谈，名理不乏。江于顺如试风雏鹰，矫健自肆。袁永之如王武子择有才兵家儿，命相不厚。吕仲木如梦中呓语不休，偶然而止。马伯循如河朔餐羊酪汉，膻肥逆鼻。颜惟乔如暴显措大，不堪造作。杨用修如增彩作花无种种生气。屠文升如小家子充乌衣诸郎，终不甚似。王允宁如下邑工，琢玉器非不奇贵，痕迹宛然；又如王子师学华相国在形迹间，所以愈远。罗达夫如讲师参禅，两处着脚，俱不堪高坐。王道思如金市中甲第，堂构华焕，巷空宛转，第匠师手不读木经，中多可憾。许伯诚如通津邮，资用本少，供亿不虚。薛君采如嚼白蜡，杖青芦，不胜淡弱。朱子价如小儿吹芦笙，得一二声似，欲隶太常。乔景叔如江东秀才，文弱都雅，而气不壮。吴俊伯如佛门中讲师，虽多而不识本面目。归熙甫如秋潦在地，有时汪洋，不则一泻而已。卢少木便如春水横流，滔荡纵逸，而少归宿。梁公实如贫士好古器，非不得一二醒眼者，政苦难继耳。宗子相如骏马多蹶，又如妙音声人，止解唱《渭城》一曲，日日在耳。李于鳞如商彝周鼎，海外瑰宝，身非三代人与波斯胡，可重不可议[11]。

这一段评论，较之唐人皇甫湜《谕业》之以意象为喻论文，其意象之丰富、比喻之贴切，是有过之而无不及。

　　受中国诗话以意象为喻评论历代诗人之影响，清人张潮《幽梦影》以各种名花比喻唐代诗人之诗，曰：

　　　　唐人之诗多类名花：少陵似春兰幽芳独秀，摩诘似秋菊冷艳独高，青莲似绿萼梅仙风驶荡，玉溪似红萼梅绮思便娟，韦柳似海红古媚在骨，沈宋似紫薇矜贵有情，昌黎似丹桂天葩洒落，香山似芙渠慧相清奇，冬郎似铁梗垂丝，阆仙似檀心磬口，长吉似优昙钵彩云拥护，飞卿似曼陀罗疏月玲珑。

以意象论诗，流传于朝鲜，朝韩诗话论诗亦曾广泛地运用意象批评方法。朝韩诗话以意象为喻而评论朝鲜历代诗人者，其语言风格与中国诗话以意象为喻而评论中国历代诗人者，是一脉相承的。这种语言风格，形象鲜明，含蓄自然，

11　见周维德集校《全明诗话》第三册，齐鲁书社 2005 年 6 月全六册校点本第 1943 至 1944 页。

给人以丰富的审美享受与无限的想象空间。域外诗话家使用这种语言艺术，是相当有难度的，而李朝诗人金锡胄却运用得如此纯熟利落，既说明他使用汉语的能力很强，也说明汉语独特的美感对域外诗人所具有的无穷魅力。

从总体而论，中国古代文学批评以意象为喻评论作家作品及其艺术风格流派者，大多具有以下四个显著的审美特点：

一是形象性：形象性，是文学的语言特征，是诗歌语言的特征。诗话论诗评诗，是乎应该像西方诗学那样，采取冷漠的、旁观的、严正的评判态度，应该有如板着面孔、执法如山的法官，冷酷、严峻、不可侵犯。然而，中国诗话既有严肃、冷峻、不讲情面的评判，也有清新自然、含蓄蕴藉、优游不迫的审美鉴赏。以各种意象为喻而评论诗人、诗歌、诗风者，就是这种审美鉴赏。如诗如画，妙语联珠，富有形象性。这种形象化的论诗语言，就文学批评而言，似乎并不确切，并不落实，但就审美鉴赏与艺术批评而言，却最富有诗味，最富有审美情趣，最符合中国人的诗化的民族文化性格。

二是多样性：世间事物，林林总总，千姿百态，决定了批评家以意象为喻评论诗、词、文、戏曲、小说、书法等文学艺术作家作品的多样性。在中国文学批评史上，以景喻之，以物喻之，以文喻之，以人喻之，人事喻之者，应有尽有，举不胜举。如六朝袁昂《古今书评》以意象为喻评论三十多位古今书法家之作，宋代敖陶孙《敖器之诗话》以以意象为喻评论古今二十九人之诗，明代朱奠培《松石轩诗评》以意象评论历代150多位诗人诗作，涵虚子《元词评》以意象为喻评论元代七十余名词人之作，王世贞《国朝诗评》与《国朝文评》以意象为喻评论明代一百二十多名诗人与六十多位文人之作，等等，可谓以意象为喻评论历代作家作品之集大成者。

三是排比性：古代文学批评家以比喻评诗论文，多以排比句式出之，整齐美观，排列有序，富有诗的结构形态，具有诗歌的语言形式之美，可谓之诗化的文学批评，是文学批评的诗化倾向。如涵虚子《元词评》以意象为喻而评论元词作家，云：

> 马东篱如朝阳鸣凤，张小山如笙鹤瑶天，白仁甫如鹏搏九霄，李寿卿如洞天春晓，乔梦得如神鳌鼓浪，费唐臣如三峡波涛，宫大用如西风雕鹗，王实甫如花间美人，张鸣善如彩凤刷羽，关汉卿如琼筵醉客，郑德辉如九天珠玉，白无咎如太华孤峰。以上十二人为首等。……

这一人一喻，一字一珠，字字玑珠，文字优美，句式整齐。中国文学批评以比喻评论文学作家作品的这种排比有序性，使评论文章本身具有诗一般的行列美、形式美，读者可以透过这一系列由线条、色彩、构图唤起的深层视觉形象和一连串的自然意象群，更进一步地把握视觉意象深层之中的富有生气的文化意蕴和美学精神。文学批评应该是生动的、优美的。阅读中国古代的文学批评论著，没有西方文学批评那种单调、枯燥、乏味之感。中国文学批评诗化的结构形态与语言形态之美，是西方文学批评望尘莫及的。

　　四是比较性：中国古代文学批评，大量运用比较方法，且多寓比较于比喻之中，即于比较之中引喻，比喻与比较之法交叉使用。以人而论，例如杨慎《升庵诗话》评李杜云：

　　　　杨诚斋云："李太白之诗，列子之御风也；杜少陵之诗，灵均之乘桂舟、驾玉车也。无待者，神于诗者与？有待而未尝有待者，圣于诗者与？宋则东坡似太白，山谷似少陵。"徐仲车云："太白之诗，神鹰瞥汉；少陵之诗，骏马绝尘。"二公之评，意同而语亦相近。余谓太白诗，仙翁剑客之语；少陵诗，雅士骚人之词。比之文，太白则《史记》，少陵则《汉书》也。[12]

以诗而论，刘绩《霏雪录》评论唐宋诗人诗歌之别时说：

　　　　或问余唐宋诗人之别，余答之曰：唐人诗纯，宋人诗驳；唐人诗活，宋人诗滞；唐诗自在，宋诗费力；唐诗浑成，宋诗馈饤；唐诗缜密，宋诗漏逗；唐诗温润，宋诗燥；唐诗铿锵，宋诗散缓；唐人诗如贵介公子，举止风流；宋人诗如三家村乍富人，盛服揖宾，辞容鄙俗。

刘绩之论，扬唐抑宋，但排比有序，寓比较于比喻之中，形态不同，风格各异，皆以比喻出之，妙语古今，生动具体，形象感人，最富有审美趣味，给读者留下最深刻的审美享受。像这样于比较中引喻，运用比喻之法进行比较研究，在比较对象中寻求"同中之异"或"异中之同"者，有时候虽然仅仅限于简单的比附，比较之范围也并不广阔，但在中国文学批评史上，对一朝一代、一人一派之诗之文的比较研究，则早已初具规模，而且能以排比句式出之，如芙蓉出水，如弹丸脱手，意新语工，妙趣盎然，十分难得。

　　意象论，是中国文学艺术理论批评的基本方法之一。但注重意象批评，

---

12 见王仲镛《升庵诗话笺证》卷七，上海古籍出版社 1987 年 12 月直排本第 227 页。

却是中国文学批评一个独特的文化传统，一种审美价值取向。之所以形成这种独具特色的文学批评传统，原因固然相当复杂，但我认为主要是出之于汉字文化与中国诗文化的影响。具体而言，我初步归纳为以下几点：

第一，方块汉字，本身就是一门艺术，一门书法艺术，为中国诗歌艺术之美与意象批评奠定了美学基础。从甲骨文、初文到篆书、隶书、行书、草书、楷书、宋体等等，汉字形体之美、对称之美、整肃之美与韵律之美，使运用汉字创作的汉诗，其形态之美与韵律之美，完全不同于西方诗歌。所以，在意象批评兴盛之前，中国文学批评著作，大多采用韵文体式，如陆机《文赋》之用赋体，刘勰《文心雕龙》之用骈俪文体，如诗如赋，其结构形态之美与声调韵律之美，是西方诗学著作无法媲美的。正是汉字艺术的优势所至，在中国文学艺术界最早采用意象批评者，首先出现在书法艺术界，六朝齐国袁昂《古今书评》一卷，称"王右军书，如谢家子弟，纵复不端正者，奕奕有一种风气；王子敬书，如河洛间少年，虽有充悦，而举体沓拖，殊不可耐"等，或以人物比，或以花木山林鸟兽器皿比喻，"引喻参差错落，奇幻不测"（《文致》），开意象批评之先河。没有汉字艺术，就没有美丽无比而别具一格的汉诗，就没有意象批评。古代朝鲜与日本使用汉字，创作汉诗，故朝韩诗话与日本诗话一样运用意象批评。从这个意义上来说，汉字文化是意象批评的摇篮，意象批评也是汉字艺术的重要载体与传播媒介之一。

第二，中国是诗歌国度，作为中国文学主体的诗，成就了长盛不衰的中国诗文化。闻一多先生在《文学的历史动向》一文中指出："《三百篇》的时代，确乎是一个伟大的时代，我们的文化，大体上是从这刚一开端的时期就定型了。文化定型了，文学也定型了。从此以后二千年间，诗——抒情诗，始终是我国文学的正统的类型，甚至除散文外，它是唯一的类型。"[13]闻一多认为中国文化定型于诗，定型于《三百篇》，这就是中国诗文化；而诗的唯一，抒情诗的唯一，正是中国诗文化的主要载体。唯一的诗，特别是唯一的抒情诗，所期盼的是诗的审美鉴赏，诗的艺术批评，所希望的是文学批评的诗化，包括批评内容的诗化与批评形式的诗化。以其内容的诗化，于是乎就有钟嵘《诗品》、唐人诗格、宋人诗话等诗歌批评著作形式应运而生，特别是中国诗话的崛起，彻底改变了《文心雕龙》"体大虑周"的大一统式批评格局，文学批评走上了一条诗化之路。以其批评形式的诗化，于是乎又出现了两种形式：

---

13 《闻一多全集》（1）《神话与诗》，北京三联书店 1982 本，第 201 页。

一是以诗论诗，以杜甫《戏为六绝句》肇其端，继之有旧题司空图《二十四诗品》、宋人论诗诗、元好问《论诗三十首》、谢启昆《读全宋诗仿元遗山论诗绝句二百首》之类以诗论诗者；二是意象批评，则在文学批评的散文体式中适当运用各种意象组合成文，使文学批评更加富有一种形象美、对称美、语言美、韵律美，具有生动性、趣味性、可读性，提高文学批评的审美价值。这种诗化的文学批评样式，既是顺应中国诗歌创作的繁荣发展之势而出现，是中国诗文化的宁馨儿，又是中国文学批评专门化的必然结果。

第三，是中国人固有的审美情趣所致。本来审美情趣，因人因时因地而异，但从总体而言，中国人的审美情趣，大多趋向于弘丽、隐秀与雅致。汉唐之尚"丽"，六朝之尚"秀"与两宋之尚"雅"，气势恢弘的"汉唐气象"与融天地人三才于一体的园林艺术，都是中国人独具特色的审美情趣的再现。受其影响，中国人的诗学观念，往往以"天人合一"为其哲学基础；中国文学理论批评特别崇尚自然，注重人与自然的融合，认为"诗者，天地之心"。故张戒《岁寒堂诗话》说，"世间一切皆诗"；而诗歌批评又特别注重诗歌的含蓄蕴藉之美，以至歌德《谈话录》云："最直露的中国诗歌，与西方的诗歌相比，也是含蓄的。"含蓄，是一种美德，一种人格魅力之所在；含蓄，也是一种艺术，一种美学风格之所在。总之，含蓄是中华民族的一种民族文化性格。诗，是中国人的生命符号；"诗贵含蓄"，这是中国诗人的共识，是审美情趣之所致，也是诗学批评的重要标准之一。意象批评，以意象为喻，不直露，不张扬，不宣泄，不剑拔弩张，心平气和，娓娓道来，侃侃而谈，妙语连珠，曲尽形容，惟妙惟肖，含蓄蕴藉，却富有诗意，富有情趣，富有语言活力，富有生命的张力。所以，我们认为，中国文学艺术理论批评之贵含蓄，意象批评之兴旺发达，既是中国诗歌抒情言志的本质特征所决定的，也是中华民族注重含蓄蕴藉的审美情趣与民族文化性格的一种艺术表露。

六、情景论

情与景，是构成诗歌艺术境界的两个主要因素，因而成为东方各国历代诗话所关注的重要命题。

中国诗话的"情景论"，渊源于其开山之祖——"诗言志"。志者，从止从心。本义是停止在心上。闻一多先生《歌与诗》从中国诗歌的发展进程来分析，认为"志有三个意义：一记忆，二记录，三怀抱"。既是怀抱，就包含着情感。《诗序》云："诗发乎情，止乎礼义。"《礼记·乐记》云："情动于中，故形于声。"诗歌与音乐一样，都是感情的流露。屈原的《离骚》，就是"发愤以抒情"的产物。魏晋时代，陆机《文赋》倡言"诗缘情"之说，使"诗言志"与"诗缘情"二说的结合，有了新的契机。于是"抒情言志"顺理成章地书写在诗歌的旗帜上。

"情景论"演绎于唐人诗格与画论。王昌龄《诗格》论及诗的"十七势"时，率先提出"景"在"意象"形成中的地位，说："下句以一景物堪愁，与深意相惬便道"；"理入景势者，诗不可一向把理，皆须入景，语始清味。理欲入景势，皆须引理语入地及居处"；"景入理势者，诗一向言意，则不清及无味；一向言景，亦无味；事须景与意相兼始好"。又云："会其题目，山林、日月、风景为真，以歌咏之，犹如水中见日月，文章是景，物色是本，顾之须了见其象也"（《文镜秘府论·论文意》引）。李洪宣《缘情手鉴诗格》把"景"作为诗之三格之一，曰："诗有三格：一曰意，二曰理，三曰景。"

托名王维的《山水诀》提出山水画中的写景问题，云："肇自然之性，成造化之功。或咫尺之图，写百千里之景：东西南北，宛尔目前；春夏秋冬，生于笔下。"并以春夏秋冬四季写景，指出：

> 春景，则雾锁烟笼，长烟引素，水如蓝染，山色渐青；夏景，则古木蔽天，绿水无波，穿云瀑布，近水幽亭；秋景，则天如水色，簇簇幽林，雁鸿秋水，芦岛沙汀；冬景，则借地为雪，樵者负薪，渔舟倚岸，水浅沙平。

画家之景与诗家之景，是相互融通的。但司空图将它提升到一个崭新的美学层次。其《与极浦书》云：

> 戴容州云："诗家之景，如蓝田日暖，良玉生烟，可望而不可置于眉睫之前也。"象外之象，景外之景，岂容易可谈哉？

"诗家之景"与"景外之景"的提出，将"情景论"中的一个重要因素"景"作为一个重要的审美观念推到诗歌美学的前沿，为"情景论"的创立注入了新的血液。

"情景论"成熟于宋元明清历代诗话。欧阳修《六一诗话》引用过梅尧臣的一句经典名言就与"景"有关，即"能状难写之景，如在目前；含不尽之意，见于言外，然后为至矣"。宋代诗话论诗首次将"景"与"情"与"意"联系在一起，是在南宋时期。张戒《岁寒堂诗话》云："梅圣俞云：'状难写之景，如在目前。'元微之云：'道得人心中事。'此固白乐天长处，然情意失于太详，景物失于太露，遂成浅近，略无余蕴，此其所短处。"此中之"情意"与"景物"，实际是指"情"与"景"而论。并且率先提出"兴则触景而得"的论断，云：

> 子美之志，其素所蓄积如此，而目前之景，适与意会，偶然发于诗声，"六义"中所谓"兴"也。兴则触景而得，此乃取物。

> 《洗兵马》山谷云："诗句不凿空强作，对景而生，便是佳。"山谷之言诚是也。然此乃众人所同耳。惟杜子美则不然，对景亦可，不对景亦可。

此言"兴则触景而得"、"目前之景，适与意会"、"对景而生"云云，就是后人所谓"触景生情"之意。姜夔《白石道人诗说》更加明确提出"意"与"景"的关系，是"意中有景，景中有意"。范晞文的《对床夜语》进而总结了"情"与"景"的几种关系，指出最佳选择应该是"情景相触而不分"，云：

> 老杜诗："天高云去尽，江回月来迟。衰谢多扶病，招邀屡有期。"上联景，下联情。"身无却少壮，迹有但羁栖。江水流城郭，春风入鼓鼙。"上联情，下联景。"水流心不竞，云在意俱迟。"景中之情也。"卷帘惟白水，隐几亦青山。"情中之景也。"感时花溅泪，恨别鸟惊心。"情景相触而不分也。"白首多年疾，秋天昨夜凉。"一句情一句景也。固知景无情不发，情无景不生。

以杜诗为例，指出诗歌中的几种情景关系：有一景一情者，有一情一景者，有景中之情者，有情中之景者，有一句情一句景者，有情景相触而不分者。此论的价值，是第一次提出"情中之景"、"景中之情"与"情景相触"的诗歌审美范畴，在中国诗话史上，在审美鉴赏领域，都具有开创性之功。而后元、明、清诗话之"情景论"，大都是由此生发出来的。

"情景论"拓展于元明清诗话。随着时代的发展与诗学观念的进步，元明清诗话之论"情景"，具有集大成之功，除了承袭宋代诗话中的"情景论"之外，我以为还有以下几点需要论及：

1. 元明清人对"景"在诗歌创作中的地位的认识不断提高。古人论诗，强调了"抒情言志"的主体性原则，但怎样实现"抒情言志"呢？唐宋人注意到"景"与"情"的关系密切，却尚未解决这一命题，元明清人觉察到写景对抒情的重要性，因而提出"情"与"景"为诗歌创作"二端"的观点。明人胡应麟《诗薮》云："作诗不过情、景二端。……此初学入门第一义,不可不知。"谢榛《四溟诗话》云："作诗本乎情景,孤不自成,两不相背。"都穆《南濠诗话》云："作诗必情与景和会,景与情合,始可与言诗矣。"清人袁枚《随园诗话》云："诗家两题,不过'写景言情'四字。"李重华《贞一斋诗说》云："写景是诗家大半功夫。"刘熙载《诗概》云："山之精神写不出,以烟霞写之;春之精神写不出,以草树写之。故诗无气象,则精神亦无所寓矣。"

2. 明七子论诗重情,徐祯卿《谈艺录》以"情"为"诗之源",所谓"因情以发气,因气以成声,因声而绘词,因词而定韵"者,就是"诗"。王世贞《艺苑卮言》强调"诗乃心声之精",要求诗须"神与境会"。谢榛《四溟诗话》卷二更以生动的比喻说明"情"与"景"的关系,认为"景乃诗之媒,情乃诗之胚,合而为诗",这是对诗歌情景论的精辟概括。又说:"诗乃模写情景之具,情融乎内而深且长,景耀乎外而远且大,当知神龙变化之妙,小则入乎微罅,大则腾乎天宇。"(卷四)不仅如此,就连李梦阳也指出:"诗者,吟之章而情之自鸣者也。"(《鸣春集序》)认为诗歌乃是"情动则会,心会则契,神契则音","随遇而发"的结果。中国诗学中的"情景论",在明代七子笔下也得到了更为深刻的阐释,说明明人对诗歌的艺术本质和审美特征的认识又有了新的飞跃。

3. 元明清人对"情"与"景"的融合为一有了新的认识,认为必须是"情景交融"。胡应麟《诗薮》认为"若大手笔,则情景混融";费经虞《雅伦》主张"融情于景物之中,托思于风云之表";贺贻孙《诗筏》云:"作诗有情有景,情与景会,便是佳诗。"清人方东树《昭昧詹言》卷十五提出来的,云:"诗人成词,不出情、景二端。二端又各有虚实、远近、大小、死活之殊,不可混淆,不可拘板。大约宜分写,见界画:或二句情,二句景;或前情后景,前景后情;或上下四字三字,互相形容。尤在情景交融,如在目前,使人津咏不置,乃妙。"其实在此之前,人们早已论及。谢榛《四溟诗话》云:"景乃诗之媒,情乃诗之胚,合而为诗。"又说:"夫情景相触而成诗,此作家之常也。"李重华《贞一斋诗说》云:"诗有情有景。且以律诗浅言之:四句两联,必须情景互换,方不复沓;更要识景中情、情中景,二者循环相生,即变化不穷。"

4. 日本人甚至将"景象"一分为二,认为一为"象",二为"境",二者的审美效果是有差别的,因而进一步丰富了"情景论"的诗学文化内涵。例如皆川原(1734-1807)《淇园诗话》云:"凡诗中所言之景象意思,其别大约有二：其一参飘忽变动之象者是也，其一参永久固定之境者是也。参飘忽变动之象者，其风云雪月，倏（shù）来旋灭，其色眩烂，使视听者意想为之不安，骤见可喜，而久之生厌心；参永久固定之境者，其山川草木，取象深远，其情优柔，置辞不促急，使视听者三复致思不已。此是立象动静之别，不可不审择也。"

七、境界论

境界论，是中国诗话、词话乃至东方诗话研究，至高的审美范畴，是中国诗论、文论、画论、书法论等文学艺术门类最为核心的理论范畴。

境界论，或称"意境论"，古典美学的核心理论，是"情景论"的升华，是一种高妙的文学艺术境界，是主观情趣与客观意象的妙合无垠。关于此点，我在《诗话学》里已经论述得比较清楚。这里仅仅就"情景"学说怎样上升为"境界"予以阐释。境界，亦作"意境"，是一种高妙的艺术境界，是主观情趣与客观意象的妙合无垠。

其一，境界论的渊源。

"境界"一词，其渊源有二：一是古典哲学与文论。"境界"一词，早在汉代就出现了。《诗·大雅·江汉》郑玄笺云："正其境界，修其分理"。《后汉书·仲长统传》："当更制其境界，使远者不过二百里。"只是作"疆域""疆界"之义。从老子的"无言之美"、庄子的"得意忘言"、《周易》的"书不尽言，言不尽意"，到两汉与魏晋六朝文论、诗论、画论、书论，再到唐人诗格、宋人诗话，都为"意境论"的问世奠定了学术文化基础，而最为切实影响者是魏晋玄学中的"言意之辨"。二是佛经。佛教通过"象教"之力，把希望达到的某种理想境地，称之为"境"、"境地"、"圣境"与"境界"。如《俱舍颂疏》云："实相之理，为妙智游履之所，故称为'境'。"《楞严经》云："心存佛国，圣境冥现。"《成唯识论》云："觉通如来，尽佛境界。"佛教这种超脱尘世凡境而进入理想境地的所谓"境界"，与中国古典哲学、古典美学、古典诗学所强调的客观物象与主观情思和谐融洽而构成的一种新的艺术境界者，有着惊人的相似之处，故从魏晋六朝开始，批评家们多借以论诗评文。佛经中的"境界"，原意亦指六识所辩别的各自对象而已，如眼识则以色尘为其境界，耳识以声尘为其境界，鼻识以法尘为其境界，舌识以味尘为其境界，身识以触尘为其境界，意识以法尘为其境界。

佛教通过"象教"之力，又把希望达到的理想境界也称之为所谓"境"、"圣境"、"境界"者，如《俱舍颂疏》云："实相之理，为妙智游履之所，帮称为'境'。"《楞严经》云："心存佛国，圣境冥现。"《成唯识论》云："觉通如来，尽佛境界。"这种境界与中国古典诗论、文论所强调的客观物象与主观情思融洽和谐一体而构成的一种新的艺术境界，有着惊人的相似之处。

从"言不尽意"论到追求"言外之意"与"象外之意"，又从哲学到文学艺术，便成为中国"意境论"的最初源头。而最早以"境"论诗者，当数唐人王昌龄《诗格》中的"诗有三境"：

> 诗有三境：一曰物境，欲为山水诗，则张泉石云峰之境，极丽绝
> 秀者，神之于心，处身于境，视境于心，莹然掌中，然后境象，故得
> "形似"；二曰情境，娱乐愁怨，皆张于意，而处于身，然后驰思，
> 深得其情；三曰意境，亦张之于意，而思之于心，则得其真矣。

此论不仅提出"诗有三境"之说，而且直接出现"意境"一词，从而实现了由哲学与佛学之"境界"向诗学之"境界"的转化，具有划时代意义。宋人论"境界"者，以张九成为要。张九成（1092-1159），字子韶，号无垢居士，钱塘（今杭州）人。张九成之评杜诗，以为其中蕴含着一种"道理透彻"的"境界"。后来，李涂《文章精义》进而指出：

> 作世外文字，须换过境界。《庄子》寓言之类是空境界文字，灵
> 均《九歌》之类是鬼境界文字，子瞻《大悲阁记》之类是佛境界文字。

李涂以"境界"论文章，把世外文章的"境界"分为"空境界"、"鬼境界"、"佛境界"等类别，不失为一大创新。宋、元、明、清诗话与词话的开拓之功，主要是将"情景论"充实于"境界论"之中，是"意境"之论超脱了王昌龄关于意境之"真"的单一性，而使其"意境"的构成有了两个具体的要素，即"情"与"景"的妙合无垠。王国维《人间词话》中的"意境论"，只是其集大成者而已，主要贡献在于将"意境"上升到艺术论的高度，使"意境"理论系统化、体系化[14]。

李涂以"境界"论文章，把世外文章的"境界"分为"空境界"、"鬼境界"、"佛境界"等类别。以"境界"论词者，清初刘体仁《七颂堂词绎》，云："词中境界，有非诗所能至者，体限之也。"而大量使用"意境"一词论作家

---

14 参见蔡镇楚《中国古代文学批评史》第九章第十节《清代词话与中国词学体系》。

作品的，有陈廷焯《白雨斋词话》《词则》，谓"碧山词以意境胜"、"意境最深"；稼轩词"气魄极雄大，意境却极沉郁"。

元明清诗话将"情景论"提升到了"意境论"的美学高度。情与景，是构成诗歌艺术境界的两大要素。元明清人论"情景"，多与意境的构建相联系。王夫之《姜斋诗话》是历代诗话"情景论"的集大成者，云："情景名为二，而实不可离。神于诗者，妙合无垠。巧者则情中景，景中情。景中情者，如'长安一片月'，自然是孤凄忆远之情；'影静千官里'，自然是喜达行在之情。情中景者尤难曲写，如'诗成珠玉在挥毫'，写出才人翰墨淋漓、自心欣赏之景。"（卷二）又说："关情者景，自与情相为珀芥也。情景虽有在心在物之分，而景生情，情生景，哀乐之触，荣悴之迎，互藏其宅。"（卷一）景生情，情生景，情景相生；情中景，景中情，情景交融，因而构成了诗歌理想的艺术境界。这才是中国诗话"情景论"所追求的最高理想与审美情趣。

其二，境界论的美学内涵

王国维大力标举"境界"，集古今境界说之大成，主要表现在《人间词话》《宋元戏曲考》《红楼梦评论》等著述之中。

他以"境界"论词，指出：

> 词以境界为最上，有境界，则自成高格，自有名句。五代、北宋之词，所以独绝者在此。（《人间词话》）

> 言气质，言神韵，不如言境界。有境界，本也；气质、神韵，末也。有境界而二者随之矣。（《人间词话》）

> 境，非独谓景物也。喜怒哀乐，亦人心中之一境界。故能写真景物、真感情者，谓之有境界；否则，谓之无境界。（同上）

> 温韦之精艳，所以不如正中者，意境有浅深也；《珠玉》所以逊《六一》，《小山》所以愧《淮海》，意境异也；美成晚出，始以辞采擅长，然终不失为北宋人之词者，有意境也；南宋词人之有意境者，唯一稼轩，然亦若不欲以意境胜；白石之词，气体雅健耳，至于意境，则去白送人远甚；及梦窗、玉田出，并不求诸气体，而惟文字之是务，于是词之道熄矣。（《人间词乙稿序》）

他以"境界"论戏曲，《元剧之文章》指出："元剧最佳之处，不在其思想结构，而在其文章。其文章之妙，亦一言以蔽之，曰：有意境而已矣。何以谓之有意境？曰：写情则沁人心脾，写景则在人耳目，述事则如其口出是也。古诗词之佳者，无不如是，元曲亦然。明以后，其思想结构，尽有胜于前人者，唯意境则为元人所独擅。"（《宋元戏曲考》）

他以"意境"论文学，托名樊志厚的《人间词乙稿序》云："原夫文学之所以有意境者，以其能观也。"又说："文学之工不工，亦视其意境之有无，与其深浅而已。"

他以"境界"论古今成就大事业、大学问者共同的人生际遇，《人间词话》云：

> 古今成就大事业、大学问者，必经过三种之境界："昨夜西风凋碧树。独上高楼，望尽天涯路。"此第一种境也。"衣带渐宽终不悔，为伊消得人憔悴。"此第二种境也。"众里寻他千百度，蓦然回首，那人却在、灯火阑珊处。"此第三种境也。

王国维论词的创作主体，即以爱情为喻，抒写古今成就大事业、大学问者所必须经历的三种境界，别开生面。是为经典之言，座右之铭。

王国维标举"境界"（意境），以之论诗词，论戏曲，论唐宋词人，论文学之工与不工，更以境界论古今成就大事业、大学问者的人生际遇。其应用范围之广博，评述议论之精微，足以说明"境界说"由于王国维的不断丰富提高而得以完善，最终发展成为中国古典美学与文学理论批评最重要的审美范畴与核心理论。

综合考察，"境界论"的美学内涵主要包含三个方面：一是文学艺术创作以境界之美为最高审美理想；二是文学艺术鉴赏以境界之美为最高审美标准；三是文学艺术批评以境界之美为最高批评准则。

其三，《人间词话》"境界说"的理论体系

王国维《人间词话》倡言的"境界说"，是中西文化合璧的产物。他充分吸收叔本华美学思想的理论成果，而采用的仍然是传统诗话、词话分条分则的方式，但从总体结构体制而论，却具有一个隐然可见的完整的理论体系。这个体系，依姚一苇《论境界》言，包括六组相辅相成的对立关系：

1. 论境界之有无；
2. 论境界之有造境与写境之分；
3. 论境界之有我与无我；
4. 论境界之大与小；

5. 论境界之隔与不隔；

6. 论境界之高与低。

此之谓"造境"者，则作者虚构之境；"写境"者，则写实之境。由此而分为"理想与写实二派"。所谓"有我之境"，是"以我观物，故物皆著我之色彩"者，如"泪眼问花花不语，乱红飞过秋千去"之类是也；所谓"无我之境"，是"以物观物，故不知何者为我，何者为物"，"物我一体"者，如"采菊东篱下，悠然见南山"之类是也。境界之所谓"隔与不隔"，一般指意境表现的语言形态而言，"隔"者有语言障碍，"不隔"者，生动自然而不雕琢，形象逼真而不晦涩，真切鲜明而有言外之意。

八、味论

中国诗话论诗特别注重"辨味"；"味"是中国文艺美学的审美范畴，早已融入中国古典美学与文艺理论批评的话语体系之中。汉语中丰富多彩的味美之词，既大大地丰富了中国人的日常饮食生活的文化内涵，为中国饮食文化增添了绮丽的色彩，又给中国文化学、美学、诗学、文学批评、修辞学、词汇学、语义学、审美语言学等重要学科注入了新的语言艺术生命，逐步演变成为一个不可或缺的审美范畴，在构建独具特色的中国古典美学与文学批评的理论体系中，具有不可替代的重要作用[15]。

（一）味的审美特征

"味"是何物？"味"是人的口、鼻、眼、耳等器官能够体味到的一种生理感觉，一种审美体验。

"味"的审美特征，首先是生理机能的，即人在品尝食物、闻到气味时所感受到的一种普遍性的生理上的味觉、嗅觉方面的反应。当人们尝到某种食物或闻到某种气味的时候，人的口舌与鼻子立即产生一种条件反射，辨别出食物的味道是咸、酸、苦、辣、甜，辨别出气味的香、臭、腥、鲜、腐、陈。人的舌头与鼻子对食物与气味的辨别能力，是人与生俱来的一种生理机能，是人的味觉器官与嗅觉器官的一种本能的反应。所以，味，首先是一种饮食概念，出自于人们在饮食中所感受到的味觉之美，属于中国饮食文化的一个基本范畴。东汉许慎《说文解字》云："味，滋味也。"也是指食物的味道，故

---

15 参考陈应鸾《诗味论》一书，巴蜀书社 1996 年本。另龙宿莽《"味"——具有我国民族特色的审美范畴》，1992 年湘潭大学毕业优秀论文。

中国古代有"五味"之谓。《左传·昭公元年》云:"天有六气,降生五味。"《国语》云:"和五味以调口。"《礼记·礼运》:"五味,六和,十二食,还相为质也。"东汉经学家郑玄注云:"五味,酸、苦、辛、咸、甘也。"也泛指各种味道,如《老子》云:"五味令人口爽。"可以说,"味"虽然是客观存在,但自然是以人为本;人的味觉器官与嗅觉器官,是"味"得以被人们感受到的物质基础。

其次,"味"又是审美的,是人们对美食、美味、美好事物、美妙的文学艺术境界的一种审美享受。这种审美享受,是必须通过"通感"来实现的,即心灵的品味鉴赏与情感的交融会意,是一种自我感觉意识,一种审美快感。"味"是人的审美情感通过"意象"与"兴会"转化为审美趣味的;味因情而生,正如印度梵语诗学鼻祖婆罗多牟尼的《舞论》(Nātāsastra)所说:"味产生于情由、情态和不定情的结合。"一般来说,美因爱好而产生,美味因美感而生。当某一种物质的滋味经过人的品尝鉴赏而升华到"美味"、"趣味"、"情味"、"韵味"、"兴味"、"余味"、"意味"、"风味"、"一味"、"遗味"、"精味"、"义味"等一种高雅优美的精神境界的时候,味的审美价值就得到了淋漓尽致的发挥与展示,而成为了一种审美范畴,被广泛地运用于中国古典美学、诗学与文学理论批评的艺术实践之中。

再次,"味"的美感又是相对的,比较注重个人的审美体验。其鉴别标准具有多样化、多元化的特色,味的美丑、深浅、厚薄、雅俗、真假、好恶,文学艺术欣赏,因人而异,因时而异,因地域而异。每个人的生理需求、生活方式、个性修养、文化心态、审美情趣与时空的差异性,造成了人们对味的审美感受的千差万别。所谓"众口难调",就是因为每个人的口味不同,对味的要求具有明显的差别性。中国古人以羊大为美,故而有"肥羊美味";海生族以鱼腥为美,腥味则为美味;鲍肆老板以臭为美,久闻而不知其臭,臭味则为美味;少年爱好甜食,以甘甜为美味;而老年喜好清淡食物,以清淡为美味;北方人好喝奶酪,南方人好饮清茶;唐人嗜酒,宋人好茶。这些差异,皆因审美趣味的不同所致。所以,清人叶燮《原诗》云:"幽兰得粪而肥,臭以为美;海木生香而萎,香反为恶。"味之美丑好恶,也是具有多样性的,是相对性的。

(二)"味"的类别

味的分类,是一个相当复杂的问题。印度梵语诗学中,以味论诗(文学),

味的种类则不同。如毗首那特（Visvanātha）的《文镜》（Sāhityadarpana）与世主（Jaganāatha）的《味海》（Rasagṅgādhara）等著作，论诗主"味"，以"味"为诗的灵魂，是以"味论"为核心的梵语诗学著作，皆承袭婆罗多牟尼的《舞论》（Nātāsastra）论味的文化传统，则把"味"分为艳情、悲怜、滑稽、英勇、厌恶、奇异、暴戾、恐怖等八种，或加"平静"为九，或加"慈爱"为十。这种分类，明显地是以"情"为基本标准的。

如上所列，中国人对"味"的感受、理解与阐释是相当精微的，或从美丑的角度来论味，或从美感的层面来论味。所以，我们以为"味"可以根据以下几种不同的标准来分类：

其一，食品学标准。根据食品的种类来区分味的类别，则有所谓"自然之味"，注重食物的本然之味。诸如肉类中有猪肉味、羊肉味、牛肉味、狗肉味、鸡肉味等，瓜果蔬菜类的丝瓜味、黄瓜味、南瓜味、苹果味、梨子味、葡萄味、龙果味、香蕉味、菠萝味等，千千万万的食物，就有千千万万种不同的滋味。正如《吕氏春秋》卷十四云："肉之美者：猩猩之唇，獾獾之炙，隽燕之翠，述荡之腕，旄象之约"；"菜之美者：昆仑之苹，寿木之华"；"饭之美者：玄山之禾，不周之粟，阳山之穄，南海之秬"；"果之美者"，有"沙棠之实"，"江浦之橘，云梦之柚"等。而肉味则以熟香为美，蔬菜瓜果味则以新鲜为美。所谓"味欲其鲜，趣欲其真"（袁枚《随园诗话》）是也。

其二，生理学标准。根据味的不同性质与人的生理机制的不同来划分味的类别，则有所谓"饮食之味"。"饮食之味"是"调和"的结果。这种烹调之术，正如《吕氏春秋》所言，"若射御之微，阴阳变化，四时之数"一样，是天地人和的产物。而在日常生活中，人们接触到的是"五味"，即咸味、酸味、辛味、苦味、甘味。由于生理功能的差异，人们对这五种不同性质的味道的审美感受也是不同的，有的喜好咸味，有的喜好酸味，有的喜好辛辣味，有的喜好清苦味，有的喜好甘甜味。这是因为"眼力不齐，嗜好个别"（薛雪《一瓢诗话》）之故也。

其三，文艺美学的标准。根据艺术品类与审美情趣之别，则有所谓"艺术之味"。艺术之"味"，是人们在对文学艺术作品进行审美鉴赏时所产生的一种娱悦性的美感。古往今来，尽管美学的审美范畴千差万别，但基本上分为阴柔之美与阳刚之美两大范畴。当先秦诸子将"味"这个饮食文化概念引进文艺美学领域之中的时候，"味"就与审美观念联系在一起了。袁枚《随园诗话》指出："诗者，人之性情也，近取诸身足矣。其言动心，其色夺目，其味适口，其音悦耳，便是佳诗。""味"作为审美鉴赏与诗学批评的一个标准，则有音乐美学、绘画美学、书法美学、诗歌美学、散文美学、小说美学、戏剧美学、建筑美学、山水美学、园林美学等方面的"味论"，文学理论批评有了崭新的审美范畴。

（三）先秦诸子论"味"

《尚书》是中国古代最早的国家政事史料汇编。其中《周书·洪范》从五行学说出发论述"五味"，云："润下作咸，炎上作苦，曲直作酸，从革作辛，稼穑作甘。"这是咸、苦、酸、辛、甘"五味"最早的文献记录，认为"五味"产生于水、火、木、金、土"五行"，其中向下润湿的水产生咸味，向上燃烧的火产生苦味，可以曲直的木产生酸味，可以变形的金属产生辛味，种植的百谷产生甘味。《玉篇》亦云："五味：金辛，木酸，水咸，火苦，土甘。"这种对"五味"产生原因的探讨，颇具有哲学意味。

先秦时代，"味"作为文艺美学的一个审美范畴，是诗乐舞三位一体的必然结果。

先秦诸子论味，具有两个基本特点：一曰侧重于音乐美学中的"味"；二曰注重"味"的哲学阐释。

最早将"味"引进文艺美学领域之中的是孔子。《论语·述而》里记载："子在齐闻《韶》，三月不知肉味。曰：'不图为乐之至于斯也。'"《韶》，是古代虞舜的音乐名。《书·益稷》云："箫韶九成，凤皇来仪。"《礼记·乐记》云："韶，继也。"郑玄注云："韶之言绍也，言舜能继绍尧之德。"《韶》乐是歌颂舜帝能够继承尧帝功德的音乐。孔子崇尚音乐之美，在齐国闻《韶》乐，被崇高的音乐境界所感染，竟然三月不知肉味。较之于肉味之美，音乐的美味更加令人陶醉。然而，中国第一部诗歌总集的《诗经》，尚未出现一个"味"字，说明"味"在上古诗人的心目中还没有足够的美学地位。

"味"的出现，是在春秋战国时期，是诸子文章中的一个审美鉴赏符号。《老子》贵"无"，倡言"道之出口，淡乎其无味"（三十五章），认为"为无为，事无事，味无味"（六十三章）。老子从道家哲学的高度来论述"味"，这种"无味"是"道"的基本特征之一，就是无味之味，王弼则注释为"以恬淡为味"。恬淡，乃是无味之美的最高境界。

《孟子》论及"味"者有 7 次，主要是从口味方面入手，认为人有共同的审美趣味。说："口之于味，有同耆也。易牙，先得我口之所耆也。如使口之于味也，其性与人殊，若犬马之与我不同类也，则天下何耆皆从易牙之于味也？至于味，天下期于易牙，是天下之口相似也。"（《告子上》）这是一种比附，以口味之同嗜论证共同的人性与人心。

《墨子》之所以"非乐"，其中并"非以大钟、鸣鼓、琴瑟、竽笙之声以为不乐也，非以刻镂华文章之色以为不美也，非以刍豢煎炙之味以为不甘也"，而是出于保护小生产者的利益所致。

《左传·昭公二年》以"味"论音乐，云："声亦如味，一气、二体、三类、四物、五声、六律、七音、八风、九歌，以相成也。""味"也成为中国古代西南少数民族的一种乐名，据《白虎通·礼乐》云："西夷之乐曰味。"

《荀子》论美感，注重"味"的审美价值，说"刍豢稻粱，五味调香，所以养口也；椒兰芬苾，所以养鼻也；雕琢刻镂，黼黻文章，所以养目也；钟鼓管磬，琴瑟竽笙，所以养耳也"（《礼论》），认为"目辨白黑美恶，耳辨音声清浊，口辨酸咸甘苦，鼻辨芬芳腥臊"（《荣辱》），都是人之情性的表现。但必须合乎礼义，具有功利性，称"目好之五色，耳好之五声，口好之五味，心利之有天下"（《劝学》）。其《乐论》是中国最早的一篇音乐美学之作，对《乐记》与《吕氏春秋》中的音乐美学思想影响很大。

《礼记·乐记》是先秦音乐美学的集大成之作，将大羹遗味与朱弦遗音相联系，来突出音乐的美感力量。云："食飨之礼，非致味也。《清庙》之瑟，朱弦而疏越，一倡而三叹，有遗音者矣；大飨之礼，尚玄酒而俎腥鱼，大羹不和，有遗味者矣。"此中之"和"，乃是大羹遗味与朱弦遗音的共通之点，也是"味"之用于审美范畴的哲学基础。

（四）秦汉人论"味"

秦汉人论味，虽然涉及音乐，但仍然集中在饮食文化层面上，注重对其中之"味"从道家哲学的高度进行文化阐释。这是一个相当重要的特点。

《吕氏春秋》认为"耳之欲五声，目之欲五色，口之欲五味，情也"（《情欲》）；其卷十四有《本味》一篇，纵论各种美味，如"肉之美"、"鱼之美"、"和之美"、"饭之美"、"水之美"、"果之美"等；其论述"味"的饮食本原，充满哲理性与辩证色彩，指出："凡味之本，水最为始。五味三材，九沸九变，火为之纪。时疾时徐，灭腥去臊除膻，必以其胜，无失其理。调和之事，必以甘酸苦辛咸，先后多少，其齐甚微，皆有自起。鼎中之变，精妙微纤，口弗能言，志不能喻。若射御之微，阴阳变化，四时之数。故久而不弊，熟而不烂，甘而不哝，酸而不酷，咸而不减，辛而不烈，淡而不薄，肥而不胀。"同时，其卷五有《适音》篇又以"味"论乐，却又具有浓厚的伦理道德色彩，认为"耳之情欲声，心不乐，五音在前弗听；目之情与欲色，心弗乐，五色在前弗现；鼻之情欲芬香，心弗乐，芬香在前弗嗅；口之情欲滋味，心弗乐，五味在前弗食。"这是"滋味"一词最早的出处。

汉人注重弘丽，而"味"的美学意义却在于"恬淡"。所以，汉代的"味论"，多袭老子道家贵"无"的文化传统。

刘安《淮南子》卷一《原道训》以"道"论味，从道家哲学的高度论述"味"的本原。他以"无声""无味""无形""无色"为"一"，认为"无味"才能够显示出"五味"，说："无形而有形生焉，无声而五音鸣焉，无味而五味形焉，无色而五色成焉。……音之数不过五，而五音之变不可胜听也；味之和不过五，而五味之化不可胜尝也；色之数不过五，而五色之变不可胜观也。故音者，宫立而五音形矣；味者，甘立而五味停矣；色者，白立而五色成矣；道者，一立而万物生矣。"（同上）他同时指出："佳人不同体，美人不同面，而皆说于目；梨、橘、枣、栗不同味，而皆调于口。"认为"味"如同佳人之体与美人之面，具有美的多样性。

西汉大儒扬雄同样禀承着道家"味论"之旨，在《解难》一文中提出"大味必淡，大音必希，大语叫叫，大道低回"的哲学命题，与《老子》的"大音希声"一脉相承，说明"大味"之味以"恬淡"为美，这种恬淡之美，却是常人不易理解、难以接受的一种大美。

语言学家许慎《说文解字》则首次从文字学的角度解说"味"，谓："味，滋味也。从口，未声。"这是以"滋味"一词来诠释"味"之最早者。东汉王充《论衡·幸遇篇》论及饮食之味的来源时指出："蒸谷为饭，酿饭为酒。酒之成也，甘苦异味；饭之熟也，刚柔殊和。非庖厨酒人有意异也，手指之调有偶适也。"其所以"甘苦异味"，王充认为是源于天地之"精气"，即自然之灵气也。且开始以"味"品味诗文，谓"文必丽以好，言必辩以巧。言了于耳，则事味于心；文察于目，则篇留于手"（《论衡·自纪》）。此"味"者，就是品味、体味、鉴赏。

（五）魏晋六朝人论"味"

魏晋时代，名士风度，从小就注重人格之美。孔融有"推梨"之心（《后汉书》本传)，王泰有"让枣"之举(《南史》本传)，王羲之有分甘味与人之爱。《晋书·王羲之传》云："修植桑果，今盛敷荣，率诸子，抱弱孙，游观其间。有一味之甘，割而分之，以娱目前。"然而，魏晋玄学，以玄论玄，玄学在"味论"上的阐释，往往比两汉更为深邃精辟，突出表现在以"味"论诗，以"味"论画，以"味"论文，以"味"论人，以"味"论书法，以"味"论山水，以"味"论园林艺术等方面。

魏晋六朝，"味"之用于审美范畴，是文艺美学成熟的重要标志，"味"被普遍地运用于文论、乐论、诗论、画论、书论。曹丕论文主"气"，以为"华藻云浮，听之忘味"；卞兰论太子赋文，以为"叙述清风，言之有味"(《赞述太子赋》)；曹植论"味"，强调"味"的差异性，源于"人各有所好尚"(《与杨德祖书》)；阮籍论乐，认为"道德平淡，故无声无味"(《乐论》)，又谓孔子"三月不知肉味"是"言至乐使人无欲，心平气定，不以肉为滋味也"；而嵇康《声无哀乐论》则认为"味以甘苦为称"，"五味万殊，而大同于美；曲变虽众，亦大同于和"；并称按照人情感来分还有"喜味"与"怒味"，说："夫味以甘苦为称，今以甲贤而心爱，以乙愚而情憎，则爱憎宜属我，而贤愚宜属彼也。可以我爱而谓之爱人，我憎则谓之憎人；所喜则谓之喜味，所怒则谓之怒味哉？"(同上)陆机《文赋》明确要求文学作品具有"大羹之遗味"；宗炳以"味"论画，主张"澄怀味象"(《画山水序》)，认为"味"产生于人们对山水物象的审美观照之中；刘勰《文心雕龙》在其《隐秀》《总术》《明诗》《情采》《体性》等篇，以"味"论创作之"深文隐蔚，余味曲包"，论风格之"味之则甘腴"，论审美情趣之"志隐而味深"，论文学作品之"清典可味"。张璠《易集解序》云："蜜蜂以兼为味。"裴松之《上三国志注表》亦云："窃惟缀事以众色成文，蜜蜂以兼采为味，故能绚素有章，甘逾本质。"[16]

在中国诗歌美学史上，"味论"的集大成者是钟嵘的《诗品》。钟嵘以"味"论诗，倡言诗歌艺术的"滋味"说，并运用于诗歌品评鉴赏，从而创建了以"味"为核心的诗歌艺术审美体系。其主要含义大致有四：一是"味"产生于审美主体的审美情感，认为诗之"味"源于"指事造形，穷情写物"的结果。二是以"味"为诗歌的美感特征，认为"干之以风力，润之以丹彩，使味之者无极，闻之者动心"者，才是"诗之至也"。三是诗之"味"的基本要素是《诗

---

16 《全宋文》卷17，《全上古秦汉三国六朝文》。又见钱钟书《管锥编》第四册第1250页摘引。

的"兴、比、赋"三义，所谓"文已尽而意有余，兴也；因物喻志，比也；直书其事，寓言写物，赋也"。四是以"味"为审美标准评论诗歌创作，称颂五言诗"居文辞之要，是众作之有滋味者也"；张协的诗"词彩葱倩，使人味之亹亹不倦"；而批评玄言诗缺少情味，"理过其辞，淡乎寡味"（《诗品序》）。

（六）唐宋诗话论"味"

唐宋以降，"味"之普遍运用于文学理论批评者，终于构建了中国文艺美学的理论大厦。以"味"用之于文学理论批评者，始于钟嵘《诗品》，而广泛运用者在于唐宋诗话、词话、文话、曲话、剧话与小说评点等。

唐宋时代，人们的生活方式与生活习惯崇尚淡雅，讲究味道之美。正如王劭所说："温酒及炙肉，用石炭、柴火、竹火、草火、麻黄火，气味不同。"（《隋书·王劭传》）据不完全统计，"味"字在《全唐诗》与《全宋词》里曾经出现过 501 次，其中有"滋味"104，"余味"3，"兴味"10，"情味"2。列表示之如次：

	味	滋味	余味	兴味	情味	真味	禅味	清味	韵味
《全唐诗》	317	21	1	7	2	1	4	2	0
《全宋词》	184	83	2	3	0	3	1	2	0

唐太宗《赐魏征诗》云："醽醁胜兰生，翠涛过玉薤（xiè）。千日醉不醒，十年味不败。"这是第一首涉"味"的唐诗，题下注云："魏征善治酒，有名曰'醽醁'，曰'翠涛'，世所味有。"此诗写酒味之美。"兰生"是汉武帝的百味旨酒，"玉薤"是隋炀帝的酒名，而魏征的酒味远胜历代帝王的美酒。

唐宋人的味论，始终围绕着诗歌艺术的审美鉴赏与艺术境界来展开。

王昌龄以"味"为标准来论述诗歌创作时"景"与"意"与"理"的关系，其《诗格·十七势》云："理入景势者，诗不可一向把理，皆须入景，语使清味。理欲入景势，皆须引理语入地及居处。所在便论之，其景与理不相惬，理通无味。"又谓："景入理势者，诗一向言意，则不清及无味；一向言景，亦无味；事须景与意相兼始好。"他认为惟有"景""意""理"三者"相惬""相兼"，诗才有"味"。这"味"就是诗的审美趣味，是构成诗歌艺术境界的重要因素。

释皎然以"味"论诗，其《诗式·用事》认为谢灵运《还旧园作》"偶与张邴合，久欲归东山"之用比喻，"详味可知"；而《诗式·辨体有十九字》则称"高"、"逸"、"贞"、"忠"、"节"、"志"、"气"、"情"、"思"、"德"、"诚"、"闲"、"达"、"悲"、"怨"、"意"、"力"、"静"、"运"十九个字，"括文章德体，风味尽矣"。其《诗议》又云："夫诗工创心，以情为地，以兴为经，然后清音韵其声律，丽句增其文彩，如杨林积翠之下，翘楚幽花，时时开发。乃知斯文，味意深矣。""情"、"兴"、"声律"、"文彩"，犹如"杨林积翠""翘楚幽花"，诗味则更深矣。

唐宋"味论"的开拓者，是司空图。除旧题其《二十四诗品》之外，他还有《与李生论诗书》《与极浦书》等论诗之文，继钟嵘《诗品》之后，将中国诗学文化中的"味论"发展到一个崭新的美学阶段。他对"味论"的主要贡献有二：一是明确主张以"辨味"为"言诗"标准，指出："古今之喻多矣，而愚以为辨于味，而后可以言诗也。江岭之南，凡是资于适口者，若醯非不酸也，止于酸而已；若鹾非不咸也，止于咸而已。华之人以充饥而掇辍者，知其咸酸之外，醇美者有所乏耳。"二是倡言"味外之旨"说："盖绝句之作，本于旨极，此外千变万状，不知所以神而自神也，岂容易哉？今足下之诗，时辈固有难色，倘复以全美为工，即知味外之旨矣。"司空图以"味"论诗，此之"味"，则韵味。辨味，就是审美。其"辨于味而后可以言诗"之论，乃是其论诗主旨与评诗准则之所在，内涵大致包括"韵外之致"、"味外之旨"与"象外之象"三外说。所谓"韵外之致"，是指诗歌创作中的言意关系：韵，是诗的语言之美，包括诗的神韵与韵味；致，即意态、情趣；而"味"则妙在"咸酸之外"。所谓"味外之旨"，即"味外之味"，是指诗歌的审美效果。司空图以"全美"来解说"味外之旨"，是旨在说明诗味的多样性，"咸酸"只是其中两种美感，只有在"咸酸之外"达到"全美"的艺术境界，品味诗歌艺术的"味外之味"，才是最高的审美享受。

宋代诗话论诗评诗，以"平淡""含蓄"为美，注重"味"。欧阳修《六一诗话》力主"状难写之景，如在目前；含不尽之意，见于言外"。苏轼论诗以"枯淡"为贵，谓"其外枯而中膏，似淡而实美"者才有"至味"（《评韩柳诗》）；也只有"咸酸杂众好，中有至味永"（《送参廖师》）；他在《书黄子思诗集后》一文中指出韦应物、柳宗元诗"发纤秾于简古，寄至味于澹泊"，然后称颂司空图论诗之精当："其论诗曰：'梅止于酸，盐止于咸，饮食不可无盐梅，而其美常在咸酸之外。'盖自列其诗之有得于文字之表者二十四韵，恨当时不识其妙，予三复其言而悲之。"东坡深爱表圣之心，表露无遗矣！他评论王维的诗画艺术，精到绝伦，说"味摩诘之诗，诗中有画；观摩诘之画，画中有诗。"（《书摩诘蓝田烟雨图》）此"味"者，体味也，审美鉴赏也。魏泰《临汉隐居诗话》认为："凡为诗，当使挹之而源不穷，咀之而味愈长。至如永叔之诗，才力敏迈，句亦清健，但恨其少余味耳。"范温《潜溪诗眼》认为好诗应该是"行于简易闲淡之中，而有深远无穷之味"者。姜夔《白石道人诗说》论诗强调"味"，指出："语贵含蓄。东坡云：'言有尽而意无穷者，天下之至言也。'山谷尤谨于此。清庙之瑟，一唱三叹，远矣哉！后之学诗者，可不务乎？若句中无余字，篇中无长语，非善之善者也；句中有余味，篇中有余意，善之善者也。"连理学家张栻也认为学者之诗"读着似质，却有无限滋味，涵泳愈久，愈觉深长"（《庶斋老学丛谈》引）。吴可《藏海诗话》云："凡装点者好在外，初读之似好，再三读之则无味。"魏庆之《诗人玉屑》云："诗须是沉潜讽诵，玩味义理，咀嚼滋味，方有所益。"

杨万里《诚斋诗话》承袭司空图"味外之旨"说，认为"诗已尽而味方永"者为善，强调诗歌应该有"无穷之味"，称赞陶渊明、柳宗元的五古诗"句雅淡而味深长"。特别是他以"味"论诗派，在《江西宗派诗序》中指出：

> 江西宗派诗者，诗江西也，人非皆江西也。人非皆江西，而诗
>
> 曰江西者何？系之也。系之者何？以味不以形也。

维系江西诗派的，不是"江西"地域，而是"味"，即诗人共同的审美趣味与艺术风格。可以说，江西诗派是因"味"而形成的一个诗派。在苏黄诗风的影响下，具有相同或近似的审美趣味与艺术风格的宋代诗人，虽然籍贯有别，但都自觉地集合在"江西诗派"的旗帜之下，这就是"江西诗派"。

（七）元明清诗话论"味"

元明诗坛注重神韵，论诗主"神"尚"味"。元人揭傒斯的"味论"，是中国"味论"发展史上的又一个里程碑。揭傒斯的《诗法正宗》论诗主"味"，极力推崇司空图的"味外之味"学说，而又有所发扬光大，自成一格，认为诗味之妙在"意外生意、境外见境"，云：

> 唐司空图教人学诗须识味外味，坡公尝以名言。如所举"绿树连村暗""棋声花院闲""花影午时天"等句是也。人之饮食，为有滋味；若无滋味之物，谁复饮食之为？古人尽精力于此，要见语少意多，句穷篇尽，目中恍然，别有一境界意思。而其妙者，意外生意，境外见境，风味之美，悠然辛甘酸咸之表，使千载隽永，常在

颊舌。今人作诗，收拾好语，裒积故实，秤停对偶，迁就声律。此于诗道，有何干涉？大抵句缚于律而无奇，语周于意而无余。语句之间，救过不暇，均为无味。槁壤黄泉，蚓而后甘其味耳。若学陶、王、韦、柳等诗，则当于平淡中求真味。初看未见，愈久不忘，如陆鸿渐品尝天下泉味，以杨子中泠为天下第一水，味则淡，非果淡，乃天下至味，又非饮食之味可比也。但知饮食之味者已鲜，知泉味又极鲜矣。（《古今诗话续编·名家诗法汇编》）

这是古今"味论"最精彩的论述，认为无味之诗犹如"无滋味之物，谁复饮食之为"，而诗中之味"又非饮食之味可比"，乃是"天下之至味"。在论及"诗妙"时，他又说："刘宾客谓：'诗者，人之神明。'谓当神而明之，大而化之，如林间月影，见影不见月；如水中盐味，知味不盐；如画不观形似，而观萧散淡泊之意；如字不为隶楷，而求风流萧散之趣。超脱如禅，飘逸如仙，神爱如龙虎，抵掌笑谈如优孟，诙谐滑稽如东方朔，则极玄造妙矣。"这一连串的比喻，以各种不同的意象来比喻诗歌之妙处，进而倡言学诗者应该力行"五事"：第一是"诗本"，第二是"诗资"，第三是"诗体"，第四是"诗味"，第五是"诗妙"。他最后殷切地期待着说："诸君倘能养性以立诗本，读书以厚诗资，识诗体于原委正变之余，求诗味于盐梅姜桂之表，运诗妙于神通游戏之境，则古人不难到，而诗道昌矣"。元代的"味论"，有揭傒斯这一段论述足矣。其他支离破碎者，皆会黯然失色。如方回论"清新"，以"意味之自然者为清新"（《桐江集·冯伯田诗集序》），而其《瀛奎律髓·茶类》之论"茶味"，称"茶之兴味，于唐陆羽始"，而"啜茶者皆是也，知茶之味者亦鲜矣"。

明清人对"诗味"的论述，皆无多发明，更难以超越一个揭傒斯。但不可忽略者，是很少致力于理论的阐释，而是只言片语地将"味"作为一个审美鉴赏与文学批评的标准运用于实践，且多以瓜果食物作比喻来论诗，承袭司空图"味外味"说。比较有影响者还有几家：一是性灵派，明人袁宏道以"趣"论文，认为"趣如山上之色，水中之味，花中之光，女中之态"（《叙陈正甫会心集》）；清人袁枚《随园诗话》卷三谓："诗如言也，口齿不清，拉杂万语，愈多愈厌。口齿清矣，又须言之有味，听之可爱，方妙。"又曰："味甜自悦口，然甜过则令人呕；味苦自螫口，然微苦恰耐人思。要知甘而能鲜，则不俗矣；苦能回甘，则不厌矣。凡作诗献公卿者，颂扬不如规讽。余有句云：

'厌香闻皂荚，苦腻慕蒿芹。'"（卷七）二是王士禛论诗主"神韵"，其《唐贤三昧集序》称"严沧浪论诗云：'盛唐诸人唯在兴趣，羚羊挂角，无迹可求，透彻玲珑，不可凑泊，如空中之音，相中之色，水中之月，镜中之象，言有尽而意无穷。'司空表圣论诗亦云：'味在酸咸之外'"此二家观点成为其编辑《唐贤三昧集》的基本宗旨。三是王国维以"味"论词，论境界，其《人间词话》云："古今词人格调之高，无如白石，惜不于意境上用力，故觉无言外之味、弦外之响。"

（八）"味"作为审美范畴的演变规律

在中国人的审美观念之中，"味"被引进文艺美学领域，而成为一大重要的审美范畴，时间几乎与饮食文化中的"味论"相同步，但却经历了一个漫长的历史演变过程。回顾"味"作为审美范畴的演变规律，我们可以比较清晰地看到：

其一，从先秦到两汉，中国的"味论"经历了由饮食文化到音乐美学发展的全过程，比较少的涉及于诗歌艺术，而是集中地从哲学上为"味"探寻文化本原，特别是以老子为代表的道家对"味"所做的哲学诠释，既深刻地影响了秦汉人对"味"的理解与论述，更为以后作为文艺美学重要审美范畴的"味"奠定了坚实的哲学文化基础。

其二，"味"从饮食文化到文艺理论批评，始终是一个重要的审美范畴。中国人对"味"的追求，来源于饮食。《论语》出现"饮"字 5 次，"食"字 41 次；《孟子》出现"饮"字 15 次，"食"字 106 次；而"饮食"一词最早出现在《礼记·礼运》之中，谓"饮食男女，人之大欲存焉"。饮食，指人的食欲；男女，指人的性欲。饮食是人类赖以生存发展的物质基础。而中国人对饮食的讲究，有《茶经》《酒谱》《食谱》之类，《四库全书》卷 115 收录食谱 10 部 19 卷，其存目尚有食谱之属 23 部 64 卷，自古以来形成一种独特的饮食文化。人的食欲来源于饮食之味，所谓"五味"因此而生；"味"，也就成了中国饮食文化的核心。此种"味"首先是一种味觉之美、嗅觉之美，因其出自于人的感觉，从味觉、嗅觉到听觉、视觉，皆系人的心理感觉，都是人的审美心理、审美感觉，即美感，这就为"味"进入文艺理论批评领域提供了有力的前提条件。当孔子闻《韶》乐而产生一种"三月不知肉味"的审美愉悦心理与快感的时候，"味"作为一个审美范畴，已经从饮食之"味"引申为艺术鉴赏之"味"了。因而，清人余云焕有《味蔬斋诗话》二卷，又名《味蔬诗话》，将饮食与诗话融为一体[17]。"味"的这种转化，其基本内涵就是"审美"，只是由人们对饮食之味的审美上升到对文学艺术之味的审美，由饮食上的美感升华为文学艺术鉴赏方面的美感而已。从这个普遍意义上来说，何谓"味"？味就是审美，是审美体验，是审美鉴赏。

其三，"味"作为文艺美学范畴发展演变中的三个里程碑：钟嵘，司空图，揭傒斯。如前所论，中国文艺美学范畴中的"味论"，在自己演变发展的历史进程中，树立了三个历史的丰碑：第一是钟嵘，是他在《诗品》中以"味"论诗，提出了耐人寻味的"滋味"说，具有开创性。它不仅是一个审美鉴赏标准，也是一个文学艺术批评的准则之一。第二是司空图，他提出的韵外之致、味外之味、象外之象"三外"说，使中国味论由"味"上升到了"味外味"的哲学层面，从而使"味"从一般性的审美范畴成为一种审美境界。这是对"味论"的重大贡献。第三是揭傒斯，他的"诗味"之论，对中国诗歌美学中的"味论"作了极为精辟的阐释与全面的总结，可以说是中国"味论"的集大成者。

其四，"味"的最高境界是"无味之味"。中国"味论"，则渊源于儒家、道家以及佛教文化。儒家的音乐观，最早融入了"味"的审美概念；佛教文化产生的印度梵语诗学中的"味论"为中国"味论"进入文学艺术领域，提供了可资借鉴的参照系；而道家特别是老子的"无为"论，将"味"这个审美范畴纳入了最高的审美境界——"无味之味"。老子重"道"，道是宇宙本体，是宇宙变易的基本规律。《老子·三十五章》"道之出口，淡乎其无味。视之不足见，听之不足闻，用之不足既。"因而，他认为"为无为，事无事，味无味"（六十三章）。在老子哲学里，"无味"才是"道"；而"道法自然"，所以"无味之味"才是"味"的本质。老子崇尚"恬淡"，称"恬淡为上，胜而不美"，王弼为之作注时，解释为"以恬淡为味"。这样看来，"恬淡"乃是无味之美的最高审美境界。这种境界，原本属于道家思想文化体系，但是融合了儒家与释家的思想。如宋代诗话"以禅喻诗"，严羽《沧浪诗话》论诗强调"正法眼"、"识真味"，认为"禅道唯在妙悟，诗道亦在妙悟"，"盛唐诗人唯在兴趣，羚羊挂角，无迹可求。故其妙处透彻玲珑，不可凑泊，如空中之音、相中之色、水中之月、镜中之象，言有尽而意无穷"；明黄省曾《名家诗法》卷五云："用事，要如禅家语：'水中着盐，饮水方知盐味'。"这就是明证。

---

17 余云焕：《味蔬斋诗话》二卷，清光绪三十四年（1908）思南府刊本。

（九）中国味论与印度诗学"味论"之比较

印度梵语诗学是一个独特的诗学文化体系，可以概括为以下三句语：以"诗"（文学）为主体，以"情"为核心，以"味"为灵魂。

婆罗多牟尼的《舞论》(Nātāsastra)，是梵语诗学的开山之祖。此中之"舞"，是戏剧的代名词。《舞论》的第六章《论味》，就已经确立了印度"味论"的理论体系。其基本构架是：（1）解说"味"的性质是什么。认为"味"具有可被尝的性质，"味"是人们品尝出来的，"正如有正常心情的人们吃着由一些不同佐料烹调的食物，就尝到一些味，而且获得快乐等等"。（2）"味"是怎样产生的？认为"味"产生于情，产生于"别情、随情和不定的[情]的结合"。（3）"味"与"情"的关系。认为"味"与"情"密切不可分，"正如佐料和蔬菜相结合使食物有了滋味，同样情和味互相导致存在"。（4）"味"的分类：认为"戏剧中的味相传有八种：艳情、滑稽、悲怜、暴戾、英勇、恐怖、厌恶、奇异"。（5）"味"的颜色："艳情是绿色，滑稽是白色，悲怜是灰色，暴戾是红色，英勇是橙色，恐怖是黑色，厌恶是兰色，奇异是黄色。"（6）各种"味"的本质特征："艳情"产生于"欢乐"，以光彩的服装为灵魂；"滑稽"产生于服饰、行为、语言等错误的别情，以"笑"为灵魂；"悲怜"产生于不幸的遭遇等别情，以"哭"为灵魂；"暴戾"产生于愤怒、迫害、猜忌等别情，以"愤怒"为灵魂；"英勇"产生于镇静、坚定、骁勇、威武等别情，以"勇"为灵魂；"恐怖"产生于惊恐等别情，以"恐惧"为灵魂；"厌恶"产生于令人讨厌、不愉快等别情，以"厌"为灵魂；"奇异"产生于幻境、幻术等别情，以"诧异"为灵魂。[18]之后，毗首那特(Visvanātha)的《文镜》(Sāhityadarpana)与世主(Jaganāatha)的《味海》(Rasagṅgādhara)等著作，广泛继承了《舞论》的诗学文化传统，论诗主"味"，以"味"为诗的灵魂，把"味"分为艳情、悲怜、滑稽、英勇、厌恶、奇异、暴戾、恐怖等八种，或加"平静"为九，或加"慈爱"为十，是以"味论"为核心的梵语诗学著作。

比较中印两国"味论"，关于"味"的饮食意义，两国是基本相同的，即中国注重"五味"，印度注重辛、酸、甜、咸、苦、涩"六味"，较中国多出一个"涩味"；中国更注重其饮食的文化内涵，形成以"味"为核心的中国饮食文化传统，例如袁枚的《随园诗话》之后则附有《随园食单》，其序云："诗人美周公而曰'边豆有践'，恶凡伯而曰'彼疏斯粺'。古之于饮食也若是。""《中

---

18 参见《东方文论选·印度文论》，四川人民出版社 1996 年本。

庸》曰：'人莫不饮食也，鲜能知味也。'"。其中有《先天须知》又云："凡物各有先天，如人各有资禀，人性下愚，虽孔孟教之无益也；物性不良，虽易牙烹之亦无味也。"关于诗学领域中的"味论"，则有许多差异：

一是印度梵语诗学更强调"味"与"情"的内在联系，注重"味"的情感义蕴，以"情"来划分"味"的类别，侧重于戏剧学，是美的诗学；而中国先哲们论"味"更加注重"味"的文化哲学内涵，注重从哲学的层面上去阐释"味"的美学价值与文化义蕴，是美的哲学。

二是印度的"味论"源于戏剧学，多注重戏剧的表演的直接观赏性，而中国人论味源于音乐与诗歌品评，则重在对文学艺术作品的审美鉴赏性。如明人游潜《梦蕉诗话》以"味"鉴别比较元诗明诗时云："元诗有唐之气，当代得宋之味。气主外，盖谓情之趣；味主内，盖谓理之趣。要之，皆为似而已矣。"清人袁枚以"味"为言诗标准，其《随园诗话》指出："熊掌、豹胎，食之至珍贵者也，生吞活剥，不如一蔬一笋矣。牡丹、芍药，花之至富贵者也，剪彩为之，不如野蓼山葵矣。味愈其鲜，趣愈其真，人必如此，而后可与论诗。"（卷一）

三是中国先人以"味"论诗，多以比喻出之，比喻中又多自然意象。如欧阳修《六一诗话》云："近诗尤古硬，咀嚼苦难嘬。又如食橄榄，真味久愈在。"张戒《岁寒堂诗话》卷上云："大抵句中若无意味，譬之山无烟云，春无花树，岂复可观？"袁枚《随园诗话》卷一云："余尝比山谷诗，如果中之百合、蔬中之刀豆也，毕竟味少。"郎廷槐《师友诗传录》云：

> 问："昔人云：'辨乎味，始可以言诗。'敢问诗之味，从何以辨？"阮亭答："诗有正味焉。太羹元酒，陶匏苴粟，《诗》三百篇是也；加笾折俎，九献终筵，汉、魏是也；庖丁鼓刀，易牙烹敎，惮薪扬芳，朵颐尽美，六朝诸人是也；再进而有蒸盐虎，前有横吹，后有侑币，宾主道餍，大礼以成，初盛唐人是也；更进则施舌瑶柱，龙鲊牛鱼，熊掌豹胎，猩唇驼峰，杂然并进，胶牙螫吻，毒口螫肠，如中、晚、昌谷、玉溪诸君是也；又进而正献既彻，杂肴错进，芭糁藜羹，薇蕨蓬菖，衿鲜斗异，则宋元是也；又其终而社酒野筵，妄拟堂庖，粗藏大肉，自名禁脔，则明人是也。凡此则非正味也。
>
> 总之，欲知诗味，当观世运，夫亦如此辨之而已矣。"

如此繁复的比喻，如此众多的意象，用以从非正味论述诗的"正味"并且指出辨别诗味，必须"观世运"，考察时代风貌。这些都与印度诗学中的"味论"大相径庭。

四是印度的"味论"已经形成了自己的梵语诗学体系，有专门的诗学著作进行专门的论述，而中国人论味基本上是只言片语，散见于其他著述之中，是论"味"而不是"味论"，没有形成完整的"味论"体系。如明人陆时雍《诗镜总论》云："诗之佳者，在声色臭味之俱备，庾、张是也；诗之妙者，在声色臭味之俱无，陶渊明是也。"清人王寿昌《小清华园诗谈》云："诗有三深：情欲深，意欲深，味欲深。"此等话语，如语录，如警句格言，是诗话论诗条目，点到为止，是点悟式的，风格个性与印度诗学迥然不同，只有汇集各家之论，经过全面整理与系统研究，才能建立独具中国特色的"味论"美学体系。这也是本文以"味论"为标题的主要动机。

（十）"味"的审美价值及其现代意义

哲学家黑格尔《美学》卷一指出："艺术的感性事物，只涉及视听两个认识性的感觉，至于嗅觉、味觉和触觉，则完全与艺术欣赏无关。"其实，并不尽然。钱钟书《管锥编》就列举了三例西人论味者：一是古希腊一文家云："独不见蜜蜂乎，无花不采，吮英咀华，博雅之士亦然，滋味遍尝，取精而用弘。"二是哲学家教子侄读书作文云："当以蜂为模范，博览群书而匠心独运，融化百花以自成一味，皆有来历而别具面目。"三是蒙田论蒙养（l'instion des enfans），即谓当许儿童随意流览："蜂采撷群芳，而蜜之成悉由于己，风味别具，莫辨其来自某花某卉。"[19]但与西方美学确实不同，印度与中国特别注重"味觉"的审美价值，这是因为"味"的本身就是一个独特的审美范畴。饮食之"味"，出自于食品、佐料与烹调艺术；中国人的饮食习惯之重"味"，几乎是一种集体无意识，成就了历史悠久的中国饮食文化。正如孙中山《建国方略》中指出："烹调之术本于文明而生，非深孕乎文明之种族，则辨味不清；辨味不清，则烹调之术不妙。中国烹调之妙，亦是表明文明进步之深也。"[20]可以说，中国深厚的饮食文化，是中华民族文明进步的标志之一。

"味"是一个富有很强活性的审美范畴。在中国人的日常生活与审美观念中，"味"字成为了最常用的字眼之一；由"味"字而生发出的汉语词汇，更

---

19 钱钟书《管锥编》第四册第 1251-1252 页，中华书局 1986 年。
20 参见陈望衡《中国古典美学史》，湖南教育出版社 1998 年。

是数不胜数，它可以与其他词语随意组合，如与名词组合而成"气味"、"口味"、"意味"、"风味"、"禅味"、"情味"、"韵味"、"酒味"、"茶味"、"肉味"、"海味"、"山味"、等，与形容词组合而成"真味"、"精味"、"趣味"、"异味"、"美味"、"香味"、"甘味"、"臭味"、"腥味"、"苦味"、"鲜味"等，与动词组合而成"兴味"、"余味"、"遗味"、"玩味"、"品味"、"回味"、"有味"、"寻味"、"体味"等，与数词组合而成"一味"、"五味"等。种种组合，形成了新的复合概念，其审美价值大致有二：一是美论，即对"味"作美与丑的阐释；二是美感论，即对"味"作审美体验、审美感受的论述。前者来源于后者，人是审美主体，对"味"的美感全赖于人的美学观念与审美情趣。

饮食之"味"之所以能够上升为文学艺术鉴赏之"味"，是因为"通感"的缘故。钱钟书先生《通感》一文指出："在日常生活里，视觉、听觉、触觉、味觉往往可以彼此打通或交通，眼、耳、鼻、身各个官能的领域可以不分界限。"[21]通感，使"味"的"感觉挪移"。味觉之"味"与视觉、听觉之"味"，本身就是审美，只是二者的审美对象不同而已：人的口舌品尝饮食之美，而人的视觉、听觉品味文学艺术作品之美；一个是物质享受，一个是精神享受，但都是一种心灵感受，一种审美价值的体现。当"味"的审美价值，被一个民族自觉接受的时候，整个民族的文明水准与审美鉴赏能力也许会普遍提高了。

文化的力量，是不可忽视的。当今之世，中国正在全面建设小康社会，人民的物质生活水平有了普遍的提高，生活方式与精神面貌也发生了很大的变化。这种变化出现了两种趋势：一是"西化"即现代化，二是"复古"，复中华民族文化之古。本来，生活方式也是人的一种生存方式；但有高雅与低俗之分，采用何种生活方式，取决于人的人生观、审美价值观与文化教养。正确的人生观，崇高的价值观，高雅的审美情趣，必然决定人的生活方式是高雅的，脱离低级趣味的。《刘子·防欲》云："耳目之于声色，鼻口之于芳味，肌体之于安适，其情一也；然亦以之死，亦以之生，或为智贤，或为庸愚，由于处之异也。"[22]提高生活品味，追求理想完美人格，对现代中国人来说也许是比较重要的。因此，"味"作为一个审美范畴，其研究又具有一定的现实意义，不仅有助于构建独具特色的中国诗学文化体系，而且有利于提高人民的生活质量，也有益于人们在从事文学艺术与文化娱乐活动中不断提高

21 钱钟书：《七缀集》，上海古籍出版社 1985 年。
22 转引自钱仲联等：《四部精华》中册，岳麓书社 1991 年。

审美鉴赏水平，弘扬中华民族优秀文化，自觉抵制低级趣味与没落腐朽文化，积极扫除社会丑恶现象。

九、诗禅论

诗，茶，禅，三位一体，成就了中国传统文化中的两大学说：一是诗禅论，二是茶禅论。诗禅论，是中国诗文化与佛教禅宗文化相结合的产物；而茶禅论，则是中国茶文化与佛教禅宗文化相结合的产物。

禅为何物？禅，佛教名词，是梵文"禅那"（Dhyāna）的略称。禅家的诸多解说，起源于释慧皎的《高僧传》卷十一："禅也者，妙万物而为言，故能无法不缘，无境不察。然缘法察境，唯寂乃明。其犹渊池息浪，则彻见鱼石；心水既澄，则凝照无隐。"这种"禅"，是以"妙万物"为内核、以"寂"为途径的思维方法。其基本特征在于"缘法察境，唯寂乃明"，如渊池鱼石，心澄而悟，则可凝照一切，妙观万物。

禅宗主"悟"，无论是北宗的"渐悟"，还是南宗的"顿悟"，皆以"寂"为心境，以"妙悟"为基本方式。"妙悟"者，悟之高妙也，故能"无法不缘，无境不察"，达到"妙万物"的高妙境界。

所谓"诗禅"，本来是以禅入诗，以诗喻禅；而实际上乃是诗歌王国实现儒、道、佛三教合一的产物。"禅"字早在先秦诸子散文中就已经出现。但真正与佛教禅宗连结在一起，却是佛教传入中国以后的魏晋六朝时代；而与诗相连结，成就而为"诗禅"者，则是在唐代。唐代诗人王维被尊为"诗佛"，然而"诗佛"并非"诗禅"。《全唐诗》里"禅"字出现 1219 次，连"禅宗"一词也出现了。诗僧齐己正式引用"禅宗"者，其《戒小师》诗云：

> 不肯吟诗不听经，禅宗异岳懒游行。
>
> 他年白首当人问，将底言谈对后生。

此诗是针对懒和尚不吟诗、不听经书、不愿游学其他佛教名山名师的现象而发的劝戒之词。其中"禅宗异岳"，是指其他佛教禅宗名山。这是唐诗与佛教禅宗的结合，是唐代中国诗文化与佛教禅宗文化的融合，为"诗禅"论的创建奠定了诗学基础。

唐人说"学诗如学仙"，仙者道也；宋人说"学诗如参禅"，禅者佛也。此"仙"此"禅"与"儒"的联系，即是千丝万缕的。真正有文献可考的"诗禅"，出现在辛文房《唐才子传》卷八"周繇"条，称咸通十三年进士周繇为

"诗禅"。"诗禅"之说出自于唐代，是时人奉送给晚唐诗人周繇的一个雅号。
辛文房评议曰：

> 尝谓禅家者流，论有大小乘，有邪正法，要能具正法眼，方为
> 第一义，出有无间。若声闻、辟支、四果，已非正也，况又坠野狐
> 外道鬼窟中乎？言诗亦然。宗派或殊，风义必合。品则有神、妙，
> 体则有古、今，才则有圣、凡，时则有取、舍。自魏晋以降，递至
> 盛唐，大历、元和以下，逮晚年，考其时变，商其格制，其邪正了
> 然在目，不能隐也。经云："过而不改，是谓过矣。"悟门洞开，慧
> 灯深照，顿渐之境，各天所赋。观于时以"诗禅"许周繇，为不入
> 于邪见，能致思于妙品，固知其衣冠于裸人之国矣。昔人谓"学诗
> 如学仙"，此之类欤。

时人以"诗禅"许周繇，周繇为何人？辛文房《唐才子传》卷八云："繇，江
南人，咸通十三年，郑昌图榜进士，调福昌县尉。家贫，生理索寞，只苦嗜篇
韵，俯有思，仰有韵，深造阃域，时号为'诗禅'。"诗禅者，以诗参禅之谓
也。南宋刘克庄《题何秀才诗禅方丈》云："诗家以少陵为祖，说曰：'语不惊
人死不休'；禅家以达摩为祖，说曰：'不立文字'。诗之不可为禅，犹禅之不
可为诗。何者合二为一？余所不晓。"其实，诗与禅的结合，主要在于"悟"，
在于诗心与禅心的妙合。

　　然而，"诗禅"并不等同于"诗禅论"。"诗禅论"的确立，至宋代诗话而
成。以禅喻诗、以禅论诗，宋代诗话有所谓"诗禅论"。以禅思、禅境、禅趣
而论诗思、诗境、诗趣者，有苏轼、黄庭坚、魏泰、叶梦得、陈师道、徐俯、
韩驹、吴可、吕本中、曾几、赵蕃、陆游、杨万里、姜夔、戴复古、刘克庄等。
他们皆以禅喻诗、以禅论诗，"学诗浑似学参禅"之语，几乎成为宋人的口头
禅。

　　宋代诗话之论及禅宗者，始于北宋。其中叶梦得《石林诗话》有句名言，
云：

> 禅宗论云间有三种语：其一为随波逐流句，谓随物应机，不主
> 故常；其二为截断众流句，谓超出言外，非情识所到；其三为函盖
> 乾坤句，谓泯然皆契，无间可伺。其深浅以是为序。余尝戏谓学子
> 言，老杜诗亦有此三种语，但先后不同。"波漂菰米沉云黑，露冷莲
> 房坠粉红"，为函盖乾坤句；以"落花游丝白日静，鸣鸠乳燕青春

深"，为随波逐流句；以"百年地僻柴门迥，五月江声草阁寒"，为

截断众流句。若有解此，当与渠同参。

"云间"，当作"云门"，是指禅宗的"云门宗"而言。所谓云门三种语，亦称为"云门三关"。见于宋僧智昭的《人天眼目》卷二，又见于普济《五灯会元》卷十二"瑞岩智才禅师"与卷十五"信州西禅钦禅师"以及卷十六"中竺元妙禅师"等，所述是以意象为喻而论禅悟过程有三：一是以"随波逐流"写其凡俗心境，二是以"截断众流"比喻其斩断凡情之力，三是以"函盖乾坤"比喻其超越凡俗进入圆融无碍的禅悟境界。这是云门宗的"三关"。叶梦得以禅喻诗，是指诗家为诗，与禅宗"云门三关"一样，应该注重变化，注重诗情，注重气势与意境，不落言筌，不主故常，不拘成法，以追求诗歌境界的自然浑成蕴藉之美。

吴可《藏海诗话》以禅喻诗，谓"作诗如参禅，须有悟门"，又有《学诗诗》三首，龚相《学诗诗》三首、赵蕃也有《学诗诗》三首和之，均以"学诗浑似学参禅"开头，强调诗歌的自然悟性与参禅的妙合为一，成为宋人的一种共识，一种集体无意识。南宋严羽的《沧浪诗话》，乃是宋人以禅喻诗、以禅论诗的"诗禅论"集大成之作。他在《诗辩》中指出：

禅家者流，乘有小大，宗有南北，道有邪正。学者须从最上乘，具正法眼，悟第一义。若小乘禅，声闻、辟支果，皆非正也。论诗如论禅，汉魏晋与盛唐之诗，则第一义也；大历以还之诗，则小乘禅也，已落第二义矣；晚唐之诗，则声闻、辟支果也。学汉魏晋与盛唐诗者，临济下也；学大历以还之诗者，曹洞下也。大抵禅道惟在妙悟，诗道亦在妙悟。且孟襄阳学力下韩退之远甚，其诗独出退之之上者，一味妙悟而已。惟悟乃为当行，乃为本色。然悟有浅深，有分限，有透彻之悟，有但一知半解之悟。汉魏尚矣，不假悟也。谢灵运至盛唐诸公，透彻之悟也；他虽有悟者，皆非第一义也。

严羽认为诗道与禅道之相通者，在于"妙悟"；惟有"妙悟"，诗歌创作才能符合"当行"与"本色"，既符合诗歌创作的艺术规律性，又保持了诗歌艺术风格的"本然之色"。正如严羽《沧浪诗话》在论及诗歌审美特征时说："诗者，吟咏情性也。盛唐诗人唯在兴趣，羚羊挂角，无迹可求。故其妙处透彻玲珑，不可凑泊，如空中之音，相中之色，水中之月，镜中之象，言有尽而意无穷。"这就是"诗禅论"的真谛之所在。宋代诗话的"诗禅论"，因此而终于成立，

成为中国诗话诗学文化体系的一大柱石之一[23]。

　　严羽这一段诗论，历来褒贬不一，许多人以为严羽不懂禅，而真正懂禅的学者，则认为严羽此论高度概括了诗与禅的关系，是宋代"以禅喻诗"的集大成者，成就了"诗禅论"的一大学说。钱钟书先生在《谈艺录》中曾以"妙悟与参禅"、"以禅喻诗"、"白瑞蒙论诗与严沧浪诗话"等大量篇幅，来评述严羽《沧浪诗话》"以禅喻诗"之旨。首先，钱氏肯定"悟"的客观存在，说"夫'悟'而曰'妙'，未必一蹴即至也；乃博采而有所通，力索而有所入也。学道学诗，非悟不进。或者不好渔洋诗，遂并悟而非之，真因噎废食矣"，且以陆桴亭《思辨录辑要》为证，说明"凡体验有得处，皆有悟"、"人性中皆有悟，必工夫不断，悟头始出"之常理，指出"罕譬而喻，可以通之说诗；明心见性之学，有益谈艺"。其次，钱氏指出："悟有迟速，系乎根之利钝、境之顺逆，犹夫得火有难易，系乎火具之良楛、风气之燥湿。速悟待思学为之后，迟悟亦必继之以躬行力学。"以悟之速迟比喻禅宗之所谓"顿悟"与"渐悟"，平易通俗，深入浅出。然后，钱氏从"解悟"、"证悟"论到"诗悟"、"禅悟"，谓禅家论悟有"因悟而修"之"解悟"和"因修而悟"之"证悟"两种，认为《沧浪诗话》的所谓"别才""别趣"之说乃是"以禅喻诗"。其"别才"是"宿世渐熏而今世顿见之解悟"，得之于先天；而"读书穷理以极其至"者，则因悟而修，以修承悟，取之于后天。因此，诗中"解悟"已经不能舍弃思学，至于"证悟"正自思学中来，更不能捐思废学，"犹夫欲越深涧，非足踏实地，得所凭借，不能跃至彼岸；顾若步步而行，趾不离地，及岸尽裹足，惟有盈盈隔水，脉脉相望而已"。最后，以诗例说明"比诗于禅，乃宋人常谈"，而"沧浪别开生面，如骊珠之先探，等犀角之触觉，在学诗时工夫之外，另拈出成诗后之境界，妙悟而外，尚有神韵。不仅以学诗之事比诸学禅之事，并以诗成有神、言尽而味无穷之妙，比于禅理之超绝语言文字。他人不过较诗于禅，沧浪遂欲通禅于诗"。钱钟书先生对《沧浪诗话》"诗禅论"的梳理与评述，澄清了古今对"以禅喻诗"的种种误解，具有廓清摧朽之功。郭绍虞先生盛赞钱先生"此说最为圆通，与一般空言妙悟者不同"，并在《沧浪诗话校释》一书中充分接受钱氏之见，多次称引《谈艺录》之说。

　　严羽"诗禅论"也影响于古代朝鲜与日本，如日本林义卿《诸体诗则》秉承严羽《沧浪诗话》以禅喻诗之旨，卷上"诗门"云：诗道须从高妙入，故

---

23 参见蔡镇楚《中国诗话史》（修订本）湖南文艺出版社 2001 年本第 125-129 页。

严沧浪云："学诗者，以识为主，入门须正，立志须高，以汉魏晋盛唐为师，不作开元天宝以下人物。"又说："诗入儒生气象言语，非诗本色"，惟有"曰仙、曰禅，诗中本色"；"惟儒生气象，一毫不得著诗；儒者言语，一字不可入诗"。

十、茶禅论

因为有茶，有茶诗，而后有涉于茶的诗话。

茶诗话，以诗话之体论茶者，是中国诗话与中国茶文化的产物。中国最早以"茶话"为书者，是明代陈继儒（1558-1639）的《茶话》一卷，凡19则论茶条目，多录他人论茶之语，间出己见，如以为茶始自吴王、晋人，而非陆羽；品评宋徽宗《大观茶论》时认为此作不如五代陶谷《清异录》之《十六汤品》，且首次论及到日本人的饮茶习俗。而后，清末民初的雷瑨（1871-1941），又撰《茶话》一卷。

日本诗话有梅洞林恧（què）于国史馆而撰《史馆茗话》，"茗话"者，茶话也。是书系作者于茶余饭后而成100条诗话，自谓《史馆茗话》之记百件，而"一件一泣，泣而记，记而泣，谁知百话出自百忧哉"。1982年东京淡交社又出版了竹内实的一部《中国吃茶诗话》。

宋代诗话对唐宋茶诗、茶词的关注，集中体现在胡仔的《苕溪渔隐丛话》之中，多达40个论诗条目，其中"前集"第四十六卷记述了11则关于茶的诗话，证明中国诗话同样涉于中国茶文化。其他如《西清诗话》《萍洲可谈》《韵语阳秋》《宋诗纪事》《蔡宽夫诗话》《桐江诗话》等，也都有论茶内容。

诗话之于茶诗，茶诗之于茶禅，诗—禅—茶，三位一体。这就是诗话关注茶道的真谛之所在。品茶如参禅，作诗如参禅。以禅品茶，以茶论禅，则有所谓"茶禅论"。茶禅者，以茶参禅之谓也。

茶禅一味，首先在于"悟"，因茶悟禅，因禅悟心，茶心禅心，心心相印，因而达到一种最高的涅槃境界。茶在饮，禅在参，参禅如品茶，品茶可参禅，茶禅一味所寄托的正是一种恬淡清净的茶禅境界，一种古雅澹泊的审美情趣。

以茶参禅，提倡"茶禅一味"，强调的是茶性、茶味、茶品、茶缘、茶情、茶心、茶境、禅心、禅意、禅修、禅境，是茶蕴涵着的文化心态、人文意识、审美情趣和茶禅境界。而这种茶禅境界的形成，自然在于"妙悟"。我所谓"禅道惟在妙悟，茶道亦在妙悟"者云云，即茶道之通于诗道、通于禅道者，也在于"妙悟"，在于"本色当行"。妙悟，是以茶参禅活动中的一种高妙的悟性，一种审美式的思维方法。这种思维方法，以"本色当行"为特征。所谓"本色"，是指本然之色。茶，是一种植物。茶的审美属性，来源于植物。植物的基本属性，在于植物的生命。

以茶的植物生命属性而言，"茶以枪旗为美"（李诩《戒庵老人漫笔》）。所谓"枪旗"，是指茶树上生长出来嫩绿的叶芽，以其叶芽的形状如一枪一旗而得名。唐人陆龟蒙云："茶芽未展曰'枪'，已展者曰'旗'。"（《奉酬袭美先辈吴中苦雨一百韵》自注）

茶叶，是茶树的绿色生命；而"枪旗"，是茶的一种蓬勃旺盛的生命力的表现。茶是一种绿色食品。品茶则特别注重茶的天然本色，因为这种"本色"是茶具有绿色生命力的标志。嫩绿的茶叶，溶入泉水而重新获得了一种高雅的生命属性；人在品茶之中，将自己的生命意识融入茶水而饮，人的生命则又融注了茶的绿色基因。茶与品茶人融为一体，铸就了茶的绿色生命属性和饮茶的审美价值。

茶禅联姻，以"天人合一"为哲学基础，是中国茶文化史上一种独特的文化现象。茶禅论，是中国茶文化的精髓与天地人和的最高境界。

第一，茶禅联姻，首先是由于茶的本质特征和审美趣味所决定的。

茶为何物？唐人陆羽《茶经》云："茶者，南方之嘉木也。一尺，二尺，乃至数十尺；其巴山峡川，有两人合抱者，伐而掇之，其树如爪芦，叶如栀子，花如白蔷薇，实如栟榈，叶如丁香，根如胡桃。"这一连串形象化的比喻，显示了中国茶出自于南方嘉木，是天地万物之精灵，是自然之美的荟萃。所以，在中国人的心目中，茶乃是"灵草"、"灵叶"、"灵芽"、"灵物"、"琼浆"、"瑞草魁"、"甘露饭"。

茶性即佛性。佛性以苦，为释家苦、集、灭、道"四谛"之首。茶，以清苦为美。"清"者，明也，净也，洁也，纯也，和也。清和明净、纯洁秀美，乃是茶的本质属性。

茶的饮用之美在于口感。饮茶的最佳口感，多以为"清苦"。"苦"者，味也，良也，甘也，美也；甘美良味之谓"苦"。

陆羽《茶经》卷五云："其味苦而不甘，荈也；甘而不苦，槚也；啜苦咽甘，茶也。"茶"啜苦咽甘"的食用性审美属性，使人感到好茶入口时有清苦之味，而咽下时却生甘甜之美。

乾隆皇帝为"味甘书屋"题诗曰《味甘书屋》（二首），谓"甘为苦对殊忧乐，忧苦乐甘情率然"；又谓"味泉宜在味其甘"；又作《味甘书屋口号》有"即景应知苦作甘"句，自注云："茶之美，以苦也。"

茶以苦为美，与佛性之"苦"是完全相通的。"啜苦咽甘"，先苦而后甘甜，既是古今茶人品茶的一种共识，又是茶的食用价值和审美属性。

第二，在于饮茶的心理机制和生理功能。

宋人的生活方式，与唐人很不相同。风流儒雅，乃是宋人追求的一种美学风格。宋人常云："俗人饮酒，雅士品茶。"一个嗜酒，一个嗜茶。一个主情，一个主理；一个重情趣，一个重理趣。戴复古《谢史石窗送酒并茶》诗中说"午困政须茶料理，春愁全仗酒消除"，是谓茶可醒人，酒则醉人，以之消愁。而李正民《大隐集》卷七有《余君赠我以茶仆答以酒》诗云：

> 投我以建溪北焙之新茶，报君以乌程若下之醇酒。
>
> 茶称瑞草世所珍，酒为美禄天之有。
>
> 碾碎龙团乳满瓯，倾来竹叶香盈卤。
>
> 涤烦疗热气味长，消忧破闷醺酣久。
>
> 君不见竟陵陆羽号狂生，细烟小鼎亲煎烹。
>
> 扁舟短棹江湖上，茶炉钓具长随行。
>
> 又不见沛国刘伶称达士，捧罂衔杯忘世累。
>
> 无思无虑乐陶陶，席地幕天聊快意。
>
> 欲醉则饮酒，欲醒则烹茶。
>
> 酒狂但酩酊，茶癖无咨嗟。
>
> 古今二者皆灵物，荡涤肺腑无纷华。
>
> 清风明月雅相得，君心自此思无邪。

诗人将茶与酒加以比较："茶称瑞草"，而"酒为美禄"，"古今二物皆灵物"，可以"荡涤肺腑无纷华"；然而，二物之功用不同："欲醉则饮酒，欲醒则烹茶"，即酒主"醉"而茶主"醒"。酒如醉汉，茶似醒后佳人。这一"醉"一"醒"，充分说明酒与茶的实际效应和审美价值则截然有别！

故前人称饮酒为"醉乡"，而称品茶为"醒乡"。佛门禁酒，和尚课诵念经，或通宵达旦，僧侣常打瞌睡。饮茶可以醒神，为使僧徒不打瞌睡，寺院常以茶为饮，故饮茶之风最早兴盛于寺院。唐天宝进士封演《封氏见闻记》卷六"饮茶"记载："茶，早采者为茶，晚采者为茗。《本草》云：止渴，令人少眠。南人好饮之，北人初不多饮。开元中，泰山灵岩寺有降魔师，大兴禅教；学禅，务于不眠，又不夕食，皆许其饮茶。人自怀挟，到处煮饮。从此转相仿效，遂成风俗。"

第三，在于禅门僧侣饮茶之习与文人生活方式具有共通之处。

文人士大夫参禅论道，往往与高僧结友，以茶参禅，则成为文人士大夫的一种生活方式和审美情趣。元初，南宋遗民林景熙游览姑苏虎丘山，看到的乃是茶圣陆羽剑池映照下的茶禅一味，因作《剑池》诗云："岩前洗剑精疑伏，林下烹茶味亦禅。"元人王旭《题三教煎茶图》诗之二云：

　　异端千载益纵横，半是文人羽翼成。

　　方丈茶香真饵物，钓来何止一书生？

茶成为寺院与文人联络的纽带，佛教诸多邪说之所以能够流传千古，多得力于文人的支持，而方丈正是以茶香为诱饵来吸引广大文人骚客的。

"茶禅一味"之说，乃是禅门僧侣饮茶之习与文人以茶参禅的产物，是禅门释家和文人骚客的一种生活方式，一种审美情趣。

自唐代以来，维系中国古代文人士大夫与寺院、僧侣、禅宗的密切关系者，一是茶，二是诗。茶是维系他们生活方式的物质纽带，诗为维系着他们精神的情感纽带。正是这种与禅结下的不解之缘，则有所谓"茶禅"和"诗禅"者。

乾隆皇帝有茶诗200多首，其中对茶禅与赵州茶的咏叹，充分体现着"茶禅一味"的文化传统。其《三过堂》诗云"茶禅数典自三过，长老烹茶事咏哦"；《仿惠山听松庵制竹炉成诗以咏之》诗云"胡独称惠山，诗禅遗古调"；《坐龙井上烹茶偶成》诗云"呼之欲出辩才在，笑我依然文字禅"；《听松庵竹炉煎茶三叠旧韵》之一"禅德忽然来跑讯，是云提半抑提全"及其之二"茶把僧参还当偈，烟怜鹤避不成眠"；《三清茶》诗云"懒举赵州案，颇笑玉川谲"；《汲惠泉烹竹炉歌》诗云"卢仝七碗漫习习，赵州三瓯休云云"；《烹雪叠旧作韵》诗云"我亦因之悟色空，赵州公案犹饶舌"；《东甘涧》诗云"吃茶虽不赵州学"。特别是《三塔寺赐名茶禅寺因题句》诗云：

　　积土筑招提，千秋镇秀溪。

　　予思仍旧贯，僧吁赐新题。

　　偈忆赵州举，茶经王局携。

　　登舟语首座，付尔好幽栖。

此诗与《三过堂》诗合而观之，最能体现乾隆皇帝的"茶禅"理念。而乾隆茶诗，多能以茶参禅，感悟"茶禅一味"的茶道机缘。"茶禅寺"，本吴越保安院，宋改名景德禅寺，俗名三塔寺。乾隆皇帝壬午南巡，以苏轼访文长老三过湖上煮茶咏哦，遂御赐"茶禅寺"之名。从赵州茶而至于赐名"茶禅寺"，中国的"茶禅一味"之说因此而成为一个正统而又完整的茶禅体系。

禅家平日注重"茶禅一味"，或对花微笑，感悟禅门真谛；或饮茶洗心，涤尽人世尘垢。

这是禅门释家和文人骚客的一种生活方式，一种审美情趣。

从审美的角度来考察，"茶禅一味"具有三个明显的文化美学的规定性：

一则茶的清淡自然与禅的正法眼藏，本性自然，机缘弥勒，具有天然的契合点。茶禅一味是由于茶、禅自身所具有的本质属性决定的。

二则品茶讲究心境，注重文化氛围；参禅要求心灵平和宁静，万念俱灭。无论僧侣或文人，其茶禅之心与茶禅之境，皆以平和诚笃为共同的文化心态与审美特征。茶禅一味乃是由于品茶人和参禅者内在的省心要求与外在的文化品味的一致性之必然。

三则茶禅一味，将中国茶文化的文化义蕴提升到了一个更高的美学层次上，是茶的流韵，禅的机缘，是人生的体悟，凡尘的洗涤，是心灵的净化，情感的升华。茶禅之美，在于"一味"，在于共同的审美趣味，在于茶与禅所共同追求的古雅澹泊之美，如山寺之肃穆，田园之宁静，如秋菊之淡雅，修竹之疏影，如月色之柔美，白云之飘逸，如钟鼎之古朴，翰墨之流香，如诗文之雅致，词赋之流丽。

四则茶禅是一种境界，一种人生境界，也是一种艺术境界。唐宋时期，僧社兴盛于寺院，有所谓"法社"、"莲社"、"净社"、"香火社"等等。僧社的创建，目的在于加强诗僧、茶僧、棋僧、饭僧与文人士大夫的交往。故僧社的主要活动，起初只在于品茶、赋诗、下棋等游艺之类，不在乎佛事。唐人杜牧《题禅院》诗云：

> 觥船一棹百分空，十岁青春不负公。
> 今日鬓丝禅榻畔，茶烟轻飏落花风。

鬓丝禅榻，茶烟轻飏。这就是晚年杜牧的茶禅情结，也是一种高雅的艺术境界。

　　"茶禅一味"四字真诀的渊源所自，有人说是出于赵州全谂禅师[24]"喫茶去"的禅林法语，有人说是出于宋代圆悟禅师为前来参禅的日本弟子所题赠的手书，有人说是出自日本茶道之祖珠光和尚由茶开悟的故事。

　　我认为以上见解都值得商榷。面对着这一禅门公案，我们有必要从茶文化美学的层面上做如下探讨：

　　其一，"茶禅一味"之说，乃是禅门僧侣饮茶之习与文人以茶参禅的产物。

　　茶与禅的结合，始于唐代。唐代寺院僧侣，引茶入寺，以醒僧徒，而后以茶斋戒，以茶参禅，几成风尚。释皎然与陆羽为忘年至交，重阳佳节，皎然与陆羽饮茶，遂赋《九日与陆处士羽饮茶》诗一首：

　　　　九日山僧院，东篱菊也黄。

　　　　俗人多泛酒，谁解助茶香？

此诗咏赞饮茶，诗题即点明时间、人物、事由。这简短的 20 个字，以重阳，僧院，东篱，菊黄，茶香，抒写茶人与俗人不同的生活方式与审美情趣。"俗人多泛酒，谁解助茶香"。这既是对现实人生的鄙视，也是对山僧雅士饮茶之习的赞叹。钱起与赵莒饮茶，作《与赵莒茶宴》一首诗云：

　　　　竹下忘言对紫茶，全胜羽客醉流霞。

　　　　尘心洗尽兴难尽，一树蝉声片影斜。

此诗全写与赵莒茶宴之乐，竹下品茶，饮中忘言，蝉声树影，洗尽尘心，胜却羽客醉酒，充满着禅机妙意。茶兴，蝉声，片影，这就是唐诗笔下的一种茶禅境界。

　　茶禅一味，在于"悟"，因茶悟禅，因禅悟心，茶心禅心，心心相印，因而达到一种最高的涅槃境界。元代了庵清欲禅师《痴绝翁所赓白云端祖山居偈忠藏主求和》诗云：

　　　　闲居无事可评论，一炷清香自得闻。

　　　　睡起有茶饥有饭，行看流水坐看云。

"闲居无事"，心态平和，一炷清香，安然入睡，梦醒品茶，身心如洗，行看流水，坐看行云。一派恬淡清净的茶禅境界，一种古雅澹泊的审美情趣。

　　茶禅入寺，茶禅入诗，茶禅入词，茶禅入文，茶禅进入生命肌理，茶禅进入中国文人士大夫社会生活的各个领域之中。

---

24 全谂禅师：《五灯会元》等称赵州和尚为"从谂禅师"，《祖堂集》卷第十八记为"全谂禅师"，故从之。

茶在饮，禅在参，参禅如品茶，品茶可参禅，茶禅一味所寄托的正是一种古雅澹泊、宁静自然的人生态度和审美情趣。

这种生活情趣和审美理想，在以"弘丽"为审美情趣的唐代社会，在以"理趣"为学术宗尚的宋代社会，一般滋生于看破红尘、心态平和、澹泊明志的文人士大夫群体之中，其中多隐逸者、参禅者、失意者、崇道者、功成身退者；而在赵宋时代，整个社会崇尚"雅致"，居士禅学特别发达，文人士大夫追求的是一种风流儒雅的君子风度、一种古雅澹泊的审美情趣，因而使茶禅之习成为一种社会风尚。

其二，茶禅盛于南方，"茶禅一味"的境界惟有在茶禅特盛的南方才可能比较完美地体悟之。这是中国茶文化与禅宗文化地域化的必然结果。

受地域性的自然环境影响，中国茶盛产于南方，北方多不产茶，北方人的饮茶之习是随着南方茶叶之北传而形成的。当饮茶之风席卷大江南北佛教寺院的时候，佛教中国化的禅宗亦已定型。从中唐开始，中国茶文化与中国禅宗文化几乎是同步发展的，形成了唐宋时代极为深邃而又壮阔的"茶禅一味"的南方地域文化境域。没有南方特产的茶叶，何有独具特色的中国茶文化；没有中国茶文化与繁荣昌盛的南宗禅学，何有意境高远的"茶禅一味"？

人们常说"茶禅一味"出于"赵州茶"，我们并不排斥这一说，因为赵州禅师"喫茶去"之说确实是禅门脍炙人口的一段公案。

赵州临济宗，是禅宗南宗的北传，因义玄和尚创立于镇州临济院而得名，属于南岳怀让一系。赵州和尚"喫茶去"的禅机法语，最早出自于五代编辑的《祖堂集》。其中卷第十八载，一僧问赵州全谂禅师佛法大义，禅师反问僧云：

> "还曾到这里摩？"
>
> 僧云："曾到这里。"
>
> 师云：**"喫茶去。"**
>
> 师云："还曾到这里摩？"
>
> 对曰："不曾到这里。"
>
> 师云：**"喫茶去。"**
>
> 又问僧："还曾到这里摩？"
>
> 对云："和尚问作什摩？"
>
> 师云：**"喫茶去。"**

赵州和尚的这种答非所问，并无多么深刻的禅机，只是禅宗棒喝交驰、扬拳瞬目、指东道西、隐语双关、拈花微笑、以心传心的无字禅的一种付法方式而已。然而，和尚以"喫茶去"作答，也充分说明茶与禅的密切关系。宋僧普济《五灯会元》卷四和《指月录》等佛教文献，所载亦如是。这就是闻名禅门的关于赵州全谂禅师"喫茶去"的禅宗公案，这就是赵州茶的真谛，这就是茶与禅的不解之缘！

正如《龙门法眼语录》所载《忆赵州》偈语云：

> 不下禅床后，曾无善巧言。
> 平常安乐事，今古谩流传。

赵州茶的公案如此广为流传，自然可以断为"茶禅一味"之说赖以产生的禅学渊源之一，但也未必可以说赵州茶就是"茶禅一味"之所自者。

（1）"喫茶去"的口头禅并不始于"赵州茶"

五代南唐释静、释筠《祖堂集》，可谓是中国现存最早的一部禅宗史料总汇，所录诸禅师的行状语录中，保存着不少茶禅资料，其中有数十次记载禅师喫茶时以茶参禅之事。在赵州和尚"喫茶去"之前，则如丹霞和尚、龙潭和尚、云嵒和尚、道吾和尚、洞山和尚、夹山和尚、雪峰和尚、钦山和尚、涌泉和尚、玄沙和尚、保福和尚、齐云和尚、荷玉和尚、报慈和尚、山谷和尚等，都以"喫茶去"与"遇茶喫茶"为口头禅，领悟到了茶与禅的因缘关系。

（2）湖南与茶禅结缘

唐宋时期，湖南既是禅宗南宗的发源地之一，又是茶叶生产基地之一，有着深厚的茶禅文化基础。据《祖堂集》，唐五代以"喫茶去"为口头禅者，多系湖南、江西、浙江与福建等江南一带的禅寺禅师，其中更以湖南为最。如南岳石头和尚，朗州（常德）龙潭和尚、德山和尚，醴陵云嵒和尚，浏阳道吾和尚，攸县石室和尚，澧州夹山和尚，潭州报慈和尚；其他如丹霞和尚、神山和尚、洞山和尚、石霜和尚、雪峰和尚、钦山和尚、涌泉和尚等，皆师出湖南，属于沩仰宗和南岳怀让一系。其中雪峰和尚嗣德山，影响最大，与赵州和尚齐名，时有"南有雪峰，北有赵州"之誉（见《祖堂集》卷六"投子和尚"）。

（3）"赵州茶"不等于"茶禅一味"

本来，赵州临济宗，是南宗北传的一支，属于禅宗南岳一系，为唐释义玄（？-867）创立于河北镇州临济院，故名。它的禅定方式主"顿悟"，与常德德山齐名，而以"棒喝"著称，禅宗有所谓"德山棒，临济喝"之称。正如

《祖堂集》卷第十八所称："赵州和尚嗣南泉，在北地。师讳全谂，青社淄丘人也"。河北定州，地处黄河以北。依托于南禅的赵州禅与赵州茶，显然有一个地域文化方面的先天不足。鉴于其生长发育之地理环境的差异性，赵州和尚之于茶与"喫茶去"的口头禅，也只是应和佛禅南宗的禅门机缘而已，比南禅中的"喫茶去"并无多发明。虽然赵州和尚因三句"喫茶去"而名噪一时，但赵州自己也承认"我这里不过是避难所，佛法都在南方"（《祖堂集·前言》）。

赵州茶不等于"茶禅一味"，它影响的只是日本茶道的一个分支而已。至北宋楚圆（986-1039）门下，赵州临济宗而分化为杨歧、黄龙二派。直至南宋末年，由日本留学僧荣西、辨圆相继传入日本。

其三，"茶禅一味"出自于湖南石门夹山寺之说。

"茶禅一味"是中国茶文化和日本茶道的四字真诀，然而其出处所自，乃是中国茶文化研究中举世瞩目的重大学术命题。近几年来，不断从日本方面传来消息，认为日本茶道所广为传播的"茶禅一味"之说最早出自于湖南石门的夹山寺。

作为湖南学者，我们在茶文化美学研究中，有责任对"茶禅一味"出自于湖南石门夹山禅寺之说加以考释论证。

（1）夹山和尚善会与"夹山境地"

晚唐时代，广州高僧善会，受其师船子德诚偈语"猿抱子归青嶂后，鸟衔花落碧岩前"在澧州夹山主持参禅。近人陈垣《释氏疑年录》考述：善会，广州岘亭人，姓廖氏。公元805年生，唐中和元年（881）卒，年七十七。又据《祖堂集》卷第七载：

夹山和尚自号"佛日"。师父问他："日在什摩处？"对曰："日在夹山顶上。"师令大众钁地次，佛日倾茶与师。师伸手接茶次，佛日问："酽茶三两碗，意在钁头边。速道，速道。"师云："瓶有盂中意，篮中几个盂？"对曰："瓶有倾茶意，篮中无一盂。"师曰："手把夜明符，终不知天晓。"罗秀才问："请和尚破题！"师曰："龙无龙躯，不得犯于本形。"秀才云："龙无龙躯者何？"师云："不得道着老僧。"秀才曰："不得犯于本形者何？"师云："不得道着境地。"又问："如何是夹山境地？"师答曰："猿抱子归青嶂后，鸟衔花落碧岩前。"

此概括夹山境地的"猿抱子归青嶂后，鸟衔花落碧岩前"之语，出自于天柱崇慧禅师"白猿抱子来青嶂，蜂蝶衔花绿蕊间"之偈语（《五灯会元》卷二）。夹山和尚因茶悟道，得夹山境地者，于禅宗机缘启迪尤深。可以说，唐五代禅宗中的"夹山境地"，是最富有代表性和典范意义的茶禅机缘、茶禅境界。

（2）圆悟克勤与"茶禅一味"

圆悟禅师克勤，是宋代高僧。《五灯会元》卷十九有《昭觉克勤禅师》传；《嘉泰录》十一及孙觌《鸿庆集》卷四二有《圆悟禅师传》。近人陈垣《释氏疑年录》称其为"东京天宁佛果克勤"，彭州崇宁人，姓骆氏。生于公元1063年，宋绍兴五年（1135）卒，年七十三。赐谥"正觉禅师"。与张商英结下了深厚的情谊。

张商英（1043-1121），字天觉，号无尽居士，宋徽宗时，任翰林学士，拜尚书右仆射。因反对司马光复辟，被贬荆南。张商英是宰相，又是居士禅学的核心人物，与圆悟克勤是同乡。宋徽宗政和元年（1111），圆悟克勤禅师自川游荆湘。曾经驾小舟去拜访张氏，"剧谈《华严》要旨"。张商英称赞圆悟克勤为"僧中管仲"，并邀请圆悟克勤讲经说法于湘西石门夹山寺，对云门宗雪窦《颂古百则》加以解说，将文字禅发挥到了极至。由其弟子结集其《垂示》《著语》《评唱》而成《碧崖录》，流布于世，声名远播。这部被誉为"禅门第一书"的《碧岩录》，是因为圆悟克勤受到夹山寺内偈语"猿抱子归青嶂岭，鸟衔花落碧岩泉"匾额的启迪，而将书名确定为"碧岩"的。日本人说，是时日本留学僧学成归国，圆悟大师手书"茶禅一味"四个字以为印可证书，因而流传于日本，而被奉为日本茶道之魂。

（3）日本高僧荣西、珠光与"茶禅一味"

金大定年间，日本高僧荣西（1141-1215）两次来中国：第一次为南宋乾道四年（1168）4月，至天台山等地学禅，历时5个月，回国后传播中国禅道与茶道。第二次为南宋淳熙十四年（1187），从天台山万年寺虚庵怀敞承习临济宗禅法，历时两年零五个月，1191年归国，先后著有《出家大纲》《兴禅护国论》《吃茶养生记》，成为日本临济宗和日本茶道的开山祖师。

村田珠光和尚入寺学禅，师从鼎鼎大名的一休宗纯禅师。然而珠光参禅念经，常打瞌睡。医生建议他"喫茶去"，结果立竿见影。就着手创制茶道规矩。一日，茶道法式即将完成。一休问珠光："喫茶应以何种心情？"对曰："以荣西禅师《喫茶养生记》，为健康而喫茶。"赵州和尚有一段"喫茶去"的公案，一休又问珠光："有一修行僧问赵州佛法大义，赵州和尚回答：'喫茶去！'你作何种理解？"珠光不语，接过修行僧云水递来的一杯茶，正要敬献给师父，一休气愤地把茶杯打落在地。珠光默然不动，一会儿才起身行礼，转身而去。一休大声叫道："珠光！"珠光应声，回头注视着师父，默不吭声。一休再次逼问着："刚才我问你以何种心情喫茶，你若不论心情，只是无心而喫，该又如何？"此时，珠光心情已经平静，轻声回答："**柳红花绿。**"一休一听，知珠光已由茶开悟，遂予以印可。珠光深感"茶禅本一味"，于是一个孕含禅心的日本茶道，从此而与日俱进。

（4）奈良大德寺与"茶禅一味"

据中国留日学者滕军《日本茶道文化概论》称，圆悟克勤大师手书"茶禅一味"墨迹，至今仍保存于日本奈良大德寺，早已成为日本茶道的稀世珍宝。

大德寺，在日本本州，兴建于奈良时代，是日本最负盛名的临济宗寺院。唐朝鉴真和尚曾在此驻足，日本著名禅师一休宗纯曾在此主持。据说村田珠光和尚就是在此处从一休禅师那里得到圆悟克勤写给日本弟子的"茶禅一味"印可手书的。

无独有偶，据石门人士称：在日本，石门夹山和尚的"猿抱子归青嶂后，鸟衔花落碧岩前"[25]偈语，至今仍然是日本茶道场馆的挂轴。广大日本茶人都知道，这一偈语出自于中国湖南石门县的夹山寺。

清代学者钱大昕曾有《戏题赵州茶棚》一诗云：

> 宗门语录太纷挐，直下钳锤是作家。
>
> 公案古今难勘破，镇州萝卜赵州茶。

挐：同"挐"（rú），纷乱。此诗通篇以禅宗之语出之，批评禅宗语录的杂乱纷繁，牛头不对马嘴，使人们难以勘破"赵州茶"这一禅门公案的真谛之所指。《古尊宿语录》卷47载，有僧问赵州"亲见南泉否"，赵州却回答说："镇州出大萝卜头。"因而有《东林颂》偈语曰：

> 镇州出大萝卜头，师资道合有来由。
>
> 观音院里安弥勒，东院西边是赵州。

如赵州所云，赵州禅长于以物说禅，也是事实。但如此牛头不对马嘴，与"茶禅一味"又有何内在因缘与逻辑联系？

---

25 石门夹山和尚的"猿抱子归青嶂岭，鸟衔花落碧岩泉"偈语，今据《祖堂集》卷第七改之。

　　"茶禅一味"这一禅门公案虽然早就成为千古之谜，一千多年以来，历代文人茶客甚至"直下钳锤"，都难以勘破，现在应该还其历史本来面貌了。

　　我们认为，"赵州茶"只是"茶禅一味"之说在临济宗中的一种机锋法语，一种集体无意识，一种茶禅境界而已。从《祖堂集》总体对唐五代寺院禅所记录的茶禅关系来看，从夹山和尚及其嗣夹山的禅宗分支来看，茶禅境界与圆悟克勤《碧岩录》所遵循的"猿抱子归青嶂岭，鸟衔花落碧岩泉"偈语描绘的"夹山境地"是一脉相成的。因此，洞山、钦山和尚皆谓"夹山是作家"（卷第七）。由此看来，"夹山境地"才是中、日茶禅文化的真正源头；圆悟克勤《碧岩录》的诞生地湘西夹山寺，乃是中国茶禅之乡。

　　"茶禅一味"，是"茶禅论"的核心主旨，是中国茶文化的精髓之所在，也是日本茶道的灵魂；而其成立的哲学基础，就在于中国古典哲学中的"天人合一"学说。

　　孔子贵天，老子法天；儒道互补，先秦诸子百家融合为一，而成就了中国哲学的"天人合一"学说，为中国茶文化美学奠定了深厚的哲学基础。老子说："故道大，天大，地大，人亦大。域中有四大，而人居其一焉。"庄子强调"天地与我并生，而万物与我为一"（《庄子·齐物论》），认为人生于天地之间，与天地共存，与万物同体。以此为道，则有天道、地道、人道。《易·系辞下》有所谓天、地、人"三才"者，则为天道、地道、人道。其三位一体，构成了茶文化美学的三大理论支柱。

　　惟其是"天道"，因而种茶、采茶、制茶等特别注重气候、时序、季节、雨水等自然生态环境之美；惟其是"地道"，因而注重土壤质性、地理环境、民族风情、地域文化对茶叶与茶叶生产的影响；惟其是"人道"，因而强调以人为本，注重人力之功，重在中国茶文化的人本意识和美学风格特色。唐人独孤及《慧山寺新泉记》云："夫物不自美，因人美之。"这样构成的"天时、地利、人和"的三维式的自然环境和人文环境，则造就了中国茶文化美学的绿色艺术大厦。

　　因而从这个意义上来说，"茶道"就是"人道"，是天道、地道、人道的"三位一体"。北宋大诗人梅尧臣有《茶磨二首》诗，其一对磨茶中的天人关系作了极其深刻的描述：

　　　　楚匠斫山骨，折檀为转脐。
　　　　乾坤人力内，日月蚁行迷。

> 吐雪夸春茗，堆云忆旧溪。
>
> 北归唯此急，药白不须挤。

此诗前四句以茶磨为喻，茶磨是人取山石雕琢而成的，又以檀香木制成"转脐"（即磨心）。茶磨之运转，如人之运转乾坤。上片磨为天，天为乾；下片磨为地，地为坤。人之磨茶，使上下两片磨叶运转自如，犹如天地乾坤之运转一样，乃是人力之所为，是人的力量在运转乾坤。日月星辰犹如这运转中的茶磨上的蚂蚁一样慢慢爬行，时间一长久既忘记了时间，也忘记了自我，进入一种无我之境。乾坤无迹，日月无言，惟有茶磨运转，茶沫如吐雪，如堆云。这种时间的相对模糊性，像"乾坤人力内，日月蚁行迷"一样，以自身的规律性，铸就了多姿多彩的社会人生。此情此景，蕴涵着何其深刻的社会人生哲理！

中国人给饮茶赋予了深刻的哲学内涵和审美义蕴，认为茶之为物，天涵之，地载之，人育之，是天、地、人"三才"的艺术杰作。古人则以有托的饮茶盖杯为"三才杯"：杯盖以为"天"，杯托以为"地"，杯身以为"人"。这正说明天大、地大、人更大的一种哲学思考。如品茶，多习惯于把杯子、杯盖、杯托一起端着，这种品茶方法叫做天、地、人"三才合一"；如果把杯盖、杯托放在桌子上，仅端起杯子品茶，则突出一个"人"而置天地于不顾，称之为"惟我独尊"。这是中国人在饮茶这种日常生活方式上所表现出的一种与众不同的民族文化性格与人格力量。

第十四章　东方诗话的审美范畴与话语体系（上）

东方诗话，以中国诗话、朝韩诗话、日本诗话为主体，其审美范畴及其话语体系，此论仅仅限于诗话兴起之前，择其审美范畴要点表述，以构建东方诗话的话语体系。

大凡理论体系、话语体系的形成，依赖于范畴、范畴群与系列。马克思指出："正如简单范畴的辩证运动中产生群一样，从群的运动中产生系列，从系列的辩证运动中又产生整个体系。"[1]故此，从"范畴"到"范畴群"，又从"范畴群"到"系列"，而后从"系列"而形成"体系"，乃是一切学科的理论体系或话语体系赖以构建的必由之路。

一、诗言志

"诗言志"，是诗的祝福，诗的呼唤，是中国诗学评论的奠基之石，也是东方诗话论诗的开山之祖，故被朱自清先生的《诗言志辨》称之为"开山的纲领"。

据史载，"诗言志"之说，最先出自《尚书·尧典》。云："诗言志，歌永言，声依永，律和声；八音克谐，无相夺伦，神人以和。"这是舜帝与其乐官夔的一段谈话，出于《今文尚书》。其意是说，诗是用来表达人的思想、抱负、志向的，歌是延长诗的语言，徐徐咏唱，以突出诗的意义的，声音的高低又与长言相配合而成音乐，六律六吕是用以调和歌声的；八种乐器演奏达到和

1　《马克思恩格斯全集》第39卷第410页，人民出版社1972年本。

谐统一，不互相干扰而打乱音乐的次序，那么神与人就可以通过诗歌音乐来交流思想感情而能互相协调和谐。由此可见，"诗言志"之意，内容有二：

一是诗的功能和价值在于"言志"。何谓"志"？闻一多《歌与诗》从诗的发展过程来分析，认为"志有三个意义：一记忆，二记录，三怀抱"。《说文》云："诗，志也。从言，寺声。"又云："志者，心之所之也。"从语义学的角度来看，"志"，从　从心，本义是停止在心上，即藏在心里的意思。所以，从总体方面来观察，先秦人对"诗言志"中的"志"的理解，主要是思想、志向、抱负之义，但也包含有情感的基因。这是先秦诸子百家的一种广泛的共识。

《左传·襄公二十七年》云："诗以言志，志诬其上，而公怨之。"

《庄子·天下篇》云："诗以道志。"

《荀子·儒效》云："诗，言是其志也。"

《礼记·仲尼闲居》云："诗，言其志也。"

《孟子·万章》云："故说《诗》者，不以文害辞，不以辞害志。以意逆志，是为得之。"

诗言志，诗以言志，是先秦诗歌理论的基本命题，是诸子百家与东方诗话学共同的诗学观念。清劳孝舆《春秋诗话》卷一云："盖当时只有诗，无诗人。古人所作，今人可援为己诗；彼人所作，此人可赓为自作，期于言志而止。人无定诗，诗无定指。以故可名不名、不作而作也。《记》曰：'诗言志。'在心为志，发言为诗。春秋之赋诗者，具在可以观志，可以观诗矣。"由于先秦诸子的诗歌批评都是以《诗三百》为范本的，从《诗三百》本身的思想内容和审美价值取向来看，为社会，为现实，为民族，为百姓，为人生，为爱情，为政治功利，为个人喜怒哀乐而歌，《诗》所表现的艺术天地是无限广阔的，说明诗歌本身的社会功能和审美价值不可低估。

二是诗以言志，其表现形态并非仅仅在于语言文字，而是诗、乐、舞三位一体，显示出中国初期诗歌付之于音乐舞蹈艺术的流动性，而并非书面语言化的静止的艺术形态。当舜帝指出"诗言志"之后，主管音乐的大臣夔叹息道："於！予击石拊石，百兽率舞。"在优美动人的音乐声中，化装为各种动物图腾的人，载歌载舞，场面热闹非凡。《左传》引《诗》219 条以诗言志，因诗而歌，又有吴札观乐为证。《左传·襄公二十九年》记载，吴公子札来聘，请观于周乐。使乐工为之歌《周南》《召南》，曰："美哉！始基之矣，犹未也。

然勤而不怨矣！"为之歌《邶》《鄘》《卫》，曰："美哉，渊乎！忧而不困者也。"为之歌《王》，曰："美哉！思而不惧，其周之东乎？"为之歌《郑》，曰："美哉！其细已甚，民弗堪也，是其先亡乎？"为之歌《齐》，曰："美哉！泱泱乎，大风也哉！表东海者，其大公乎！国未可量也。"……为之歌《小雅》，曰："美哉！思而不贰，怨而不言，其周德之衰乎？犹有先王之遗民焉。"为之歌《大雅》，曰："广哉，熙熙乎！曲而有直体，其文王之德乎？"为之歌《颂》，曰："至矣哉！直而不倨，曲而不屈，迩而不逼，远而不携，迁而不荒，复而不厌，哀而不愁，乐而不荒，用而不匮，广而不宣，施而不费，取而不贪，处而不底，行而不流，五声和，八风平，节有度，守有序，盛德之所同也。"[2]季札观乐这段记载，说明先秦人歌《诗》论《诗》之盛，是先秦文学理论的重要文献资料。

中国诗的音乐特质，是从《诗经》时代开始形成的。在中国文学发展演变的历史进程中，诗与音乐的密切关系，主要经历了三个阶段：一是《诗经》时代，诗、乐、舞三位一体，"以乐从诗"，即"雅乐"时代。此后诗与乐分途。二是汉乐府时代，"采诗入乐"阶段，即所谓"清乐"时代。三是唐宋时代，"依声填词"阶段，即所谓"燕乐"时代。从雅乐到清乐到燕乐，这一切都说明自先秦《诗三百》时代开始，中国古典诗歌就与音乐结下不解之缘。诗、乐、舞三位一体，乃是先秦诗歌艺术的基本形态和审美特征。清人李调元《雨村诗话》，以大量篇幅论述诗歌与音乐的关系[3]，认为"三代以前，诗即是乐，乐即是诗。若离诗而言乐，是犹大风吹窍，往而不返，不得为乐也。故诗者，天地自然之乐也"。今人朱光潜《诗论》分析了这一特点后说："我们可以得出一个极重要的结论，就是：诗歌与音乐、舞蹈是同源的，而且在最初是一种三位一体的混合艺术。"先秦文学批评，既首倡"诗言志"之说，而且又早在文学批评诞生之初就注重"诗言志"的艺术表现形态及其审美价值取向，从而开创了诗与音乐、舞蹈艺术相结合的新时代。这是先秦文学批评的一项丰硕成果。

当然，从文献学角度去考察辨析，许多学者已提出质疑，认为舜帝提出"诗言志"之记载应予以否定。我们认为，究竟是舜曰"诗言志"与否，这并

2　阮元刻《十三经注疏》本《春秋左传正义》卷三十九，见《中国历代文论选》第一册第 4 页。

3　参见吴熙贵评注《李调元诗话评注》，重庆出版社 1989 年本。

不能否定文学理论批评所关注的是"诗言志"学说本身的价值。《尚书》，乃上古之书，包括《虞书》《夏书》《商书》《周书》四部分。一般认为《虞书》《夏书》为后人伪作。其中《虞书·尧典》一篇，近人以为由周代史官根据传闻编著，又经春秋战国时人补订而成。即便如此，"诗言志"说仍然是中国古代文学理论批评之"开山的纲领"，在先秦文学批评史上具有不可替代的重要地位。

二、诗缘情

"诗缘情"，与"诗言志"并列，是东方诗话论诗的基本概念与重要范畴，都是构建东方诗话话语体系的主要基石。

"诗缘情"说，是西晋时代的陆机提出的一个诗歌观念与本质特征。陆机《文赋》指出："诗缘情而绮靡，赋体物而浏亮。"《文选》李善注解说云："诗以言志，故曰缘情。"故有人说：缘情，犹言抒情。今人裴斐《诗缘情辨》解释说："缘情，即源于情。"此种解说，一是从诗的抒情功能来解释，二是从诗歌之源来解释，都不无道理。其实，"缘情"就是缘于情。诗歌以感情为纽带，情感是诗歌的艺术生命；感情凝滞，则意味着诗思的枯竭。

早在屈原时代，与"诗言志"相比照的"抒情"之说则已产生。《楚辞·惜诵》云："惜诵以致愍兮，发愤以抒情。"这可以说是中国文学史上最早提及诗歌"发愤抒情"的艺术功能，是对传统的"诗言志"说的一个重大突破。然而，处在"七雄纷争"的战国后期的楚国，处在"百家争鸣"的学术氛围之中，"抒情"之说又何以能"独尊"呢？至汉代，董仲舒倡言"独尊儒术，罢黜百家"，儒学的理念主宰世界，"抒情"说又何有立足之地？汉初文坛拟骚之风渐盛，屈原稍露头角，而东汉史学家班固却斥之为"露才扬己"以至"忿怼沉江"，骂屈原死得活该。"抒情"之说可谓生不逢时，昙花一现，被汉儒扼杀在文学理论批评的摇篮之中。

魏晋时代，"人的觉醒"带来了"文的自觉"，诗学观念和价值观念都发生了新的变革。于是，陆机在《文赋》中大胆地否定了汉儒关于诗歌观念中的伦理化倾向，破天荒地提出"诗缘情"说，同时得到了文坛诗苑的普遍认可，成为魏晋文人的一种共识。所以说，陆机倡言的"诗缘情"说，乃是文学自觉时代的产物。它抓住了诗歌创作过程中的审美心理特征和诗歌的本质属性，因而具有强大的艺术生命力。从"诗言志"到"诗缘情"，既是"诗言志"

说发展演进的历史之必然，又是人们的诗歌观念不断发展成熟的必然趋势，充分说明魏晋时代人们的诗学观念和价值取向出现的新的变革，说明人们对诗歌艺术本质和审美特征的认识有了新的飞跃。"诗言志"与"诗缘情"两大学说，相互交通，互参互补，成为中国诗论乃至东方诗话的两大支柱，支撑着东方诗话学的诗歌艺术大厦；从此，"抒情言志"则成为中国诗歌的一面旗帜，高高飘扬在世界的东方。

三、文气说

曹丕（187-226），字子桓，曹操次子，建安二十五年（220）废汉献帝自立，称之为"魏文帝"。他以御笔写作的《典论·论文》，是中国文学理论批评史的第一篇文学理论著作，开创了"建安风骨"与盛极一时的魏晋南北朝文学理论批评之先河。

从《典论·论文》来看，曹丕的文学理论批评，富有一种威严浩大的帝王之气。《三国志·魏志·文帝传》引胡冲《吴历》云："帝以素书所著《典论》及诗赋饷孙权，又以纸写一通与张昭。"明帝太和四年二月，又曾"以文帝《典论》刻石立于庙门之外"与太学，凡六块碑。作为《典论》之一的《论文》，亦刻石立碑，其昭示天下之意及其权威性的理论价值：

（1）文学价值观

曹丕指出："盖文章，经国之大业，不朽之盛事。年寿有时而尽，荣乐止乎其身，二者必至之常期，未若文章之无穷。"曹丕从文以致用的立场出发，率先提出文章是"经国之大业，不朽之盛事"的理念。建安以前，文学地位低下，盛极一时的汉赋，竟被斥之为"童子雕虫篆刻"而"壮夫不为"。秦汉以降，文章学一直作为哲学、史学、经学的附庸而存在，没有独立地位。曹丕却不然，认为文章有两大社会功能：一是"经国之大业"，有利于治国；二是"不朽之盛事"，有益于立身。在中国文学史上，曹丕第一次将文学与治国大业与自我价值的实现连结在一起，文学的地位得到了空前的提高，为文学的繁荣发展奠定了坚实的理论基础，充分体现了建安时代人的觉醒所带来的"文学的自觉"，是中国文学自觉与张扬文化精神、文化自信的一部宣言书。

（2）"文气"说：文学创作与作家关系论

气，源于生命。曹丕创造性地用之于论文，认为："文以气为主，气之清浊有体，不可力强而致。譬诸音乐，曲度虽均，节奏同检，至于引气不齐，巧拙有素，虽在父兄，不能以移子弟。"曹丕所说的"气"，是指作家的气质、才能、个性、禀赋而言。"气之清浊"之别，清者指才知之清，是其俊爽超迈的阳刚之气；浊者指才知之浊，是其凝重沉郁的阴柔之气。不同的人唱同一曲调、同一节奏的一首歌曲，因其气质、个性、禀赋、才能之异，而其声音必有巧拙、刚柔、清浊之别。这种气质、个性、禀赋、才能，源于天赋，即使为父兄者亦难以改变子弟这种不同的天赋。曹丕进而指出，正是这种"气之清浊"，于文学创作便形成了各自不同的艺术风格，如徐干"时有齐气"，应玚"和而不壮"，刘桢"壮而不密"，孔融而"体气高妙"。说徐干有所谓"齐气"，指齐人舒缓之气；孔融有所谓"体气"，指孔融超越常人的才气与文章的高妙风格；应玚"和而不壮"，指其文风阴柔有余而少阳刚之气；刘桢"壮而不密"，指其诗文颇具阳刚壮美之气而不细密；公干有所谓"逸气"，指其不受拘束、俊逸奔放的文风。

（3）文学批评态度

正确的文学理论批评态度，产生正确的文学理论批评。曹丕指出西汉以来的文风，有两种错误倾向：一是"贵远贱近，向声背实"；二是"暗于自见，谓己为贤"、"文人相轻，自古而然"、"各以所长，相轻所短"。所谓"贵远贱近"，首先表现为"尊古卑今""崇古非今"，也表现为"同事之间的互相轻视非难"；所谓"向声背实"，就是崇拜虚名，不重实际，迷信权威。曹丕分析了"文人相轻"这种恶习产生的原因，认为：一是创作主体在认识论方面的根源，表现为既"善于自见"所长，又"暗于自见"其所短；二是创作客体在掌握写作技巧方面是有差异的，"文非一体，鲜能备善"，一个人不可能完全掌握各种不同文体的写作技巧，各有所长亦各有所短，以己之长衡人之短，这不是公正的批评态度。解决的办法，就是"审己以度人"，正确对待别人，尊重别人的学术成果。

（4）文体之辨

曹丕论及文学体裁的区别时说："夫文本同而末异。盖奏议宜雅，书论宜理，铭诔尚实，诗赋欲丽。"这就是所谓"四科八体"。作者认为，文之"本"即基本的创作原则是相同的，而文之"末"即各种文体的风格特点又是不同的。如奏议之文宜雅，书论之文宜理，铭诔之文尚实，诗赋之文欲丽。奏议、书论，晋以后谓之无韵之笔；而铭诔、诗赋，晋以后谓之有韵之文。曹丕以"雅"、"理"、"实"、"丽"四个字，来概论奏议、书论、铭诔、诗赋四类文体的不同风格特色，开中国文体研究之先河。后世之桓范《世要论》、陆机《文赋》、挚虞《文章流别论》、李充《翰林论》，到刘勰《文心雕龙》等等文体论，盖源于曹丕之说。

（5）建安七子之论

建安七子，是建安时代以邺下为中心而形成的一个曹魏文学集团。除孔融反对曹操，后因而被杀以外，其余六人均为曹操集团服务。曹丕最早为"建安七子"正名，其《典论·论文》云："今之文人，鲁国孔融文举，广陵陈琳孔璋，山阳王粲仲宣，北海徐干伟长，陈留阮瑀元瑜，汝南应场德琏，东平刘桢公干。斯七子者，于学无所遗，于辞无所假，咸以自骋骥騄于千里，仰齐足而并驰，以此相服，亦良难矣。"曹丕之说，以"建安七子"而开中国古代文学流派、文学集团之先声。故此后论流派、集团之始者，多以曹丕之论"七子"为首指。"建安七子"之出，也成为"文学的自觉"时代的一个重要标志，是曹丕文学批评注重于实际批评的具体体现和丰硕成果。

鲁迅《魏晋风度及文章与药及酒之关系》指出："曹丕的一个时代可以说是'文学的自觉时代'，或如近代所说是为艺术而艺术的一派。"曹丕文论具有极大的典范性与权威性，对后世文学理论批评影响极大，提高了文学的地位，是文学作为一种独立的学科，且走向文化自觉时代的前奏曲；而"文气说"的提出，对刘勰、沈约、陈子昂、韩愈等人的影响更大；其"四科八体"之说，开创了魏晋南北朝文体研究的先河，陆机《文赋》、挚虞《文章流别论》与刘勰《文心雕龙》之文体论，都受其影响而兴盛。

四、魏晋风度

魏晋风度，是一个永久而富有诱人魅力的话题。它的文化底蕴与美学内涵是什么？千百年来，中国文人都在寻求各自以为正确的答案：诸如魏晋风度就是所谓玄谈与放达，是所谓率真与脱俗，是所谓迷惘与困惑，是所谓人的觉醒与文的自觉，是所谓飘逸与沉重、豁达与执著、欢乐与悲凉、奔放与压抑等各种相互对立的文化性格所构成的矛盾统一体，等等。在这些沉重的答卷上，我们看到的是酒，是药，是诗，是文，是音乐符号，是建安七子之一的孔融击鼓骂曹的膘悍，是竹林七贤的醉酒狂歌，是阮籍登临楚汉战场所发"世无英雄，遂使竖子成名"的叹息，是嵇康临刑时弹奏《广陵散》跳动着的音符，是刘义庆《世说新语》生动描绘的名士风范，是道观寺院里飘散着的仙乐佛歌……

何谓"魏晋风度"？鲁迅在其《魏晋风度及文章与药及酒之关系》一文（见《鲁迅全集》第三卷第 511 页）中回答说：是叛逆和反抗。鲁迅对"魏晋风度"的阐释也许是正确的。以其论"魏晋风度与酒"的关系，我们知道，酒是诗的沉醉，是文章的醉境，是魏晋风度的醉态笑影；以其论"魏晋风度及文章"的关系，我们可以进而论述魏晋风度与文学及其文学理论批评的关系，以探求魏晋风度所表现出来的人格内涵在文学及其文学理论批评方面的深刻义蕴。

第一，魏晋风度意味着人的觉醒及其对个性解放的自觉追求。

魏晋风度，是魏晋名士的生存方式与对个体生命的追求。汉末的社会大动乱，像一根巨大的绞索套在士人的脖子上，战乱、饥荒、灾疫、杀戮、死亡，使人们的社会心态发生了重大变化：一则统一天下、拯救生民的报国之心油然而生，如曹操之雄者；一则人生无常、及时行乐的思想不断滋长，儒家安贫乐道、仁义道德观念不再是人们不可违背的金科玉律，反名教，反传统，成为一代时尚。因此，个人生命的价值和人生意义的理性思考，上升到了历史和现实相结合的高度。魏晋名士认为，儒家所标榜的群体、社会和伦理道德观念，不应成为个体生命发展的桎梏，更不能成为对个体人格自由的否定者。这种人的生命意识的觉醒，乃是魏晋风度的精魂之所在。

文学是人学。当文学与人生结合起来的时候，文学的艺术生命力就很旺盛了。作为文学艺术创作的主体，人的觉醒就意味创作主体意识的增强，有力地推动主体存在的内在精神对文学创作客观的深刻的驾驭。这是文学创作繁荣发展的第一要素，也是魏晋南北朝文学进入"自觉"时代的最重要的标志。正因为如此，文学批评的主体意识也随之强化了。魏晋人之所以能够自觉为文，自觉地从事文学理论批评，自觉地在文学理论批评中表现自我主体意识，而不再如汉人那样宗经、征圣、明道，那样采用"六经注我"的方法使文学及其理论批评成为"六艺之附庸"，就是来源于已经觉醒的自我意识所表现出的"魏晋风度"。

第二，魏晋风度崇尚的个人仪态形貌之美与内在的才情、气质、人格之美的统一，出自于魏晋风行的人物品藻。

人物品藻，由来已久。始于《论语》，盛于魏晋。其代表作是刘劭《人物志》三卷，凡十二篇；刘义庆《世说新语》，凡三十六篇。魏晋六朝时代的人物品藻，学术界认为一般为四大特点：一是重才情，有别于东汉人物品藻之重德行；二是崇思理思致，注重人物的思维雄辩能力；三是标放达，越名教，注重人物生活态度的超功利性和纵情放任的个性化追求；四是赏容貌，称赞如珠玉明月般的超尘绝俗之美。但比较而言，刘劭《人物志》之人物品藻注重于理性分析，偏重于政治性，有感于曹操"唯才是举"而发，更推崇其心目中的"英雄"和智慧型人才，故其中《英雄第八》称"聪明秀出谓之英，胆力过人谓之雄"，又说"聪明者，英之分也，不得雄之胆则说不行；胆力者，雄之分也，不得英之智则事不立"。刘义庆《世说新语》之人物品藻偏重于审美性，多诉之于直观感悟和情感体验，具有审美意义的感性和个性化特征。相对而论，《人物志》对中国文学创作和文学批评的影响比《世说新语》更为深远。其中《八观第九》《九征第一》《材理第四》《体别第二》等篇，不啻是人物心理与文人心态分析的重要论著，为中国古代文艺心理学的创建奠定了坚实的理论基础。如《体别第二》把人物个性分为强毅、柔顺、雄悍、惧慎、凌楷、辨博、弘普、狷介、休动、沉静、朴露、韬谲十二种类型，并一一分析其个性特点、长处与弱点，十分精到，对后世文学创作中的人物个性描写与文学艺术批评中的人物形象分析影响极大。

魏晋风度的人格内涵，促进了人物品藻由政治性向审美性的转变，为魏晋南北朝文学批评之审美鉴赏批评的崛起，提供了一个良好的契机。这是因为以人物品藻的方法应用于自然美和艺术美的品评，往往是"人物之美"的品题与自然之美、艺术之美的"品题"三者相互沟通的。在中国文学批评史、美学史上，评论人物常以山水自然为喻，评论作品又常以自然之美出之，甚而以人物之美品题。如钟嵘《诗品》之评曹植，谓"陈思之于文章也，譬人伦之有周、孔，鳞羽之有龙凤，音乐之有琴笙，女工之有黼黻"，而称其诗"骨气奇高，词采华茂，情兼雅怨，体被文质，粲溢今古，卓尔不群"。钟氏以人伦之尊论文，以龙凤之美论文，以琴笙之乐论文，以妇女刺绣之工论文，以人之骨气论文，集人伦事物为喻。此诗此景此情，人物之美、自然之美与艺术之美三位一体，融汇在钟嵘的文学批评之中，形象生动，义蕴深刻，语言优美，妙不可言。这种审美鉴赏批评，形成了中国文学理论批评的一大美学传统，影响极为深远。由此而出现的以品论诗、以品论赋、以品论文、以品论画、以品论书、以品论词、以品论曲者，则有《诗品》《赋品》《文品》《画品》《书品》《词品》《曲品》《棋品》之类文艺品则之作相继而出，中国古代文艺理论批评从而有了新的品评样式。以诗歌批评而论，先有钟嵘《诗品》开以品论诗、评诗风气之先，后有旧题司空图《二十四诗品》之论诗歌艺术风格，迄至清代又有袁枚之《续诗品》、曾纪泽之《演司空图二十四诗品》、鲍桂星之《唐人诗品》，等等。韩国亦有柳缵基《律品》，尹相泰《书品》、郑容洛《书品》；韩国金姬子还有《韩国品则类研究》的学位论文。

第三，魏晋风度对文学理论批评影响最著者莫过于刘勰《文心雕龙》所创立的"风骨"论。

"风骨"，是刘勰提出的一个十分重要的美学范畴；而"风骨论"，乃是魏晋风度所表现出来的人格力量与美学精神的理论升华。

"风骨"一词，是汉魏以来人物品评的专门用语。一般认为，"风"的观念，源于儒家诗论。《毛诗序》云："风，风也，教也；风以动之，教以化之。""风"又与"气"相关，《广雅·释言》云："风，气也。"自孟子倡言"养吾浩然之气"以降，"气"便用以论人论文，故有曹丕《典论·论文》之"文以气为主"之说，刘劭《人物志》又以"气"品藻人物。《人物志·九征》篇曰：'强弱之植在于骨，躁静之决在于气。"同书《八观》篇又曰："是故骨直气清，则休名生焉。"刘注："骨气相应，名是以美。"魏晋时代的人物品藻，注重的是人物的骨气之美。这是时代对人才的要求。是魏晋时代审美情趣的反映。

魏晋风度，正符合魏晋乱世时代的审美观念和人物品藻的审美要求。因为魏晋风度除了丰富的人格内涵，还特别注重人物的骨相、气质、风度和容貌举止之美。魏晋时代在人物品藻中，由于"气""骨"与人的个性、才能、智慧、人品、德操有密切关系，因而又转而给与人的个性、气质、才能、德行、品格不能分离的文艺理论批评以深刻影响。故魏晋以后的文学理论批评家又用"气""骨"来论文评诗。刘勰在《文心雕龙》中设立《风骨》一篇，正式把用于人物品藻、表现魏晋风度的"风骨"一词引入文学理论及其批评，使之成为文学理论批评中的一个重要的美学概念，这是刘勰《文心雕龙》最突出的理论特色和重大贡献之一。

五、龙学

刘勰（465？-521？）的《文心雕龙》，凡十卷，五十篇，三万七千余言，乃是先秦以降中国文学创作及其理论批评的全面总结，是刘勰本人的文学观念、审美情趣与创作才能的集中结晶，也是周秦汉与汉魏六朝杂文学繁荣发展的产物。他在《序志》篇最末一句表露写作心态时云："文果载心，余心有寄。"以其寄心，以其载心，《文心雕龙》乃是刘勰文心之所载，审美情趣之所寄。这部空前绝后的《文心雕龙》，具有集大成性的理论特色，影响极其深远，后世学人为此创建一门"龙学"。

"龙学"，是以刘勰《文心雕龙》为研究对象的一门学问。其崛起的历史演进过程，大致可分为三个阶段：

其一，龙学为发韧期（自梁至宋元）：主要表现为《文心雕龙》的传播、引用、评介等。据《梁书》本传载，齐梁之际，《文心雕龙》成书之后，"未为时流所称"，后刘勰装扮成货郎，背负书稿，走到沈约车前，毛遂自荐。沈约取而观之，大加赞赏，以为"深得文理，常陈诸几案"。这是《文心雕龙》传播之始。而后，昭明太子之弟萧绎撰《金楼子》一书，于《立言》下篇沿引刘勰《文心雕龙·指瑕》之文，却未注明引自《文心雕龙》者。

唐贞观年间，孔颖达等作《尚书正义》与《毛诗正义》，亦曾据《文心雕龙》作注，仍未注明出处。至初唐四杰之一的卢照邻于《南阳公集序》中把《文心雕龙》与钟嵘《诗品》相提并论，说："近日刘勰《文心》、钟嵘《诗评》，异议蜂起，高谈不息。"可知唐初文坛已广泛地关注着《文心雕龙》与《诗品》。刘知几作《史通》，于《自叙》中高度评介了刘勰《文心雕龙》，云："词人属文，其体非一，譬甘辛殊味，丹素异采；后来祖述，识昧圆通，家有诋诃，人相掎摭，故刘勰《文心》生焉。"刘氏既指出了《文心》出现的历史必然性，又指出了《文心》一书折衷群言、见识圆通、议论周全的创作特色。唐人对《文心雕龙》的传播，除了引用、评介之外，最重要的是对《文心雕龙》"风骨论"的继承与发扬，这就是陈子昂《修竹篇序》高扬"汉魏风骨"的旗帜而为唐代文学的健康发展指明了方向。

刘勰《文心雕龙》现存最早的版本，即所谓敦煌本，乃是唐写本，今藏于英国伦敦大英博物馆[4]。这说明唐人对《文心雕龙》的传播是有所贡献的。宋元时代，已有《文心雕龙》之刻本和注本。注释本有宋辛处信《文心雕龙注》十卷，《宋史·艺文志》著录，这是最早的《文心雕龙》注本，已失传。此时之《文心雕龙》刻本，有宋阮华山刻本，元至正十五年（1355）刊本（《皕宋楼藏书志》卷一一八引钱允治识语），然而十分罕见，正如明嘉靖十九年

4　日本户田浩晓《文心雕龙研究》第22页。

（1540）方元祯序汪一元校《文心雕龙》云："方今海内，文教隆盛，操觚之士，争崇古雅，独是书时罕印本。好古者思欲致之，恒病购求之难。"这说明，中国文学批评之专门化乃是一种历史之必然。明以前《文心雕龙》仍处于冷落之中，远不如钟嵘《诗品》之盛名。

其二，龙学的成立期（即明清时代）：主要表现为《文心雕龙》的校刊之学、注释之学、评点之学发展，为"龙学"之崛起奠定了文献学基础。朱明一代，人们对《文心雕龙》的关注日趋加强，《文心雕龙》的校刊顿趋活跃。据日本户田浩晓《文心雕龙研究》说，明人刊本"有二十三种之多，加上未见的合刻五家本，即达二十四种"。明刊《文心雕龙》之最早者，当推弘治十七年（1504）冯允中刊本，十卷，二册，台北中央图书馆藏，海内孤本。明嘉靖十九年，汪一元校刊《文心雕龙》，又有张之象本、余姚胡氏《两京遗编》本等。杨慎曾有《文心雕龙》批点本。万历末，梅庆生以杨慎批点本为基础，加音注而自成一书，于万历三十七年（1609）刊行，这是现存最早的《文心雕龙》注释本。此外，又有王惟俭《文心雕龙训故》，万历三十五年（1607）与《史通训诂》合刻。迄于清代，首有黄叔琳《文心雕龙辑注》本，乾隆六年华亭姚培谦养素堂刊行；乾隆三十六年（1771），纪昀又在黄叔琳辑注本上加上批点评语，道光十三年（1832）卢坤于两广节署又与《史通削繁》四卷以朱墨套印本合刊之。

明清时代《文心雕龙》校刊、注释、批点本盛行于世，成就较大者甚众，惟王惟俭、黄叔琳、纪昀三人，可谓刘勰之异代知音，是"龙学"之奠基人。

其三，龙学繁盛期（自民国之初而迄今）：《文心雕龙》之研究，至民国时代，随着"五四"运动之兴起，西方诗学东传与中国文学批评史研究之展开，《文心雕龙》的学术价值与历史地位得到了学术界的认同，从而进入了《文心雕龙》研究的黄金时代。其基本特点表现在以下几个方面：

（1）《文心雕龙》注疏校勘之学的繁荣发展，一大批《文心雕龙》注疏校勘之丰硕成果涌现出来。其中有李详《文心雕龙黄注补正》（1909），范文澜《文心雕龙讲疏》（1925），黄侃《文心雕龙札记》（1927），范文澜《文心雕龙注》（1929），庄适《文心雕龙选注》（1933），杨明照《范文澜文心雕龙注举正》（1937），刘永济《文心雕龙校释》（1948），杨明照《文心雕龙校注》（1958），郭晋稀《文心雕龙译注》十八篇（1964），王利器《文心雕龙新书》（1967年龙门书店影印），陆侃如、牟世金《文心雕龙译注》（1982），姜书阁《文心雕龙绎旨》(1984)，此外还有周振甫《文心雕龙注释》、赵仲邑《文心雕龙译注》，日本铃木虎雄《黄叔琳本〈文心雕龙〉校勘记》(1928)、《敦煌本〈文心雕龙〉校勘记》(1926)，冈村繁《文心雕龙索引》(1950)，斯波六郎《文心雕龙范注补正》(1952)、《文心雕龙札记》(1958）等。

（2）《文心雕龙》专题研究与系统研究的勃兴。二十世纪五十年代以后，《文心雕龙》研究有了新的突破，一门以刘勰《文心雕龙》为研究对象、研究方法由校勘注释之学转变而为专题性、系统性研究的专门学问--"龙学"随之崛起。主要代表作有王元化《文心雕龙创作论》(1984)，詹瑛《文心雕龙的风格学》(1982)，王运熙《文心雕龙探索》(1986)，张少康《文心雕龙新探》(1987)，陆侃如、牟世金《刘勰论创作》(1982)，马洪山《文心雕龙散论》(1982)，毕万忱《文心雕龙论稿》(1985)，缪俊杰《文心雕龙美学》(1987)，赵盛德《文心雕龙美学思想论稿》(1988）等等。此外，日本有户田浩晓《文心雕龙研究》(1992 年曹旭译本），台湾王更生《文心雕龙研究》(1976)，香港饶宗颐《文心雕龙研究专号》(1965)，王元化《日本研究文心雕龙论文集》(1982)。这些论著，角度不同，内容各异，但都从各自不同的学术角度，以宏观与微观相结合的态势，比较系统地论述了刘勰《文心雕龙》的文学理论批评体系及其方法论等，对其文学观念、美学思想和学术地位进行了全面而深刻的研究探讨，使千百年来的《文心雕龙》研究跃上了一个崭新的台阶。

（3）《文心雕龙》研究新局面的开创，还表现在国内外出版的中国文学理论批评史与中国美学史对《文心雕龙》之文学理论与美学思想的总体评论研究方面。《文心雕龙》是中国文学理论、文学批评与古典美学的伟大著作，具有里程碑的学术价值与历史地位，所以，中国文学思想史、中国文学批评史、中国美学史研究，都不可不论及《文心雕龙》。从日本青木正儿《中国文学思想史》、张仁青《魏晋南北朝文学思想史》、王金凌《中国文学理论史》到蔡钟翔等《中国文学理论史》、朱恩彬《中国文学理论史概要》，从郭绍虞《中国文学批评史》、罗根泽《中国文学批评史》、朱东润《中国文学批评史大纲》到王运熙、顾易生主编《中国文学批评通史》之《魏晋南北朝文学批评史》与蔡镇楚的《中国文学批评史》，从李泽厚、刘纲纪《中国美学史》到敏泽《中国美学思想史》，等等，都曾从文学思想、文学理论、文学批评与美学等不同角度，设立专门章节，总论刘勰《文心雕龙》之文学理论批评的美学体系及其方法论体系。

（4）二十世纪八十年代兴起的《文心雕龙》研究热，还表现在"中国《文心雕龙》研究会"的成立，作为全国性的《文心雕龙》研究机构，在《文心雕龙》研究人才的培养、加强全国性乃至国际性的学术交流，推动《文心雕龙》研究的深入发展等方面，《文心雕龙》研究会无疑起了一定的积极作用。但《文心雕龙》研究的重大课题与必须深化的命题还很多，要把"龙学"推向世界，推向二十一世纪的学术新台阶，还须继续努力。

六、声律论

南朝齐武帝永明年间（483-493），是中国文学史与汉语音韵学史上的一个辉煌的时代。一场声势浩大的声律启蒙运动兴起于神州大地，沈约等不失时机地创立了汉语声律之学，开创了以讲究对偶与格律之美为特色的"永明体"，使中国古典诗歌从此走上了律化之路。这是中国诗歌发展史上的一座新的里程碑。

（一）永明声律论的兴起

永明声律运动的勃然兴起，究其原因有三：

其一，汉语诵读本身所具备的抑扬顿挫的节奏之感，乃是永明声律论得以产生与发展的自然基础。汉语由方块汉字组成，重训诂，重声训，四声调类是汉语本身所固有的。先秦汉语中就有声调。据俞敏《古四声平议》一文算对，《易·上经》凡 2064 个字，其中平声 912（占 44%）、上声 426（占 21%）、去声 353（占 17%）、入声 373（占 18%）；又以青铜铭文《大盂鼎》为例，平声41%、上声 19%、去声 19%、入声 21%。[5]古人诵书，本注意声律之美，抑扬顿挫，悦耳动听。汉初陆贾《新语》行文，讲究对称之美、声音之美。而《续晋阳秋》载，东晋袁宏讽咏《咏史》诗，而为谢尚所激赏，称其"声既清会，辞又藻拔"（《世说新语·文学》注引）。南朝周捨，《梁书》本传称他"善诵书，背文讽说，音韵清辩"。可见古人早就注重诵读的声音之美。然而，永明之前，古人诵读诗文的声音节奏之美，是建立在自然诵读基础上的，其依据就在于汉语本身所固有的四声调类。如司马相如所谓"一宫一商"，陆机所谓"暨音声之迭代，若五色之相宣"，钟嵘之言"但令清浊通流，口吻顺利，斯为足矣"等，都证明汉语四声之固有者。不看到汉语自身存在的这一语言事实，一味强

5　见《训诂研究》1981 年第 1 期，今收入《俞敏语言学论文集》。

调永明声律论的外来影响，只能是舍本逐末，缘木求鱼而已。

其二，印度梵音的传入与佛经翻译之风是永明声律运动勃兴的催化剂。梵语是拼音文字，注重音节的组合，故梵语诗律分为波哩多（Vrtta，有规则组合）和 底（jāt，瞬间有规则组合）二种类型。宋人郑樵《通志·艺文略》说："切韵之学，起自西域，旧所传十四字贯一切音，谓之婆罗门书。"郑氏所谓"切韵之学"，就是拼切字音之法。东汉之世，梵语以佛经东传为媒介传入中国。翻译佛经，研习梵字，于是梵音之风日盛，从佛徒僧侣到士族文人，多以梵音为尚。梁·释惠皎《高僧传·齐释惠忍传》云：

始有魏陈思王曹植，深爱音律，属意经旨；既通般遮之瑞响，又感渔山之神制。于是删治瑞应本纪，以为学者之宗。传声则三千有余，在契则四十有二。

曹植曾经深研梵音之学，启迪时人，传习了四十二个梵音字母。《高僧传·宋释慧睿传》又说："陈郡谢灵运，笃好佛理，殊俗之音，多所达解，乃谘（慧）睿以经中诸字并众音异旨，于是著十四音叙，条理楚汉，昭然可了，使文字有据焉。"谢灵运"著十四音叙"，亦言谢灵运根据梵文十四音，传习梵文字母[6]。当时，"婆罗门五十字母"，通过佛经翻译，在中国广为传播，使汉语等韵之学应运而生，引起了中国汉语音韵学的一场革命，为永明声律运动奠定了广泛的基础。

其三，永明声律论之崛起，是魏晋以来许多中国学者研习梵语音韵之学并把它用之于汉语音韵学的积极成果。日本释安然《悉昙藏》曾转引谢灵运的话说："《大涅槃经》中，有五十字，以为一切字本，牵彼就此，反语成字。"所谓"反语成字"，就是以"婆罗门五十字母"，可以拼切出各种音节，排列而成拼音表，这就是所谓"悉昙"。悉昙章，就是讲究梵语元音与辅音展转相拼的音节表，上列声，右列韵，声韵相拼而成一个音节。根据这一原理，永明年间，以沈约为代表的一批学者，创造性地把梵语梵音诗律学用之于汉语音韵学，周颙作《四声切韵》（见《南史》本传），沈约作《四声谱》，标志着汉语音韵学之崛起。《南史》卷48《陆厥列传》指出：

汝南周颙善识声韵，（沈）约等文皆用宫商，将平、上、去、入为四声。

6　梵文十四音，依玄应《一切经音义》中的《大般涅槃经·文字品》所述为：a裏ā阿 i壹 伊u坞ū乌r理l厘e驿i蔼o污u奥am庵ao恶。参见蔡镇楚《中国古代文学批评史》第162页，岳麓书社，1999年本。

以此制韵，有平头、上尾、蜂腰、鹤膝。五字之中，音韵悉异；两句之内，角徵不同，不可增减，世呼为"永明体"。

《南齐书·陆厥传》亦云："吴兴沈约、陈郡谢朓、琅琊王融，以气类相推毂，汝南周颙善识声韵。约等文皆用宫商，以平、上、去、入为四声，以此制韵，不可增减，世呼为'永明体'。"蜚声古今的"永明体"，就诞生在永明声律运动的摇篮之中。

（二）永明声律论的内容

永明声律运动的主要理论贡献与实际成果是永明体。永明体的审美特征是注重错综和谐的声律之美。正如沈约《宋书·谢灵运传论》所云：

> 夫五色相宣，八音协畅，由乎玄黄律吕，各适物宜。欲使宫羽相变，低昂互节，若前有浮声，则后须切响。一简之内，音韵尽殊；两句之中，轻重悉异。妙达此旨，始可言文。至于先士茂制，讽高历赏，子建函京之作，仲宣霸岸之篇，子荆零雨之章，正长朔风之句，并直举胸情，非傍诗史，正以音律调韵，取高前式。自骚人以来，此秘未睹。

中国音韵之学，自三国时代兴起。孙炎作《尔雅音义》，初创反切之学；李登作《声类》，则以宫、商、角、徵、羽五声分韵类，创为等韵之学。但在文学领域中尚无"四声"之说。永明声律运动，受佛经转读与梵文拼音之影响，沈约等学者吸收前人声韵研究成果，从文学角度，正式为"四声"正名。因此可以说，永明声律论的主要内容，就是沈约提出的"四声八病"之说。

四声，指汉字的声调而言，萧子显《南齐书·陆厥传》谓"以平上去入为四声"。沈约有《四声谱》，周颙有《四声切韵》，均已佚。隋·刘善德有《四声指归》，云："宋末以来，始有四声之目。沈氏乃著其谱论，云起自周颙。"

四声，本是汉语声调所固有的一种客观现象，故北齐李概《音韵决疑序》云："平上去入，出行闾里。"（《文镜秘府论·天卷·四声论》引）但周颙、沈约等人之发现四声，乃是汉语语言学史上的一大重要事件，是永明声律运动的丰硕成果。

至于四声如何运用于诗文创作，则沈约又有"八病"之说。《南史·陆厥传》指出："（沈）约等文皆用宫商，将平上去入为四声，以此制韵，有平头、上尾、蜂腰、鹤膝。"只言及"平头"等四种病。所谓"八病"，是根据宋人李淑《诗苑类格》与魏庆之《诗人玉屑》所载而定的，《文镜秘府论》西卷"文二十八种病”与“文笔十病得失”亦包括了沈约所言“八病”：

第一，平头，认为五言诗第一字不得与第六字同声，第二字不得与第七字同声。同声者，不得同平上去入四声，犯者名为犯平头。

第二，上尾，即五言诗中，第五字不得与第十字同声，名为上尾。

第三，蜂腰，谓五言诗一句之中，第二字不得与第五字同声。言两头粗，中央细，似蜂腰也。

第四，鹤膝，谓五言诗第五字不得与第十五字同声。言两头细，中央粗，似鹤膝也，以其诗中央有病。

第五，大韵，称五言诗若以“新”为韵，上九字中更不得安“人”、“津”、“邻”、“身”、“陈”等字。既同其类，名犯大韵。

第六，小韵，称除韵以外而有迭相犯者，名为犯小韵病也。就是说，一韵之内，韵脚之外的九字内不得有叠韵、同声调之字，否则就犯小韵病。

第七，傍纽，沈约称之为“大纽”，是指五言诗一句之中有“月”字，更不得安“鱼”、“元”、“阮”、“愿”等之字，此则双声，双声即犯傍纽。纽者，相当于宋元以后等韵学所谓“字母”，即现代汉语音韵学中所谓“声母”。

第八，正纽，沈约称之为“小纽”。正纽者，五言诗“壬”、“衽”、“任”、“入”四字为一组，一句之中，已有“壬”字，更不得安“衽”、“任”、“入”等字，否则，就犯正纽之病。正纽，谓两句之内有隔字双声，如“壮哉帝王居，佳丽殊百城”，其中“居”“佳”双声，“殊”“城”双声。

所谓“八病”，平头、上尾、蜂腰、鹤膝，为声调之病；大韵、小韵、正纽、傍纽，为声母、韵母之病。合而言之，八病乃声韵之病，充分体现出沈约等南朝永明体诗人及批评家们对诗文声韵之美的热烈追求。

（三）声律论的意义与影响

其一，永明声律论崛起之后，研究者风起云涌，周颙以降，王融以往，声谱之论郁起，病犯之名争兴，家制格式，人谈疾累，形成了一股声病热。据《隋书·经籍志》记载，周研撰《声韵》四十一卷，李登撰《声类》十卷，佚名撰《韵集》十卷，吕静撰《韵集》六卷。这些都是“四声”发现以前的著作；四声兴起之后，张谅有《四声韵林》二十八卷，段弘有《韵集》八卷，杨林之有《韵略》一卷，李概有《音韵决疑》十四卷，佚名有《纂韵》十卷，刘善德有《四声指归》一卷，沈约有《四声》一卷，夏侯咏有《四声韵略》十三卷，李概又有《音谱》四卷，释静洪有《韵英》三卷。《群玉典韵》七卷又注："梁有《文章音韵》二卷，王该撰，又《五音韵》五卷，亡。"作家云蒸，著述繁富，极大地促进了汉语音韵学的繁荣发展，在汉语音韵史上具有开拓意义，是汉语音韵学的一场革命。

其二，以"四声八病"为主的永明声律论，力求诗文创作做到"一简之内，音韵尽殊；两句之中，轻重悉异"，特别是"八病"之说，或失之烦苛，或不够完整，难以遵行，但其强调音韵和谐变化之美，则深化了对汉语语言内部规律的探寻，在诗歌的格律化之路上迈出了一大步，使中国诗歌的韵律呈现出一种新的体貌。永明新体诗的诞生与发展，至唐初而衍变成为格律诗，有力地促进了唐代律诗绝句的蓬勃发展，并由此而产生了四六文、联语等文体，实现了中国诗歌艺术由古体诗向近体诗的改革，使中国传统文学大异于其他各国文学者，就在于格律化。这样，永明声律论的影响和价值，即可想而知。

其三，随着永明体的崛起与中国律诗绝句的繁荣发展，中国诗歌走上了律化之路。所谓诗歌国度之誉，实际上是律诗、绝句等格律诗的王国。因此，永明声律运动以后，声律成为诗歌创作和文学批评的准则与标准之一，形成了一个所谓格律派及声律批评与审美鉴赏派。

声律论，是中国诗学理论批评与诗歌审美鉴赏的重要方法之一。中国文学批评史乃至东方诗话史上的诗学批评，注重格律形式，以格调声韵为法，强调诗歌的艺术形式之美与音律和谐之美，皆源于永明声律论。不懂声律，焉能作诗；不懂格律，焉能言诗？而其影响之所及，一则而有唐人诗式、诗格、诗法、诗句图之类专门化的诗学入门著作的大量出现，唐人诗格主要有：上官仪《笔札华梁》、元兢《诗脑髓》、旧题王昌龄《诗格》《诗中密旨》、李峤《评诗格》、王维《诗格》、白居易《金针诗格》《文苑诗格》、贾岛《二南密旨》、王梦简《诗要格律》、李淑《诗苑类格》、李洪宣《缘情手鉴诗格》、王睿《诗格》、王玄《诗中旨格》、徐寅《雅道机要》、徐衍《风骚要式》、姚合《诗例》、王起《大中新行诗格》、郑谷《国风正诀》、徐三极《律诗洪范》、徐蜕《律诗文格》、皎然《诗式》、任博《新点化秘书》、闫东叟《风雅格》、张天觉

《律诗格》、李邯郸《诗格》、李嗣真《诗品》、倪宥《龟鉴》、张为《诗人主客图》、李商隐《源词人丽句》、李洞《集贾岛诗句图》等等。其中多数诗格重在声律格调，如李淑《诗苑类格》详述上官仪的诗歌对偶有"六对""八对"之说，僧淳《诗评》论诗，亦注重诗格，编中有所谓"象外句格"、"当句对格"、"当字对格"、"假色对格"、"假数对格"、"十字句格"、"十字对格"、"独体格"、"诗有四题格"等等，凡十数种格式。二则至清代则有顾炎武《诗律蒙告》、毛先舒《声韵丛说》、赵执信《声调谱》、李汝襄《广声调谱》、刘藻《声韵谱》、吴绍璨《声调谱说》、宋弼《通韵谱说》、翁方纲《五言诗平仄举偶》《七言诗平仄举偶》、车万育《声律启蒙》、黄培芳《诗法举要》、王岳英《诗法大全》、王引之《王文简公论七言古体平仄》、吴镇《声调谱》、游艺《诗法入门》等。三则中国历代诗话乃至东方诗话著述，大多注重诗歌格律，如李东阳《怀麓堂诗话》、沈德潜《说诗晬语》、李调元《雨村诗话》等评诗论诗，多以声律格调为主，形成一个规模宏大的声律批评派。日本诗话特别注重汉语声韵学的传播，被誉为"日本诗话之宗"的空海大师《文镜秘府论》即大量篇幅保存六朝与隋唐时代的诗学、诗格、诗式等诗歌声律学文献资料，如沈约的《四声谱》、刘善经的《四声指归》、王昌龄的《诗格》、皎然的《诗式》《诗评》《诗议》、崔融的《诗髓脑》《唐朝新定诗体》、元兢的《古今诗人秀句》、佚名的《文笔式》《笔札》《帝德录》、陆机的《文赋》、刘勰的《文心雕龙》、殷璠的《河岳英灵集》等，其中一些声律学著作中国已经失传，唯有是书赖以保存。日人三甫晋（1723-1789）的一部《诗辙》六卷，洋洋三十万言，卷一论大意、诗义，卷二论体制，卷三论变法、异体，卷四论篇法、韵法，卷五论句法、字法，卷六为杂记，考证常见词语。其分目之细，资料之详，引述之精，篇幅之巨，堪称日本汉诗声律学之集大成者。其他诗格、诗律、诗韵、诗语之类日本诗话之作，如《诗律兆》《葛原诗话》《沧溟近体声律考》《唐诗平仄考》等注重诗歌声律的著作，有皆为普及诗歌格律之需而作，数量之多，有如汗牛充栋。

七、汉魏风骨

　　陈子昂（661-702），是唐代诗歌革新运动的积极倡导者。他的《与东方左史虬修竹篇序》，虽然只是一篇序言，却成为唐代文学得以健康繁荣发展的指路明灯，成为诗歌革新运动的一面旗帜。

　　汉魏晋以来，人们品藻人物，就比较注重"风骨"，刘勰的《文心雕龙》将其引入文学评论，专设《风骨》篇。何谓"风骨"？有人认为"风"指形式，"骨"指文章内容；有人说"风"与"骨"都指内容，但"骨"侧重于内容方面的事义与事理；有人说"风骨"泛指风格而言；还有人说："风者，运行流畅之物，以喻文之情思；骨者，树立结构之物，以喻文之事义也。"（刘永济《文心雕龙校释》）郭绍虞认为："风骨"是思想性和艺术性的统一体，其基本特征，在于明朗健康，遒劲而有力（《中国历代文论选》）。而《中国美学史》认为，"风骨"实际上包含着刘勰对艺术美的构成的分析，"风骨"是一个整体，是一个内容与形式统一的整体。本人认为，刘勰所标举的"风骨"，是魏晋风度的基本内涵，是人的主体人格之美的集中体现者。用之于文学理论批评，他所强调的一是情感，二是人格力量，三是辞采之美，因而是魏晋时代的人文精神、美学理想与文化性格的艺术反映。

　　然而晋宋至于初唐，诗坛文苑出现一种偏重形式、内容空虚、脱离社会现实的不良倾向，为艺术而艺术之风盛行一时，与《诗三百》、汉乐府的现实主义诗风背道而驰，亦偏离了"建安风骨"与"正始之音"的美学轨道。为了纠正这种不良文风，陈子昂于《修竹篇序》中指出：

　　　　东方公足下：文章道弊五百年矣。**汉魏风骨**，晋宋莫传，然而文献有可征者。仆尝暇时观齐、梁间诗，彩丽竞繁，而兴寄都绝，每以永叹，思古人常恐逶迤颓靡，风雅不作，以耿耿也。一昨于解三处见明公《咏孤桐篇》，骨气端翔，音情顿挫，光英朗练，有金石声。遂用洗心饰视，发挥幽郁。不图正始之音，复睹于兹，可使建安作者相视而笑。解君云："张茂先、何敬祖，东方生与其比肩。"仆亦以为知言也。故感叹雅制，作《修竹诗》一篇，当有知音以传示之。

陈子昂承继了先秦诗骚精神与刘勰《文心雕龙》论诗论文注重"风骨"的优秀传统，《修竹篇》这篇短序虽是是对东方虬诗歌的评论、赞许，实则是陈子昂提倡文风诗风改革的一篇宣言。

　　其一，陈子昂首先立足于对六朝骈俪浮艳文风的批评与否定，明确提出"文章道弊五百年"的著名论断，认为晋、宋以来的齐、梁诗歌之弊正在于"彩丽竞繁，而兴寄都绝"。所谓"兴寄"，既包含比兴，又超越了比兴，与他所倡导的"汉魏风骨"有关。"兴"指比兴手法而言，"寄"是指内容方面的寄托之意。合而论之，是指以"托物起兴"与"因物喻志"的表现手法，而抒发作者的情思、志趣，使诗歌具有一种飞动的气势和昂扬奋发的人格力量。

其次，陈子昂倡导以"汉魏风骨"为旗帜，为唐代文学特别是唐诗的健康发展指明了正确方向。"魏晋风骨"，亦称之"建安风骨"，是指东汉末汉献帝建安时代以曹氏父子和建安七子为代表的以"慷慨任气"、明朗刚健为审美特色的一种诗风。

"魏晋风骨"以其时代特色而论，明显地具有三点时代的规定性：一是在反映社会的离乱和人民的疾苦之中，文学创作的情感指向转向真实、转向人民、转向个人；二是在要求建功立业、统一天下、实现社会长治久安的宏伟抱负之中，个人的价值、人的自我意识的增强得到了淋漓尽致的发挥，因而人的觉醒促使文学进入"自觉的时代"；三是在对于社会现实的再现与诗歌艺术境界的追求之中，一种"志深而笔长"、"梗概而多气"的那种悲凉慷慨、意气骏爽、情志飞扬而辞义又遒劲有骨力的艺术风格得以形成。我们以为，以上三个明显的时代的规定性，就是陈子昂树立而为唐代文学旗帜的"汉魏风骨"即"建安风骨"的文化内涵。

其三，陈子昂崇尚"汉魏风骨"的文学观念与美学思想，还体现在对初唐诗风的批评方面：一则他以高度的历史责任感来面对日趋衰颓的初唐文风，每"思古人，常恐逶迤颓靡，风雅不作"，内心深感惶恐不安，因而要提倡"汉魏风骨"，打出这面复古旗帜，以革新时风。二则陈子昂对于东方虬之类承传建安风骨与正始之音的诗人，给予极高的评价，称其《咏孤桐篇》"骨气端翔，音情顿挫，光英朗练，有金石声"，使他"洗心饰视"，感到其诗"发挥幽郁"，认为解君说东方虬可与张茂先、何敬祖"比肩"之论"亦以为知言"。三则陈子昂自己作《修竹诗》一篇，作为实践"汉魏风骨"之作，以为"知音"者传示之。陈子昂的诗歌创作，大部分都实践了自己的文学主张，如代表作《感遇诗》三十八首、《蓟丘览古》七首和《登幽州台歌》，有意摒弃六朝以来"彩丽竞繁"之习，运用朴质无华之古诗体式，以比兴寄托手法，来反映社会现实，抒发自己的思想感情，表现出一种苍凉悲壮的时代气息，形成一种沉郁悲凉而又高雅冲淡的艺术风格。

陈子昂上承建安，下启盛唐，对转变唐代诗风，引导唐诗走向繁荣而健康的发展之路，有着重大的历史贡献。唐卢藏用《右拾遗陈子昂文集序》高度肯定了他的开风气之功，说他"卓立千古，横制颓波，天下翕然，质文一变"。陈子昂之后，唐人论诗多以"风骨"为准，如殷璠《河岳英灵集序》指出："开元十五年后，声律风骨始备矣。"在其《集论》中又说该集所收录之诗，是"文质半取，风骚两挟。言气骨则建安为传，论宫商则太康不逮"，指出唐诗注重声律与风骨两种创作倾向，出之于"汉魏风骨"，远源于"南风周雅"。该集编者殷璠评诗，亦以"汉魏风骨"为标准，如评高适则曰"诗多胸臆语，兼有气骨"；评薛据则曰"为人骨鲠有气魄，其文亦尔"；评崔颢则曰"晚节忽变常体，风骨凛然"；评王昌龄则曰"元嘉以还，四百年内，曹、刘、陆、谢，风骨顿尽。顷有太原王昌龄，鲁国储光羲，颇从厥迹"。杜确《岑嘉州诗集序》亦云："开元之际，王纲复举，浅薄之风，兹焉渐革。其时作者凡十数辈，颇能以雅参丽，以古杂今，彬彬然，灿灿然，近建安之遗范矣。"晚唐皮日休《郢州孟亭记》亦指出："明皇世，章句之风大得建安体，论者推李翰林、杜工部为尤。"这些都说明，唐代诗歌革新，都是以陈子昂倡导的"汉魏风骨"为旗帜的。正是"汉魏风骨"这面光辉灿烂的诗歌旗帜，指引着一代唐诗的航船劈风斩浪，驶进了诗歌王国更加辉煌的艺术彼岸。

八、李杜优劣论

"李杜"并称，是一个历史概念，出自杜甫《长沙送李十一》的"李杜齐名真忝窃，朔云寒菊倍离忧"。诗下注云："用杜密李膺、李固杜乔旧事为喻。"李固与杜乔、李膺与杜密，皆东汉人，以耿介公正并称，名重当时，世呼"李杜"。

唐诗以"李杜"并尊，是指李白、杜甫两位大诗人，成于韩愈《调张籍》一诗中的"李杜文章在，光焰万丈长。不知群儿愚，那用故谤伤。蚍蜉撼大树，可笑不自量"。

李白与杜甫，生前在唐代诗界地位并不算显赫，一部《河岳英灵集》收录盛唐24位诗人的234首诗歌，竟没有李白、杜甫的一席立足之地。不仅如此，还常遭微辞谤伤。直至中唐，韩愈出来说话，才予以公正评价。

然而，历史也真会开玩笑。当"李杜"并称而名重诗坛之后，一场旷日持久的"李杜之争"的历史风暴，又接踵而至，直接影响了古今中国的文坛诗苑。

所谓"李杜之争"，是指中唐诗坛开始出现的一种"李杜优劣论"。宋人魏泰《临汉隐居诗话》云：

> 元稹作"李杜优劣论"，先杜而后李。韩退之不以为然。诗曰：
> "李杜文章在，光焰万丈长。不知群儿愚，那用故谤伤。蚍蜉撼大
> 树，可笑不自量。"为微之发也。

元稹论"李杜"，以其儒家诗学，重讽喻写实，"先杜而后李"，是可以理解的。也正如此，引发了一场"李杜之争"。

前人论李白，只注重其纵酒赋诗的表象层面，如郑谷《读李白诗》云："何事文章与酒星，一时钟在李先生。高吟大醉三千首，留著人间伴月明。"其实，李白总是以醉饮狂歌来掩饰内心深处的无限寂寞与人生伤痛。惟有僧齐己《读李白集》诗可谓的评，其后四句诗云：

> 锵金铿玉千余篇，脍吞炙嚼人口传。
> 须知一一丈夫气，不是绮罗儿女言。

以"丈夫气"概括李白诗的气质、个性、艺术风格与文化精神，是极为精辟之论。何谓"丈夫气"？一是才气，二是骨气。论才气，李白是天才；论骨气，李白"安能摧眉折腰事权贵"？李白是孟子所赞美的"大丈夫"。有人说李白诗歌的基本主题是"理想与现实的矛盾"，在封建时代，每一个仁人志士何尝不都存在着"理想与现实的矛盾"？我以为，李白诗歌的基本主题，一是"怀才不遇"，二是"人生如梦"；因"怀才不遇"而生"人生如梦"之叹。李白一生，诗才横溢，愁绪满怀，以至"抽刀断水水更流，举杯销愁愁更愁"；但是李白的"愁"，是强者之愁，是怀才不遇之愁。所以，李白诗歌创作的艺术表现手法，亦具有与众不同的特色，这就是"三大"：一是口气大，二是才气大，三是力气大，其笔力有黄河落天走东海之势，亦可挟泰山而跨东海。

李白是何许人也？后人的猜测与评议，大都不得其要领，还是李白自己一针见血回答了人们的种种疑问。他在《答湖州迦叶司马问白是何人》一诗中云：

> 青莲居士谪仙人，酒肆藏名三十春。
> 湖州司马何须问，金粟如来是后身。

李白坦诚地说自己在生是"谪仙人"，身后是"金粟如来"。亦仙亦佛，生前是"诗仙"，死后为"诗佛"，这就是李白。其实，李白的这种生活方式，只是一种自我解脱而已，亦如杜甫《赠李白》一诗所云："痛饮狂歌空度日，飞扬跋扈为谁雄？"为谁雄？为自我，为人格，为自由，为个性解放！

古往今来，人们对李白的崇拜，原因主要有三：

　　其一，人们崇拜天才，倾心于天才。

　　李白天才卓绝，"五岁诵六甲，十四观百家"；"十五观奇书，作赋凌相如"；"斗酒诗百篇"，"敏捷诗千首"。这都是李白自己的标榜和夸耀，人们对他的记载则更为玄乎。比如李白的出生，历来有二说：谓其为太白星下凡者，欧阳修、宋祁的《新唐书·文苑传》竟然写入正史："白之生，母梦长庚星，因以（太白）名之。"谓其是文曲星、酒星下凡者，郑谷《读太白集》诗云："何事文星与酒星，一时钟在李先生。"徐积《李太白杂言》诗云："至于开元间，忽生李诗仙。是时五星中，一星不在天。"以至《天宝遗事》云："李太白少时，梦所用之笔头上生花，后天才赡逸，名闻天下。"《唐才子传》亦云：李白"十岁通五经，自梦笔头生花"。天宝元年（742）应诏入长安，连八十高龄的太子宾客贺知章亦惊呼李白为"谪仙人"。李白《对酒忆贺监二首》序云："太子宾客贺公，于长安紫极宫一见余，呼余为'谪仙人'。因解金龟，换酒为乐。"

　　其二，蔑视权贵，笑傲王侯：人们崇尚李白的人格之美。

　　李白一生，蔑视权贵，笑傲王侯。在《梦游天姥吟留别》一诗末更热切地呼唤："安能摧眉折腰事权贵，使我不得开心颜！"李白恃才傲世，以忤世之态待人接物，留下令"高力士脱靴"与"杨贵妃磨墨"的千古传说，令人读之听之而感到痛快淋漓。宋人赵令畤《侯鲭录》记载：

> （李白）以"海上钓鳌客"为手板，以谒宰相。（李林甫）相问："先生临沧海，钓巨鳌，以何物为钓线？"白曰："以风浪逸其情，乾坤纵其志；以虹霓为丝，明月为钩。"相曰："以何物为饵？"太白曰："以天下无义丈夫为饵。"时，相悚然。

这是李白对奸相李林甫的嘲弄与挖苦。宋人谢维新《合壁事类》载有李白戏弄官府之事：

> 李白失意游华山，华阴县宰方开门决事，白乘醉骑驴过门。宰怒，不知其太白也。引至庭下曰："汝何人？辄敢无礼！"白乞供状，无姓名。曰："曾用龙巾拭吐，御手调羹，力士脱靴，贵妃捧砚。天子殿前尚容走马，华阴县里不得骑驴？"

李白对权贵官僚的奚落与嘲讽，李白的言行举止，确实有点玩世不恭。前人说他"非庙堂之器"，是有道理的。然而，李白的行为个性与诗歌创作，正是其反抗精神与人格力量的艺术表现。

　　其三，李白一生，浪迹江湖，任侠仗义，浮云富贵，轻财好施，表现出一种传统的美德，一种令人向往的理想境界。在野，李白为"竹溪六逸"之一；在朝，李白是"饮中八仙"之一。"天生我材必有用，千金散尽还复来"（《将进酒》）。这就是李白的人才观与金钱观。李白好剑术，其游侠义气，集中表现在《侠客行》一诗里：

> 赵客缦胡缨，吴钩霜雪明。
>
> 银鞍照白马，飒沓如流星。
>
> 十步杀一人，千里不留行。
>
> 事了拂衣去，深藏身与名。
>
> 闲过信陵饮，脱剑膝前横。
>
> 将炙啖朱亥，持觞劝侯嬴。
>
> 三杯吐然诺，五岳倒为轻。
>
> 眼花耳热后，意气素霓生。
>
> 救赵挥金锤，邯郸先震惊。
>
> 千秋二壮士，烜赫大梁城。
>
> 纵使侠骨香，不惭世上英。
>
> 谁能书阁下，白首太玄经。

李白此诗写信陵君窃符救赵之事，歌颂隐士侯嬴、朱亥二壮士行侠仗义的英雄性格与侠客精神。事出《史记》卷七十七《魏公子列传》。李白任侠，在于追求一种英雄性格和自由精神。表现李白任侠精神的，还有《扶风豪士歌》《襄阳歌》《玉壶吟》《白毫子歌》《梁园吟》《鸣皋歌》，特别是两首被苏轼称为"伪作"的诗，一曰《笑歌行》，二曰《悲歌行》，亦颇能反映他狂放不羁的性格特征和豪侠风格。

龚自珍指出："儒、道、侠实三，不可以合，合之以为气，又自太白始也。"（《最录李白集》）李白集天才、仙人、侠客、豪士、诗人于一身，是中国诗史上的千古奇才、诗仙。人们尊重他，颂扬他，崇拜他，仰慕和继承"太白遗风"，乃是一种历史的选择，一种民族的集体无意识。不难设想，一代唐诗，假如没有一个李白，其历史的辉煌和艺术的光彩，不知要抹去多少亮丽的色泽啊！有了一个李白，是唐诗之大幸，也是中国诗歌王国之大幸！

李白与杜甫，是中国诗歌王国灿烂星空中最耀眼的"双子星座"。然而较之李白，杜甫完全是另外一个人，一个"奉儒守官"、温柔敦厚的长者，一个致君尧舜、心忧家国的诗人，一个脚踏实地而又穷困潦倒的赤子。

千百年来，"杜甫崇拜"是一种独特的文化现象。这种文化现象的出现，究其原因，我以为有三点：

其一，儒家诗教使然。儒家以"温柔敦厚"为诗教之旨，强调诗歌的社会功能在于"美刺"，在于"兴观群怨"，为政治教化服务，以维护封建宗法制度。中国诗话的尊杜之风，中国诗坛的杜甫崇拜，就是在儒家诗教至高无上的权威之下产生的。比较而言，杜甫是标准的正统派诗人，更符合儒家诗教的要求，立足现实，忠君爱国是杜诗的基调。而李白恃才傲世，粪土王侯，隐逸求仙，天马行空，是脱离现实的理想派诗人，才高为累，世道不容，与儒家诗教格格不入。

其二，"人品"所致。诗话论诗，多注重"诗品出自人品"；李杜的人品都是高尚的，然而杜甫的"人品"更符合封建伦理道德标准，是封建士大夫追慕的理想完美人格的典范。但是比较而言，(1) 于国。李白以自我为中心，于诗歌中突出"自我"的理想主义、反抗精神与英雄性格；而杜甫诗歌以忧国忧民为主旨，把忠君与爱国主义紧密结合起来，体现儒家思想的全部精华和美好品德。(2) 于家。李白的家庭观念比较淡薄，长达四十年的漫游生活，大多独来独往，向山林、仙界、醉乡中去寻求自我解脱；杜甫对社会的高度责任心亦体现在对家庭的责任感上面。《月夜》《羌村三首》《北征》《咏坏五百字》等传世佳作，字里行间都洋溢着作者对妻儿子女诚挚的爱。他漂泊迁涉，穷困潦倒，妻儿子女，风雨同舟，相依为命，患难与共，娇儿抱膝之欢，夫妻团聚之乐，离乡背井之痛，家破人亡之悲，乃至床头屋漏之苦，整个家庭生活，在杜诗中都有真实生动的记录。这在唐诗以至中国文学史上极为鲜见。(3) 于友。杜甫为人忠实厚道，待人接物，交朋结友，以诚相见。王士禛《渔洋诗话》云："文章以气为主，气以诚为主，故老杜谓之'诗史'者，其大过人在诚实耳。"诚实厚道，是一种美德。李白于友也是以诚相待的，有《赠汪伦》等诗篇为证；然而与李白的傲岸不羁相比，杜甫更具有"温柔敦厚"的君子风度。李白与杜甫交游的诗篇，李白对杜甫是嘲笑和轻视，而杜甫对李白是尊崇和怀念。

其三，崇尚实际的民族文化性格所致。中国是历史悠久的农业大国，以农为本，以农民为主体。长期自给自足的小农经济，形成了中国人"重实际而黜玄想"、讲实效而不尚空谈的民族文化性格。受其影响，杜甫诗学特别注重实际。作诗，尚抱讽谏之志；论诗，讲究实事求是。他尊重传统，崇尚风雅，主张"别裁伪体"、"转益多师"；推崇屈宋，提倡风骨神韵，又不废齐梁音律，不非难初唐，不像李白那样卑视六朝；他执着人生，面向社会，立足现实，苦苦追求，不像王维那样隐逸遁世，也不像李白那样寻访名山，炼丹求仙。

一代唐诗，王维、李白、杜甫，一曰"诗佛"、二曰"诗仙"，三曰"诗圣"，如三足之鼎立于诗坛。但比较而言，王维属于隐逸型，明哲保身型；李白属于理想型，个性解放型；杜甫属于现实型，伦理道德型。而他们的诗歌创作，王维、李白、杜甫均雄居唐诗榜首，世无匹敌。而王维诗志在山水自然，追求诗情画意和佛禅意趣；李白与杜甫诗，均诗境壮阔，风格雄健，但李诗之壮阔在豪放飘逸，雄健在气势，在衡古论今的理想层面上；杜诗之壮阔则在沉郁，雄健在笔力，在社会现实生活的历史层面上。然而，历史早已把李白与杜甫的诗化人生联结在一起，他们的诗歌创作事业是何等辉煌，何等地光耀千秋，而他们的人生命运却是如此的悲苦，如此地富于悲剧色彩。诚如白居易《读李杜诗集因题卷后》诗云：

> 翰林江左日，员外剑南时。
>
> 不得高官职，仍逢苦乱离。
>
> 暮年逋客恨，浮世谪仙悲。
>
> 吟咏留千古，声名动四夷。
>
> 文场供秀句，乐府待新词。
>
> 天意君须会，人间要好诗。

这是对李杜社会人生得失的中肯评价与艺术概括。"人间要好诗"，李杜们以社会人生之悲苦，而成就其千古诗名，这是"天意"啊！既然都是一种"天意"，天意难违，后世诗坛文苑何以要人为地炮制一场旷日持久的"李杜之争"呢？

原来，李杜之争是应时而生，因时而变的。李杜之争的历史特征是：

1. 时代性：李杜之争，往往随诗坛风气之变而转移。中唐的"李杜之争"，兴起于元白的新乐府运动之中，目的在于以"文章合为时而著，歌诗合为事而作"的诗学纲领，冲决旧的艺术规范与美学标准，振兴"风雅比兴"，挽救"诗道崩坏"的局面；宋代的"李杜之争"，出现在苏黄诗风日盛之秋，或扬或抑，无不打上"以文字为诗，以才学为诗，以议论为诗"的时代烙印，目的在于为江西诗派的"一祖三宗"张目；而张戒、严羽等有识之士倡言李杜"不当优劣"论,正反映出唐宋诗歌美学思想的论争特性。

2. 针对性:这是李杜之争的一个显著特征。或扬杜抑李,或扬李抑杜,或李杜并尊,皆针对当时诗坛风尚而发。例如韩愈主张李杜并尊,是针对元白扬杜抑李而发;严羽《沧浪诗话》主张"以李杜为准,挟天子以令诸侯",即针对诗坛"扬李抑杜"与"扬杜抑李"两种倾向而发。离开了这种针对性,所谓"李杜之争"就失去了实际意义,失去了应有的美学价值。

3. 比较性:关于"李杜之争"的种种论述,大多带有比较李杜诗歌优劣的特征。例如明人杨慎左祖李白,其《升庵诗话》卷四以杜诗"朝发白帝暮江陵,顷来目击信有征"与李白《早发白帝城》比较,认为"虽同用盛弘之语,而优劣自别。今人谓李杜不可优劣论,此语亦太愦愦",而卷十一"评李杜"条又云:"余谓太白诗,仙翁剑客之语;少陵诗,雅士骚人之词。比之文,太白则《史记》,少陵则《汉书》也。"扬李抑杜之意,溢于言表。而王世贞在《艺苑卮言》卷四中批驳杨慎之时,则采用诗体比较研究之法,云:"五言古、选体及七言歌行,太白以气为主,以自然为宗,以俊逸高畅为贵;子美以意为主,以独造为宗,以奇拔沈雄为贵。其歌行之妙,吟咏使人飘扬欲仙者,太白也;使人慷慨激烈、嘘唏欲绝者,子美也。选体,太白多露语、率语,子美多樨语、累语,置之陶、谢间,便觉伧父面目,乃欲使之夺曹氏父子之位耶!五言律、七言歌行,子美神矣;七言律,圣矣。五七言绝,太白神矣;七言歌行,圣矣,五言次之。"这种论述,从诗体而论李杜诗歌之长短得失,颇有见地,可谓发前人之所未发也。

中唐以来,围绕着"李杜优劣论"而展开的"李杜之争",其实质乃是诗歌美学之争。主要有三种观点:(1)扬杜抑李;(2)扬李抑杜;(3)李杜并尊。李杜之争,是一种历史文化现象。清人赵翼《论诗诗》云:"李杜诗篇万口传,至今已觉不新鲜。江山代有才人出,各领风骚数百年。"诗人从时代发展的进化论的角度立论,这一观点无可非议。但是,在中国文学史的发展长河之中,李杜的历史地位始终是难以动摇的。这是历史的结论,也是中华民族在诗歌审美方面的一种集体无意识。李杜诗歌,是中国诗歌史上的一座艺术峰巅,一座难以逾越的伟大的诗歌艺术高峰。

九、唐宋诗之争

唐宋诗之争,因史学观念与审美情趣之不同而引发。宋元以降,中国乃至东方诗学界，出现一场旷日持久的唐宋诗之争，或宗唐，或宗宋，各持己见，各不相让，成为国内外诗史上一大公案。

宋诗，是继唐诗之后矗立于诗歌王国的又一座巍峨的诗歌艺术高峰。

（一）一代辉煌的宋诗：宋诗取得了不亚于唐诗的艺术成就

1. 宋诗卷帙浩繁，数量远远超过唐诗。唐诗传世之作为 2200 余人的五万首诗；宋诗有 6000 余人存诗 20 万首之多。其中陆游存诗 9300 余首，为中国诗史之最。宋人存诗千数者甚众，杨万里 4200 多首，苏轼 2700 多首，王安石 1500 多首，邵雍 1583 首。

2. 宋代诗坛名家迭起，俊才云蒸。如梅尧臣、苏舜钦、欧阳修、王安石、苏轼、黄庭坚、陈师道、陆游、范成大、杨万里、姜夔、陈与义、刘克庄、戴复古、汪元量等，还有一大批优秀的词人。

3. 宋诗在唐诗之后又有新的开拓。缪钺《诗词散论·论宋诗》云："就内容论，宋诗比唐诗更为开阔；就技巧论，宋诗比唐诗更为精细。"

（二）唐诗主情，宋诗主理：诗分唐宋，主要在于时代风貌与审美情趣的差异性所致。综合历代对唐宋诗的研究，我们可以将唐宋诗的比较做如下归纳

唐诗	宋诗
唐诗主情	宋诗主理
主情，故多蕴藉	主气，故多径露
以诗为诗	以文为诗
主于达性情	主于立议论
妙境在虚处	妙境在实处
以韵胜，故浑雄，而贵蕴藉空灵	以意胜，故精能，而贵深折透辟
美在情辞，故丰腴	美在气骨，故瘦劲
在神韵	在意境
丰圆之情	峻挺之气
多以风神情韵见长	多以筋骨取胜
尚意兴而理在其中	尚理而病于意兴
重比兴	重赋
意在言外	意尽句中
格律中求韵味	意味中生新巧

全在境象超诣　　　　　　　　全在研理日精

一代宋诗，是宋代文人骚客的诗学观念和审美情趣的艺术反映。严羽《沧浪诗话》所谓"以文字为诗，以才学为诗，以议论为诗"，主要在于一个"理"字。此中之理，是哲理之理、事理之理、义理之理、物理之理、情理之理、禅理之理。这里仅举几例对比分析之。诸如同样是写庐山，唐人李白《望庐山瀑布》诗云：

　　　　日照香炉生紫烟，遥看瀑布挂前川。

　　　　飞流直下三千尺，疑是银河落九天。

而宋人苏轼《题西林壁》诗却这样写出：

　　　　横看成岭侧成峰，远近高低各不同。

　　　　不知庐山真面目，只缘生在此山中。

题材相同，体裁相同，描述对象相同，观看庐山角度相同，惟其创作主体不同，李白着力于描写，通过写庐山瀑布之气势而写庐山之美，重在一种情韵；而苏轼着力于写庐山的不同形态，突出作者对庐山的哲学思考，重在一种理趣。

再如同样是写琴，唐人赵嘏《听琴》诗云：

　　　　抱琴花夜不胜春，独奏相思泪满巾。

　　　　第五指中心最恨，数声呜咽为何人？

而苏轼《琴诗》又是这样写道：

　　　　若言琴上有琴声，放在匣中何不鸣？

　　　　若言声在指头上，何不于君指上听？

赵嘏写自己听琴时的感受，重在写琴声中的相思之苦，突出一个"恨"字；而苏轼咏琴，着力于写琴声而引发出来的理性思考，突出主客观的统一性。

还有同样是写"石鼓歌"，唐人韩愈的《石鼓歌》66句，前60句写石鼓文，后六句诗云：

　　　　方今太平日无事，柄任儒术崇丘轲。

　　　　安能以此上论列，愿借辨口如悬河。

　　　　石鼓之歌止乎此，呜呼吾意其蹉跎。

而宋人苏轼《石鼓歌》60句，前56句写石鼓文，后四句诗云：

　　　　兴亡百变物自闲，富贵一朝名不朽。

　　　　细思物理坐叹息，人生安得如汝寿？

此二诗皆写石鼓文，皆以七言歌行体，而结句则各异其趣。韩诗旨在现实之用，以复兴儒术为己任；而苏诗则抒发富贵兴亡与物理人生之叹，重在一种理趣。

唐宋诗之别，已如上述。然而，这种差别只是相对的。宋诗也有许多情景交融的传世佳作，置于唐诗之中亦毫不逊色。杨慎《升庵诗话》卷十二《莲花诗》一则诗话，曾记载这样一则故事：宋人寇准有《江南曲》一首，诗云：

烟波渺渺一千里，白萍香散东风起。

惆怅汀洲日暮时，柔情不断如春水。

何景明尝言"宋人书不必收，宋人诗不必观"。一天，杨慎特意抄写了寇准此诗和其他三首宋人咏莲诗给何景明评判，问道："此何人诗？"何景明看后随口答道："唐诗也。"杨慎大笑，说："此乃吾子所不观宋人诗也。"何氏沉默了许久，强词夺理地说："细看亦不佳。"一首比较低劣的宋诗都可以以假乱真，其他宋诗佳作更可见一斑矣。故杨慎《升庵诗话》卷十一又有《劣唐诗》，尽列唐诗之劣者，指出："学诗者动辄言唐诗，便以为好，不思唐人有极恶劣者，如薛逢、戎昱，乃盛唐之晚唐。"当然，宋代亦有"劣宋诗"，如理学家的所谓"性理诗"之类。历代诗歌，各有优劣，此乃是客观事实，用不着讳言。

一代有一代之文学。唐宋异代，诗歌创作的语境明显各异，唐宋诗的审美情趣各异，是在必然之中。情趣各异，风格各异，境界各异。宋诗之变于唐诗之路，原因很复杂，但归结而言，我以为有以下几点：

其一，与盛唐时代那种蓬勃向上、积极进取、豪情奔放、开拓前进的社会意识与时代精神相比较，宋代已经进入了中国历史的反思时期，一个充满思辨精神和理性意识的时代。

其二，宋代理学，以性命之学为核心，以义理为诗，重道轻文，对宋诗之"尚理"与议论化，起了推波助澜的作用。

其三，中国文学的历史发展进程，从来就与民族心灵、民族思维的发展过程相互吻合的；而一定历史阶段上的民族文化心理反映在艺术审美活动中，则形成一种独特的审美情趣。唐人喜爱牡丹，审美主"丽"，以硕大弘丽为美，力主才气、大气、豪气、帅气；宋人喜爱梅花，审美主"雅"，以纤瘦雅致为美，力主骨气、节气、正气、意气。一代宋诗的思想与艺术渊源，本来就在于唐诗，然而宋人的社会生活、生活方式、人生态度、文化心态和审美情趣，已经迥异于唐人。宋人尚雅，风流儒雅乃是宋代文人士大夫所崇尚的美学风格。审美情趣的雅致化，使宋诗更重"理趣"。理趣的核心在于"理"。这个"理"，在程朱理学，属于一个哲学范畴；而在宋代文人士大夫的社会生活中，又是作为一种待人接物的思想规范和行为准则而存在的。所以，宋诗之尚理，乃是赵宋三百年审美情趣之所寄，民族文化心灵之映照，也是宋人充满思辨精神的时代意识在诗歌创作中的必然结果。

其四，钱钟书先生说过，有唐人作榜样，是宋人的大幸，也是宋人的大不幸。（《宋诗选注·前言》）鲁迅说过："我以为一切好诗，到唐已被做完，此后倘非能翻出如来掌心之齐天大圣，大可不必动手。"（《鲁迅书信集》下册 699 页）宋人继唐人之后，面对着高耸入云的唐诗艺术高峰和唐人留下的大宗诗歌艺术遗产，造成了一种空前未有的巨大的精神威压。宋人既要继承，又要创新，只有另辟蹊径，走自己的诗歌创作之路。可以说，诗分唐宋，乃是中国古典诗歌发展演变的一种必然趋势。

（二）唐宋诗之争的缘起与发展过程

唐宋诗之争，源于严羽《沧浪诗话》对唐宋诗的评价及其"以盛唐为法"的诗学主张。严羽《沧浪诗话》之扬唐抑宋，引发出长达八百年之久的"唐宋诗之争"。其历史进程经历了元明清三个朝代，直至近代中国才得以融合唐宋鸿沟。

（三）唐宋诗之争的性质与历史意义

唐宋诗之争的实质，是诗歌美学之争。这场旷日持久的诗歌美学之争，有利于中国诗歌的繁荣发展和诗歌流派之崛起。一般而论，可以得出这样的三点结论：

1. 盛世宗唐，乱世宗宋，几成规律；

2. 唐诗宋调，各有优劣，可以互补；

3. 论争结果，唐宋诗普及，宗唐宗宋，各择其主，共同繁荣。这就是唐宋以降，中国诗歌创作与诗歌理论批评的发展之路。

十、杜诗学

杜诗学，是后人研究杜甫诗歌的一门学问，简称为"杜学"。

"杜诗学"之名，始见于金代元好问《杜诗学》一书。元好问（1190-1257），字裕之，号遗山，金代太原人。金代著名文学家与文学批评家。杜诗学的创立，乃是元好问文学批评的一个创造性成果，也是元好问文学批评以杜甫为宗的美学宗尚的具体表现。是书久佚，今仅存其《杜诗学引》文一篇，收入明弘治本《遗山先生文集》卷三十六。其全文如下：

  杜诗注六七十家，发明隐奥，不可谓无功；至于凿空架虚，旁引曲证，鳞杂米盐，反为芜累者亦多矣。要之，蜀人赵次公作证误，所得颇多。托名于东坡者为最妄，非托名者之过，传之者过也。

  窃尝谓子美之妙，释氏所谓学至于无学者耳。今观其诗，如元气淋漓，随物赋形；如三江五湖，合而为海，浩浩瀚瀚，无有涯涘；如祥光庆云，千变万化，不可名状；固学者之所以动心而骇目。及读之熟，求之深，含咀之久，则九经百氏古人之精华，所以膏润其笔端者，犹可仿佛其余韵也。夫金屑丹砂、芝术参桂，识者例能指名之；至于合而为剂，其君臣佐使之互用，甘苦酸咸之相入，有不可复以金屑丹砂、芝参术桂而名之者矣。故谓杜诗为无一字无来处，亦可也；谓不从古人中来，亦可也。前人论子美用故事，有著盐水中之喻，固善矣，但未知九方皋之相马，得天机于灭没存亡之间，物色牝牡，人所共知者为可略耳。

  先东岩君有言，近世唯山谷最知子美，以为今人读杜诗，至谓草木虫鱼，皆有比兴，如试世间商度隐语然者，此最学者之病。山谷之不注杜诗，试取《大雅堂记》读之，则知此公注杜诗已，意可为知者道，难为俗人言也。

  乙酉之夏，自京师还，闲居嵩山，因录先君子所教，与闻之师友之间者为一书，名曰《杜诗学》。子美之传志、年谱，及唐以来论子美者在焉。候儿子辈可与言，当以告之，而不敢以示人也。六月十一日，河南元某引。

由是所云，元好问《杜诗学》一书作于乙酉（1225 年）之夏闲居嵩山之际，录先君子所教与闻之师友之间者而成，意在标举"杜诗学"之旨。而这部具有开创意义的光辉著作早已失传，其所论之内容不得而知，然而从上文所引来看，元氏标举"杜诗学"之名，乃是杜诗研究史上的一大开创之举。又如文中所言："今观其诗，如元气淋漓，随物赋形；如三江五湖，合而为海，浩浩瀚瀚，无有涯缦；如祥光庆云，千变万化，不可名状；固学者之所以动心而骇目。及读之熟，求之深，含咀之久，则九经百氏古人之精华，所以膏润其笔端者，犹可仿佛其余韵也。"元好问对杜甫其人其诗的尊崇之心溢于言表。"杜诗学"的创立，正是作者论诗以杜为宗的重要标志，是杜诗研究史上的一座新的里程碑。

从文学研究与文学理论批评角度来看，元好问标举"杜诗学"，大凡是出于以下理性思考：

（一）杜诗集大成说

清人潘德舆《养一斋李杜诗话》卷二云："集大成之说，首发于东坡，而少游和之。然考元微之《杜工部墓志》云云，此即集大成之义，特未明言。"前有元稹《杜工部墓系铭》是第一个确评杜诗集大成者，后有秦观《韩愈论》之论及杜甫诗与韩愈文云：

> ……犹杜子美之于诗，实集众家之长，适其时而已。昔苏武、李陵之诗，长于高妙；曹植、刘公干之诗，长于豪逸；陶潜、阮籍之诗，长于冲淡；谢灵运、鲍照之诗，长于峻洁；徐陵、庾信之诗，长于藻丽。于是杜子美者，穷高妙之格，极豪逸之气，包冲淡之趣，兼峻洁之姿，备藻丽之态，而诸家之作所不及焉。然不集诸家之长，杜氏亦不能独至于斯也。岂非适当其时故耶？孟子曰：伯夷，圣之清者也；伊尹，圣之任者也；柳下惠，圣之和者也；孔子，圣之时者也。孔子之谓集大成。呜呼！杜氏、韩氏，亦集诗文之大成者欤！

（《淮海集》卷二十二）

秦观所述最明，其后宋人论杜每踵武其说，如陈师道《后山诗话》谓："苏子瞻云，子美之诗，退之之文，鲁公之书，皆集大成者也。学者当以子美为师，有规矩，故可学。"严羽《沧浪诗话》云："少陵宪章汉魏，而取材于六朝，至其自得之妙，则前辈所谓集大成者也。"杜甫与杜诗研究始终是中国历代诗歌研究的热门话题。中国诗话乃至日本诗话和朝鲜诗话，都曾以大量笔墨论杜，为杜诗张目。此乃是"杜诗学"得以成立的首要条件。

（二）杜甫诗史说

杜甫继承《诗经》、汉乐府"即事名篇，缘事而发"以及"借古题写时事"的创作传统，努力创作反映安史之乱时代社会现实的一系列新题乐府及抒写时事的"诗史"名篇，故素有杜甫"诗史"之誉。晚唐孟棨《本事诗》首倡杜甫"诗史"之说，云："杜逢禄山之难，流离陇蜀，毕陈于诗，推见至隐，殆无遗事，故当时号为'诗史'。""诗史"，乃是杜甫诗歌的主体意识，也是所谓"少陵本色"的集中体现。

以杜诗为"诗史"者，其立论依据大致有三：

（1）"千汇万状，茹古涵今"（《王彦辅诗话》）。杜诗最显著的特点，在于反映社会现实生活的广阔性。他身逢安史之乱，颠沛流离，毕陈于诗，推见至隐，诗歌创作向政治、历史、社会各个方面开拓，极其广泛而深刻地反映了当时的社会现实和历史面貌，表现时代的重大事件和重大主题。一部杜诗，不啻是安史之乱时代唐代社会生活的一面历史镜子。

（2）"善陈时事"，"史笔森严"。杜诗的又一突出特点，是揭露社会现实的真实性和深刻性。其于天宝十四年（755）冬创作的《自京赴奉先县咏怀五百字》，于乾元二年（759）写作的《新安吏》《潼关吏》《石壕吏》《新婚别》《垂老别》《无家别》（简称"三吏三别"）等名垂千古的现实主义诗篇，忧战乱，呼苍生，怜疮痍，运用艺术典型化手法，将历史诗化，将政治时事诗化，将经世策论诗化，将人物评论诗化，富有《春秋》笔法，似太史公纪传，是诗家之笔与史家之笔的综合运用，故能极其深刻地揭示社会现实生活的本质特征。

（3）"律切精深，千言不衰"。诗，毕竟不同于史，世间"伤时感事，形诸歌咏"者多矣，唯杜诗得"诗史"之誉而当之无愧者，还在于杜诗"笔力豪劲"、"律切精深"，能将叙事、抒情、写景、议论融为一炉，寓个人身世之叹于诗歌艺术形象之中，又善于从缜密的诗律之中创造出不囿于格律的"千字律诗"形式，以至于二十韵、三十韵之众，气象愈高，波澜愈阔，步骤驰骋而愈严愈紧密，诗歌艺术反映社会生活的表现力，在杜甫笔下得到了前所未有的发挥。杜甫诗史之说，集中体现了杜诗之"诗笔"与"史笔"紧密结合的艺术特征。

（三）杜甫"诗圣"说

在中国乃至东方文学史上，杜甫被尊为"诗圣"，杜诗被称为"诗史"，是中国古代"三大七律诗人"之首，后人对杜甫及其杜诗的研究成就了一门"杜诗学"。比较而言，杜甫与杜诗研究始终是中国历代诗歌研究的热门话题。中国历代诗话乃至日本诗话和朝鲜诗话，都曾以大量笔墨论杜，为杜诗张目。以《历代诗话》与《历代诗话续编》为例，论及的诗人总数凡4107次，而杜甫639，苏轼429，韩愈285，李白280，白居易258。专论杜甫及其诗歌的

"草堂诗话"，至清代中叶就有 50 家之多。据周采泉《杜集书录》，历代杜诗学著述多达 756 种，可谓汗牛充栋矣。古今中外，人们对杜甫的推崇已经到了与孔子比肩的高度：

清人黄子云《野鸿诗的》云："孔子，兼尧、舜、禹、汤、文武、周公而成圣也；杜陵，兼《风》《骚》、汉魏六朝而成圣也。"

日本古贺侗庵《侗庵非诗话》云："诗至老杜，是谓集大成之孔子。"

高丽崔滋《补闲集》云："言诗不及杜，如言儒不及孔子。"

清人袁枚《随园诗话》云："文尊韩，诗尊杜，犹登山者必上泰山，泛水者必朝东海也。"

杜诗以其高洁人格、伤时济世、周情孔思、道德伦理，构建起千载万代共同景仰的儒家"诗圣"风范。宋人首倡杜甫人格者是王安石与苏轼。王安石有《杜甫画像》一诗，高度赞扬杜甫的人格精神。清人仇兆鳌认为"荆公深知杜，酷爱杜，而又善言杜。此篇于少陵人品心术、学问才情，独能中其鍪会，后世颂杜者，无以复加矣"（《杜诗详注》）。继王安石之后，苏轼《王定国诗集叙》以杜甫"一饭未尝忘君"为依据，称杜甫为"古今诗人"之首。王得臣《增注杜工部集序》谓杜诗"周情孔思，千汇万状，茹古涵今，无有端涯"。陆游《读杜诗》"常憎晚辈言诗史，《清庙》《生民》伯仲间"，把杜甫诗史与《诗经》比肩。而宋代诗话之推崇杜诗，更是不遗余力。吴沆《环溪诗话》首倡"一祖二宗"说，论诗以杜甫为祖；陈师道《后山诗话》提倡"以子美为师"，《唐子西诗话》认为"学诗当学杜子美"；吴可《藏海诗话》主张"以杜为体，以苏黄为用"；吕本中《紫微诗话》提出"专学老杜"；范温《潜溪诗眼》尊杜重法，倡"诗眼"。受宋诗话尊杜、宗杜之风影响，宋代诗话专门论杜者，最早有方深道《集诸家老杜诗评》和蔡梦弼《杜工部草堂诗话》。明人杨慎《词品序》称"诗圣如杜子美"。"诗圣"之说风行于诗坛。至清代，息翁《兰丛诗话序》云："余少学朱竹翁先生家，见《草堂诗话》之专言杜者，凡五十家"。《草堂诗话》独盛的现象，说明杜甫"诗圣"在中国历代文坛诗苑中的崇高地位。

（四）杜诗"无一字无来处"说

杜诗以《文选》为宗，精于《文选》之理。黄庭坚最早倡言杜诗"无一字无来处"，谓"老杜作诗，退之作文，无一字无来处。盖后人读书少，故谓韩杜自作此语耳。"（《答洪驹父书》）而孙觉则说"杜子美诗，无两字无来处"

（赵次公《杜诗先后解序》）。无论"一字"还是"两字"，都说明杜诗精深入理，必如王直方《诗话》所言："不行一万里，不读万卷书，不可看老杜诗。"正因为如此，宋代盛行所谓"千家注杜"之风。据考，《集千家注分类杜工部诗》等注本所引之注释杜诗者，多达一百五十家之富。在诸家注杜中，北宋末赵次公之《杜诗先后解》五十九卷，以编年为序，详释字义典故，于串解诗意中间以评析，集各家注杜之大成，被后世誉为"少陵忠臣"（曾噩《九家集注杜工部诗序》）。

然而唐末五代的战争洪流冲散了杜甫诗集，宋初偶得旧本，亦文多脱误，残破不堪。从宋代开始，大量翻刻杜集，笺注、集注、评点杜诗，历代学者争言杜诗，杜诗之整理、刻印、注释、评骘之风，历久不衰。据周采泉《杜集书录》所载，自唐迄于今者，历代出版的杜集书目，包括集校笺注辑评考订汇选年谱者，凡 756 种之富，可谓汗牛充栋。这些杜集版本、选本、校刊、笺注、辑评、考释、年谱之类，既是杜诗学研究的对象，又是杜诗学之成立与繁荣发展的主要标志。

杜诗学研究至二十世纪下半叶方有新的突破，两个全国性的杜甫研究学术团体"中国杜甫研究会"，标志着杜诗学研究进入了一个崭新的阶段，出现一批颇有见解的杜诗学研究专著，如：

王亚平《杜甫论》，重庆商务印书馆 1944 年印本

傅庚生《杜甫诗论》，上海文艺联合出版社 1954 年印本

萧涤非《杜甫研究》，山东人民出版社 1956 年印本

郭沫若《李白与杜甫》，人民文学出版社 1971 年印本

陈贻焮《杜甫评传》，上海古籍出版社 1982 年印本

许总《杜诗学发微》，南京出版社 1989 年印本

全英兰《韩国诗话中有关杜甫及其作品之研究》，台湾文史哲出版社 1990 年刊本

莫砺锋《杜甫评传》，南京大学出版社 1993 年印本

林继中《杜诗赵次公先后解辑校》，上海古籍出版社 1994 年印本

张红《江户前期理学诗学研究》，岳麓书社 2019 年印本

十一、诗画同源

中国诗与中国画，是一对孪生兄妹，诗是酒，是风流才子；画是茶，是

绝代佳人。才子佳人，诗情画意，构建了中国诗画同心同源的艺术大厦。特别是唐诗、宋词，许多优秀的名篇佳作，也就是一幅幅使人玩之不厌、味之无穷的优美画卷。那些流传千古的某某诗意图与《唐诗画谱》，就足以说明中国诗画同源同律的艺术创作规律。据统计，《全唐诗》2200 余位诗人的近 5 万首诗中，仅题画诗就有 80 多位诗人凡 150 多首诗。其中，李白 17 首，杜甫 20 首，刘商 7 首，方干 8 首，王维题《辋川图》就有 20 首，裴迪亦仿作 20 首。还远不止这些，如此众多的题画诗，已经构成了唐代诗歌艺术与绘画艺术相互融合的艺术长廊。

（一）诗源与画源

在中国绘画史上，画之成为美术，大致可以分为三个时期：一是装饰，二是写实，三是写意。夏商周三代，是青铜器，这是以画为装饰的时代；自秦汉至唐，是以画写实的朝代；唐五代以降，中国画进入写意的时代。

诗画同源，最早是源于中国的方块汉字。许慎《说文解字》云："文，即纹"。秦汉以前，人们都将文字与花纹、图案等量齐观。所以《释句》解释说："文者，会集众彩以成锦绣，合集众字以成辞义，如绣然也。"中国汉字，本身既可以为画，又可以为诗、为文，如诗词、曲赋、骈文、楹联等之用于雅致的装饰之类。宋人郭熙说："诗是无形画，画是有形诗。"（《林泉高致》）这"有形"与"无形"，是指其艺术形态而言，而它们的艺术精神是一致的。画是一种视觉艺术，以线条与色彩及其构图为尚；音乐是听觉艺术，以音符与乐器为本；诗歌是视觉艺术，是文字的组合，可以观赏，又是听觉艺术，有韵律，可以吟诵歌唱，是视觉艺术与听觉艺术的结合。苏轼《书摩诘蓝田烟雨图》谓"味摩诘之诗，诗中有画；观摩诘之画，画中有诗"。

其实，王维之前，是以画为诗的时代，之后才是以诗为画的时代。无论是以画为诗，还是以诗为画，都说明中国诗歌艺术与绘画艺术所追求的理想境界，乃是诗与画的妙合无垠，是诗笔与画笔的有机结合，是诗心与画心的和谐统一，是诗境与画境的艺术结晶。因此可以说：中国诗，是诗的画化；中国画，是画的诗化。按照中国固有的文化艺术传统和中国人的审美观念，一首优美的中国诗，就应该是一幅供人以无尽审美享受的中国画；反之，一幅优美的中国画，也应该是一首脍炙人口的中国诗。

中国画与中国诗一样，都注重画的社会功能。宋人张彦远《名画记》论画之源流时指出："大画者，成教化，助人伦，穷神变，测幽微，与六籍同功四时"；认为中国画源于河图洛书，可与儒家经典并行于世。由此可见，中国画与中国诗一样，都是儒家文化的产物。当然，山水画的崛起，也与道家、释家文化和地域文化以及文人心态有密切关系。

（二）诗境与画境

意境，作为一种高妙的艺术境界，是中国诗与中国画所共同追求的艺术至境。意境，亦称"境界"，来源于中国古典诗论、文论、画论与印度佛教文化，是佛经"象教"之说与中国古代艺术理论相结合的产物，最终成于王国维的《人间词话》，从此成为中国古典美学一个独具特色的审美范畴和核心理论。

意境之于文学艺术，其美学内涵有三：一是艺术创作以意境之美为最高审美理想；二是艺术鉴赏以艺术境界为最高审美标准；三是艺术批评以意境为最高批评准则。因此，我们无论是写诗填词、雕塑作曲，还是从事建筑设计、装潢工艺、园林美学，都应该以"意境美"为审美观念与基本原则。

境界有大小之分，而境界之于诗，就产生了诗境；境界之于画，就孕育了画境。无论诗境还是画境，境界的构成是相同的，大致包含了两个要素。明人谢榛《四溟诗话》云："景为诗之媒，情为诗之胚，合而为诗"。同样，我们也可以说："景为画之媒，情为画之胚，合而为画"。王夫之《姜斋诗话》有"景生情，情生景，情景相生"与"景中情，情中景，情景交融"之说。朱光潜《诗论》认为一是情趣，二是意象。情趣简称"情"，意象简称"景"。艺术境界，是"情"与"景"的契合无垠。情景相生，情景交融，艺术境界就会生生不息，艺术的生命之树就会长青。

王国维的《人间词话》把"境界"分为"有我之境"与"无我之境"。说明无论诗境与画境，构成意境的关键还在一个"我"字，在于创作主体与审美主体。所以，清人石涛说："诗中画，性情中来者也"；而"画中诗，乃境趣时生者也"（《石涛论画》）黄生《诗麈》亦云："凡书画诗文，皆有天然一定之则，止藉我手成之，我口宣之耳。"书画诗文，法则同中有异，异中有同，但此中之"我"，此中之"性情"，这"境趣"，是构成"诗中画"与"画中诗"的基本要素。

（三）诗品与画品

以品论人，以品论诗，以品论画，出于印度佛经的品则形式与汉魏时代的"九品中正制"。印度古典梵语诗歌，多以"品"出之，现存最早的梵语诗是马鸣的《佛所行赞》与《美难陀传》，前者为二十八品，后者为十八品。佛教传入中国后，汉译佛经亦以"品则"类出现。受其影响，中国先以品论人，出现了刘劭的《人物志》；次有以品论画，出现了南齐谢赫的《古画品录》一卷，梁姚最的《后画品》一卷，又有梁庾肩吾的《书品》一卷；后有以品论诗，有钟嵘的《诗品》三卷。以品论人、论画、论书法、论诗衡文，是我们先人在佛教文化影响下的一大创造发明。

以品论人，以品论画，以品论书法，以品论诗，突出的是一个"品"字，所要求的不只是单一的艺术形式，还要求艺术创作主体的理想完美人格之美。宋人周紫芝《和赵鹏翔赠李生》诗云："人间作画如作诗，妙由心得非人为。"作画如作诗，强调的是"心"，是画心，是画家之心，即画家的美好心灵与高尚的审美情趣。

古往今来，人们常以为，诗画之作，妙手得之。然而黄生《诗麈》云："诗，有心，有手，有笔，有墨。辞藻鲜润，墨也；筋节转掉，笔也；所以运之者，手也；所以主之者，心也。"画亦然，墨、笔、手、心，运之者手也，主之者心也。这就涉及一个重大的实质性问题，即诗品与人品、画品与人品的关系问题。古人认为"诗品出于人品"。那么，画亦出于人品。诗如其人，文如其人，画如其人，都是从这里生发出来的。因此，加强艺术人格修养，就成为每一个从事艺术事业的人所共同关注的社会人生课题。

宋人赵孟溁《铁网珊瑚》云："画谓之无声诗，乃圣哲寄兴。"诗言志，诗缘情。画为"无声诗"，就是圣哲一种"寄兴"之作，是有形而无声的抒情言志。这里的"圣哲"，不仅仅指那些所谓"圣人"与"哲人"，而是指画家，但对画家提出了更高的要求，要求以画抒情言志的画家们具有"圣哲"们的思想境界与人格修养。只有这样，才能提高艺术作品的文化品味的审美趣味，才能创造以"真善美"为最高艺术境界的传世佳作。

大家都知道齐白石画螃蟹的故事，那横行霸道的螃蟹是齐白石一首"无声诗"，就是中华民族鄙视日本侵略者的一种无声却有形的反抗。据启功先生弟子说，1994 年中韩建交后，韩国总统来华访问时，要求会见著名学者启功先生。有关人士通知启功先生去钓鱼台国宾馆。启功先生说："他是外国总统，我是中国草民，不便相见。"话语之中，显示出中国学者、画家、书法家的一种人格尊严，一种傲岸不平之气。

　　然而，以品论人、论画、论书法、论诗衡文，毕竟属于一种文学艺术批评、鉴赏、考订，属于鉴赏美学的艺术范畴。例如钟嵘《诗品》以品论诗之分为上中下三品；谢赫《古画品录》以品论画之分为六品；唐嗣真《续画品》以品论画之分为上中下三品，上中下又各自分为上中下三品，实为九品；宋黄休复《益州名画录》三卷以品论画，却分为"逸格"、"神格"、"妙格"、"能格"四格，其中"妙格"与"能格"又各分为上中下三品。

　　这些品画之述，与诗歌艺术鉴评如出一辙。黄生《诗麈》云："诗写景，有妙品、神品、逸品之分。逸品，平淡真率也；神品，真境凑泊也；妙品，雕琢致工也。"（《卷二》）这是以画论而论诗歌的艺术风格。所谓"逸品"，是指平淡自然、纯真率直、浑然天成者；所谓"神品"，是指神韵真切、意境深远、不可凑泊者；所谓"妙品"，是指妙笔生花、笔力工巧、雕琢无迹者。

　　中国诗画，皆以"逸品"为上，"神品"为中，"妙品"为下。究其原因，一是中国诗画所形成的民族文化传统所致，二是中华民族的文化性格与审美情趣所致，是崇尚自然、天人合一的农业文明的文化心态使然。

　　中国诗与中国画在追求艺术品位时，最关注一种神韵天然的艺术风格与清新空灵的审美境界，这就是所谓"象外之象"与"景外之景"、"韵外之致"与"味外之旨"。因此，中国人在以品论诗，以品论画时，都特别注重诗画艺术境界之空灵与艺术风格之神韵。"空"者，清空也；如皓月千里，野雁孤飞。"灵"者，灵动也；如蓝天白云，惠风流水。这里的"神韵"，一是追求"水月镜花"似的艺术境界，二是提倡一种"不着一字，尽得风流"的艺术风格，三是欣赏那种冲淡清远、神韵天然的艺术旨趣。

（四）诗眼与画眼

　　所谓"诗眼"，乃是诗中最为传神的关键字眼，是神光之所聚者。人的眼睛，是人心灵的窗口。诗眼者，就是诗歌的灵魂之窗，是一首诗的主旨的集中体现者，是诗人心灵反映的一个窗口。

　　"诗眼"之说，出自唐代诗僧保暹的《处囊诀》中"诗有眼"一条，谓："鸟宿池边树，僧敲月下门"，"敲"字乃是眼也。其后，宋人范温撰有《潜溪诗眼》一卷，公开在诗话著作中标举"诗眼"。而近人刘熙载在《艺概》中则对"诗眼"这个概念多有所申说。综合前人的论述，我以为"诗眼"有三个条件：一是贵"活"，注重其本身所表现的生命力，故多用"活字"；二是贵"实"，强调自身的实际动感，故多用"实字"；三是贵"响"，注重其字眼外在的音韵声律之美，故多用"响字"。

最著名的"诗眼"，乃是王安石"春风又绿江南岸"中的"绿"字；最著名的"词眼"，是宋祁《玉楼春》"红杏枝头春意闹"中的"闹"字，与张先《天仙子》"云破月来花弄影"中的"弄"字。着一个"绿"字、一个"闹"字、一个"弄"字，则境界全出矣。这就是"诗眼""词眼"；抓住了"诗眼""词眼"，就有画龙点睛之妙，如同抓住了骏马的缰绳，如同掌握了打开诗词艺术宫殿大门的一把金钥匙。

由"诗眼""词眼"可窥见"画眼"。"画眼"乃神光之所聚、心灵之所系者，是画中的传神之笔，是画家艺术心灵的窗口。"画眼"之说，可能出自于宋人张彦远《历代名画记》卷七"画龙点睛"的故事，说明画家绘画，宜在关键之处作一点染之笔，使整个画面变得生机盎然、神采飞扬。

人是天地万物之灵。中国悠久的山水画，也应该以人为本，强调"意在笔先"（王维《画学秘诀》）。山水画供人欣赏，优美的山水画，使人赏心悦目。一旦离开人，一切艺术都失去了存在价值。所以，宋代画院考试多以诗歌佳句为命题对象，而中选者大多从"人"的角度立意。如"嫩绿枝头红一点，动人春色不须多。"作者构思作画，紧扣一个"红"字，以小楼、栏杆、杨柳垂绿为铺垫，以一个小小的"红衣少女"为点睛传神之笔。又如"野水无人渡，孤舟尽日横。"作者抓住一个"横"字，画水流、渡船、舟人、横笛，悠然自得，形态逼真，栩栩如生。这里，突出的是"画眼"，是诗外工夫，是画外之音。一幅《清明上河图》，宋式屋宇，繁华街市，河上商船，而此中各式各样的人物，尺幅千里，构成了宋代汴京一幅幅生动的社会生活画卷。

（五）诗画同源的哲学思考

苏轼说："诗画本一律，天工与清新。"（《鄢陵王主簿所画折枝二首》）苏轼的"诗画一律"之说，揭示了中国诗画创造艺术的一个普遍规律。中国画与中国诗一样，它的艺术生命之树植根于中国古代传统文化的皇天后土之中，出现了"诗的画化"与"画的诗化"的艺术倾向。这在世界文化艺术史上，也是绝无仅有的。如果对中国诗画同源作比较深刻的哲学分析，我们就会比较深刻地了解中国诗画之所以发展繁荣和长盛不衰，之所以独具审美特征和艺术风格的文化渊源及其民族文化性格。

（1）天人合一：中国诗画，以"天人合一"学说为哲学基础，重"道"，注重天地之美，又强调以人为本，主"天地与我并生，而万物与我为一"之说，写诗作画，要求"笼天地于形内，挫万物于笔端"。《庄子．田子方》记载了这样一个故事：宋元君将作图，画工都到位了，受命拜揖之后，舐笔和墨，一半人站在门外，等待宋元君指派。惟有画工姗姗来迟，坦然而至，见过宋元君后，直入画室。宋元君使人视之，他已解衣箕坐，赤身裸体，准备挥毫泼墨了。宋元君高兴地说："可矣！是真画者也。"中国哲学，实际上就是"道学"，是论"道"之学。而"天人合一"，乃是中国哲学的根本问题。刘熙载《艺概》云："《诗纬．含神雾》曰：'诗者，天地之心。'文中子曰：'诗者，民之性情也。'此可见诗为天人之合。"所谓"天地之心"，是指"人"。据《礼记正义》解释说，人为"天地之心"者，其内涵有二：一指人生存于天地中央，犹"人腹内有心"；二指人"动静应天地"，是万物之灵，犹如"心"是五脏中最灵者，能"动静应人"。中国古代哲学中的"天人合一"之说，深深积淀在中国人的文化心理结构之中，形成一种强大的集体无意识。刘熙载这个论断，说明诗歌是人的主观情趣与客观的自然景物的融和为一，是自然天地之美与诗人人格之美的和谐统一。这正可以适用于画，画也是"天人之合"，是画家个人的主观情趣与所描画的客观事物的融和为一，是自然天地之美与画家人格之美的和谐统一。

（2）有无相生：中国诗画，受老子"有无相生"的辩证法思想影响，艺术创作上往往采用无中生有和有中生无的手法，注重有形与无形、神似与形似的关系，以虚为实，虚虚实实，以静为动，动静相应，来构建其艺术辩证法指导下的方法论体系。清人布颜图《画学心法问答》说"无墨之墨，神也"，"虚虚实实，墨之能事毕矣"。蒋和《画学杂论》也说，"实处之妙，皆因虚处而生"。苏轼的《念奴娇．赤壁怀古》就是巧妙运用这种艺术方法和绘画艺术的光辉典范。

> 大江东去，浪淘尽、千古风流人物。故垒西边，人道是、三国周郎赤壁。乱石穿空，惊涛拍岸，卷起千堆雪。江山如画，一时多少豪杰。
>
> 遥想公瑾当年，小乔初嫁了，雄姿英发。羽扇纶巾，谈笑间、樯橹灰飞烟灭。故国神游，多情应笑我，早生华发。人生如梦，一樽还酹江月。

这一阕脍炙人口的"赤壁词"，真可谓是"天人之合"，是诗人的主观情趣与客观的自然景物的融和为一，是自然天地之美与诗人人格之美的和谐统一，是诗人在特定的时空范围内与千古英雄人物以心灵对话的真实记录。作者写景状物、叙述历史、评骘人物，大多采用中国诗画所惯用的艺术手法，无中生有，虚实相生，动静相应，情景交融，大笔淋漓，极尽夸张之能事。你看他描写赤壁，用的是中国画的"大斧劈皴法"；"乱石穿空，惊涛拍岸，卷起千堆雪。"而范成大《吴船录》卷下云："赤壁，小赤土山也，未见所谓'乱石穿空'及'蒙茸巉崖'之境。"他写历史人物事件，也是"有无相生"，如"小乔初嫁"，周瑜火烧赤壁，结婚已十年。"羽扇纶巾"者，是借东风的孔明而非周瑜。作者采用的是"英雄+美人"的传统手法和中国画的"刷色"方法，点染色彩，突出周瑜的英雄形象，强化"早生华发"的"我"与千古风流人物的对比度，为"人生如梦，一樽还酹江月"的激愤之情与抗争之举做铺垫。可以说，《赤壁词》为代表的唐宋词中的优秀作品，大多是中国诗与中国画相结合的典范。

（3）时空观念：诗是时间的艺术，画是空间的艺术；而中国诗画突破了时空的界限，达到了时间与空间的和谐统一，所谓"观古今于须臾，抚四海于一瞬"。中国人的时空观念，以"宇宙"喻之；《淮南子·齐俗训》谓"古往今来谓之宙，四方上下谓之宇"。中国人的时空观念，实际就是一种宇宙观念。时间是一个流动的概念，具有永恒性。孔子说"逝者如斯夫，不舍昼夜"，以流水喻时间；张若虚《春江花月夜》说："江畔何人初见月，江月何年初照人。人生代代无穷已，江月年年望相似"，以江月喻时间；王昌龄《出塞》"秦时明月汉时关，万里长征人未还"，以明月与关塞把历史与现实联结在一起；蒋捷《一剪梅》又以物为喻，谓"流光容易把人抛，红了樱桃，绿了芭蕉"。诗词中的时空观念，以语言表现，如南宋蒋捷《虞美人·听雨》运用时空表现的手法，描写人生经历的三种境界：

> 少年听雨歌楼上，红烛昏罗帐。壮年听雨客舟中，江阔云低，
> 断雁叫西风。

> 而今听雨僧庐下，鬓已星星也。悲欢离合总无情，一任阶前，
> 点滴到天明。

少年之浪漫，壮年之飘泊，晚年之孤寂，时空跨度之大，已概括整个人生历程。中国画的时空观念，是通过绘画手法来实现的。这就是线、点、块、面、色彩，特别是墨。人们常说"墨分五色"，墨的工夫，是中国画的时空观念的集中表现。所谓"黑墨团中天地宽"，就是指以墨水的浓淡虚实构成一种"咫

尺万里"之势，来表现广阔的宇宙空间。其实，中国诗画的时空观念也是共通的，这就是陆机《文赋》所说的"观古今于须臾，抚四海于一瞬"。清代黄生《诗麈》指出：

> 一画家语余云："看画之法，当置身空中，以目下视，然后峰峦之层迭、川谷之逶迤，咫尺穷万里。若就平地视之，则第能见一层耳。"此言妙得画理。予因司诗家构思匠意，亦必游神广莫之乡，置身寥廓之域，齐古今如旦暮，视人物如蚁蠓，下笔始能超绝，出语始得惊人。（卷二）

王夫之《姜斋诗话》谈到中国诗画共同的时空观念时说：

> 论画者曰："咫尺有万里之势。"一"势"字宜着眼。若不论势，则缩万里于咫尺，直是《广舆记》前一天下图耳。五言绝句，以此为落想时第一义，唯盛唐人能得其妙。如"君家住何处？妾住在横塘。停船暂借问，或恐是同乡"。墨气所射，四表无穷，无字处皆其意也。

"文以气为主"。"文气"与"墨气"是相通的。这种"气"，来源于天地之气、自然之气，艺术家内在的精神气质与人格力量。

中国诗画同源同心的研究，具有艺术门类的综合性与多种学科的交叉性特点，是一个极其广阔的审美艺术空间。然而，这方面的研究还刚刚起步。现有的研究成果很少，其中曾景初先生的《中国诗画》（1994），具有开创之功，却写得比较粗糙；其他相关的艺术类教材与著作，作者虽通晓中国画艺术，却缺乏中国古典诗词与书法艺术方面的修养，因而所述又失之肤浅；或懂诗而不懂画，或懂画而不懂诗，或懂诗画而不懂美学，缺乏理论修养；我们要求的是全面发展的复合型艺术研究人才。

第十五章　东方诗话的审美范畴与话语体系（下）

　　东方诗话乃至东方文艺理论，是在其自身的辩证运动中与历史发展进程中，不断吸收中国古典哲学、古典美学与古典诗学的丰富营养，不断积累、创新、变革、改造，从而创立了一整套独具东方特色概念、范畴、并在辩证运动中产生众多的范畴群，组成一个个各自不同的系列，最终形成东方诗话的完整体系。有了这些理论体系或者话语体系，中国诗话乃至东方诗话之体才会生生不息，长盛不衰。

　　范畴，是每一个体系最基本的细胞体。任何理论体系的存在，都离不开范畴；而范畴的基本形态正是其科学规范性的集中体现。故作为东方诗话乃至东方文艺理论话语体系的构建，必须通过其范畴、范畴群及其系列的总体研究，才能揭示东方诗话的民族文化性格及其发展演变的规律性与审美特征。

　　东方诗话的重要范畴所构建的话语体系，是一个相当繁复的艺术理论工程，具有相当的开创性、科学性与集大成性。本人如同歇后郑五，才疏学浅，仅仅在此姑妄言之，做一些粗略的结构式的探讨与尝试，用以抛砖引玉。

一、本原论

　　本原，或称"本体"，属于哲学范畴，是指事物的本原，万物之根源。诗歌艺术本原，来源于宇宙本体，素有在心在物之分：在心者认为诗本乎心，在物者认为诗源于物。在古典诗论的"诗言志"与"诗缘情"两大学说影响下，东方诗话论诗的"本体论"，探索的是诗歌艺术的本质、根基、源流、社会功能及其审美特征。

梁人钟嵘《诗品》："气之动物，物之感人，故摇荡性情，形诸舞咏；昭烛三才，晖丽万有。灵祇待之以致飨，幽微藉之以昭告；动天地，感鬼神，莫近于诗。"

清人刘熙载《诗概》："《诗纬·含神雾》曰：'诗者，天地之心。'文中子曰：'诗者，民之性情也。'此可见诗为天地之合。"

明人谢榛《四溟诗话》："景乃诗之媒，情乃诗之胚，合而为诗。"

宋朝张表臣《珊瑚钩诗话》："吟咏情性，总合而言志，谓之诗。"

宋人李颀《古今诗话》："欧公云：诗源乎心，贫富愁乐，皆系其情。"

宋人黄彻《䂬溪诗话》："山谷云：诗者，人之性情也。"

宋人严羽《沧浪诗话》："诗者，吟咏情性也。"

明人徐祯卿《谈艺录》："盖因情以发气，因气以成声，因声而绘辞，因辞以定韵。此诗之源也。"

清人王夫之《明诗评选》："诗以道性情，道性之情也。"

清人厉志《白华山人诗说》："诗之所发，皆本于情，喜怒哀乐一也。"

清人黄子云《野鸿诗的》："一曰诗言志，又曰诗以导情性，则情志者，诗之根柢也；景物者，诗之枝叶也。根柢，本也；枝叶，末也。"

韩人徐居正《东人诗话》："诗者，心之发，气之充。古人以谓读其诗，可以知其人，信哉。"

韩人李晬光《芝峰类说》："《诗法源流》曰：'诗者，源于德性，发于才情，心声不同，有如其面，故法度可学，而神意不可学。'此言是！"

韩人洪万宗《小华诗评》："诗可以达事情、通讽喻也。若言不关于世教，义不存于比兴，亦徒劳而已。"

日人祇园南海《诗学逢原》卷上："凡欲学者，先宜知诗之原。诗原者，诗之心声，而非心字也。"

日人广濑淡窗《淡窗诗话》卷二："诗文之道：文以意为主，诗以情为主；故无情者，无以为诗矣。"

日人伊藤东涯《读诗要领》："诗以道人情。"

日人田能村竹田《竹田庄诗话》："悲欢，情之质；笑啼，情之容；声音，情之形；诗词，情之迹。"

日人赤泽一《诗律》："诗者，志也。志之所发，讽以咏之也。"

日人原直温夫《诗学新论》卷上："诗，吟咏情性而已矣。"

二、通变论

文学史家，研究中国文学史，强调"通变"之文学史观。通变，是言文学史的传承与变革，源于《周易·系辞》曰："易，穷则变，变则通，通则久。"刘勰《文心雕龙》有"通变"篇，将其引入文学史发展规律，论述文学史之继承与革新的辩证运动轨迹。

此诗话"通变论"之用于论诗者，一是中国诗话所关注的所谓"诗道"，即诗歌艺术发展演变的基本规律性，可谓之"诗道论"；二是论述诗歌发展演变的历史轨迹，诗歌流派的嬗变之道，可谓之"诗史论"。历代诗话有"诗史"之作，宋人范师道《唐诗史》，日本江村北海《日本诗史》、市野光彦《诗史颦》等，更多者是清人贺裳《载酒园诗话又编》之类，以初唐、盛唐、中唐、晚唐四分法论述140多位唐诗人诗作，又论述近100位宋代诗人诗作，不啻是一部唐宋诗史。这些都说明东方诗话作者的诗史观早已成立。

唐人皎然《诗式》卷五："作者须知复变之道，反古曰复，不滞曰变。"其复变之道，就是诗歌发展史上的继承与变革相互促进的发展规律性。

宋人姜夔《白石道人诗说》采用语录体论诗，凡30则论诗条目，首则以诗道比拟人体，曰："大凡诗自有气象、体面、血脉、韵度。气象欲其浑厚，其失也俗；体面欲其宏大，其是也狂；血脉欲其贯穿，其失也露；韵度欲其飘逸，其失也轻。"

元人傅若金《诗法正论》："夫诗，权舆《击壤》《康衢》之谣，演迤于《卿云》《南风》《载赓》之歌，制作于《国风》《雅》《颂》三百篇之体。此诗道之大原也。"

清人吴乔《围炉诗话》卷二："诗道不出乎变复。变，谓变古；复，谓复古。变乃能复，复乃能变，非二道也。汉魏诗甚高，变《三百篇》之四言为五言，而能复其淳正；盛唐诗亦甚高，变汉魏之古体为唐体，而能复其高雅；变六朝之绮丽为浑成，而能复其挺秀。"

清人叶燮《原诗》内篇卷上："诗，始于《三百篇》，而规模体具于汉。自是而魏，而六朝、三唐，历宋、元、明，以至昭代，上下三千余年间，诗之质文、体裁、格律、声调、词句，递嬗升降不同，而要之诗有源必有流，有本必达末；又有因流而溯源，循末以返本，其学无穷，其理日出。乃知诗之为道，未有一日不相续相禅而或息者也。但就一时而论，有盛必有衰；综千古而论，则盛而必至于衰，又必自衰而复盛。非有前者之必居于盛，后者之必居于衰也。"

清人薛雪《一瓢诗话》："运会日移，诗亦随时而变。……此诗道之运会，不得不然之数，作者已不知其然而然者也。"

清人钱泳《履园谭诗》："诗之为道，如草木之花，逢时而开，全是天工，并非人力。溯所由来，萌芽于《三百篇》，生枝布叶于汉魏，结蕊含香于六朝，而盛开于有唐一代。至宋元则花谢香消，残红委地矣；间亦有一枝两枝晚发之花，率精神薄弱，叶影离披，无复盛时光景。"

韩人洪万宗《小华诗评》："盖东方诗学，始于三国，盛于高丽，而极于我朝。自佔毕至于今，亦数百年。文章大手，相继杰出，前后作者，不可胜记，虽比之中华，未足多让，岂太师文明之花，有以致之欤？"

三、诗人论

清人吴乔《围炉诗话》指出："诗非天降，非地生，人为之也。"诗人，是诗歌的创作主体，抒情主体。无有屈原，岂有《离骚》？中国诗话论诗的大量篇幅，以作家作品为主体，注重作者的身世遭遇及其自然观、社会观、生活观、道德观、才学观与文化艺术价值观，特别强调"诗品出于人品"与"才识胆力"。

中国诗话乃至东方诗话的"作家论"或"诗人论"，是作家作品研究的资料渊薮，许多文学史空缺的作家，其家庭际遇、身世遭际、交游仕宦、品操风度、悲欢离合，以及诗文创作，赖以仅存。以何文焕编的《历代诗话》与丁福保编的《历代诗话续编》为例，其辑录的 56 部中国历代诗话，涉及的历代诗人达 4100 多人次。台静农主编的《百种诗话类编》，其前编"作家类"所辑录的历代诗人也有 2005 名之多，其中个别作者 1816 人，僧道作者 118 名，无名氏作者 71 名。韩国诗话与日本诗话论诗，也已作家作品之述为丰，追寻的作家论，多以中国诗话所论为宗。

清人毛先舒《诗辩坻·八徵篇》列举八种类型的诗人："诗有八徵，可与论人：一曰神，二曰君子，三曰作者，四曰才子，五曰小人，六曰鄙夫，七曰瘵（病），八曰鼠。神者，不设矩矱[1]，率归于度，任举一物，旁通万象；于物

---

1 矩矱：规矩法则也。

无择，而涉笔成雅；于思无豫，而往必造微；以为物也，是名理也；以为理也，是象趣也；揽之莫得，而位之有余；求之也近，而即之也远。神乎神乎！胡然而天乎？（按：此乃诗神。）君子者，泽于大雅，通于物轨，陈辞有常，摅情有方，材非芳不揽，志非则不吐，及情而止，使人求之，渊乎其有余，怡然其若可与居；唯其心也，拾国香为餐，而犹畏其污也；薰被正襟以占辞，而犹畏有口祸也，是君子者也。作者，揽群才，通正变，以才载物，以气命才，以法取气，以不测用法。其用古人之法，犹我法也，犹假八音以奏曲，钟石之韵往而吾中情毕得达焉，故其诗，如奇云菲雾而非炫也，如震霆之疾惊而非外强也，澹乎若洞庭之微波而不竭其澜也，中闳而已矣，是作者也。”其后，论其“才子”、“小人”“鄙夫”“瘵”与“诗鼠”之流[2]。

清人朱庭珍《筱园诗话》卷二，将诗人分为大家、大名家、名家与小家四种类型，认为“大家如海，波浪接天，汪洋万状，鱼龙百变，风雨分飞；又如昆仑之山，黄金布地，玉楼插空，洞天仙都，弹指即现”，而“小家则如一丘一壑之胜地”而已。

四、创作论

东方诗话论诗的“创作论”，作为论诗的主要内容，包括诗歌创作原则、艺术构思、创作过程、创作手法、创作规律等，乃是历代诗人从事诗歌创作实践的经验总结与诗歌创作艺术的理论升华，目的在于指导人们的诗歌创作，纠正创作实践中的某些不正之风。

1. 论创作原则：“诗以意为主”，几乎是中韩日三国诗话共同遵守的创作原则。

清人赵执信《谈龙录》引吴乔语：“意喻之米，文则炊而为饭，诗则酿而为酒。饭不变米形，酒则变尽；啖饭则饱，饮酒则醉。醉则忧者以乐，喜者以悲，有不知其所以者。”

清人王夫之《姜斋诗话》进而将“以意为主”的创作原则，引申为“以意为帅”，指出：“无论诗歌与长行文字，俱以意为主。意，帅也。无帅之兵，谓之乌合。李杜所以称大家者，无意之诗，十不得一二也。烟云泉石，花鸟苔林，金铺锦帐，寓意则灵。”

---

2 郭绍虞《清诗话续编》第一册第 10 页，标点稍有改动，上海古籍出版社 1983 年本。

2. 论艺术构思：诗话之论诗歌艺术构思，从宋人黄彻《碧溪诗话》"诗思在灞桥风雪中、驴背上"，严羽《沧浪诗话》到清人翁方纲《石洲诗话》、朱庭珍《筱园诗话》等，都提出"诗思"、"神思"、"妙悟"三大创作构思的理论范畴。强调诗人的创作灵感来源于"诗思"，追求"景生情—情生景—情景相生"的"神思"，与"情中景—景中情—情景交融"的艺术境界。

严羽《沧浪诗话》以禅喻诗，倡言"妙悟"，指出"禅道惟在妙悟，诗道亦在妙悟"，认为"惟悟乃为当行，乃为本色"。

3. 论创作方法：诗话论诗歌创作的艺术方法，繁复多样，但都遵循《诗三百》以来诗人公认的"赋比兴"手法。

4. 论艺术辩证法：诗话论诗的创作论，特别要求把握诗歌创作的艺术辩证法，因而注重艺术辩证法的表述，如形与神、虚与实、显与隐、动与静、浓与淡、正与反、真与假、情与景、情与理、理与趣、意与势、文与智、通与变、多与少、生与疏、断与续、自然与法度、风骨与辞采、内容与形式、等等，力求以少胜多，以简驭繁，形象生动传神，境界层出不穷。

清人叶燮《原诗》指出："对待之义，自太极生两仪以后，无事无物不然：日月、寒暑、昼夜，以及人事之万有--生死、贵贱、贫富、高卑、上下、长短、远近、新旧、大小、香臭、深浅、明暗，种种两端，不可枚举。大约对待之两端，各有美有恶，非美恶有所偏于一者也。其间惟生死、贵贱、贫富、香臭，人皆美生而恶死，美香而恶臭，美富贵而恶贫贱。然逢、比之尽忠，死何尝不美？江总之白首，生何尝不恶？幽兰得粪而肥，臭以为美；海木生香则萎，香反为恶。富贵有时而可恶，贫贱有时而见美，尤易以明，即庄生所云'其成也毁，其毁也成'之义。对待之美恶，果有常主乎？生熟、新旧二义，以凡事物参之：器用以商周为宝，是旧胜新；美人以新知为佳，是新胜旧；肉食以熟为美者也，果实以生为美者也；反是则两恶。推之诗，独不然乎？"叶燮从哲学高度谈论艺术辩证法，认为世间万物变化无穷，却是对立统一的关系，诗歌艺术也是一样，充满着辩证关系，必须好好把握，才能融会贯通。

五、诗体论

诗之为体，是诗歌发展的产物。宋人陈师道《后山诗话》早就提出"尊体"的主张，明人徐师曾《文体明辨序》认为："夫文章之有体制，犹宫室之有制度，器皿之有法式也。"

文体分类研究，肇始于魏晋六朝，以挚虞的《文章流别志论》为文体论的开山之作。中国历代诗话都主张"论诗文，当以文体为先"。诗话之论诗体，涉及到各类诗体分类、诗体源流、诗体风格特征、发展演变过程等方面，属于古代"文章流别论"的范畴。

许学夷《诗源辨体》论述了论诗辨体的重要性在于："古、律、绝句，诗之体也；诸体所旨，诗之趣也。别其体，斯得其趣矣。康文瑞、张元超、臧顾渚、程全之，既不别诗之体，乌能得诗之趣哉？"

宋代诗话之诗体论，主要有《中山诗话》《后山诗话》《藏海诗话》《石林诗话》《珊瑚钩诗话》《岁寒堂诗话》《白石道人诗说》《后村诗话》《沧浪诗话》等。元人陈绎曾的《诗谱》，以诗体为纲，分体论诗，分类排列为古体、律体、绝句体、杂体。明人高廷礼《唐诗品汇》，又将唐诗分为五古、五律、五绝、五言排律，七古、七律、七绝、七言排律等。中国诗体之林，无体不备，蔚为大观，乃是中国诗话诗体论的一大贡献。

中国诗话的诗体论，特别注重诗体风格的探索，常以意象化的比喻论述其诗体风格。清人管世铭《读雪山房唐诗序例》以音乐比拟诗体的艺术风格，云："五言古诗，琴声也，醇至淡泊，如空山之独往；七言歌行，鼓声也，屈蟠顿挫，若渔阳之怒挝；五言律诗，笙声也，云霞缥缈，疑鹤背之初传；七言律诗，钟声也，震越浑锽，似蒲牢之乍吼；五言绝句，磬声也，清深促数，想羁馆之朝击；七言绝句，笛声也，曲折缭亮，类羌城之暮吹。"诗体风格之美，在诗话家的笔下，别开生面，表现得惟妙惟肖，美不胜收。

六、风格论

"风格"，本指人的风度格调，最早见于《抱朴子》的"以风格端严者为田舍朴呆"，大文学理论家刘勰《文心雕龙》与钟嵘《诗品》，率先将前人论人品格调的"风格"之述用之于品评诗文，在其《体性》中将风格列为典雅、远奥、精约、显附、繁缛、壮丽、新奇、轻靡"八体"；钟嵘《诗品》接着以品论诗人诗品，风格论臻于成熟。而后唐人司空图《二十四诗品》与宋人严羽《沧浪诗话》又设"九品"；姜夔《白石道人诗说》特别强调"诗家风味"，指出"一家之语，自有一家之风味，如乐之二十四调，各有韵声，乃是归宿处。"至于清代著名学者姚鼐，根据《周易》"阴阳刚柔"之道的哲学命题，在《复鲁絜非书》中，将中国古典美学与艺术风格论，高度概括为"阳刚之美"与

"阴柔之美"两大审美范畴，文学艺术风格之论，已经完备齐全矣。姚鼐对于艺术风格乃至古典美学的集大成之功，是不可磨灭的。

中国历代诗话论诗，继承了先贤的风格之述，使其艺术风格论不断完善，成为诗话的审美范畴与理论体系之重要基石。其基本内涵包括：时代风格论、地域风格论、文体风格论、作家风格论。

所谓"阳刚之美"，就是西方诗学中所说的"壮美"，包括雄浑、豪放、壮丽、博大等艺术风格，语言上表现为"雄伟"，情感上表现为激越、奔放，如掣电流虹，喷薄而出。其审美特征如姚鼐所形容的那样："其文如霆，如电，如长风之出谷，如崇山峻崖，如决大川，如奔骐骥；其光也，如杲日，如火，如金镠铁；其于人也，如冯高视远，如君而朝万众，如鼓万勇士而战之。"

所谓"阴柔之美"，也正是西方诗学之所谓"优美"，包括修洁、淡雅、柔和、细腻、文静、飘逸、清新、秀丽等艺术风格，语言上表现为徐婉淳朴、优柔多姿，情感上表现蕴藉含蓄，绵密婉丽，如烟云舒卷，温文而出。其审美特征如姚鼐所说的那样："其文如升初日，如清风，如云，如霞，如烟，如幽林曲涧，如沦，如漾，如珠玉之辉，如鸿鹄之鸣而入寥廓；其于人也，暖乎其如叹，邈乎其如有思，暖乎其如喜，愀乎其如悲。"

从姚鼐这一连串的意象化比喻之中，我们可以认识到，"阳刚之美"乃是一种雄伟壮阔、庄严崇高、奔腾澎湃、刚劲有力的美，是力的"壮美"，是一种动态美；而"阴柔之美"，则是一种柔和悠远、幽深温婉、涓涓清泉、纤细明丽、深曲动人之美，是心灵的"优美"，是一种清峭柔远的静态美。在中国古典美学和文学艺术史上，"阳刚之美"与"阴柔之美"作为两个重要的审美理论范畴，构建而成中国古典美学的基本范畴与话语体系，正反映出中国古典美学和文学艺术的本质特征和风格艺术美的演化规律。

七、鉴赏论

鉴赏，属于一种审美活动。诗话之体，最富有诗味，是诗化的论诗之体。中国的这种诗话，诞生在诗歌国度的皇天后土之中，特定的历史文化、人文地理与语言环境，及其所形成的民族文化性格和审美情趣，使其中国诗话论诗特别注重诗歌艺术的审美鉴赏。

诗话论诗品诗的鉴赏论，能从理论与实践相结合的高度，其名词术语、概念范畴、观点学说与理论体系，大都属于诗歌艺术鉴赏的经验结晶与审美范畴，如七宝楼台，构成诗歌艺术审美鉴赏的洋洋大观，也如同一把金色的钥匙，为读者打开诗歌艺术鉴赏的大门。

（一）诗歌鉴赏，既要鉴别，又要欣赏，故诗歌审美鉴赏的一般原则，主要有三：即"诵其诗，贵知其人"、"熟读精思"与"通首贯看"，"以心会心"，正确处理三个关系：即读者与作者的关系，读者与诗歌的关系，读者与读者之间的关系。

（二）诗歌鉴赏的类别，若按欣赏对象分析，主要有五：即佳句欣赏，名篇欣赏，诗体欣赏，声律欣赏，意境欣赏。其中，佳句欣赏，要鉴别何谓"佳句"，要如明代谢榛《四溟诗话》所说："凡作近体，诵要好，听要好，观要好，讲要好；诵之行云流水，听之金声玉振，观之明霞散绮，讲之独茧抽丝。此诗家四关，使一关未过，则非佳句矣。"意境欣赏，是诗歌欣赏的最高境界，具有三大特点：强调情景交融，强调浮想联翩，注重宏观把握与微观考察的结合。

（三）诗歌鉴赏的方法，中国诗话关于诗歌审美鉴赏的方法，因人而异，因时而异，因地域而异，因诗体而异，因意境而异，不胜枚举。

八、批评论

近人陈一冰《诗话研究》云："诗话，文学批评之一种也。"诗话论诗，同样注重对诗人、诗歌、诗派、诗风、诗潮等的批评，这种批评，包括理论批评与实际批评。

诗话论诗的批评论，大致遵循三大原则：一是功用性原则，恪守"温柔敦厚"的儒家"诗教"，强调诗歌创作的"美刺"作用与社会功能。二是真实性原则，提出诗歌有"三真""四真"之说，清人王寿昌《小清华园诗谈》"诗有三真：言情欲真，写境欲真，纪事欲真"，元人陈绎曾《诗谱》评论《古诗十九首》时说："情真，景真，事真，意真。"三是求是性原则，必须从作品入手，人以诗见，以文而断，以意逆志，不能"诗以人见"，因人断诗。

诗话之批评论，其批评标准，因时而异，因人而异，因诗派而异，在诗歌理论体系之中，具有时代性、派别性、针对性、形象性的特点。特别是涉及唐宋诗之争、李杜优劣之争论、明代前后七子的复古与反复古的文学思潮之争，持续百年之久。这种派别性，在日本诗坛，受明代前后七子"文必秦汉，诗必盛唐"文学复古思潮的影响，最终演变成派别之间的攻讦。天明年间，荻生徂徕（1666-1728）开创的古文辞派的拟古复古之风，甚嚣尘上。天明三年（1783），山本北山（1753-1812）撰《作诗志彀》，以清除蘐园拟古复古之风为己任，尖锐地批评徂徕古文派"不知诗道"，而强调诗言志，提倡"清新"诗风，认为"诗之清新，犹射之志彀"，然而，《作诗志彀》问世两年后，蘐园派诸子群起反击北山派，佐久间熊水撰《讨作诗志彀》，对山本北山关于徂徕、南郭、春台三人的批评提出驳难，书后又载杉友子孝的《附录》，非难山本北山使用文字之误，而北山门人、《作诗志彀》的校勘者雨森牛南（1755-1815）又起而应战，撰著《诗讼薄鞭》以攻讦佐久间熊水的《讨作诗志彀》之谬。天明六年（1786），石窗山人何忠顺又收录上述三书之争，重新加以裁断，而撰《驳诗讼薄鞭》，以维护蘐园古文辞派之诗旨及其地位。之后又有人作《唾作诗志彀》和《词坛骨髓》等，对《作诗志彀》亦多有批评性微辞。日本诗话论诗的这种攻讦不休的诗风文风，乃是明代前后七子派别之争的延续与发展。以派别为壑，以攻讦为尚，这是一种极坏的文风。

第十六章　清代诗话的审美范畴与诗学体系

清代诗话，是中国诗话最繁荣的时期。清代诗话的集大成之功，主要表现在于：一是诗话作家与诗话著作之丰，几乎超过其他各个朝代之总和；二是诗话体制与审美范畴所表现出来的范畴化、理论化与体系化，成就了中国乃至东方文艺理论的基本话语体系。

一、叶燮《原诗》的诗学体系

叶燮（1627-1703），字星期，号己畦，江苏吴江县人。晚年寓居横山讲学，人称"横山先生"。清代文坛名家如张玉书、沈德潜、薛雪之辈，皆出其门下。主要著述有《己畦文集》二十二卷，《己畦诗集》十卷，《诗集残余》一卷，《汪文摘谬》一卷。叶燮是清代著名的文学理论批评家，所著《原诗》内外二篇四卷，是继《文心雕龙》之后又一部系统完整的诗学理论批评专著，惟其以论诗之源为宗，故名之曰《原诗》。《原诗》以严密的逻辑思辨和完整的诗学理论体系，而卓然屹立于清代诗学批评之林，代表着清代诗学的最高理论成就。

（一）《原诗》的诗学体系概要

学术界多认为，叶燮《原诗》具有一个完整的中国诗学话语体系。如清人沈珩《原诗序》云："内篇标宗旨也，外篇肆博辨也，非以诗言诗也。"此所谓宗旨，就是阐述诗歌艺术的源流本末，沿革因创，正变盛衰之理；所谓"肆博辨"，是以具体的艺术鉴赏批评论证其论诗宗旨和诗学主张，而并非如《四库提要》所贬斥的逞"英雄欺人之语"。学术界的共识是，其理论的系统性、逻辑的思辨性、批评的尖锐性和实践的指导性，都达到了前所未有的学术水准。然而究竟《原诗》的诗学体系是怎样构成的，则言人人殊，各持己见。我们认为，应该着眼于《原诗》文本而论之。敏泽《中国美学思想史》曾从艺术美学角度把《原诗》之理论体系概括为以下图式，可资参考：

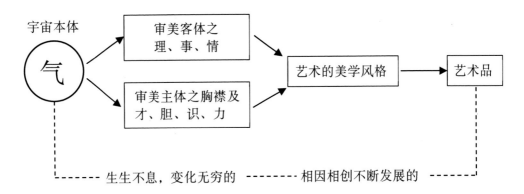

敏泽认为，《原诗》诗学体系的构成，主要分为四个组成部分：美论、艺术的美学特性、主体论、文学史观。每一个组成部分中，又各有其内在要素，四者构成统一的体系。这个体系又分为三个层次：第一个层次是其美论和艺术本源论，是从宇宙本体来说的，以"气"为核心，统摄人与万物。第二层次是"以在我者之四衡在物之三，合而为作者之文章"，是从审美主体与审美客体来说的。第三层次是指艺术美的美学特性及其表现方法即"活法"与"死法"之辨，是从艺术鉴赏方面来说的。这三个层次贯穿为一线的，是以"理"与"势"为特点的文学发展史观和以相禅相续、相沿相革为特点的艺术正变盛衰论。

（二）诗歌艺术本原论

所谓"本原"，就是万物之根源。关于诗歌艺术本原，素有在心在物之分：在心者认为诗本乎心，在物者认为诗源于物。传统诗论是合二为一，谓之"感物言志"。叶燮论诗歌艺术本原，其广度与深度远远超乎前人与时人，认为诗歌艺术是审美客体之"理、事、情"与审美主体之胸襟及"才、胆、识、力"的有机结合，所谓"以在我之四衡在物之三，合而为作者之文章"也。他明确指出：

> 曰理、曰事、曰情，此三言者，足以穷尽万有之变态。凡形形色色，音声状貌，举不能越乎此；此举在物者而为言，而无一物之

或能去此者也。曰才、曰胆、曰识、曰力，此四言者，所以穷尽此
心之神明。凡形形色色，音声状貌，无不待于此而为之发宣昭著；
此举在我者而为言，而无一不如此心以出之者也。以在我之四，衡
在物之三，合而为作者之文章。大之经纬天地，细而一动一植，咏
叹讴吟，俱不能离是而为言者矣。（《原诗》内篇卷下）

这一艺术本源论，正是叶燮《原诗》诗歌美学理论体系的基石。叶燮认为，世
上客观存在的一切事物，尽管形形色色，光怪陆离，但都是"理、事、情"三
者的统一体，"三者缺一，则不成物"。何谓"理"、"事"、"情"？他解释说：
"譬之一草一木，其能发生者，理也；其既发生，则事也；既发生之后，夭娇
滋植，情状万千，咸有自得之趣，则情也。"（同上卷一）所谓"情"，就是客
观存在的事物所呈现出来的千姿百态的各种情状。此三者，就是文学创作赖
以进行的客观条件。因此，可以说，"理"、"事"、"情"之说，是叶燮对于世
上一切事物发生发展的客观规律性的综合概括。诚然如此，我们还只能承认
叶燮是哲学家；然而，叶燮毕竟还是一位文学理论批评家和美学大师。出于
对诗歌艺术本质的深刻认识，他对诗歌艺术本源的探讨，并没有停留在客观
存在的"物"上面，并没有满足于哲学家对于"理"、"事"、"情"做哲学意义
的阐述。叶燮的可贵之处在于：他进一步把那双深邃的目光投向诗歌的作者，
注目于创作主体即诗人主观方面的"才、胆、识、力"，指出作诗之本，就被
表现的客观事物而言，可以用"理"、"事"、"情"三者来概括；而就诗人的主
观条件来说，还应以"才、胆、识、力"四者为要。叶燮认为，文学创作的主
体还在于作者本身。作者本身的主观条件，必须具备"才、胆、识、力"四
者。所谓"才"，指作者的创作才能，包括观察、想象、概括、鉴赏诸能力；
文学创作，是一种富于创造性的艺术思维活动。批评家对创作主体最独特而
又最起码的要求，就是才情超忽，如千里神骏；文思敏捷，如涓涓泉涌。所谓
"胆"，指创作中那种敢于破旧创新的胆量和气魄。所谓"识"，指学识、见
识、阅历，包括认识、辨别、分析客观事物的能力和思想、艺术素养等。所谓
"力"，指作者的"诗内工夫"，即富于独创性的笔力和纯熟新颖的写作技巧。
这四者相互联系，相辅相成，"无'才'则心思不出，无'胆'则笔墨畏缩，
无'识'则不能取舍，无'力'则不能自成一家"。其中起决定作用的是"识"；
无"识"，则其他三者就无所寄托。叶燮指出，"以在我之四，衡在物之三"，
合而为诗人之诗歌，认为诗歌是诗人主观方面的"才、胆、识、力"与客观事

物的"理、事、情"相结合的产物，是我与物、主观与客观的有机统一。这就使历代诗歌理论批评家所概括的"感物言志"说，显得更加严密而完整，把中国诗歌理论批评长期为之探索的诗歌艺术本源论，提高到了一个更高层次。

（三）文学发展史观

叶燮的文学发展史观，以"理"与"势"为基本特点，较之刘勰《文心雕龙·通变》篇所论，则更为全面深刻。他指出：

> 盖自有天地以来，古今世运气数，递变迁以相禅。古云："天道十年而一变。"此理也，亦势也，无事无物不然；宁独诗之一道，胶固而不变乎？

此之谓"理"，是世运气数之理，是自然而然之理；此之谓"势"，是递变迁之势，是必然的发展趋势。叶燮认为，世上万事万物都非永恒存在，而是时时处于变化发展之中。他从哲学的高度，指出诗道之变，既是事物本身之"理"的要求，也是事物发展之"势"的必然结果。

首先是"相禅相续"论。叶燮认为中国诗歌艺术，从《诗三百》开始，总是处在永无止息的"相禅相续"的发展变化之中：

> 诗始于《三百篇》，而规模体具于汉。自是而魏，而六朝、三唐，历宋、元、明，以至昭代，上下三千余年间，诗之质文、体裁、格律、声调、词句，递嬗升降不同，而要之诗有源必有流，有本必达末；又有因流而溯源，循末以返本，其学无穷，其理日出。乃知诗之为道，未有一日不相续相禅而或息者也。但就一时而论，有盛必有衰；综千古而论，则盛而必至于衰，又必自衰而复盛。非有前者之必居于盛，后者之必居于衰也。（内篇卷上）

事物的发展演变，前者让位于后者之谓"禅"；后者接武于前者之谓"续"。所谓"相禅相续"，就是指诗歌发展的历史连续性和各个发展阶段中的创新性。从历史发展的全过程来看，任何一个时代的文学，都离不开历史发展的连续性，特别是与相邻的前代文学之间的继承关系，如长江大河，没有上游、中游的万派细流，也就汇合不成下游那浩荡奔腾的水势一样。因此，分析和研究各个历史阶段中的诗歌创作及其流派，只能把它们放在诗歌发展的历史长河中去考察，不能数典忘祖，不能割断历史。然而，也不能再重复历史，因为"相续相禅"，并非一成不变，诗歌发展的历史也如人类社会一样，永远处于运动变化之中。

　　叶燮进一步发展了明清两代文学批评中的文学进化论，认为以"理、事、情"为创作之本源的诗歌创作，所以能够生生不息、"相续相禅"，其主要原因在于两个方面：

　　一是时代使然。诗歌创作因时而变，"时有变而诗因之"。乾坤之变，政治之变，风俗之变，必然引起诗歌的创作题材、思想内容、艺术风格和表现手法诸方面的变化。他说：

> 且夫风雅之有正有变，其正变系乎时，谓政治、风俗之由得而失，由隆而污。此以时言诗，时有变而诗因之。时变而失正，诗变而仍不失其正，故有盛无衰，诗之源也。吾言后代之诗，有正有变，其正变系乎诗，谓体格、声调、命意、措词、新故升降之不同。此以诗言时，诗递变而时随之。故有汉、魏、六朝、唐、宋、元、明之互为盛衰，惟变以救正之衰，故递盛递衰，诗之流也。（内篇卷上）

所谓"正"，指的是传统的正宗；所谓"变"，指的是对传统正宗的新变和突破。叶燮认为诗歌"有正有变"，即既有传统继承又有创新发展。正变相继，以至长盛而不衰。所以，无论从"诗之源"或"诗之流"的角度来看，时代的"正变"，决定了诗歌的"正变"；然而，诗歌的艺术生命，不在于"正"而在于"变"。难能可贵的是，在这段论述中，叶燮充分认识到了诗歌与时代、诗歌与社会生活的发展所特有的不平衡性规律，提出了"时变而失正，诗变而仍不失其正"的诗学命题。他认为，一定的时代和社会由"正"而"变"，表现出由"盛"而"衰"的发展趋势；而诗歌艺术的发展由"正"而"变"，却并非是由"盛"而"衰"，而往往是"有盛无衰"，长盛不衰。这就是人类社会的物质生产和精神生产所表现出的不平衡性规律。在中国诗话史上，叶燮的认识颇见识力之高！

　　二是诗歌自身发展演变之必然。叶燮在充分肯定"时有变而诗因之"的基础之上，又全面回顾了中国古典诗歌发展演变的历史全过程，特别是对唐诗发展演变的历史轨迹，更作了精当的阐述。他认为诗歌之变，同时也是诗歌艺术自身发展演变规律所致。叶燮指出：

> 夫自《三百篇》而下，三千余年之作者，其间节节相生，如环之不断，如四时之序，衰旺相循而生物、而成物，息息不停，无可或间也。吾前言踵事增华，因时递变，此之谓也。故不读《明良》《击壤》之歌，不知《三百篇》之工也；不读《三百篇》，不知汉魏

诗之工也；不读汉魏诗，不知六朝诗之工也；不读六朝诗，不知唐
诗之工也；不读唐诗，不知宋与元诗之工也。夫惟前者启之，而后
者承之而益之；前者创之，而后者因之而广大之。（内篇卷下）

叶燮提出"孰为沿为革，孰为创为因"的问题，从发展的观点来论述沿革因
创的关系，指出其中"相承相成"、承先启后的发展总趋向。认为诗歌创作只
有"前者启之，而后者承之而益之；前者创之，而后者因之而广大之"，才有
可能"踵事增华"，日臻丰富，长盛不衰。一部中国诗歌发展史，就是一部生
生不息、相续相禅的发展历史，也是一种不断继承又不断革新、独创的演变
过程。在诗歌发展的历史长河之中，各个不同的时代之所以有各个不同时代
的诗歌，之所以具有不同的诗歌风貌和艺术特色，"变"是个中关键之所在。
所以，叶燮反对摹拟复古，主张"变"，由"因"达"变"，"变"中创新，要
求诗人发挥自己的艺术才能，发扬勇于创新的精神，以自己的艺术彩笔，为
传统文学的"新变"写出最新最美的诗篇。

（四）诗美学论

叶燮《原诗》一书，是他的诗歌美学之代表作，也是清代诗话关于诗美
学论的渊薮。撮其要，现将其诗歌美学的基本原理分述如下：

（1）论审美认识的特殊性："幽渺以为理，想象以为事，惝恍以为情"

叶燮《原诗》对于诗歌艺术作为审美认识的特殊性，曾作过极其精辟而
深刻的分析，指出：

要之作诗者，实写理、事、情，可以言言，可以解解，即为俗
儒之作。惟不可名言之理，不可施见之事，不可径达之情，则幽渺
以为理，想象以为事，惝恍以为情，方为理至、事至、情至之语。

（内篇卷下）

诗歌的本质在于抒情，而抒情则赖于诗歌的艺术形象。叶燮认为，诗歌的本
源是"理"、"事"、"情"，然而如果"实写理、事、情"，言言解解，不运用形
象思维，就是"俗儒"之作，令人读之生厌。鉴于诗歌审美的特殊性，他认为
只有通过形象思维，塑造"虚实相成，有无互立"的艺术形象，诗歌才能达到
更高层次上的艺术真实。因此，诗人的本领，诗歌的特点，就在于写出"不可
名言之理，不可施见之事，不可径达之情"。他指出，要达到这个目标，诗人
的艺术构思就必须遵循艺术思维的特殊原则。"幽渺以为理，想象以为事，惝
恍以为情"，这就是说，根据审美认识的特殊性，诗歌中的"理"精妙深微，

是诗人在特殊的艺术环境中领悟到的，一般人"不可名言"；诗歌创作应以想象为事，经过诗人想象加工以后的"事"，是对现实生活中的具体事物的概括、集中、典型化，因而更理想，更富有代表性。他认为，诗歌之"情"以惝恍为美，贵在含蓄不露，比兴寄托，给人以恍惚迷离、朦胧空灵之美感；如果径达毕露，则了无余味。总之，他要求诗人笔下的"理"、"事"、"情"，更富有概括性、形象性和含蓄蕴藉的特性。叶燮曾说："诗之至处，妙在含蓄无垠，思致微渺。其寄托在可言不可言之间，其旨归在可解不可解之会；言在此而意在彼，泯端倪而离形象，绝议论而穷思维，引人于冥漠恍惚之境，所以为至也。"这是对"幽渺以为理，想象以为事，惝恍以为情"之说的最好的注脚，说明叶燮注重审美认识的特殊性，强调诗歌的"理至、事至、情至"，依然在于发挥艺术想象对创造诗歌最高境界的重要意义。

（2）论审美的主体性："诗之基，其人之胸襟是也"

审美的主体性是什么？中国文学批评家曾提出"诗品人品"之说。叶燮论诗强调"胸襟"，认为诗以"胸襟"为基，对审美的主体性提出了又一精辟的见解。他说：

> 我谓作诗者，亦必先有诗之基焉。诗之基，其人之胸襟是也。
> 有胸襟，然后能载其性情、智慧、聪明、才辨以出，随遇发生，随
> 生即盛。（内篇卷下）

叶燮以楼台为喻，指出没有基础的楼台房屋是会倒塌的，没有以"胸襟"为基的诗歌是没有艺术生命的；因此，作家"有是胸襟以为基，而后可以为诗文"。这里的所谓"胸襟"，指的是作者自身的高尚思想、情趣与审美观，包括叶氏所列举的性情、智慧、聪明、才辨。显然这是本于"才、胆、识、力"，而以"识"为主。《原诗》强调指出诗歌之工，"非就诗以求诗"，根本问题取决于诗人的"胸襟"。

在文学艺术领域中，审美的主体性，简单地说，就是肯定并强调审美活动中要体现人的本质力量。诗歌创作所体现的人的本质力量，当然是诗人！因此，诗人自身的思想品德、艺术修养和聪明才智，对于诗歌创作的成败至关重要。叶燮论诗强调"胸襟"，把探索的笔触深入到诗人的内心世界，对于诗歌创作规律和审美特性的探讨，显然是有意义有价值的。

（3）论美的客观性："美本乎天"

客观事物之美，都在于客观对象的本身。作为一个朴素的唯物主义哲学

家和美学大师，叶燮充分肯定了美的客观性。他指出：

> 凡物之生而美者，美本乎天者也，本乎天自有之美也。（《己畦
> 文集》卷六《滋园记》）

又说：

> 凡物之美者，盈天地间皆是也。然必待人之神明才慧而见，而
> 神明才慧，本天地间之所共有，非一人别有所独受而能自异也。（同
> 上卷九《集唐诗序》）

就是说，美是一种客观存在，存在于天地之间，存在于自然界之中。这种美
是非经人化的自然物之美，它主要在于自然物这个审美对象本身，即在于自
然界的一切事物所特有的自然形象和自然形式之中。自然界的山水云霞、树
木花草、鸟兽虫鱼、楼台城郭，这些特定的自然形象和自然形式的美，都存
在于我之外的客观自然景象之中，并不以人们的主观意志为转移。

肯定了美的客观性，叶燮进一步论述了自然美或现实美与艺术美之间的
关系。他认为艺术美来源于自然美，艺术美是现实美的反映。他指出，天地
万事万物之情状，造物之文之美，以及山水之妙，一旦遇于作家之目，人于
作家之耳，即"触于目，人于耳，会于心，宣之于口"，而为象为文，则化自
然美而为艺术美。由于自然界一切美的事物，常常是零星分散的，处于"孤
芳独美"的形态，不足引人注目，以至感人不深。叶燮认识到自然美不如艺
术美，用他自己的话来说，就是"孤芳独美，不如集众芳以为美"，因为世上
的事物"分之则美散，集之则美合"。所谓"集"，就是对自然美进行集中、加
工、塑造，用今天的术语就是运用典型化的艺术手法。艺术家的本领，就在
于"生之植之，养之培之，使天地之芳无遗美，而其美始大"（《滋园记》），即
以"集"的艺术手段，去创造艺术美的新天地。

（4）论美的相对性："对待之两端，各有美有恶"

美，是客观的，又是相对的，有条件性的。历史上有不少美学家往往把
美的相对性、条件性同美的客观性绝对地对立起来，而叶燮却既看到了美的
客观性，又看到了美的相对性与条件性，这正是叶燮美学思想最可贵的地方。
叶燮指出：

> 陈熟、生新，二者于义为"对待"。对待之义，自太极生两仪以
> 后，无事无物不然：日月、寒暑、昼夜，以及人事之万有--生死、贵
> 贱、贫富、高卑、上下、长短、远近、新旧、大小、香臭、深浅、

明暗，种种两端，不可枚举。大约对待之两端，各有美有恶，非美恶有所偏于一者也。其间惟生死、贵贱、贫富、香臭，人皆美生而恶死，美香而恶臭，美富贵而恶贫贱。然逢、比之尽忠，死何尝不美？江总之白首，生何尝不恶？幽兰得粪而肥，臭以为美；海木生香则萎，香反为恶。富贵有时而可恶，贫贱有时而见美，尤易以明，即庄生所云"其成也毁，其毁也成"之义。对待之美恶，果有常主乎？生熟、新旧二义，以凡事物参之：器用以商周为宝，是旧胜新；美人以新知为佳，是新胜旧；肉食以熟为美者也，果实以生为美者也；反是则两恶。推之诗，独不然乎？（《原诗》外篇卷上）

这段精彩的论述，充满着辩证观点和强有力的思辨性。它的基本精神，就是强调美的相对性，认为美与丑互相对立而又互相转化，它们的存在是有条件的。概而言之，叶燮美学中关于美丑的相对性，其美学内涵主要包含以下三个方面：

第一，美与恶（丑）是相"对待"而言的，就如日月、寒暑、昼夜、上下、长短、远近、新旧、大小、香臭、深浅等等是相"对待"而言的一样。所谓"对待"，就是矛盾与对立，世上的万事万物无不处于矛盾对立之中。美与丑也是一对矛盾，有"美"，就有"丑"；没有"美"，就无所谓"丑"。所谓"对待之两端，各有美有恶，非美恶有所偏于一者"，正说明叶燮已经认识到了美与丑是相比较而存在的客观事实。

第二，人们的审美心理特征不同，美感也就具有明显的差异性，因而对美与丑的感受也就截然有别。叶燮认为，"对待之美恶"，是没有"常主"的，它们因人、因时、因地而异。他在《黄叶村庄诗序》中指出："境一而触境之人之心不一。"（《己畦文集》卷八）这是很有见地的。同一个审美对象，人的审美理想、审美趣味、审美标准不同，审美感受的差别甚大。六朝以瘦削为美，而大唐妇女却以肥硕为美。"器用以商、周为宝"，"美人以新知为佳"，"肉食以熟为美"，"果实以生为美"；反之则为丑。这一切都是从美感的角度来说明美丑的相对性。

第三，美是在变化着的，美与丑也在一定条件下相互转化。叶燮指出："人皆美生而恶死，美香而恶臭，美富贵而恶贫贱。然逢、比之尽忠，死何尝不美？江总之白首，生何尝不恶？幽兰得粪而肥，臭以成美；海木生香则萎，香反为恶。富贵有时而可恶，贫贱有时而见美，尤易以明。"这就是美丑的相对性，说明美与丑在一定条件下可以互相向着对立面转化。叶燮这一精辟的美学见解，闪烁着辩证法的光辉。

叶燮对美和美感的这种精当的认识，还直接指导着诗歌创作实践，这是难能可贵的。从美丑的相对性出发，他推而及诗道，认为美与丑既无"常主"，诗歌创作就应该努力创造比自然美、生活美更高、更典型、更富有代表性的艺术美，"抒写胸襟，发挥景物"，以达到"境皆独得，意自天成，能令人永言三叹，寻味无穷"的审美效果；如果"五内空如，毫无寄托，以剿袭浮词为熟，搜寻险怪为生"，就势必"为风雅所摈"。语意深长，发人深省！

（5）论美的多样性："诗无一格，而雅亦无一格"

世界是无限多样丰富的；以世界为本原的美，也是无限多样丰富的。

叶燮站在朴素唯物论立场上，把审美的目光投向无限多样丰富的外部世界，去寻求美，发现美，因而能够看到美的多样性特点。他在《汪秋原浪斋二集诗序》中指出：

> 自《三百篇》以温厚和平之旨肇其端，其流递变而递降，温厚流而为激亢，和平流而为刻削，过刚则有桀骜诘聱之音，过柔则有靡曼浮艳之响，乃至为寒、为瘦、为袭、为貌。其流之变，厥有百千，然皆各得诗人之一体。一体者，不失其命意措词之"雅"而已。所以平、奇、浓、淡、巧、拙、清、浊，无不可为诗而无不可以为"雅"。诗无一格，而"雅"亦无一格，惟不可涉于"俗"。（《己畦文集》卷九）

"诗无一格，而雅亦无一格"，正是肯定美的多样性。"雅"是什么？叶燮自己解释说："'雅'也者，作诗之原而可以尽乎诗之流者也。"他认为"雅"与"俗"相对，诗歌不可以涉于"俗"。可见"雅"，是指诗歌的艺术风格，美好的、高尚而不粗俗的艺术风格。他认为，像世界上的事物具有多样性的特点一样，诗歌的格调及其艺术风格之美，"亦无一格"，具有丰富多样性，事物的"平、奇、浓、淡、巧、拙、清、浊"，无不可以为诗，也无不可以创造美的、高尚的艺术风格。

根据美的多样性原理，叶燮全面衡量了中国诗歌史上各个发展阶段上的诗歌创作情况和不同风格流派的代表作家，认为他们的诗歌都能"各得诗人之一体"，"不失其命意措词之'雅'"，而各有其美。比如对于晚唐诗歌，论诗者多以衰飒为贬，而叶燮却不以为然，说：

> 夫天有四时，四时有春秋，春气滋生，秋气肃杀。滋生则敷荣，
> 肃杀则衰飒。气之候不同，非气有优劣也。使气有优劣，春与秋亦
> 有优劣乎？故衰飒以为气，秋气也；衰飒以为声，商声也。俱天地
> 之出于自然者，不可以为贬也。又盛唐之诗，春花也。桃李之华，
> 牡丹芍药之妍艳，其品华美贵重，略无寒瘦俭薄之态，固足美也。
> 晚唐之诗，秋花也。江上之芙蓉，篱边之丛菊，极幽艳晚香之韵，
> 可不为美乎？（《原诗》外篇卷下）

叶氏对唐诗作意象批评，以四季之有春秋作比，说明对盛唐和晚唐诗歌不可分以优劣；又以春花和秋花为喻，指出盛唐与晚唐诗歌都是美的荟萃。这段精采的比喻，足以说明：叶燮论诗不仅能从哲学的角度认清诗歌发展演变"出于自然"的客观规律性，而且还能从美学的角度分析不同时代、不同风格流派的诗歌所具有的审美价值。

总之，叶燮的诗歌美学，立论深刻，体系完整，具有艺术辩证法的理论特色，标志着中国古典美学已发展到了一个崭新的阶段。他的《原诗》一书，尽管还有某些理论和实践上的缺陷，美中不足之处也依然存在，如对严羽、刘辰翁、高棅诸人的诗歌理论指责过甚，对曹植和谢灵运的诗歌褒贬失当，等等。但是瑕不掩玉，《原诗》毕竟是清代诗学批评中一部很有学术价值的杰作，代表着清诗话的理论成就，在中国诗话史上也享有很高的历史地位。

（五）叶燮诗学体系的逻辑结构

叶燮《原诗》内外二篇四卷，是清代诗话芸芸著作中逻辑最为严密、体系最为完整的诗学著作。分析其逻辑结构，不仅可以深化我们对叶燮诗学体系的认识，而且可以窥见清代学者型诗话独具特色的思维方式和治学方法，加强对中国古代诗学思辨思维的研究。

（1）叶燮诗学的哲学基础

叶燮诗学以思辨性和系统性为理论特色，这是因为他精通哲学，具有很强的逻辑思辨能力，善于把感性的经验上升到理论的高度，以深邃的哲学思维的目光去观察文学现象。

概而言之，叶燮诗学的哲学基础乃是以"气"为本的宇宙本体论。其《原诗·内篇上》云：

> 曰理，曰事，曰情三语，大而乾坤以之定位，日月以之运行，

> 以至一草一木一飞一走，三者缺一则不成物。文章者，所以表天地
> 万物之情状也。然具是三者，又有总而持之，条而贯之者，曰气。
> 事、理、情之为用，气为之用也。譬之一木一草，其能发生者，理
> 也；其既发生，则事也；既发生之后，夭娇滋植，情状万千，咸有
> 自得之趣，则情也。苟无气以行之，能若是乎？又如合抱之木，百
> 尺干霄，纤叶微柯以万计，同时而发，无有丝毫异同，是气之为也。
> 苟断其根，则气尽而立萎，此时理、事、情俱无从施矣。吾故曰：
> 三者藉气而行者也。

此之谓"气"，乃宇宙之本体。气之于万物，乃是一种运动不息的生命力，是
产生"理"、"事"、"情"三者之根本。叶燮所论认为，世界上的万事万物，"大
而乾坤以之定位，日月以之运行"，小而至于"一草一木，一飞一走"，都有自
身发生、发展、存在的客观规律，都离不开"理""事""情"，"三者缺一，则
不成物"。然而这一切事物及其发展规律性，又被"气"这一宇宙本体"总而
持之，条而贯之"，这是从诗歌审美客体而论。从审美主体而论，叶燮强调作
者之"才、胆、识、力"，认为"才识胆力，四者交相为济，苟一有所歉，则
不可登作者之坛"（内篇下）。东汉王充说过："人，物也，万物之中有智慧者
也。"（《论衡·辨祟篇》）又说："人之善恶，共一元气。气有多少，故有贤愚。"
（《率性篇》）《礼记·礼运》又谓："人者，天地之心也。"据《礼记正义》疏，
人为"天地之心"的内涵有二：一指人生存于天地中央，犹"人腹内有心"；
二指人"动静应天地"，是万物之灵者，犹如"心"是五脏中"最灵"者，能
"动静应人"一样。据此种种，叶燮之论审美主体，以作者"才、胆、识、
力"为基本要素，认为"凡物之美者，盈天地间皆是也，然必待人之神明才慧
而见"（《集唐诗序》），故必须"以在我之四，衡在物之三，合而为作者之文
章"。曹丕《典论·论文》说"文以气为主"。作为宇宙本体，"气"之于审美
客体与审美主体，构成叶燮《原诗》诗学体系的哲学基础。

（2）叶燮诗学的逻辑起点

叶燮诗学的逻辑起点，是"体用本末"，即《原诗·内篇上》之所谓"诗
有源必有流，有本必达末"与"因流而溯源，循末以返本"之说。叶燮论诗，
以"原诗"名书，来源于他对"本末"与"体用"之认识，认为体用一源，本
末一体，所谓"有源必有流，有本必达末""因流而溯源，循末以返本"，就是
从本末、体用一体不二的角度进行阐发的，成为贯串全书的逻辑起点和基本

精神。纵观一部诗史，诗之质文、体裁、格律、声调等，都是因时代而变化发展的，叶燮认为这种发展的逻辑轨迹大致可分为两个互为逆向的过程：

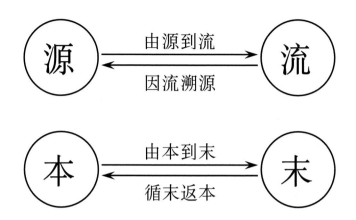

由源到流、由本到末与因流溯源、循末返本。通过这两个互为逆向的转变过程，而形成一个循环往复、盛衰交替的发展轨迹，这就是一部"盛衰互为循环"而又生生不息、相禅相续的文学史。叶燮说："文之为道也，一本而万殊，亦万殊而一本者也。"（《与友人论文书》）在《百家唐诗序》中，他一反《诗大序》所谓"治世之音安以乐，其政和；乱世之音怨以怒，其政乖；亡国之音哀以思，其民困"之说，不以政治盛衰为诗歌批评标准，强调诗歌本身内在的发展规律性，说："自有天地，即有古今。古今者，运会之迁流也。有世运，有文运；世运有治乱，文运有盛衰，二者各自为迁流。然世之治乱，杂出递见，久速无一定之统。孟子谓：天下之生，一治一乱。其远近不必同，前后不必异也。若夫文之为运，与世运异轨而自为途。"从这种逻辑起点出发，他把政治之"世运"与诗歌之"文运"分为二途，又以此论儒家诗歌之旨，认为"温柔敦厚，其意也，所以为体也，措之于用则不同；辞者，其文也，所以为用也，返之于体则不异"（内篇上）。以意为体，以文为用；一体"措之于用则不同"，众用"返之于体则不异"，故"汉魏之辞，有汉魏之温柔敦厚；唐宋元之辞，有唐宋元之温柔敦厚"（同上）。

叶燮这种源流本末论，将一种在历史观上主张循环论、在思辨思维上主张本末一体的思想，贯穿于《原诗》之始终。从总体结构而言，《内篇》为《外篇》所论之本，而《内篇》上卷前半部分又是整个《内篇》的理论基础。全书的结构体制呈现出以《内篇》为"本"为"体"而以《外篇》为"末"为"用"

的本末思辨思维特色，形成一个巨大的执本驭末的严密的逻辑网络，使清代诗话论诗体系中的本末一体、体用一源的逻辑思辨性有了突破性的发展（参见李清良《中国文论思辨思维》第五章）。

（3）叶燮诗学的方法论体系

叶燮《原诗》以探本穷源为旨归，颇得清代学者治学之道。总体而论，其诗学方法论体系具有以下特点：

其一是注重辩证思考。《原诗》一书的基本思辨方式是本末思辨，思维方式特别注重辩证色彩。《原诗·外篇上》之论"对待之义"，从矛盾对立学说去论"美"与"恶（丑）"的相对性，闪烁着朴素辩证法的思想光辉，鞭辟入里，精妙绝伦。辩证思考，是叶燮诗学方法论体系中的精髓。从这种辩证思维出发，《原诗》论诗之重源与流、本与末、体与用、雅与俗、理与识、死法与活法之辨，其立论之精辟，言辞之锋利，论说之有力，逻辑之严密，所体现出的也是作者长于以哲学的眼光观察文学现象、以本末思辨思维方法论诗的总体优势。用叶燮自己的话来说，《原诗》之述，非"以诗论诗"的微观考察，而是以天地间万事万物之理推断古今诗歌艺术法则的宏观审视。

其二是注重历史的考察。叶燮之前，中国没有诗歌专门史。宋人范师道《唐诗史》，则徒有"诗史"之名而无诗史之实（见《宋诗话考》）。叶燮《原诗》以历史的观点和方法，以大量的篇幅，以宏观审视的态势，全面论述了《诗三百》以降而至于清初的诗歌源流正变的历史发展全过程，不啻是一部诗史之述。比较而言，叶燮之论诗史，在当时尚属是"言前人所未言，发前人所未发"（内篇上）。叶燮《原诗》之论诗史，最大的理论特点是主变。"变"是历史的本来面貌，也是事物发展的规律。叶燮认为，中国诗歌发展历史是在"变"中完成的。正变盛衰，沿革因创，是中国诗史的发展演变规律。而诗歌之"变"又是一个"增华"的过程，"前者启之，而后者承之而益之；前者创之，而后者因之而广大之"，"如人适千里者，唐虞之诗，为第一步；三代之诗，为第二步；彼汉魏之诗，以渐而及，为第三、第四步耳"（内篇上）。

其三是意象批评，以比喻论诗。以比喻之法论诗，本是历代文论诗论之传统，叶燮论诗之用比喻，又有新的突破。如《原诗·内篇上》之论"温柔敦厚"之诗教，曰："譬之一草一木，无不得天地之阳春以发生。草木以亿万计，其发生之情状，亦以亿万计，而未尝有相同一定之形，无不盎然皆具阳春之意。岂得曰若者得天地之阳春，而若者为不得者哉！"又如论诗歌之源流正变，说:"从其源而论,如百川之发源,各异其所从出,虽万派而皆朝宗于海,无弗同也。从其流而论,如河流之经行天下,而忽播为九河;河分九而俱朝宗于海,则亦无弗同也。"(同上)又如《原诗·外篇下》

其论诗歌艺术风格,以四时之有春秋为喻,说明对盛唐、晚唐之诗不可分优劣;又以春花和秋花为比,说明盛唐、晚唐之诗都是美的象征(引文见前)。叶燮之以比喻方法论诗,较之于一般诗话之喻,有两大明显的优势:一是重在论述,旨在阐明道理,不作简单的类比;二是多用明喻,一事一喻,本体与喻体分辨清晰明了,而又熔为一体,无繁杂空泛晦涩之弊。

其四是以"主客答问"方式论诗。叶燮《原诗》论诗,以主客问答方式出之,是叶燮诗学方法论的一大特色。主客问答,本是一种语录体式,出之于《论语》《孟子》《庄子》,衍之于枚乘《七发》。而运用于诗学著作者,则以叶燮《原诗》首开风气。《原诗》内外二篇,各篇又分上下二卷,均以主客问答方式论诗。与前贤不同者,一是客问者无确定对象,以"或问""或曰"形式出现,是泛称,而不确指,显示出问题的普遍性,以反衬出所答内容的诗学价值之大。二是主答者言辞犀利,篇章庞大,内容丰富,逻辑严密,议论透澈,风格豪放,善用比喻,又富于思辨色彩,有庄子文章"汪洋辟阖,仪态万方"之势,而无孔子语录体简括干涩之弊;有刘勰《文心雕龙》"执本驭末""体大虑周"之概,而无历代诗话"以少总多"、言简意赅、点到为止的语录条目连缀成体的松散零乱之病。叶燮这种论诗方法,影响所及清代又有吴乔《答万季野诗问》,何世璂述渔洋夫子口授《然灯记闻》,王士禛、张笃庆、张实居答郎廷槐问《师友诗传录》,徐熊飞《修竹庐谈诗问答》,陈仅《竹林答问》等。

二、清代诗话的四大学说

一代清诗话,最辉煌的理论成就,还突出表现为四大学说:即王士禛的神韵说,沈德潜的格调说,袁枚的性灵说,翁方纲的肌理说。这是清代诗话理论与话语体系中的四大学术理论支柱,支撑着清代诗学文化的艺术大厦。

(一)王士禛的神韵说

王士禛(1634-1711),字子真,一字贻上,号阮亭,别号渔洋山人,山东新城人。继钱谦益、吴伟业之后,于康熙间主盟文坛达五十年之久,为一代宗匠,与朱彝尊齐名,有"南朱北王"之称。著有《带经堂集》《渔洋山人精华录》《池北偶谈》《居易录》《渔洋诗话》《渔洋诗则》《五代诗话》等。其门人张宗柟汇集其论诗之语而为《带经堂诗话》三十卷。

渔洋论诗宗旨，远承司空图与严沧浪，近宗徐祯卿、胡元瑞，独标神韵，建立以"神韵说"为核心的诗学理论。杨纯武《王公神道碑铭》指出：

> （渔洋）尝推本司空表圣"味在酸咸之外"及严沧浪"以禅喻诗"之旨，而益伸其说。盖自来论诗者，或尚风格，或矜才调，或崇法律，而公则独主神韵。神韵得，而风格、才调、法律三者悉举诸此矣。

王士祯以此形成自己的一家诗学理论，并且蔚为一种时代美学精神，主宰诗坛数十年而不衰，影响甚为深远。

王士祯标举"神韵"，一见于康熙元年，即作者二十九岁时所选唐律绝句五七言为《神韵集》，专言唐音，此书未传；再见于康熙二十八年，作者所撰《池北偶谈》中引汾阳孔文谷说，论诗以清远为尚，而总其妙则在"神韵"二字。此时渔洋已五十六岁，而且是在选编《唐贤三昧集》之后。可见"神韵说"的最后定论，是其晚年。王氏说：

> 汾阳孔文谷（天允）云：诗以达性，然须为尚。薛西原论诗，独取谢康乐、王摩诘、孟浩然、韦应物，言"白云抱幽石，绿条媚清涟"，清也；"表灵物莫尝，蕴真谁为传"，远也；"何必丝与竹，山水有清音"，"景昃鸣禽集，水木湛清华"，清远兼之也。总其妙在神韵矣。"神韵"二字，予向论诗，首为学人拈出，不知先见于此。
>
> （《带经堂诗话》卷三）

其《香祖笔记》也说："七言律联句神韵天然，古人亦不多见。"王渔洋论诗主神韵，我们可以从渔洋的全部诗论中看出。所谓"神韵说"，主要包含以下丰富的义蕴与内容：

第一，强调"兴会超妙"，追求"得意忘言"，认为诗的美感在于"空中之音，相中之色，水中之月，镜中之象"一般的艺术境界。王士祯指出："古人诗只取兴会超妙"，"唐人五言绝句，往往入神，有得意忘言之妙"（《带经堂诗话》卷三）。他认为诗歌艺术的"超妙"之处，正在于"兴会""入神"，在于"得意忘言"。何谓"兴会"？王士祯上承严羽《沧浪诗话》的"妙悟"之说，认为"兴会"就是诗歌情趣的远致余韵，是"镜象水月"与"羚羊挂角，无迹可求"的艺术境界。这种境界，不即不离，若明若暗，朦胧剔透，只可以神到意会，不可以言传实指。所谓"得意忘言"，是作为一个重要的美学命题提出来的。其归结之点，在于求得神韵情致在语言与物象之外的升腾。从美学的意义来说，"得意忘言"是美的欣赏中一种最高境界或最佳状态。当审美进入"得意忘言"的状态之中时，就意味着审美感受的完成。诗歌创作与诗歌欣赏也是如此。"言"为达"意"，作为艺术形式只是手段与途径而已，自然不可胶柱鼓瑟；一旦达到"意"的无形目的，有形的"言"也就自然忘却了。这是我们在欣赏那些最成功的艺术作品和最美妙的自然景物时都能体验到的状态。可见，王士禛的"神韵说"，重视文学作品的远致余韵，美学思想是十分可取的。

第二，主张蕴藉含蓄，风神韵致的艺术风格，反对轻露直率的"理语"。王渔洋论诗一再标举"言有尽而意无穷"，认为司空图的"不著一字，尽得风流"是破的之论，主张诗歌应该"不涉理路，不落言诠"而"味在酸咸之外"。作为"神韵说"的主要因素的风神韵致，关键当然在于"韵"，而"韵"又必然体现于"神"。所谓"韵"，侧重的是诗歌的艺术魅力；所谓"神"，侧重的则是诗歌的风格内涵，这里包括的既有诗境中的人，尤其含蕴着渗透诗人情性、风度和气质的境外之味。所以，渔洋论诗主神韵，就特别强调诗歌要"含蓄"而不要率直，要"蕴藉"而不要轻露，要求诗歌创作应该具有那种朦胧含蓄之美，吞吐不尽，好像有深意寄托，却又无法指实；似乎有言外余情，却又难以捉摸。这才是诗歌的最高境界。他以"神韵"为标尺，极力泯灭以朝代为凭借的门户界限，带头跨越唐宋鸿沟。我们认为，王士禛一概排斥一切轻露的"理语"，不能"正言以大义责之"，反对"不著判断一语"的判断性、政治倾向性较强的现实主义诗歌，当然是片面的。然而，他这种从诗歌抒情的艺术本质和审美特征出发，追求诗歌艺术美的精神，是可取的。

第三，神韵说的内核，是以冲淡清远为尚的审美意识。王士禛特别推崇诗中逸品，以冲淡清远、神韵天然为诗歌美的极至，把审美和艺术看作是标榜风雅的闲情逸致的满足。有人问及"不著一字，尽得风流"之说，王士禛引用李白《夜泊牛渚怀古》与孟浩然《晚泊浔阳望香炉峰》二诗后指出："诗至此，色相俱空，政如羚羊挂角，无迹可求，画家所谓逸品是也。"（《带经堂诗话》卷三）所谓"逸品"，是在绘画上追求的"萧然淡泊之意，闲和严静之心"的超脱绝俗的艺术珍品。王渔洋认为，诗歌艺术也像绘画艺术一样，当以冲淡、清远、天然、超诣为其艺术的极至，"古淡闲远"，"清空玄虚"，"不即不离，不沾不脱"，如"兰田日暖，良玉生烟"，似"羚羊挂角，无迹可求"，朦胧空灵，莹彻玲珑，神韵攸然，色相具空。所以，从美学的角度来说，王士禛的神韵说，属于模糊美学的范畴，所追求的正是诗歌艺术的朦胧美。文学艺术本来就带有某种朦胧性、多义性，不像自然科学那样要求明确性。诗歌艺术不同，它有读者，读者是艺术接受的主体，是文学作品的审美再创造者。因此，诗歌应该通过接受主体的创造机制，即通过读者的审美心理结构，激发读者进行审美再创造的能动性。诗歌，有些是时代的号角，具有阳刚之美；有些是社会的低诉，具有阴柔之美。然而，不管是阳刚之作，还是阴柔之作，大凡优秀的诗作，都应该给读者留下进行审美再创造的广阔的思维空间。王士禛以前，明代七子片面"宗唐"，摹拟复古，捃扯吞剥；公安、竟陵又一味"宗宋"，诗歌创作流于率直、浅陋、空疏。其时"优孟衣冠"，"疟疾鬼趣"，"痴肥貌袭"的种种诗弊，早已为世诟厉。渔洋力倡神韵之说，强调妙悟兴会、风神韵致，追求空灵秀润的诗歌艺术美境，使人耳目为之一新，对明人片面"宗唐"、"宗宋"之风，确有救弊补偏、摧邪显正之功。

诗之所以为诗，关键在于抒情性。这种抒情的主体，不是事与物，而是具有丰富的想象力和创造性的"人"！因而作为中国传统文学主体的诗歌，才显得那样气韵生动、情境融洽、和谐浑然，具有一种其他叙事文学难得的空灵与神韵之美。从这个角度来看，王士禛的神韵说，乃是中国诗歌理论的一大宝贵财富。

"神韵说"本身也有其艺术理论缺陷，当时的施闰章、赵执信、吴乔等人曾对其脱离现实求神韵的消极部分，以及排斥李白、杜甫诗歌的错误倾向，提出严厉批评，有些意见还是非常中肯的。因此，钱钟书先生说："神韵派在旧诗史上算不得正统，不像南宗在旧画史上曾占有统治地位。唐代司空图和宋代严羽似乎都没有显著的影响；明末清初，陆时雍评选《诗镜》来宣传，王士禛用理论兼实践来提倡，勉强造成了风气。这风气又短促得可怜。王士禛当时早有赵执信作《谈龙录》，大唱反调；乾、嘉直到同、江，大多数作者和评论者认为它只是旁门小名家的诗风。"（《七缀集·中国诗与中国画》）神韵派的反对者所持的观点未必允当，而钱钟书先生所论则是文学史的常识，说明神韵派之所以未能成其"正统"，正是中国诗歌理论传统所致，为旧的传统所不容。这未免不是一件憾事。

王渔洋标举一个"神韵"说，难倒了许多文学理论批评家。生于渔洋数十年之后的朴学大师翁方纲有《神韵论》《格调论》与《诗发论》三文，但亦然无法理解透彻；今人郭绍虞、朱东润先生在诠释时也曾掷笔三叹。当今学者研究此说者亦少有问津，惟有南京吴调公先生有《神韵论》之作面世。其实，中国文学理论批评的许多名词术语与审美范畴，并不必要诠释清楚，更多需要"悟"。

（二）沈德潜的格调说

沈德潜（1673-1769），字确士，号归愚，江苏长洲（今苏州）人。他是大器晚成者，六十六岁中举，乾隆四年进士，年近七十。擢内阁学士兼礼部侍郎，深得乾隆皇帝宠幸，卒赠"太子太师"。有《沈归愚诗文全集》，又编《古诗源》《唐诗别裁》《国朝诗别裁》等。诗话之作有《说诗晬语》二卷，是格调派诗学批评的代表作。

沈德潜论诗主格调，重诗教，带有浓厚的封建伦理色彩，要求诗歌为封建政治服务。格调派及其"格调说"，是康乾盛世的产物。沈德潜的"格调说"，包含着诗歌的思想内容和艺术形式两个方面的要求。他强调指出：

> 诗贵性情，亦须论法。乱杂而无章，非诗也。然所谓法者，行所不得不行，止所不得不止，而起伏照应，承接转换，自神明变化于其中。（《说诗晬语》卷一）

"诗贵性情，亦须论法。"这八个字，是沈氏论诗的主旨。所谓"性情"，就是儒家所宣扬的"温柔敦厚"、"怨而不怒"的思想感情；所谓"论法"，就是强调学古，摩取声调，讲求诗歌格律。他认为诗歌的艺术方法应该服务于思想内容的需要，根据内容需要而灵活运用，不顾内容而炫耀技巧，"以意从法"，削足适履，就是"死法"。因此，《文镜秘府论》称道："意是格，声是律；意高则格高，声辨则律清。"这是很有道理的。

根据这个论诗主旨，我们可以看到，沈德潜的"格调说"，大凡具有两个显著特征：

第一，强调诗歌的社会功用，要求诗歌创作必须从属于政治，这是其格调说最显著的特征。沈德潜《说诗晬语》开宗明义地指出："诗之为道，可以理性情，善伦物，感鬼神，设教邦国，应对诸侯，用如此其重也。"（卷上）可以说，这就是沈氏论诗的基本纲领。在《重订〈唐诗别裁〉序》中，他又重申这一纲领性的见解："诗道之尊，可以和性情，厚人伦，匡政治，感神明。"他认为诗歌应以"厚人伦，匡政治"，"设教邦国，应对诸侯"为政治目的，把

"温柔敦厚"作为"诗教之本原",作为诗歌创作的最高准则。他说：

> 温柔敦厚，斯为极则。(《说诗晬语》卷上)

> 诗主唐音，以温柔敦厚为教。(《太子太师礼部尚书沈文悫公神
> 道碑》)

沈氏如此不遗余力地宣扬儒家"诗教"，在当时是十分鲜见的。因此，他反对把诗歌"视为嘲风雪，弄花草，游历燕衍之具"(《说诗晬语》卷上)。对于那些揭露和讽刺现实之作，一概被他斥之为粗野、纤小、轻薄的作品；而那些"归美于君"，"怨而不怒"，符合"温柔敦厚"这一"极则"的诗歌，被他推崇为"贵品"与"雅音"。一贬一褒，态度何等鲜明！由此可见沈德潜"格调说"的精神实质。乾隆时代，清王朝已处于太平盛世。对清统治者的歌功颂德，已为时代所需。沈德潜身为朝廷要官，又深得皇帝宠幸，乾隆巡游江南，每次必给他"加一官，赐一诗"，并说："朕与德潜，可谓以诗始、以诗终矣！"其地位之显要，名望之高贵，在清代文学史上不可多见。所以，沈德潜的格调说，正是沈氏所处的时代和政治地位的产物。

第二，论诗注重法律格调，是沈德潜格调说的又一显著特征。在中国诗话史上，最早把"格调"作为重要的论诗标准的是明代七子。七子的格调说，以复古为宗尚，而坠入拟古主义。胡应麟的"格以代降"之说，就是这种格调说的实质所在。沈德潜的"格调说"，虽然也侧重于诗歌的形式音律，但其主要倾向却反映出封建统治阶级要求在文学形式上加强封建伦理纲常和倡导雄大浑厚诗风的愿望。这是对明代七子格调说的一种超脱和突破。有些人把沈氏对诗歌形式音律美的追求，说成是"纯形式"的东西，显然是一种误会或曲解。沈德潜讲格调，追求诗歌的形式音律之美，完全从属于"温柔敦厚"的儒家诗教，服务于"厚人伦，匡政治"的宗旨。他要求诗歌格调之"高"，正是为了从艺术形式上确保诗歌的思想内容之"正"。所以，他们认为，沈德潜《说诗晬语》论诗侧重于形式音律，正是封建统治阶级要求加强封建伦理纲常在文学形式上的反映。

纵观《说诗晬语》所论古今之诗，沈德潜"格调说"对诗歌艺术形式音律之美的具体要求，大凡有如下主要论点：

（一）注重人品与学识，要求诗人熟读经史子书。沈德潜论诗的一个重要内容，就是："有第一等襟抱，第一等学识，斯有第一等真诗。如太空之中，不着一点；如星宿之海，万源涌出；如土膏既厚，春雷一动，万物发生。古来

可语此者，屈大夫以下数人而已。(《说诗晬语》卷上) 沈氏要求诗人加强品德修养，提高学识水平，只有具有丰富的生活阅历，广博的学识，精湛的艺术素养，才能创作出象屈大夫那种"第一等真诗"。为此，他要求诗人熟读经史子书，说："以诗为诗，最为凡境。经史诸子，一经征引，都人咏歌，方别于潢潦无源之学。但实事贵用之使活，熟语贵用之使新，语如己出，无斧凿痕，斯不受古人束缚。(同上)"作为一个学者，他当然鄙弃"潢潦无源之学"，认为"曹子建善用史，谢康乐善用经，杜少陵经史并用"，故堪为诗家楷模。而对于经史诸子的征引，也强调其贵"活"贵"新"，要求"语如己出，无斧凿痕"，这就有别于明代七子的摹拟复古了。

　　(二) 重在"蕴蓄"，讲究"优柔善人，婉而多风"。从诗歌的审美特性出发，沈德潜认为"诗贵寄意"，语贵"蕴蓄"，托物言情。他说：

　　　　事难显陈，理难言罄，每托物连类以形之；郁情欲舒，天机随
　　触，每借物引怀以抒之。比兴互陈，反复唱叹，而中藏之欢愉惨戚，
　　隐跃欲传，其言浅，其情深也。倘质直敷陈，绝无蕴蓄，以无情之
　　语而欲动人之情，难矣！(《说诗晬语》卷上)

这段精彩的论诗之语，是对诗歌的艺术特征和审美趣味的具体表述。他认为诗歌应该托物言情，把思想、道理寄托在特定的艺术形象之中，也就是"借物引怀"；如果"质直敷陈"，不用"比兴"，不借助于物象，就不可能收到"动人之情"的艺术效果。鉴于此，他要求诗歌创作应该"以语近情遥，含吐不露为主"，"只眼前景口头语，而有弦外音、味外味，使人神远"，应该于"笔墨之外，别有一段深情妙理"。可见，他追求的是"蕴藉微远之致"，是一种"优柔善人，婉而多风"的艺术风格。他说："意主浑融，惟恐其露；意主蹈厉，惟恐其藏。究之恐露者，味而弥旨；恐藏者，尽而无余。"(卷下) 主张诗歌创作应该"穆如清风"，认为"用意过深，使气过厉，抒藻过秾"，都是诗家的病症。对于以议论入诗，他并不一概反对，而只要求"议论须带情韵以行"，与艺术形象结合，富有浓烈的抒情色彩和耐人咀嚼的韵味，而不要像"伧父面目"那样难看。显然，沈氏的这些见解是正确的。

　　(三) 主张"通变"，注重章法而不死守。《说诗晬语》二卷，凡二百二十六条诗话，以众多的篇幅谈论诗歌的法律格调，对各体诗歌的章法、句法、字法更做了具体而精到的论述，甚至连诗歌的对仗、平仄、用事都不厌其详地指正。如律诗，他指出："起手贵突兀"，"三四贵匀称，承上斗峭而来，宜

缓脉赴之；五六必耸然挺拔，别开一境"，"收束或放开一步，或宕出远神，或本位收住"。他又根据杜诗的结构系统，总结归纳出律诗的作诗法则，如"倒插法"、"反接法"、"透出一层法"、"突接法"等等。对于歌行体，他指出：

> 歌行起步，宜高唱而入，有"黄河落天走东海"之势。以下随手波折，随步换形，苍苍莽莽中，自有灰线蛇踪，蛛丝马迹，使人眩其奇变，仍服其警严。至收结处，纡徐而来者，防其平衍，须作斗健语以止之；一往峭折者，防其气促，不妨作悠扬摇曳语以送之，不可以一格论。

体察人微，可谓经验之谈，不乏真知灼见。然沈德潜的格调说，可贵之处还在于主张"通变"，遵循着一条以复古为通变的发展道路。他说："诗不学古，谓之野体。然泥古而不能通变，犹学书者但讲临摹，分寸不失，而己之神理不存也。作者积久用力，不求助长，充养既久，变化自生，可以换却凡骨矣。"（卷上）他反对"乞灵古人"，反对死守章法与摹拟剽袭，甚至批评明代七子拟古诗"病在沿袭雷同"，"固足招诋諆之口"。指出"古人不废字法"，然而可贵之处就在于"以意胜而不以字胜"，因此能够"平字见奇，常字见险，陈字见新，朴字见色"。可见，沈氏论诗既实在，又灵活，又全面，容易为人所接受，在清诗学批评史上并不多见。有些人说沈德潜的全部诗论，带有突出的"复古主义"和"形式主义"倾向，指斥苛求过甚，恐怕不切实际。

（四）论诗注重个性，提倡艺术风格的多样化。何谓"风格"？风格即人。风格的多样化，自然出之于人的性情面目之各异。沈德潜说：

> 性情面目，人人各具。读太白诗，如见其脱屣千乘；读少陵诗，如见其忧国伤时。其世不我容、爱才若渴者，昌黎之诗也；其嬉笑怒骂、风流儒雅者，东坡之诗也。即下而贾岛、李洞辈，拈其一章一句，无不有贾岛、李洞者存。倘词可馈贫，工同肇悦，而性情面目，隐而不见，何以使尚友古人者读其书想见其为人乎？（卷下）

从这段论述中，我们可以看出，沈德潜论诗主格调说，并不在"纯形式"的追求，与明代七子宣扬的"格调"有着明显的区别。沈氏追求的是内容与形式的统一，尽管这种内容和形式统一在以"温柔敦厚"为"极则"的封建伦理道德这一思想体系之中，具有鲜明的阶级性，然而，这种强调思想内容与艺术形式和谐统一的诗论，在当时又是难得的见解，对清初钱谦益的真情论、王士祯的神韵说以及稍后袁枚的性灵说，在一定意义上也具有补缀充实之功。

由于沈德潜的影响，清代中叶诗坛曾出现了以沈氏为中心的格调诗派与格调批评派。主格调说的诗话之作，还有薛雪《一瓢诗话》、钱良择《唐音审体》、吴雷发《说诗菅蒯》、李重华《贞一斋诗说》、施补华《岘佣说诗》等。

（三）袁枚的性灵说

袁枚（1716-1797），字子才，号简斋，浙江钱塘（今杭州）人。三十三岁辞官，卜居于江宁小仓山之随园（今南京市北），人称"随园先生"，晚号"仓山居士"、"随园老人"。著有《小仓山房诗文集》七十余卷，《随园诗话》十六卷、补遗十卷，《续诗品》一卷。

袁枚论诗，力主"性灵说"，标举诗人之真情、个性和诗才，提倡诗歌创作应以新鲜活泼、富有个性与生气取胜，反对摹拟剽袭，对沈德潜的格调说表示不满，认为王士祯提倡的"神韵"也只是诗中一格，主张把性情、学问、神韵三者熔于一炉，从而建立起以"性灵说"为核心的自己的诗歌理论批评体系。他的诗学主张比较符合诗歌的审美特性和创作规律，具有较高的美学价值。

"性灵说"，并非始于袁枚。早在汉魏六朝，则多已出现。正如袁枚自己所说：

> 杨诚斋曰："从来天分低拙之人，好谈格调，而不解风趣。何也？格调是空架子，有腔口易描；风趣专写性灵，非天才不办。"余深爱其言。须知有性情，便有格律，格律不在性情外。（《随园诗话》卷一）

所谓"性灵"，指的就是诗人的真性情、真感情，是诗人心灵的映照。"性灵"之说，早在汉魏时代就已经出现。宋人杨诚斋论诗，提倡新鲜活泼，独抒性灵，也开了明清二代性灵说的先声。至明代"三袁"，发展了杨万里、李贽、焦竑关于"性灵"的见解，倡为"性灵"之说。袁枚的"性灵说"的功绩，在于继承了前人论诗主"性灵"的理论成果，并在新的文学环境之中又有新的拓展，形成了一个较完整的诗学理论体系。

纵观袁枚的全部诗论，我们认为这个理论体系，大致由下面四个部分组成：

第一是情感论。袁枚以"性灵"论诗，首先把真挚的情感作为"性灵说"的核心，认为诗歌创作主要在于抒发性灵，见出诗人的真情实感，表现一颗"赤子之心"。他指出：

> 自《三百篇》至今日，凡诗之传者，都是性灵，不关堆垛。（《随园诗话》卷五）

　　余作诗，雅不喜迭韵、和韵及用古人韵，以为诗写性情，惟吾所适。（同上卷一）

　　朱竹君学士曰："诗以道性情。性情有厚薄，诗境有浅深。性情厚者，词浅而意深；性情薄者，词深而意浅。"（同上卷八）

　　余常谓：诗人者，不失其赤子之心者也。（同上卷三）

　　诗者，人之性情也，近取诸身而足矣。其言动心，其色夺目，其味适口，其音悦耳，便是佳诗。（同上卷一）

　　诗家两题，不过"写景、言情"四字。我道：景虽好，一过目而已忘；情果真时，往来于心而不释。（《补遗》卷十）

"性情"，是袁枚诗论中的第一要素。他认为诗歌便是性情的表露，思想灵魂的再现。诗人只要不失赤子之心，把自己在特定环境之中的真实性情和新鲜感受流于笔端，言能动心，色能夺目，味能适口，音能悦耳，就是一首好诗。他甚至认为诗人与非诗人的区别，关键在于"胸境"，认为"佳诗"的唯一标准，在于"能入人心脾"。在诗歌与性情的关系上，他把"性情"当作诗歌之源，把性情提高到了相当的地位："性情者，源也；词藻者，流也。源之不清，流将焉附？"（《陶怡云诗序》）这就要正本清源，只有显出性情之"真"，才能表现层出不穷的艺术创造力，达到"入人心脾"的艺术效果。我们认为，作为"性灵说"的核心，袁枚论诗主性情，强调诗歌创作要发抒性灵，表达真情实感，这是符合诗歌的审美特性和创作规律的。从美学价值观来说，诗歌乃是诗人的人格和性情的表现；从文艺心理学来看，诗歌又是诗人的苦闷和欢乐的象征，是诗人的内心感情活动的升华。袁枚指出：

　　人必先有芬芳悱恻之怀，而后有沉郁顿挫之作。人但知杜少陵每饭不忘君，而不知其于友朋、弟妹、夫妻、儿女间，何在不一往情深耶？观其冒不韪以救房公，感一宿而颂孙宰，要郑虔于泉路，招李白于匡山：此种风义，可以兴，可以观矣。后人无杜之性情，学杜之风格，抑末也！（《随园诗话》卷十四）

情感性，是艺术创造最基本的特征；艺术创作的全过程，是遵循着"情感逻辑"的特殊轨道而发展变化的。尽管袁枚所标榜的"性情"，具有特定的阶级内涵，但是他却道出了诗歌艺术的本质特征。

　　第二是个性论。袁枚论诗主"性灵"，追求个性的自由发展，强调诗歌创作必须"有我"。这正是袁枚的"性灵说"高出于宋、明两代性灵诗派的地方。他明确指出：

> 为人，不可以有我；有我，则自恃恨用之病多，孔子所以"无固"、"无我"也。作诗，不可以无我；无我，则剽袭敷衍之弊大，韩昌黎所以"惟古于词必己出"也。北魏祖莹云："文章当自出机杼，成一家风骨，不可寄人篱下"。（《随园诗话》卷七）

> 诗有干无华，是枯木也；有肉无骨，是夏虫也；有人无我，是傀儡也；有声无韵，是瓦缶也；有直无曲，是漏卮也；有格无趣，是土牛也。（同上）

这些生动的比喻，精当的论述，充分说明：袁枚论诗，从"性灵"出发，强调诗歌创作对自我意识与艺术个性的执着追求，在中国诗论史上第一次把"我"字作为抒情和审美主体而写在诗歌这面旗帜之上。这是具有划时代意义的开拓性见解。

袁枚论诗追求个性自由和情感解放的进步性，一是时代的产物，二是诗歌审美特性的要求。明清时期，中国的资本主义已开始在封建主义的温床中萌芽。随着政治经济和文学思想的不断变化发展，在诗歌美学上崇尚"自然之为美"，要求情真、情深、情至，提倡独创、变革，主张化古为我、古为我役，反对封建传统的理法对个性和情感的束缚，已经成为一种审美倾向。可以说，袁枚鼓吹个性自由和情感解放的诗歌美学，正带有某种资本主义萌芽因素的时代特色，表现出在文学领域之中发展个性、向传统的封建礼教挑战的意向。此其一。

其二，诗歌创作主要在于抒发性灵、表现情感。但是，性情遭际，人人各不相同。人各有情性，则人各有诗。诗中有"我"，就是指诗歌创作要表现自己的艺术个性。每个诗人，都有自己的生活经历、思想情怀，有自己表达喜怒哀乐的艺术方式；诗人也只有把自己独特的生活遭遇、个性、感受直率地抒写出来，才能创造出感人肺腑的艺术形象，赋予诗歌以旺盛的艺术生命力。这就是所谓"有我"或"著我"。根据表现个性的需要，袁枚论诗虽重天分，却不废工力；虽尚自然，却不废雕饰。在袁枚的诗学体系之中，他认为天分与学力，师心与学古，内容与形式，自然与雕饰，平淡与精深，都是相反相成的，诗人应该兼收并蓄，不偏不倚地去对待这种种关系。他说：

> 人闲居时，不可一刻无古人；落笔时，不可一刻有古人。平居

> 有古人，而学力方深；落笔无古人，而精神始出。(《随园诗话》卷
> 十)

所以，他特别主张创新，主张"变"，认为"当变而变，其相传者，心也"(《答
沈大宗伯论诗书》)，因为"变"是发展的自然规律。

人的个性，往往打上他所处的时代的印记；但更多的是由于各自的生活
道路、思想修养和美学趣味诸方面之不同。诗人的创作个性和艺术风格，总
是千差万别的。袁枚论诗强调个性，主张诗歌创作中表现自我，这就会引起
诗歌艺术风格的多样化，出现创新、争新的艺术局面。所以，我们认为，作为
袁枚"性灵说"的重要组成部分的个性论，在中国诗话史上具有重要的指导
意义和美学价值。

第三是批评论。

袁枚的诗歌批评，以"性灵"为标准。他论诗主性灵，反对摹拟、抄袭，
批驳"宗盛唐"、"学七子"、"分唐宋"、"讲家数"等诗坛的不正之气，而且把
批判的主要锋芒直指文坛巨星沈德潜、翁方纲与厉鹗。

袁枚所处的时代，文坛领袖沈德潜倡言"诗教"，力主格调，崇奉盛唐而
排斥宋诗，摹拟复古之风又东山再起；由于考据之学的兴盛，金石考据、饤饤
文字侵蚀诗界，朴学家翁方纲又倡肌理说，"学人之诗"风行一时；以厉鹗为
首的浙江诗派，钩考隐僻，以震耀流俗，又趋宋人冷径之风。面对文坛这种种
不良的习气，追求个性自由发展的袁枚，是不可能沉默寡言的。他说：

> 前明门户之习，不止朝廷也，于诗亦然。当其盛时，高、杨、
> 张、徐，各自成家，毫无门户。一传而为七子；再传而为钟、谭，
> 为公安；又再传而为虞山：率皆攻排诋呵，自树一帜，殊可笑也。
> 凡人各有得力处，各有乖谬处，总要平心静气，存其是而去其非。
> 试思七子、钟、谭，若无当日之盛名，则虞山选《列朝诗》时，方
> 将搜索于荒村寂寞之乡，得半句片言以传其人矣。敌必当王，射先
> 中马：皆好名者之累也！(《随园诗话》卷一)

袁枚对"门户之习"的批评是正确的。他主张"存其是而去其非"，才不至于
陷入门户的"攻排诋呵"之中而不能自拔。这是袁枚批评论的前提条件，是基
本出发点。他认为：

> 抱韩、杜以凌人，而粗脚笨手者，谓之权门托足；仿王、孟以
> 矜高，而半吞半吐者，谓之贫贱骄人；开口言盛唐及好用古人韵者，

> 谓之木偶演戏；故意走宋人冷径者，谓之乞儿搬家；好迭韵、次韵、
> 刺刺不休者，谓之村婆絮谈；一字一句，自注来历者，谓之骨董开
> 店。（同上卷五）

所谓"权门托足"、"贫贱骄人"、"木偶演戏"、"乞儿搬家"、"村婆絮谈"、"古
董开店"，都是当时不良的诗歌创作之风，袁枚都给予辛辣的讽刺和批判。他
特别不满论诗分唐界宋，认为"诗者，人之性情；唐、宋者，帝王之国号。人
之性情，岂因国号而转移哉？"（《随园诗话》卷六）嘲笑明七子学唐，是"西
施之影"。对于选家选近人诗歌，他也指出其中有"七病"：一是"管窥蠡测"；
二是"以己履为式"，"削他人之足以就之"；三是"分唐界宋，抱杜尊韩"；四
是以"纲常名教"为则，箴刺褒讥；五是"勉强搜寻，从宽滥录"；六是"妄
为改窜"，"点金成铁"；七是苟私徇情，不讲原则。（卷十四）这种批评，于古
于今都是富有现实性和针对性的。

袁枚论诗主性灵，因而对于神韵说、格调说和肌理说都有自己的看法。他
认为"神韵"不过是"诗中一格"，作诗不必首首如此。因为格调说鼓吹"温
柔敦厚"、"怨而不怒"，维护封建纲常，束缚诗人个性，所以他对格调说采取
针锋相对的批判态度。这也反映出袁枚时代，思想意识的某种开放性，文学宗
尚不再依循文坛领袖的权势而俯仰左右，说明诗学理论研究的目的已经提高
到求取对于事物的真理性认识上来了。乾嘉时代，考据之风极盛。受其影响，
文坛上出现"义理、考据、辞章"三位一体的桐城派古文理论，诗坛上产生了
翁方纲的肌理之说。袁枚对于"肌理"说，则采取蔑视、鄙弃、全盘否定的态
度。他认为"考据家不可与论诗"（《随园诗话》卷十三），讥讽考据家论诗是
"博士卖驴，书券三纸"（卷六）。肌理诗派把经史考据和金石版本的勘订也写
进诗中，名为"学人之诗"，实则使诗歌蜕变成了押韵的考订文字。这就败坏
了诗风，践踏了诗学，也难免不受到袁枚的批评。他指出：

> 人有满腔书卷，无处张皇，当为考据之学，自成一家。其次，
> 则骈体文，尽可铺排，何必借诗为卖弄？自《三百篇》至今日，凡
> 诗之传者，都是性灵，不关堆垛。……近见作诗者，全仗糟粕，琐
> 碎零星，如剃僧发，如拆袜线，句句加注，是将诗当考据作矣。虑
> 吾说之害之也，故续元遗山《论诗》，末一首云："天涯有客号詅痴，
> 误把抄书当作诗。抄到钟嵘《诗品》日，该他知道性灵时。"（《随园
> 诗话》卷五）

这种以堆垛考据为能的"学问诗"，与以性情为审美特性的"诗人之诗"，毫无共同之处，理所当然地应该受到批评。浙派诗人厉鹗，论诗也主张资书以为诗，诗歌颇多饾饤僻典，毫无真情实感，也被袁枚斥之为"貌袭盛唐"而实则"皮附残宋"，不足可取。

第三，袁枚《随园诗话》对诗歌创作的原则和方法，也有所探索和论述。他主张以"人工"济"天巧"，要求学习古人的神理而立足于创新，博览群书而能化之以性灵。所以，袁枚并不注重于诗格、诗式、诗法等既定模式的琐屑之论，而只从表现个性、抒发性灵出发，去寻求诗歌创作的真谛，注重诗人的"灵感"，注重于"活"与"新"。偶尔论及诗法，也只谈些大致的原则，如他说："余常劝作诗者，莫轻作七古。何也？恐力小而任重，如秦武王举鼎，有绝脰之患故也。七古中，长短句尤不可轻作。何也？古乐府音节无定而恰有定，恐康昆仑弹琴，三分琵琶，七分筝弦，全无琴韵故也。初学诗，当先学古风，次学近体，则其势易。倘先学近体，再学古风，则其势难。犹之学字者，先学楷书，后学行草，亦是一定之法。"（卷十四）袁枚论诗法，注重于引导，也不像格调派那样满纸是"法"，恪守一隅，越俎代疱。这正是袁枚性灵诗派高于时人之处。

袁枚是清代集大成式的诗学批评家。其性灵说作为清诗话的三大学说之一，其可贵之处正在于把性情、学问、神韵三者熔于一炉，以更好地表现诗歌的内质。它合理地吸收了王士祯"神韵说"的理论精英，融入自己的诗歌理论体系之中，而对当时的学古宗派和不正诗风，都一一给予有理有节的批评驳正，在清代中叶诗坛上具有摧陷廓清之功。尽管"性灵说"尚有空疏之弊，然而与沈德潜格调说中的"温柔敦厚"和狭隘的名教论相比较，性灵说则向艺术真理跨进了一大步。

当代著名美学家李泽厚在论及明清时代的文艺思潮时，就指出了袁枚性灵说得以产生的历史必然性。他说："这是一种合乎规律性的文艺潮流的发展，不是一两个人或偶然现象，而有其深刻的社会的和思想的内在逻辑，包括像当时正统文学中的袁枚倡性灵，反束缚，嘲道学，背传统，也是同这一历史逻辑的表现一样。它们共同地体现出、反射出封建末世的声响，映出了封建时代已经外强中干，对自由、个性、平等、民主的近代憧憬必将出现在地平线上。"（《美的历程》）这段论述，精辟地概括了袁枚"性灵说"出现的历史必然性及其在文艺思想史上的重要意义。人，作为文学的主体性，就要高度重视人的精神、灵魂、个性以及人的创造力的主体性。因此，在文学领域之中，在作者的笔下，人的性灵、人的个性，应该理所当然地受到尊重，尊重性灵的自由抒发和个性的自由表现，尊重各种艺术个性和艺术风格存在的合理性。这就是袁枚性灵说的主旨和主流之所在。

袁枚性灵说的积极拥护者，是与袁枚、蒋士铨并称为"乾嘉三大家"的赵翼（1727-1814），字云崧（一字耘松），号瓯北，江苏湖阳（今常州）人。有《瓯北诗话》十二卷，前十卷选论李白、杜甫、韩愈、白居易、苏轼、陆游、元好问、高启、吴伟业、查慎行十家诗，后二卷论诗格、诗体、诗病诸问题。

赵翼论诗主性灵，反对"荣古虐今"，强调"争新"与"独创"。这是他在诗歌理论批评上的突出特点，也是《瓯北诗话》的基本精神所在。他有几首《论诗绝句》最能体现这种论诗主张：

> 满眼生机转化钧，天工人巧日争新。
>
> 预支五百年新意，到了千年又觉陈。
>
> 李杜诗篇万口传，至今已觉不新鲜。
>
> 江山代有才人出，各领风骚数百年。
>
> 词客争新角短长，迭开风气递登场。
>
> 自身已有初中晚，安得千秋尚汉唐？

赵瓯北的文学发展观和追求创新的精神，由此已可见一斑了。在他看来，一部中国文学发展史本身就是文学"争新"、作家"独创"的历史，与"复古"没有任何缘份。他把当代诗人查慎行与唐诗大宗李白、杜甫和宋诗大家苏轼、陆游等相提并论，正表现他勇于向"荣古虐今"的复古诗论大胆挑战的可贵精神，表达了性灵诗派努力追求创新的勃勃雄心。

（四）翁方纲的肌理说

翁方纲（1733-1818），字正三，号覃溪，又号苏斋，直隶大兴（今北京）人。乾隆十七年进士，授翰林院编修，官至内阁学士。学富五车，精于金石、谱录、书画、辞章之学，论诗重学问、义理，首倡"肌理说"。著有《复初斋诗集》七十卷，《文集》三十五卷。论诗之著有《石洲诗话》八卷，《神韵论》三卷，《格调论》三卷，《诗法论》一卷，《小石帆亭著录》六卷。

翁方纲以朴学家的眼光论诗，而主"肌理说"。所谓"肌理"，指人体肌肉之纹理。杜甫诗《丽人行》有"肌理细腻骨肉匀"之句，翁方纲借之"肌理细腻"以比喻诗歌艺术美之细密丰腴。他在《言志集序》中说：

> "在心为志，发言为诗"，一衷诸理而已。理者，民之秉也，物之则也，事境之归也，声音律度之矩也。是故渊泉时出，察诸文理焉；金玉声震，集诸条理焉；畅于四支，发于事业，美诸通理焉。义理之理，即文理之理，即肌理之理也。

他主张"为学必以考据为准，为诗必以肌理为准"（同上）；"诗必研诸肌理，而文必求其实际"（《延晖阁集序》）。根据这种"为学""为诗"原则，翁方纲《石洲诗话》以卷一二论唐诗；卷三、四论宋诗；卷五论金元诗；卷六论王士祯评杜诗之语，名为《渔洋评杜摘记》，以按语形式对渔洋评杜之见多所纠正；卷七解说《元遗山论诗三十首》；卷八解说王士祯《戏仿元遗山论诗绝句三十五首》，而形成以"肌理"通于义理和文理，贯注于全书的论诗特色；论诗方法分时代分人物叙议，逐首逐句剖析，条分析缕，有条不紊，而以"肌理"为核心。他的后学张南山说翁方纲"生平论诗，谓渔洋拈'神韵'二字固为超妙，但其弊恐流为空调，故特拈'肌理'二字，盖欲以实救虚也"（《晚晴簃诗汇》引）。翁方纲提出"肌理说"，目的在于"以实救虚"，即补救"神韵"之虚和"格调"之失。

"肌理说"，是清代乾嘉学派的考据之风盛极一时的产物。清代中叶，乾嘉学派崛起，金石考据、饾饤文字浸蚀诗坛，以考据为诗的"学人之诗"主宰文苑，强调为诗要植根于学。翁方纲大张"学人之诗"的旗帜，谈肌理，论质实，言诗法，成为一种审美宗尚。所以，从总体而言，翁氏以"肌理"为喻，其论诗主旨有二：一是主学，二是宗宋。主学，则重学问，尚考据训诂，欲熔义理、考据、辞章于一炉；宗宋，则重质实，尚堆垛掎扯，强调诗歌创作应以质实为本，以堆垛为富，以掎扯为工。他推崇宋诗，认为"宋人之学，全在研理日精，观书日富，因而论事日密"，以至"诗则至宋而益加细密，盖刻抉入里，实非唐人所能囿也"（《石洲诗话》卷四）。经过反复分析比较，探幽抉微，他认为"唐诗妙境在虚处，宋诗妙境在实处"（同上）。这是评论宋诗之的论。

其实，从某种角度来看，"神韵说"失之空疏，"格调说"又弊在囿于格调。二说之失，翁氏了然于心。他并不反对"神韵说"与"格调说"，但是欲以"肌理说"修正之。故撰《神韵论》《格调论》《诗法论》三篇重要论文。特别是《神韵论》和《格调论》各上、中、下三篇，以其鲜明的论诗宗旨、准确的现实针对性、严密的逻辑思辨性，代表着乾嘉学派最高的学术水准和理性思辨能力，是清代诗学批评中最富有理论价值和现实批评意义的论文。这两篇诗学论文，最重要的诗学观点，是"神韵"、"格调"、"肌理"三者互通。《神韵论上》云："昔之言格调者，吾谓新城变格调之说而衷以神韵，其实格调即神韵也；今人误执神韵，似涉空言，是以鄙人之见，欲以肌理说实之。其实肌理亦即神韵也。""格调即神韵"，"肌理亦即神韵"，神韵、格调、肌理三位一体，这就是翁方纲以"肌理说"为核心的诗学观的本质特征之所在。《神韵论下》又云："神韵者，非风致情韵之谓也。吾谓神韵即格调者，特专就渔洋之承接李、何、王、李而言之耳。其实，神韵无所不该，有于格调见神韵者，有于音节见神韵者，亦有于字句见神韵者，非可执一端以名之也。有于实际见神韵者，亦有于虚处见神韵者，有于高古浑朴见神韵者，亦有于情致见情韵者，非可执一端以名之也。"翁氏指出，"神韵"内蕴的多义性，要求我们以神韵论诗，应多角度、多层次、多方面去考察，不可执一端而名之。其《格调论上》指明代七子"泥于格调"者，"非格调之病也，泥格调者病之也"。进而又说："是则格调云者，非一家所能概，非一时一代所能专也。古之为诗者，皆具格调，皆不讲格调。格调非可口讲而笔授也。唐人之诗，未有执汉魏六朝之诗而目为格调者；宋之诗，未有执唐诗为格调；即至金元诗，亦未有执唐宋为格调者。独至李、何辈，乃泥执《文选》体以为汉魏六朝之格调焉，泥执盛唐诸家以为唐格调焉。于是不求其端，不讯其末，惟格调之是泥；于是上下古今只有一格调，而无递变递承之格调矣。至于渔洋，变格调曰神韵，其实即格调耳。"翁氏的"递变递承之格调"说，既是对明人泥于格调的批评，又是对渔洋"变格调为神韵"的理性阐释。

翁方纲以肌理论诗，总体而论，有以下突出美学特征：

一曰主"理"。"理"，是肌理说的关键之所在。所谓"义理之理，即文理之理，即肌理之理"者，"理"包含诗歌的内容与形式两个方面，主张义理、考据、辞章三位一体。翁氏撰《杜诗熟精文选理理字说》，认为"杜之言理也，盖根于六经矣"；又撰《韩诗雅丽理训诂理字说》，认为韩之"理者，综理也，经理也，条理也"；"惟是检之于密理，约之于肌理"（《志言集序》），方合乎诗歌固有的规律性。

二曰尚"实"。肌理说的核心是一个"实"字。《神韵论中》云："诗必能切己切时切事，一一具有实地，而后渐能几于化也，未有不有诸己，不充实诸己，而遽议神化者也。"翁氏以"切己切时切事"为实，说："宋人之学，全在研理日精，观书日富，因而论事日密。"(《石洲诗话》卷四）认为宋诗的特点在于"实"，而"实"则体现于研理之精、观书之富、论事之密；认为王渔洋"神韵说"的弊病则全在于一个"虚"字上，超乎形质之上，离乎字句之外，坠入空寂境界，如"羚羊挂角，无迹可求"。

三曰重"法"。翁方纲认为，"理定而法生"(《送张肖苏之汝阳序》)，故撰《诗法论》一文。翁氏论"法"，活泼通脱，认为法是筌蹄，用无定方，"法非徒法"，"法非板法"。以诗而论，"诗中有我在也，法中有我以运之也"；而"强我以就古人之法，强执古人以定我之法"，都是不可取的。《诗法论》云："法之立也，有立乎其先、立乎其中者，此法之正本探原也；有立乎其节目、立乎其肌理界缝者，此法之穷形尽变也。"所谓"正本探原"之法，是指诗文的一般规律，故宜以六经为本；所谓"穷形尽变"之法，是指诗文具体的写作方法，如字法、句法、章法之类，存在于"肌理"的实在细密之处。为此，他又撰《小石帆亭著录》六卷，专论诗歌艺术技巧，推崇渔洋的诗法技艺。卷一为《新城县新刻古诗平仄论》，卷二为《赵秋谷所传声调谱》，卷三为《五言诗平仄举隅》，卷四为《七言诗平仄举隅》，卷五为《七言诗三昧举隅》，卷末附翁氏《渔洋诗髓论》，意在折中于格调与神，充分表现了翁方纲对诗歌艺术之美的执着追求和深入探索，不啻是清代诗法论的集大成者。人们如果抛开《神韵论》《格调论》《诗法论》等而论翁方纲的"肌理说"，则如隔靴搔痒，至于有斥翁氏之说为中国诗歌理论批评中的"一具怪胎"者，更是不知"肌理说"之三昧矣。

三、姚鼐确立古典美学的两大审美范畴：阳刚之美与阴柔之美

姚鼐（1732-1815），字姬传，人称惜抱先生，安徽桐城人。乾隆二十八年（1763）进士，授庶吉士，十年后奉旨开四库全书馆，任编纂官，次年托病辞职归里，著有《惜抱轩全集》，编选《古文辞类纂》等，是桐城派文艺论的集大成者，也是中国古典美学两大范畴的确立者。姚门人才辈出，方东树、管同、姚莹、梅曾亮为"姚门四大弟子"。

清代文论乃至中国诗学的审美范畴与话语体系，成就于著名大学者、大文论家姚鼐。姚鼐是清代桐城派文学理论的集大成者，于方苞、刘大櫆既有继承又有发扬光大。他对中国文艺理论范畴最大的贡献，是确立古典美学的两大范畴：即阳刚之美与阴柔之美。

　　具体而言，姚鼐在文艺理论领域的突出贡献和美学特征，主要表现在以下几方面：

　　其一，论文重"道与艺合"，"天与人一"，"文与质备"；确立清代桐城文论的理论基础。姚鼐《敦世堂诗集序》云："夫文者，艺也。道与艺合，天与人一，则为文之至。"又云："夫诗之至善者，文与质备，道与艺合，心手之道，贯彻万物，而尽得乎人心之所欲出。"（《荷塘诗集序》）姚氏认为，"文章之原，本乎天地"（《海愚诗钞序》）。"夫天地之间，莫非文也。故文之至者，通于造化之自然。"（《答鲁宾之书》）所以，他以"道与艺合"、"文与质备"、"天与人一"为文章诗歌至善至美的思想境界和艺术境界。这是对前人文论、诗论、诗话、词话的全面继承和总体阐述，从而为桐城派文论奠定了理论基础，指明了正确的创作方向。

　　其二，论文主"义理、考证、辞章"之说，成为桐城派的一面学术旗帜。姚鼐指出："余尝论学问之事有三端焉，曰：义理也，考证也，文章也。是三者，苟善用之，则皆足以相济；苟不善用之，则或至于相害。"（《述庵文钞序》）《复秦小岘书》又云："鼐尝谓天下学问之事，有义理、文章、考证三者之分，异趋而同为不可废。"重"义理"者，主宋学；重"考证"者，主汉学。合"义理、考证、辞章"三者为一者，桐城之学也。姚氏认为："凡文之体类十三，而所以为文者八。曰神理气味，格律声色。神理气味者，文之精也；格律声色者，文之粗也。"（《古文辞类纂序目》）此八字说，是姚氏对古文艺术要素的高度概括。神，指精神、风神、神情，即文章之神思妙趣、精灵神逸。理，谓文理、肌理、脉络，指文章之经脉畅通，文理清晰。气，指生气、气质、气势，充满生机活力。味，谓之韵味、趣味、滋味，指文章余味无穷。格，指文章结构骨架，布置格局。律，谓之法度规则，如字法、句法、章法，抑扬顿挫之列。声，谓声调节奏，指文章音乐之美。色，指文章的文彩、辞藻，即文辞之美。姚氏以"文之精"者之"理"而纠方苞"义法说"轻理之弊，以"文之粗"者之"格、律"而补刘大魁"神气说"之不足，加之自己个人的心得体会，熔义理、考证、辞章于一炉，使方、刘、姚三家之说统一在比较完整的桐城文论体系之中，从较高的审美层次上，确立了桐城派以音节格律之美求文章神气的理论特色。

　　其三，论文学艺术风格，姚鼐倡言"阳刚阴柔"之说，开创性的确定了中国古典美学的两大审美范畴：阳刚之美与阴柔之美。一阳刚，一阴柔，构建美学的两大审美范畴与话语体系。这是古今中外开天辟地的第一次，是对以《周易》为代表的中国古典美学的一个巨大贡献。姚鼐在《复鲁絜非书》里指出：

> 鼐闻天地之道，阴阳刚柔而已。文者，天地之精英，而阴阳刚柔之发也。惟圣人之言，统二气之会而弗偏，然而《易》《诗》《书》《论语》所载，亦间有可以刚柔分矣。值其时其人，告语之体各有宜也。自诸子而降，其为文无弗有偏者。其得于阳与刚之美者，则其文如霆，如电，如长风之出谷，如崇山峻崖，如决大川，如奔骐骥；其光也，如杲日，如火，如金镠铁；其于人也，如冯高视远，如君而朝万众，如鼓万勇士而战之。其得于阴与柔之美者，则其文如升初日，如清风，如云，如霞，如烟，如幽林曲涧，如沦，如漾，如珠玉之辉，如鸿鹄之鸣而入寥廓；其于人也，漻乎其如叹，邈乎其如有思，暖乎其如喜，愀乎其如悲。观其文，讽其音，则为文者之性情形状举以殊焉。且夫阴阳刚柔，其本二端，造物者糅而气有多寡进绌，则品次亿万，以至于不可穷，万物生焉。故曰：一阴一阳之为道。夫文之多变，亦若是已。糅而偏胜可也，偏胜之极，一有一绝无，与夫刚不足为刚，柔不足为柔者，皆不可以言文。

他在《海愚诗钞序》中又说：

> 文章之原，本乎天地。天地之道，阴阳刚柔而已。苟有得乎阴阳刚柔之精，皆可以为文章之美。阴阳刚柔，并行而不容偏废，有其一端而绝亡其一，刚者至于偾强而拂戾，柔者至于颓废而暗幽，则必无与文者矣。

姚鼐以"阴阳刚柔"论文谈诗，把艺术风格，分为"阳刚之美"与"阴柔之美"两大美学范畴，其哲学基础是"一阴一阳之为道"（《易·系辞》）。《易经》认为，阴阳为天地万物之本，阴阳调和而化生万物。"阴"与"阳"之对立统一，则是天地万物发展变化的普遍规律。天为"阳"，地为"阴"；阳为"刚"，阴为"柔"。天刚地柔，各有体性；万事万物，莫不如是。中国古代的文学艺术创造和审美理论，就是建立在这种"阴阳"学说的哲学基础之上的。姚鼐运用这种"阴阳刚柔"之矛盾统一学说，把复杂多样的文学艺术风格明确地分为"阳刚之美"与"阴柔之美"两大基本类型，与西方美学不谋而合，不仅是中国人的审美观念出现重大飞跃的重要标志，而且是中华民族聪明智慧的理性升华。

这一学说的正式创立，对中国文学、诗学乃至美学曾产生了巨大而深远的影响，极大地丰富和完善了中国古代文学理论和古典美学的理论宝库。

所谓"阳刚之美"，与西方诗学中所说的"壮美"相对应，包括雄浑、豪放、壮丽、博大等艺术风格，语言上表现为"雄伟"，情感上表现为激越、奔放，如掣电流虹，喷薄而出。其审美特征如姚鼐所形容的那样："其文如霆，如电，如长风之出谷，如崇山峻崖，如决大川，如奔骐骥；其光也，如杲日，如火，如金镠铁；其于人也，如冯高视远，如君而朝万众，如鼓万勇士而战之。"

所谓"阴柔之美"，也与西方诗学之所谓"优美"相对应，包括修洁、淡雅、柔和、细腻、文静、飘逸、清新、秀丽等艺术风格，语言上表现为徐婉淳朴、优柔多姿，情感上表现蕴藉含蓄，绵密婉丽，如烟云舒卷，温文而出。其审美特征如姚鼐所说的那样："其文如升初日，如清风，如云，如霞，如烟，如幽林曲涧，如沦，如漾，如珠玉之辉，如鸿鹄之鸣而入寥廓；其于人也，暖乎其如叹，邈乎其如有思，暖乎其如喜，愀乎其如悲。"

从姚鼐这一连串的意象化比喻之中，我们可以认识到，"阳刚之美"乃是一种雄伟壮阔、庄严崇高、奔腾澎湃、刚劲有力的美，是力的"壮美"，是一种动态美；而"阴柔之美"，则是一种柔和悠远、幽深温婉、涓涓清泉、纤细明丽、深曲动人之美，是心灵的"优美"，是一种清峭柔远的静态美。在中国古典美学和文学艺术史上，"阳刚之美"与"阴柔之美"作为两个重要的审美理论范畴，构建而成中国古典美学的基本范畴与话语体系，正反映出中国古典美学和文学艺术的本质特征和风格艺术美的演化规律。姚鼐古典美学的集大成之功，是不可磨灭的。

姚鼐确立的中国古典美学的"阳刚之美""阴柔之美"两大审美范畴，较之西方诗学中的"壮美"与"优美"两大审美范畴则更胜一筹。主要表现在于三个方面：一是中国古典美学的"阳刚阴柔"之美，以《周易》哲学中的"一阴一阳之谓道"，富有深厚博大的哲学基础；二是这种"阳刚阴柔"之美，符合"天人合一"的自然法则，涵盖了人类社会天地人和的基本规律；三是这种"阳刚阴柔"之美，以人为中心，将其美学精神提升到生命哲学的高度，既突出了人类社会以"男女"性别分野的人类文化学特征，也抓住了"男女"性别差异的美学特征：男性如山，以"阳刚之美"著称；女性如水，以"阴柔之美"为尚。

第十七章　清代词话的审美范畴与词学体系

一、词学的崛起

词乃诗之裔；词之为体，崛起于唐五代与两宋，经过元、明数百年相对沉寂，至清代而形成词学中兴的壮观景象，词家辈出，词派纷呈，词的创作与词学批评，呈现一派繁荣局面。受诗话繁荣之影响，清代词话词学批评进入空前绝后的黄金时代。其主要标志为：

其一，是词学批评流派之崛起。清代词坛，较为自觉的词学批评流派，先后有阳羡派，以陈维崧为首，骨干有曹贞吉、蒋士铨、沈雄、陈著等。又有浙西派，以朱彝尊为领袖，骨干有龚翔麟、李良年、李符、沈暤日、沈岸登等，论词以姜夔、张炎为尚。清中叶词坛，以常州词派为著，以张惠言为代表，尚有周济、张琦、黄士锡、周之琦等人，论词重比兴寄托，以辛弃疾、张孝祥、王沂孙为宗。常州派影响而至于晚清词坛，又有王鹏运、朱孝臧、况周颐、郑文焯"晚清四大词人"出，都以卓越成绩推动清代词学的繁荣发展。

其二，是词话创作蔚然成风，著作如林，作者云蒸，卷帙繁富，开创了词话创作的新局面。据唐圭璋《词话丛编》，全书收录历代词话凡八十五种，而清代词话就有六十八种之多。其中著名的传世之作有：李渔《窥词管见》一卷，王又华《古今词论》一卷，毛奇龄《西河词话》二卷，刘体仁《七颂堂词绎》一卷，沈谦《填词杂说》一卷，邹祗谟《远志斋词衷》一卷，彭孙?《金粟词话》一卷，沈雄《古今词话》八卷，王奕清《历代词话》十卷，田同之《西圃词说》一卷，焦循《雕菰楼词话》一卷，郭麐《灵芬馆词话》二卷，周济《介存斋论词杂著》一卷，冯金伯《词苑萃编》二十四卷，吴衡照《莲子居词话》四卷，谢元淮《填词浅说》一卷，邓廷桢《双砚斋词话》一卷，陆蓥《问花楼词话》一卷，孙麟趾《词迳》一卷，丁绍仪《听秋声馆词话》二十卷，杜文澜《憩园词话》六卷，李佳《左庵词话》二卷，江顺诒《词学集成》八卷，谢章铤《赌棋山庄词话》十二卷、续五卷，刘熙载《词概》一卷，陈廷焯《词坛丛话》《白雨斋词话》八卷，谭献《复堂词话》一卷，沈祥龙《论词随笔》一卷，张德瀛《词征》六卷，张祥龄《词论》一卷，王国维《人间词话》二卷，况周颐《蕙风词话》五卷，陈匪石《声执》二卷，等等。

清代词话，以其体式而论，有语录体，由一条一则内容互不相关的论词条目连缀成篇；有评点体式，由评点词集之语辑录而成，如先著、程洪《词洁辑评》，许昂霄《词综偶评》，黄氏《蓼园词评》，王闿运《湘绮楼评词》，梁启超《饮冰室评词》。以论词内容而论，与诗话一样，分为"论词及事"与"论词及辞"二端，前者以述词之本事为主，多记事之属；后者以议论评骘为主，多评论高下得失之语；亦有论辞述事二合为一者，如沈雄《古今词话》八卷，一二卷为"词话"重在述事，三四卷为"词品"重在赏析，五六卷为"词辨"重在考辨，七八卷为"词评"重在批评。以语言形式而论，又有韵散之别，散体为随笔体，韵文体为诗体，如郭祥伯、杨伯夔仿旧题司空图《二十四诗品》之例，撰《词品》各十二则，每则皆四言十二句；江顺诒《续词品》二十则。

然而，无论何种体式，清代词话较之前人词学批评著作更具有系统化的体制特点，特别是那些内容丰富、结构庞大、体制完备的词学著作，如沈雄《古今词话》，王奕清等《历代词话》，冯金伯《词苑萃编》，江顺诒《词学集成》等等，编排体例相当严谨，清代词话论词体系的严密化、理论化、系统化倾向极为明显。其中，冯金伯《词苑萃编》二十四卷，按内容分类编排，卷一"体制"，卷二"旨趣"，卷三至卷八"品藻"，卷九"指摘"，卷十至卷十八"纪事"，卷十九"音韵"，卷二十至卷二十一"辨证"，卷二十二"谐谑"，卷二十三、二十四"余编"，眉目清晰，井井有条，不象宋人诗话、词话之芜杂散乱。特别是江顺诒《词学集成》，颇有集词学之大成之概。全书八卷，共论八个字：一曰"源"，二曰"体"，三曰"音"，四曰"韵"，五曰"派"，六曰"法"，七曰"境"，八曰"品"。此八字论词，从渊源、体制、音韵、派别，

到方法、境界、品藻，清代词学的理论体系与方法论体系已囊括殆尽，不啻
是清代词学的集成之作。

其三，是词学文献之整理研究。受清代朴学之影响，清代词学批评注重
词学文献资料之整理，主要成果有三：

（1）词谱词韵之学，有陈廷敬、王奕清等奉旨编定的《钦定词谱》四十
卷，凡唐至元之遗编，搜罗殆尽，且每调各注其源流，每字各图其平仄，每句
各注其韵叶，分寸节度，穷极窈眇，可为依声家之法程。万树《词律》二十
卷，为纠明人程明善《啸余谱》和张綖《诗余图谱》之伪而作，故其"考调名
之新旧，证传写之舛伪，辨元人曲词之分，斥明人自度腔之谬，考证尤一一
有据"（《四库提要》）。唐宋以来倚声度曲之法久已失传，万树此书颇有填补
空白的意义。此外还有舒梦兰《白香词谱》四卷，赖以邠《填词图谱》六卷，
续二卷；仲恒《词韵》二卷等。

（2）词集搜辑校刊之学，明有毛晋《宋六十名家词》，清代有王鹏运《四
印斋所刻词》、吴昌绶《双照楼汇刻宋元人词》、朱孝臧《彊村丛书》、江标《灵
鹣阁刻词》。明清以来，著名词学专家毛晋、王鹏运、吴昌绶、朱孝臧、江标
等人，多瘁其毕生精力，搜辑散佚，比勘笺校，不遗余力，将历代词人别集汇
集成册，总计得唐宋金元词人凡二百五十六家，词集凡二百五十一种。这五
大词集丛刊，清人占有四部，且惟朱孝臧《彊村丛书》篇幅宏大，网罗散佚，
细大不捐，校勘精工，其中有不少善本、孤本，被誉为中国词集五大丛刻之
冠，集中国词集之大成，具有极高的词集校勘、版本价值。

（3）词总集的汇编。除上述五大词集丛刊外，清人汇编词总集亦卓有成
就。如沈辰垣等编辑《御定历代诗余》一百二十卷，收录唐至明历代词作凡
一千五百四十调、九千余首，厘为一百卷，又词人姓氏十卷，词话十卷。又有
朱彝尊编《词综》三十四卷，录唐宋金元词五百余家，颇多他选未见之作。孙
默《十五家词》三十七卷，录清词十五家，有吴伟业、梁清标、宋琬、曹尔
堪、王士禄、尤侗、彭孙遹、王士禛等，每篇之末又附评语，是清词选家之最
早者。

二、清代词学的主要范畴与理论体系

清代词话的审美范畴与词学理论，具有集大成性，形成了一个比较完整的
词学体系。其词学理论的话语体系，复杂纷繁，大致可以包括八大重要内容：

（1）词源论

关于词之起源，前人众说纷纭，清人之说有继承又有申发者有八：一是源于《三百篇》说：丁澎《药园闲话》、宋荦《瑶华集序》、汪森《词综序》等上溯《诗三百》，以其长短句者为词之祖祢。汪森《词综序》云："自有诗而长短句即寓焉，《南风之操》《五子之歌》是已。周之《颂》三十一篇，长短句居十八；汉《郊祀歌》十九篇，长短句居五；至《短箫铙歌》十八篇，篇皆长短句；谓非词之源乎？"王昶、谢章铤亦从此说。然而多从句式着眼，忽视词的音乐性，故清人早有异议。二是"词祖屈宋"：清沈祥龙《论词随笔》云："屈宋之作亦曰词，香草美人，惊采绝艳，后世倚声家所由祖也。"三是乐府说：清人陈廷焯《词坛丛话》云："唐以前无词名，然词之源，肇于赓歌，成于乐府。"又从形式而论，认为"汉《郊祀歌》《短箫铙歌》诸篇，长短句不一，是词之祖也"。徐釚《词苑丛谈·凡例》又谓"填词原本乐府"。四是滥觞于六朝说：宋人朱弁、明人杨慎主此说，清人冯金伯《词苑萃编》、王奕清《历代词话》从之，认为"词起于唐人，而六代已滥觞矣"，如梁武帝有《江南弄》、陈后主有《玉树后庭花》、隋炀帝有《夜饮朝眠曲》。五是"依声"始于《竹枝》说：况周颐《蕙风词话》云："禹锡斥朗州司马，州接夜郎诸夷，每祀歌《竹枝》鼓吹，禹锡倚其声，作《竹枝词》十余篇。"此为"倚声"之始。六是"散声"说：方成培《香研居词麈》云："唐人所歌，多五七言绝句，必杂以散声，然后被之管弦。如《阳关》必至三叠而后成音。此自然之理，后遂谱其散声，以字句实之，而长短句兴焉。"七是"诗余"说：宋翔凤《乐府余论》认为，"谓之'诗余'者，以词起于唐人绝句"，并以李白词为例，说明"太白《忆秦娥》《菩萨蛮》皆绝句之变格，为小令之权舆"。然而李调元《雨村词话序》又认为："词非诗之余，乃诗之源也"。田同之《西圃词说》认为，词虽名"诗余"，而为"变风之遗"。八是"古乐递变"说："张德瀛《词徵》卷一认为，词由古乐变化发展而来，曰："乡饮酒义曰，工人升歌三终，主人献之；笙人三终，主人献之；间歌三终，合乐三终，工告乐备，遂出。此古乐歌也。秦焚《乐经》，其绪乃绝。六代而后，靡音日兴。迄有唐之世，迭出新响，词肇其端。盖风会递变，若有主之者。王仲淹谓情之变声，即斯意也。"张氏侧重从民间音乐歌舞发展轨迹而论词之起源，说明词与音乐的关系，颇多新意。

凡此种种，说明清人论词之起源，多从三个方面溯之：一则从词与诗的关系方面考察，二则从词与时代的关系方面入手，三则与词与音乐的关系着眼，都有其立论依据，很难定其是非，亦难以定于一尊。而今我们也认为应该多方面、多角度、多层次去考察，不可执于一端。

（2）词体论

词之为体，与诗、曲有别，故清代词话特别重在诗、词、曲之辨，探索词的文体特征。

其一，词为"倚声"。李佳《左庵词话》卷下云："文有体裁，诗词亦有体裁，不容少紊，而笔致固然不同。清奇浓淡，各视性情所近。为学诣所造，正不必强不同以为同，亦惟求其是而已。"李氏认为"倚声"，即词的音乐性，乃是词体独到的艺术特质。"不解倚声者"，不能为词。

其二，词之体轻。清人先著、程洪《词洁辑评》云："诗之道广，而词之体轻。道广则穷天际地，体物状变，历古今作者而犹未穷；体轻则转喉应拍，倾耳赏心而足矣。诗自三言、四言、多至九字、十二字，一韵而止，未有数不齐、体不纯者；词则字数长短参错，比合而成之。"（《词洁序》）以"道广""体轻"和句式而辨诗词之体，亦不失的论。

其三，词别自为体。冯金伯《词苑萃编》卷二引沈沃田语云："词者，古乐府之遗，原本于诗，而别自为体。夫惟思通于苍茫之中，而句得于钩索之后，如孤云淡月，如倩女离魂，如春花将坠，余香袭人。斯词之正法眼藏耳。"这生动的比喻，妙语如珠，说明词体独到的审美本质特征，颇得词中三昧。

其四，词以自然为尚。沈祥龙《论词随笔》云："词以自然为尚。自然者，不雕琢，不假借，不著色相，不落言诠也。"李佳《左庵词话》卷上亦云："词有发于天籁，自然佳妙，不假工力强为。"陈锐《襄碧斋词话》认为"词有天籁，小令是已"。"天籁"，出自《庄子·齐物论》，与"人籁"相对而言，指自然天成之意。词尚"天籁"，以自然为上，是清人对词体特征的又一种认识。

其五，词贵曲。李佳《左庵词话》反对宋人词体之尚实，"以为词贵曲而不直，而又不可失之晦，令人读之闷闷，不知其意何在"。张惠言论词之旨，认为"意内而言外谓之词"（《词选序》），强调词之为体是词的抒情言志之意与含蓄蕴藉比兴寄托的语言形式的有机统一。这种说法张德瀛《词徵》卷一亦赞同之，认为"词与辞通，亦作词。《周易孟氏章句》曰，意内而言外也，《释文》沿之。小徐《说文系传》曰：音内而言外也，《韵会》沿之。言发于意，意为之主，故曰音内。其旨同矣。"沈祥龙《论词随笔》亦认为："词不显言直言，而隐然能感动人心，乃有关系所谓'言者无罪，闻者足戒'也。"

其六，词赋少而比兴多。沈祥龙《论词随笔》云："诗有赋比兴，词则比兴多于赋。或借景以引其情，兴也；或借物以寓其意，比也。盖心中幽约怨悱，不能直言，必低徊要眇以出之，而后可感动人。"蔡嵩云《柯亭词论》云："词尚空灵，妙在不离不即，若离若即，故赋少而比兴多。令、引、近然，慢词亦然。曰比曰兴，多从反面侧面着笔；赋者，敷陈其事而直言之，便是从正面说。"清人从词的创作手法论词体不同于诗者，是为一说也。

其七，词之为体如美人。田同之《西圃词说》引"曹学士论词"云："词之为体如美人，而诗则壮士也；如春华，而诗则秋实也；如夭桃繁杏，而诗则劲松贞柏也。"又明确指出"诗词风格不同"，云："诗贵庄而词不嫌佻；诗贵厚而词不嫌薄；诗贵含蓄而词不嫌流露"。王又华《古今词论》引李东琪之语云："诗庄词媚，其体元别。"这一"庄"一"媚"，诗体与词体之别，一目了然。

其八，词立于诗曲之间。李渔《窥词管见》认为词之为体，立于诗曲二者之间，"诗有诗之腔调，曲有曲之腔调；诗之腔调宜古雅，曲之腔调宜近俗，词之腔调则在雅俗相和之间"。

其九，诗境与词境。陈廷焯《白雨斋词话》云："诗有诗境，词有词境，诗词一理也。"（卷八）谢元淮《填词浅说》认为"词之为体，上不可入诗，下不可入曲。要于诗与曲之间，自成一境。"清人指出，诗词之别，主要不在于形式，而在于意境。意境近词者，虽诗却是词；意境近诗者，虽词却是诗。毛奇龄《西河词话》、杜文澜《憩园词话》、王国维《人间词话》等，均主此种观点。王国维指出："词之为体，要眇宜修。能言诗之所不能言，而不能尽言诗之所能言。诗之境阔，词之言长。"（《人间词话删稿》）江顺诒《词学集成》卷七亦云："诗词曲三者之意境各不同，岂在字句之末？"

（3）风格论

清代词话之论词的艺术风格，主要有如下重点：

其一，总体风格：以"词品"论风格，有郭麐《词品》十二则。杨伯夔《续词品》十二则，江顺诒《续词品》二十则，是为中国词的艺术风格之最。其中郭氏十二种风格之论为：

幽秀　高超　雄放　委曲　清脆　神韵　感慨　奇丽　含蓄

逋峭　秾艳　名隽

杨氏十二种风格之论为：

　　　　轻逸　独造　凄紧　微婉　闲雅　高寒　澄淡　疏俊　孤瘦

精炼　绵邈　灵活

江顺诒二十种风格之论为：

　　　　崇意　用笔　布局　敛气　考谱　尚识　押韵　言情　戒袭

辨微　取径　振采　结响　善改　著我　聚材　去瑕　行空　妙

悟[1]

三家论词之风格者，皆本于旧题司空图《二十四诗品》及袁枚《续诗品》，以四言十二句韵语体式出之。然而各家所述多有侧重，郭氏以词品论，杨氏以意境论，而江氏以创作方法论，皆不及《二十四诗品》意象之美，惟郭氏十二则尚能师其貌而易其神。但总体而论，清人关于词的风格特征之论，具有一种宏观把握与微观细致考察相结合的总体气势，其审美艺术价值不仅在于艺术风格，而且可以用之于艺术鉴赏。

　　其二，流派风格：清人多承袭明人张綖《诗余图谱》，故有所谓"婉约"与"豪放"之争，出现三种不同的取舍：一是崇婉抑豪者，以婉约为正宗，以豪放为变格。王士禛《分甘余话》卷二论词，以婉约为"正调"，以豪放为"变调"，云："正调至秦少游、李易安为极致，若柳耆卿则靡矣；变调至东坡为极致，辛稼轩豪于东坡而不免稍过，若刘改之则恶道矣。"词一开始，就尚女音，重婉约，以婉曲、轻倩、柔媚、幽细、纤丽为本色，朱彝尊《词综》选词即"以婉丽为宗"（陈廷焯《词坛丛话》）。故《四库提要》云："词自晚唐五代以来，以清切婉丽为宗，至柳永而一变，如诗家之有白居易；至轼而又一变，如诗家之有韩愈，遂开南宋辛弃疾等一派。寻源溯流，不能不谓之别格。"此后，俞樾认为"词之正宗，则贵清空，不贵饾饤；贵微婉，不贵豪放"（《徐花农玉可庵词存序》）。二是扬豪而抑婉者，以豪放词为高，以婉约词特别是女儿之情者为不足取。这种论调之出，多为家国动乱之秋，以词抒情言志之时。如南宋词家之倡苏辛词风，以为豪放之词，"如诗，如文，如天地奇观"（刘辰翁《辛稼轩词序》），可以"使人抵掌激昂而有击楫中流之心"（陈翼《燕喜亭词序》）。至清末，刘熙载《词概》一反人们多以"婉丽"为词之正宗者，谓"后世论词者，或转以东坡为变调，不知晚唐五代乃变调也"；并称颂文天祥词"有风雨如晦、鸡鸣不已之意"，批评"不知者以为变声，其实乃变之正也"。三是

1　江顺诒《词学集成》卷八，《词话丛编》本收录《续词品》二十则，实录十九则，
　　少一则。

"婉约""豪放"二家不可偏废。这是清人多数之论，体现了清代词家兼容并蓄、海纳百川的学术胸怀。沈祥龙《论词随笔》云："词有婉约，有豪放，二者不可偏废，在施之各当耳。房中之奏，出以豪放，则情致绝少缠绵；塞下之曲，行以婉约，则气象何能恢拓。苏、辛与秦、柳，贵集其长也。"又称："词之体各有攸宜：如吊古宜悲慨苍凉，纪事宜条畅滉漾，言愁宜呜咽悠扬，述乐宜淋漓和畅，赋闺房宜旖旎妩媚，咏关河宜豪放雄壮，得其宜则声情合矣。"田同之《西圃词说》认为："填词亦各见其性情，性情豪放者，强作婉约语，毕竟豪气未除；性情婉约者，强作豪放语，不觉婉态自露。故婉约自是本色，豪放亦未尝非本色也。"此等见解和结论，较之前面二说，无疑是正确的。

其三，地域风格

清人论词，注重地域之别，认为地理环境对词的艺术风格的影响，不外乎二端：一是"风"，即"自然地理"之影响；二是"俗"，即"人文地理"之影响。具体而论如下：

一是音分南北，词风有别。清谢元淮《填词浅说》"南北声音不同"条云："以辞而论，南多艳婉，北杂羌戎；以声而论，南主清丽、柔远，北主劲激、沉雄。北宜和歌，南宜独奏。及其敝也，北失之粗，南失之弱。此其大较也。"陆蓥《问花楼词话》之"南北曲"条亦持南北曲之别说。

二是人分南北，词风亦别。况周颐《蕙风词话》卷三云："以词论，金源至于南宋，时代政同，疆域之不同，人事为之耳，风会曷与焉？如辛幼安先在北，何尝不可南？如吴彦高先在南，何尝不可北？顾细审其辞，南与北确乎有辨，其故何耶？……南人得江山之秀，北人以冰霜为清。南或失之绮靡，近于雕文刻镂之技；北或失之荒率，无解深裘大马之讥。"以清词为例，除北方纳兰性德以外，云间词派、阳羡词派、浙西词派、常州词派等，都带有明显的地域文化色彩。

三是地分南北，词与诗一样得江山之助。在文学批评史上，诗有得江山之助者，词亦然。词之为体，一开始就具有"南国情味"。山明水秀的长江流域，成为词体诞生的温床，南国江山之秀，为词的总体风格的形成奠定了基础。谢章铤《赌棋山庄词话续编》卷五云："予尝谓南宋词家于水软山温之地，为云痴月倦之辞，如幽芳孤笑，如哀鸟长吟，徘徊隐约，洵足感人。"这说明如幽芳孤笑、如哀鸟长吟的南宋词是"于水软山温之地"产生的。刘熙载《词概》认为"词贵得本地风光",指出唐五代词之体"虽小却好,虽好却小"而又"儿女情多,风云气少"的审美特质和艺术风格的形成,与其地域文化关系十分密切。

其四,作家风格

词人是词的创作主体,抒情主体,故作家风格应该属于词的主体风格。故第一,清人论作家风格颇注重词人的主体风格,"人各有词,词各有体"是也。论北宋人词,王鹏运《半塘未刊稿》称其主体风格"如潘逍遥之超逸,宋子京之华贵,欧阳文忠之骚雅,柳屯田之广博,晏小山之疏俊,秦太虚之婉约,张子野之流丽,黄文节之隽上,贺方回之醇肆"者;而张德瀛《词徵》卷五认为"同叔之词温润,东坡之词轩骁,美成之词精邃,少游之词幽艳,无咎之词雄邈"。清人多以某一简洁词语高度概括其主体风格特征。由于词学宗尚、审美观念之异,对某一词人主体风格之论往往言人人殊,因而出现作家风格之论的多样性与随意性。第二,清人论作家风格,多采用比较方法,有的尚寓比较于比喻之中,议论精微,鲜明生动。周济《介存斋论词杂著》论温庭筠与李煜风格之异,云:"李后主词,如生马驹,不受捉控。毛嫱西施,天下美妇人也,严妆佳,淡妆亦佳,粗服乱头不掩国色。飞卿,严妆也;端己,淡妆也;后主,则粗服乱头矣。"而王国维《人间词话》比较更为精细:"飞卿之词,句秀也;韦端己之词,骨秀也;李重光之词,神秀也。"其共同风格在于"秀",而一秀在"句",一秀在"骨",一秀在"神",可谓至评。刘熙载《词概》又以人为喻比较论之:"词品喻诸诗,东坡、稼轩,李、杜也;耆卿,香山也;梦窗,义山也;白石、玉田,大历十才子也。"第三,清人论作家风格之异,还特别重在从时世和作家气质、个性素养、审美情趣诸方面考察形成差异性的原因。陈廷焯《白雨斋词话》云:"东坡心地光明磊落,忠爱根于性生,故词极超旷,而意极和平;稼轩有吞吐八荒之概,而机会不来,正则可以为郭、李,为岳、韩,变则即桓、温之流亚,故词极豪雄,而意极悲郁。苏、辛两家,各自不同。"(卷五)苏辛皆为豪放词之大家,然而苏于豪中见旷达,辛于豪中呈悲郁,原因在于二人个性气质禀赋之别。陈氏之论,十分精到。又云:"少陵每饭不忘君,碧山亦然。然两人负质不同,所处时事又不同。少陵负沉雄博大之才,正值唐室中兴之际,故其为诗也悲以壮;碧山以和平中正之音,却值宋室败亡之后,故其为词也哀以思。"(卷二)陈氏又认识到时代、气质二者对作家风格形成之影响,可谓的论。

（4）体制论

词之为体，与诗、曲甚别，故清代词话特别重视词的体制结构问题。清人词话所述甚众，且颇多总结归纳古今之论之势。

其一，依曲定体。词调取决于曲调，"依曲定体"，乃是词体形成的根本原因。所谓"依曲定体"，是指词调依从曲调，歌词形式服从于音乐形式。清人论词之体制，一般都认为词之为体，基本要素有五点：（1）词牌：每个词调都有调名。（2）片：依乐段分片，多分上下片。（3）韵：依词腔押韵。（4）句：依曲拍为句。（5）字：审音用字，分平仄、四声、阴阳、清浊。

其二，词调。亦称词牌，即填词用的曲调名称。以词调总数言，万树《词律》收 660 调 1180 余体，徐本立《词律拾遗》补 165 调 495 体，杜文澜《词律补遗》又补 50 调，共计 875 调 1670 余体；王奕清等《御定词谱》四十卷，收录 826 调 2306 体。以词调之名考论，有毛先舒《填词名解》四卷，汪汲《词名集解》六卷，又有沈雄《古今词话》之《词辨》二卷、张德瀛《词徵》卷一等多有详考。关于词调之源，清人多认为：①来源于民间曲调；②来自边塞外域胡乐；③教坊、大晟府等创作；④乐工歌伎自创；⑤摘引于唐宋大曲、法曲；⑥词人自度曲，如姜夔《暗香》《疏影》。清人沈祥龙《论词随笔》云："词调不下数百，有豪放，有婉约，相题选调，贵得其宜，调合则词之声情始合。"故必须因情择调。清人认为，婉约者常用《诉衷情》《蝶恋花》《临江仙》《雨霖铃》之类，以其缠绵宛转、清怨凄咽也；豪放者多用《满江红》《水调歌头》《贺新郎》之类，以其审美情味多激越奔放、慷慨悲凉者也。

其三，词体分类。毛先舒《西河词话》以字数多少分为三类："五十八字以内为小令，五十九字至九十字为中调，九十一字以外为长调。此古人定例。"而万树《词律发凡》谓毛先舒说为拘执无据："若以少一字为短，多一字为长，必无是理。如《七娘子》有五十八字者，有六十字者，将名之曰小令乎？抑中调乎？如《雪狮儿》有八十九字者，有九十二字者，将名之曰中调乎？抑长调乎？"此外，有令、引、近、慢者，宋翔凤《乐府余论》认为，"诗之余先有小令，其后以小令微引而长之，于是有《阳关引》《千秋岁引》《江城梅花引》之类。"又谓"以音调相近，从而引之也"，而"引而愈长者则为慢"。这种解释，较为合理。杜文澜《憩园词话》云："小令，《风》也，触景言情，不宜间以质实；慢词，《雅》《颂》也，述怀咏物，慎勿徒取虚神；惟引与近，今所谓中调者，则可情景虚实兼用之耳。"以《诗三百》"风雅颂"为据而论词体之小令、中调、慢词，别开生面。清人汲收前人之见，而论词体，颇有集成之概。故后任中敏《词曲通义》以之分为五类：

（1）寻常散词
- ①令…引…近…慢…犯调…摘遍…三台…序子
- ②单调…双调…三叠…四叠…叠韵
- ③不换头…换头…双拽头

（2）联章者　一题联章……分题联章演故事者--每词演一事者……
多词演一事者

（3）大遍　法曲……大曲……曲破

（4）成套者　鼓吹……诸宫调……赚词

（5）杂剧词　用寻常词调者…用法曲者…用大曲者…用诸宫调者

显然，任氏之分包罗戏曲词调，而王易《词史》认为："法曲、大曲，上变隋唐，专掌于教坊；缠令、诸宫调，下启金元，流传于市井，皆非词之正体；惟令、引、近、慢，则为文人学士所通行之词体。"王易所论，与清人词话相合，是对的。

其四，体制特征。清人认为，词之正体为"令引近慢"，这四类词体，都各自有其体制特点。如清田同之《西圃词说》云："词之小令，犹诗之绝句，字句虽少，音节虽短，而风情神韵正自悠长，作者须有一唱三叹之致，淡而艳，浅而深，近而远，方是胜场。且词体中长调每一韵到底，而小令每用转换，故层折多端，姿态百出。"沈谦指出："小调要言短意长，忌尖弱；中调要骨肉停匀，忌平板；长调要纵横自如，忌粗率，能于豪爽中着一二精致语，绵婉中着一二激厉语，尤其错综。"（《填词杂说》）陆蓥《问花楼词话》云："词有长调，犹诗有歌行。昔人状歌行之妙云：'昂昂若千里之驹，泛泛若水中之凫。'是真善言歌行之妙者矣。余谓歌行以驰骋变化为奇，若施之长调，终非正格。王元美云：'歌行如骏马蓦坡，一往称快；长调如娇女弄花，百媚横生。'二语言词家秘密藏。"一般认为，小令字少调短，节奏较快；近，句短韵密而音长；慢与急曲子相对，调长拍缓，变化曲折，悠扬动听。

至于别体，有"摊破"，如《摊破浣溪纱》《摊破木兰花》，往往以原调某些句式一破为二，或略有增加，故亦可谓"摊声"或"添字"；有"减字"者，如《减字木兰花》或《偷声木兰花》；有"转调"，如《转调踏莎行》；还有所谓"福唐体"（又曰"独木桥体"），或隔句以同字协韵，或上片以同字协韵，或全词以同字协韵；又有长尾韵、回文体、集句体之类，等等，都是一些特殊的词体。

（5）创作论

清代词话全面总结唐宋以降千年词作的创作经验，对词的创作论提出了一系列重要的理论问题。

其一曰"情贵真"。沈祥龙《论词随笔》云："词之言情，贵得其真。劳人思妇，孝子忠臣，各有其情。古无无情之词，亦无假托其情之词。柳、秦之妍婉，苏辛之豪放，皆自言其情者也。"况周颐《蕙风词话》卷一云："真字是词骨。情真、景真，所作必佳，且易脱稿。"谢章铤《赌棋山庄词话》云："夫词多发于临远送归，故不胜其缠绵恻悱。即当歌对酒，而乐极哀来，扪心渺渺，阁泪盈盈，其情最真，其体亦最正矣。"

其二曰"炼意"。蒋兆兰《词说》云："慎词之法，首在炼意。命意既佳，副以妙笔，自成佳构。"王紫韬《芬陀利室词话序》云："词之一道，易流于纤丽空滑，欲反其弊，往往变为质木，或过于严谨，味同嚼蜡矣。故炼意炼辞，断不可少。炼意，所谓添几层意思也；炼辞，所谓多几分渲染也。"炼意，贵新颖，忌剿袭；贵警策，忌平庸；贵层深，忌复沓；贵深远，忌肤浅；贵言外之意，忌无味之旨。

其三曰"寄托"。词家咏物，强调比兴寄托，认为"夫词，非寄托不入，专寄托不出"（周济《宋四家词选目录序论》）；而寄托必有赖于比兴，言在此而意在彼，以婉曲含蓄的艺术表现方法表达深厚的思想感情。陈维崧《蝶庵词序》认为词人"非有《国风》美人、《离骚》香草之志意，以优柔而涵濡之，则其入也不微，其出也不厚"；朱彝尊《红盐词序》又云："善言词者，假闺房儿女子之言，通之于《离骚》、变《雅》之义。"周济认为"初学词求有寄托。有寄托，则表里相宜，斐然成章"（同上）。所谓"有寄托"，就是要有词心，以比兴寄寓真情。故况周颐《蕙风词话》说："词贵有寄托。所贵者流露于不自知，触发于弗克自已。身世之感，通于性灵。即性灵，即寄托，非二物相比附也。"寄托与性灵相通，就合乎风人之旨，不会流于晦涩比附之病。沈祥龙《论词随笔》云："咏物之作，在借物以寓性情，凡身世之感，君国之忧，隐然寓于其内，斯寄托遥深，非沾沾然咏一物矣。"蔡嵩云《柯亭词论》亦云："咏物词，贵有寓意，方合比兴之义。寄托最宜含蓄，运典尤忌呆诠，须具手挥五弦，目送飞鸿之妙，方合。"

其四曰"情景"。清人认为，"言情之词，必借景色映托，乃具深美流婉之致"（吴衡照《莲子居词话》）。许昂霄《词综偶评》云："融情景于一家，故是词中三昧。"故冯金伯论词，强调"情景交炼"（《词苑萃编》卷二）。张德瀛《词徵》亦云："词之诀，日情景交炼。"（卷一）要求"景寄于情""情系于景"。刘熙载云："词或前景后情，或前情后景，或情景齐到，相间相融，各有其妙。"（《词概》）但一般认为，"词宜融情入景，或即景抒情，方有韵味"（蒋兆兰《词说》）；而那种"词虽浓丽而乏趣味者，以其但知情景两分语，不知作景中有情、情中有景语耳"（沈祥龙《论词随笔》）。又称："写景贵淡远有神，勿坠而奇险；言情贵蕴藉有致，勿浸而淫亵。晓风残月，衰草微云，写景之善者也；红雨飞愁，黄花比瘦，言情之善者也。"（同上）

其五日"词贵协律与审韵"。沈祥龙《论词随笔》曰："词贵协律与审韵。律欲细，依其平仄，守其上去，毋强改也。韵欲纯，限以古通，谐以今吻，毋混叶也。律不协则声音乖，韵不审则宫商乱。虽有佳词，奚取哉？"张德瀛《词徵》卷三亦强调词的声律、声调为词的本质特征，对词的创作起决定作用，曰："《乐记》日：声成文谓之音，声出而音定焉，音繁而韵兴焉。论其秩序，则音居先，韵居后；若舍音韵以言词，匪特戾于古，词亦不能工矣。"为此，清代词话特别注重论词的声律音韵，其中专论词之法则者，有李渔《窥词管见》一卷，孙麟趾《词径》一卷，沈祥龙《论词随笔》一卷；专论平仄宫调者，有谢元淮《填词浅说》一卷，方成培《香研居词麈》五卷等。此外，沈雄《古今词话·词品》二卷于词律、音韵、章法等多有详述。

其六日"词有三法"。沈祥龙《论词随笔》云："词有三法：章法，句法，字法也。章法贵浑成，又贵变化；句法贵精炼，又贵洒脱；字法贵新隽，又贵自然。"李渔以"一气如话"为词笔"四字金丹"（《窥词管见》），一是要求一气贯注，不断意脉；二是要求不做作，少卖弄，如同说话一样自然生动。刘体仁《七颂堂词绎》云："中调长调转换处，不欲全脱，不欲明粘，如画家开合之法，须一气而成，则神味自足。"李渔认为"后段必须联属"，说："双调虽分二股，前后意思，必须联属；若判然两截，则是两首单调，非一首双调矣"。（同上）李佳《左庵词话》强调"首尾一线"，意脉贯通，参以虚实、反正、开合、抑扬之处，自成合作。沈祥龙说："长调须前后贯串，神来气来，而中有山重水复、柳暗花明之致。"（《论词随笔》）又说："词换头处，谓之过变，须辞意断而仍续，合而仍分，前虚而后实，前实则后虚，过变乃虚实转换处。"沈谦提出"结句以空灵为佳"，言尽而意无穷，说："填词结句，或以动荡见奇，或以迷离称隽；著一实语，败矣。"（《填词杂说》）况周颐《蕙风词话》提出"暗字诀"，云："作词须知'暗'字诀：凡暗转、暗接、暗提、暗顿，必须有大气真力，斡运其间，非时流小惠之笺能胜任也。骈体文亦有暗转法，稍可通于词。"

（6）作家论

作为创作主体与审美主体，诗人须有诗人气质，词人须有词家心灵。王国维《人间词话》认为境界有二：一为"诗人之境界"，一为"常人之境界"。诗人之境界"唯诗人能感之而能写之"，常人之境界如"悲欢离合，羁旅行役之感，常人能感之，而唯诗人能写之"。据此，清人之论作家，颇注重从词人这一特殊的抒情主体和审美主体出发。其基本要求是：

一曰"词心"。冯煦《蒿庵论词》云："无词境，即无词心。予于少游之词亦云：他人之词，词才也；少游，词心也。"所谓"词心"，是指词人心灵深处最为柔婉精微细腻的审美感受。这种审美感受，来源于词人的才性、修养、阅历以及外界事物的触动。所以况周颐《蕙风词话》卷一云："吾听风雨，吾览江山，常觉风雨、江山外，有万不得已者在。**此万不得已者，即词心也。**"况周颐这种切身之感，道出了"词心"的真谛。"词心"与"词才"不同，词所表现的是情思、意境的细美幽深者，词人对于内心活动的微观世界，对于外界种种细微之物及其变化具有更为敏锐的感知能力，能更真切地捕捉到风雨、江山之外存在的那颗真诚的"词心"。词心之真率细腻，正是词人强于诗家之处。

二曰"词品"。词品，指词的品格。刘熙载《诗概》倡言"诗品出于人品"，而于《词概》中未再言"词品出于人品"，却说："论词莫先于品。"陈廷焯《白雨斋词话》云："诗有诗品，词有词品。"（卷二）谢章铤认为"人文合一"（《赌棋山庄词话续编》），强调"品愈高，诣愈深"（《寒松阁词序》）。况周颐《蕙风词话》卷二云："填词第一要襟抱。唯此事不可强，并非学力所能到。"孙麟趾《词迳》云："人之品格高者，出笔必清。"王国维《人间词话》亦认为，"词乃抒情之作，故尤重内美。"所谓"内美"，即内在心灵、道德修养、人格品质之美。词"尤重内美"，正说明清人论词注重人品的价值取向。所以王国维认为"诗人对宇宙人生，须入乎其内，又须出乎其外"，有第一等旨趣和情愫，才可能有格调高尚的"词品"。

三曰"学识"。清人论词，强调词人之学力见识阅历。况周颐《蕙风词话》卷一云："填词要天资，要学力。平日之阅历，目前之境界，亦与有关系。"又曰："词不嫌方。能圆，见学力；能方，见天分。"（同上）他认为填词之道有二："曰性灵流露，曰书卷酝酿。性灵关天分，书卷关学力。"（同上）丁绍仪《听秋声馆词话》卷一称："自来诗家或主性灵，或矜才学，或讲格调，往往是丹非素，词则三者缺一不可。"又说："至性灵、才学，设有所偏，非剪彩为花，绝无生气，即杨花满纸，有类瞽词。"（同上）彭孙遹《金粟词话》云："词虽小道，然非多读书，则不能工。"清人论词继承前人"诗穷而后工"之论。徐釚《词苑丛谈》卷三云："诗非穷不工，乃于词亦然。"陈廷焯《白雨斋词话》卷七云："诗以穷而后工，依声亦然。"赵庆熺《花帘词序》云："词则善写愁者，不处愁境，不能言愁，必处愁境，何暇言愁？栩栩然，荒荒然，幽然，悄然，无端而愁，即无端其词。落花也，芳草也，夕阳明月也，皆不必愁者也。不必愁而愁，斯视天下，无非可愁之物。斯主人之所以能愁，主人之词所以能工。"（《词学集成》卷七）

四曰"赤子之心"。清人论词，注重词人的"赤子之心"。王国维《人间词话》云："词人者，不失其赤子之心者也。""赤子之心"，出自于《孟子·离娄下》曰："大人者，不失其赤子之心者也。"赵岐注云："大人谓君，国君视民当如赤子，不失其民心之谓也。一说曰：赤子，婴儿也。少小之心，专一未变化，人能不失其赤子时心，则为贞正大人也。"其实，"大人"未必专指"国君"而言。故袁枚《随园诗话》卷三云："诗人者，不失其赤子之心者也。"王国维论词，盖承袁枚之论而发，认为词人最可宝贵者乃是以词表现一颗"赤子之心"，见出自己的真情实感。

五曰"三种境界"。王国维《人间词话》以爱情为喻，提出"古今之成大事业、大学问者，必经过三种之境界（原文见后）：第一种境界引自晏殊《蝶恋花》，第二种境界引自柳永《蝶恋花》，第三种境界引自辛弃疾《青玉案·元夕》。以此而论古今成就大学问、大事业者，表现出王国维对人生理想境界的执着追求。第一种境界为企盼，为眼界开阔，表现出对理想、对人生、对事业的渴望与追求；第二种境界为探索，为艰苦奋斗，表现为实现理想目标而废寝忘食、坚持不懈的勇于献身精神；第三种境界为孜孜不倦的探索后的收获，为到达一种至真、至善、至美的理想境界的欢悦。这种境界是执着追求的结果，是自强不息的奋斗精神的结晶，是人生理想的升华。从作家这一角度来说，王国维的"三种境界"之论正是对理想、对人生、对事业的最完美的艺术概括和理性思考，是作家乃至每一个欲成就大事业、大学问者的座右铭。

（7）鉴赏论

清人论词注重审美鉴赏，如同诗话之重诗歌鉴赏一样，许多词话本身就是一部词曲作品赏析集。纵观清人词话，其艺术鉴赏论颇多精到之见：

其一，"论作者之世，思作者之人"。谭献《复堂词话》引其《复堂词录序》云："献十有五而学诗，二十二旅病会稽，乃始为词，未尝深观之也。然喜寻其旨于人事，论作者之世，思作者之人。"谭氏遵循孟子"知人论世"的批评方法，阐明了词曲鉴赏中必须联系作者身世人品和所处时代背景的原则。但清人又不赞同因人废言，认为"填词小技，固不必以言举人，亦不必以人废言"（江顺诒《词学集成》附录），因为"诗词原可观人品，而亦不尽然"（陈廷焯《白雨斋词话》卷五）。

其二，"贵取其精华，还其糟粕"。陈廷焯论词，倡言"取其精华，还其糟粕"，是清人词学鉴赏中的的论。其《白雨斋词话》卷八云："读古人词，贵取其精华，还其糟粕。且如少游之词，几夺温、韦之席，而亦未尝无纤俚之语。读《淮海集》，取其大者高者可矣。"他又对历代词人之词进行总体回顾，把词作分为四类："词有表里俱佳、文质适中者，温飞卿、秦少游、周美成、黄公度、姜白石、史梅溪、吴梦窗、陈西麓、王碧山、张玉田、庄中白是也，词中之上乘也；有质过于文者，韦端己、冯正中、张子野、苏东坡、贺方回、辛稼轩、张皋文是也，亦词中之上乘也；有文过于质者，李后主、牛松卿、晏元献、欧阳永叔、晏小山、柳耆卿、陈子高、高竹屋、周草窗、汪叔耕、李易安、张仲举、曹珂雪、陈其年、朱竹筼、厉太鸿、过湘云、史位存、赵璞函、蒋鹿潭是也，词中之次乘也；有有文无质者，刘改之、施浪仙、杨升庵、彭羡门、尤西堂、王渔洋、丁飞涛、毛会侯、吴茵次、徐电发、严藕渔、毛西河、董苍水、钱保酚、汪晋贤、董文友、王小山、王香雪、吴竹屿、吴谷人诸人是也，词中之下乘也；有质亡而并无文者，则马浩澜、周冰涛、蒋心余、杨荔裳、郭频伽、袁兰村辈是也，并不得谓之词也。"陈氏以文质关系为标准而品评古今词人之词，评议未必准确，但提出"取其精华，还其糟粕"之论，可谓发现者矣，是对李渔"取瑜掷瑕"之见（《窥词管见》）的发扬光大。

其三，"读词须细心体会"。钱裴仲《雨华庵词话》云："读词之法，心细如发。先屏去一切闲思杂虑，然后心向之，目注之，谛审而咀味之，方见古人用心处。若全不体会，随口唱去，何异老僧诵经，乞儿丐食。丐食亦须叫号哀苦，人或与之，否则亦不可得。"蔡嵩云《柯亭词论》亦云："看前人词，最宜仔细分析，能洞见前人工拙，方能发见自己短长，而加以改进。"又云："看人词极难，看作家之词尤难。非有真赏之眼光，不易发见其真意。有原意本浅，而视之过深者，如飞卿《菩萨蛮》，本无甚深意，张皋文以为感士不遇，为后人所讥是也。有原意本深，而视之过浅者，如稼轩词多有寓意，后人但看其表面，以为豪语易学是也。"钱、蔡之论，实乃经验之谈。惟有"心细""真赏"，方见"真意"，不至于出"偏见""陋见"，为后人讥笑。

其四，"词眼"。诗有"诗眼"，词有"词眼"。"词眼"源于"诗眼"。刘熙载《艺概·诗概》云："炼篇、炼章、炼句、炼字，总之所贵乎炼者，是往活处炼，非往死处炼也。夫活，亦在乎认取诗眼而已。"此之谓"炼"之目的在于"认取诗眼"，而何谓"诗眼"，刘氏以"活"为"诗眼"。"活"则有生气，富有生命力的表现。而《词曲概》云："余谓眼乃神光所聚，故有通体之眼，有数句之眼，前前后后，无不待眼光照映。"眼睛，是人的心灵之窗户。诗眼，亦可谓之诗人心灵的窗户；词眼，乃词人心灵的窗户，就是刘氏所谓"乃神光所聚"者。透过"诗眼"、"词眼"这个心灵之窗，我们可以洞察诗词深层结构之中的艺术底蕴。因此，把握"诗眼""词眼"，就能够驾一法以策警马，驭一言而释全篇。注重"诗眼""词眼"，乃是诗词审美鉴赏的一个重要方法和基本特点。"眼"贵活，只有活而不死，才能显示出蓬勃旺盛的艺术生命力。

其五，"尤须审其节奏"。词是音乐文学。词的艺术鉴赏，必须注重其音乐之美。清人孙麟趾《词迳》指出："阅词者，不独赏其词意，尤须审其节奏。节奏与词意俱佳，是为上品。"词之为体，重格律，四声五音，错综运用，富有音乐之美。故词的鉴赏最重音律的审美价值。蔡嵩云《柯亭词论》云："词守四声……四声之不同，全在高低轻重。去高而上低，平轻而入重，其大较也。歌辞之抗坠抑扬，全在四声之配合恰当。非然者，必至生硬不能上口，又何能美听乎？"蔡氏强调词之"美听"，乃是对词的音乐本质特性和审美艺术效果的认识。欣赏者不是从视觉，而是从听觉上去体味词的音乐美感。这就决定了"美听"作为词的审美鉴赏的正确性。

其六，"作者用心"与"读者用心"。谭献《复堂词话》有句名言，曰"作者之用心未必然，而读者之用心何必不然"云云。这里所说的正是读者审美感受的差异性，这种差异是读者各自的审美情趣、鉴赏能力所造成的。谭献说："皋文《词选》（评苏轼《卜算子》）以《考槃》为比，此言非河汉也。此亦鄙人所谓'作者未必然，读者何必不然'。"本来，"诗无达诂"，加之"辞章一道，好尚各殊，如讲学家各分门户"（张祥龄《论词》），此种差异性于审美鉴赏，即不足为奇矣。

其七，"取前人名句意境绝佳者"。况周颐《蕙风词话》卷一云："读词之法，取前人名句意境绝佳者，将此意境缔构于吾想望中；然后沉思渺虑，以吾身入乎其中而涵咏玩索之。吾性灵与相浃而俱化，乃真实为吾有而外物不能夺。三十年前，以此法为日课，养成不入时之性情，不惶恤也。"况氏以切身体验，把词的审美鉴赏分为逐层递进的三个阶段：一是选词，宜"取前人名句意境绝佳者"；二是领会，宜"将此意境缔构于吾想望中"；三是交融俱化，即使"吾性灵与相浃而俱化"，读者与作者通过作品思想产生共鸣，情感拼撞交流，出现巨大的审美效果。况氏又认为，这类词作"读之如饮醇醪，如鉴古锦，涵咏而玩索之，于性灵怀抱，胥有裨益"。要求审美鉴赏必须以作品为基础，通过作品对读者的感染教育，而达到审美鉴赏的目的。

（8）境界论

境界，亦称"意境"，是中国文学批评与古典美学的一个重要的术语，是构建中国词学体系的主要柱石，西方诗学与美学没有对应的名词概念。而这个伟大学说的创立，从老子的"无言之美"、庄子的"得意忘言"、《周易》的"书不尽言，言不尽意"到汉魏六朝的诗论、文论、书论、画论、唐人诗格、宋人诗话，都为它的诞生奠定了理论基础。至王国维《人间词话》大力标举"意境"，集古今境界说之大成，方使这个学说不断丰富完善发展成为中国古典美学一个最重要的基本审美范畴和核心理论。

王国维《人间词话》，凡六十四则词话条目，第一则谓"词以境界为最上。有境界则自成高格，自有名句"者为全书之总纲；从第二则至五十二则，分论境界之分类、标准、实际批评、"境界说"与严羽"兴趣说"及王士禛"神韵说"之关系；第五十三至六十四则，以"境界"论诗、论元曲。故若以此把《人间词话》的全部内容分为"理论批评"与"实际批评"两大部分，那么就可以将王国维《人间词话》为代表的"境界说"理论体系表述如下：

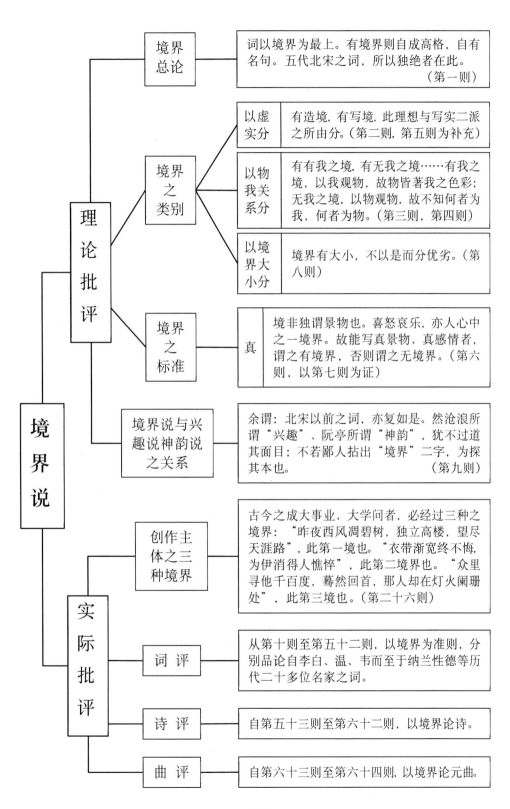

三、刘熙载《艺概》的艺术范畴与话语体系

近代传统的文学艺术批评，犹如夕阳的余辉，亦然放射出耀眼的光芒。近代传统文艺理论范畴与话语体系，真正具有集大成意义的文学艺术专著，当数刘熙载的《艺概》。

刘熙载（1813-1881），字融斋，江苏兴化人。清道光二十四年（1844）进士，授翰林院庶吉士，官至广东提学使，晚年主讲上海龙门书院。他是著名的经学家与文学艺术理论批评家，著述有《四音定切》《说文双声》《说文叠韵》《艺概》，后汇刻成《古桐书屋六种》。

刘熙载的《艺概》，采用语录体，是以传统诗话体式从事传统文艺理论批评的著作，凡六卷，分为"文概"、"诗概"、"赋概"、"词曲概"、"书概"、"经义概"六个部分，内容涉及传统文学艺术的各个门类，不啻是中国第一部系统的分体文学艺术理论批评史，其理论范畴与话语体系，乃是传统文艺理论在近代中国社会文化转型时期的历史总结。

从《艺概》整体着眼，刘熙载文艺理论范畴与话语体系，具有以下学术文化特征：

其一，刘熙载文艺理论批评标准恪守"温柔敦厚"的儒家诗教之旨。他以中国传统文学艺术为批评对象，重在诗、文、词曲、书、赋、经义的评述，而舍弃正统文人所谓"俗文学"的小说戏剧，表现出的是一种传统文学观念。而其批评标准，依然是儒学的而非西学的，是经学的而非美学的。

其古文理论，卷一《文概》以宗经、征圣为旨归，首则云："《六经》，文之范围也。圣人之旨，于经观其大备；其深博无涯涘，乃《文心雕龙》所谓'百家腾跃，终入环内'者也。"

其诗学理论，卷二《诗概》以"诗言志"、"思无邪"为圭臬，次则云："'诗言志'，孟子'文辞志'之说所本也；'思无邪'，子夏《诗序》'发乎情，止乎礼义'之说所本也。"又说："'思无邪'，'思'字中境界无尽，惟所归则一耳。"又指出："不'发乎情'，即非礼义，故诗要有乐有哀；'发乎情'，未必即礼义，故诗要哀乐中节。"

其赋学理论，卷三《赋概》仍坚守班固"赋者古诗之流"的传统观念，第二则指出："赋，古诗之流。古诗如《风》《雅》《颂》是也，即《离骚》出于《国风》《小雅》可见。"

其词学理论，卷四《词曲概》亦主传统词学观念，认为"词，导源于古

诗，故亦兼具六义。六义之取，各有所当，不得以一时一境尽之。"

其书学理论，卷五《书概》坚持以经学论书法，首则指出："圣人作《易》，立象以尽意。意，先天，书之本也；象，后天，书之用也。"接着又说："与天为徒，与古为徒，皆学书者所有事也。天，当观于其草；古，当观于其变。"

其经义理论，以八股文为对象，是对科举考试以经义取士的总论，而历代经义试题皆以儒家"四书五经"为本。所以刘氏卷六《经义概》则以经典儒学为基准，指出："为经义者，诚思圣贤之义，宜自我而明，不可自我而晦。"又引用西晋杜预（元凯）《左传序》"先经以始事"、"后经以终义"、"依经以辩理"、"错经以合意"之论，认为"经义用此发操之，便得其要"。

其二，刘熙载文学理论批评注重"诗品"与"人品"的统一性，属于伦理道德批评派。论诗品，他在《诗概》里提出"诗品出于人品"的著名学说，指出："诗品出于人品。人品悃款朴忠者最上，超然高举、诛茅力耕者次之，送往劳来、从宿富贵者无讥焉。"论文品，他在《文概》中强调文品与人品的一致性原则，说：

> 太史公《屈原传赞》曰："悲其志。"又曰："未尝不垂涕，想见其为人。""志"也，"为人"也。论屈子辞者，其斯为观其深哉！

> 太史公文，悲世之意多，愤世之意少，是以立身常在高处。至读者或谓之悲，或谓之愤，又可以自徵器量焉。

他以其"为人"来评论屈子之辞，以其"立身"来赞颂司马迁之文。

论赋品，他在《赋概》中肯定屈原与陶渊明的"赋品之高"，又以徐、庾两家赋为鉴，指出："赋尚才，不如尚品。或竭尽雕饰，以夸世媚俗，非才有余，乃品不足也。"这一惊世之语，一反历代赋学批评重"才"而不尚"品"的传统观念与批评模式。

论书品，其卷五《书概》云：

> 书，如也，如其学，如其才，如其志，总之曰：如其人也。

> 学书者有二观：曰观物，曰观我。观物以类情，观我以通德。

总之，诗如其人，文如其人，辞赋如其人，词曲如其人，书法如其人，这是中国文学艺术创作的一条普遍规律，也是刘熙载传统文学批评所贯穿的一个重要原则。

其三，侧重文学艺术的实际批评。《艺概》不重理论阐发，只作分体溯源探流，点评历代作家作品，略抒个人见解与创作心得而已。刘熙载是经学家，文体溯源以《六经》为本。《文概》则称"九流皆託于《六经》";《诗概》则以《三百篇》为尚;《赋概》则谓"赋,古诗之流。古诗如《风》《雅》《颂》是也,即《离骚》出于《国风》《小雅》可见";《词曲概》则言"词导源于古诗,故而兼具六义",而"南北成套之曲,远本古乐府,近本词之过变";《书概》则云"书之本"在《易》"立象以尽意"之"意",而"书之用"在于其"象",又称"书与画异形而同品";至于经义更以"四书五经"为本。此外,他对于历代名家名作的具体批评,或褒或贬,或扬或抑,品评条目,大多继承前贤之论,有综合归纳,有点评考述,亦多出己见与新意,其批评标准与审美风格皆属于正统儒学,有沉郁顿挫之格,而少纵横排跶、汪洋恣肆之笔。例如:

孟子之文,至简至易,如舟师执柁,中流自在,而推移费力者不觉自屈。龟山杨氏论孟子千变万化,只说从心上来,可谓探本之言。(《文概》)

秦文雄奇,汉文醇厚。大抵越世高谈,汉不如秦;本经立义,秦亦不能如汉也。

昌黎之文如水,柳州之文如山;"浩乎""沛然","旷如""奥如",二公殆各有会心。(同上)

《诗纬·含神雾》曰:"诗者,天地之心。"文中子曰:"诗者,民之性情也。"此可见诗为天地之合。(《诗概》)

太白诗以《庄》《骚》为大源,而于嗣宗之渊放、景纯之儁上、明远之驱迈、玄晖之奇秀,亦各有所取,无遗美焉。(同上)

杜诗高、大、深,俱不可及。吐弃到人所不能吐弃,为高;涵茹到人所不能涵茹,为大;曲折到人所不能曲折,为深。(同上)

山之精神写不出,以烟霞写之;春之精神写不出,以草树写之。故诗无气象,则精神亦无所寓矣。(同上)

诗为赋心,赋为诗体。诗言持,赋言铺,持约而铺博也。古诗人本合二义为一,至西汉以来,诗赋始各有专家。(《赋概》)

屈子辞,雷填风飒之音;陶公辞,木荣泉流之趣。虽有一激一平之别,其为独往独来则一也。(同上)

凡此种种,《艺概》对于作家作品的品评论述,时时凸现出精彩得意之语,虽然如同吉光片羽,但多系心得之辞,是对历代文艺理论批评经典之论的吸收,也是刘熙载平时读书品评的心灵结晶。

其四，注重审美鉴赏

刘熙载不但提出审美鉴赏的原则，而且提出了审美鉴赏的方法论。《诗概》指出："颂其诗贵知其人。先儒谓杜子美情多，得志必能济物，可开胃看诗之法。"这是对孟子"知人论世"学说的发挥，而用之于审美鉴赏，可以一个重要原则。关于审美鉴赏方法，刘氏的主要贡献是生发唐宋诗话倡言的"诗眼"说。其《词曲概》云：

> "词眼"二字，见陆辅之《词旨》。其实辅之所谓"眼"者，乃不过某字工，某句警耳。余谓眼乃神光所聚，故有通体之眼，有数句之眼，前前后后，无不待眼光照映。若舍章法而专求字句，纵争奇竞巧，岂能开阖变化、一动万随耶？

诗眼，是诗中最传神的关键字眼，是神光之所聚者。刘熙载把"眼"解释为"神光所聚"，非常精当传神。诗眼（词眼）之说，是诗词审美鉴赏的一把金钥匙。如"鸟宿池边树，僧敲月下门"的"敲"字，"春风又绿江南岸"的"绿"字，"红杏枝头春意闹"的"闹"字，都被人们视为典范的"诗眼"与"词眼"。抓住一个"诗眼"，则一篇全通，境界全开。他还进而提出"文眼"。其《文概》云：

> 揭全文之指，或在篇首，或在篇中，或在篇末。在篇首则后必顾之，在篇末则前必注之，后顾之。顾、注，抑所谓"文眼"也。

从"诗眼"到"词眼"，再到"文眼"，构成了中国传统文学（诗文词曲赋）名篇佳句审美鉴赏的一个方法论体系，而刘熙载的解说，更加深了人们的理解，于传统文学批评也不失为一种便捷的方法。

其五，著作体制与行文风格别具一格。作者《自叙》云："艺者，道之形也。学者兼通六艺，尚矣！次则文章名类，各举一端，莫不为艺，即莫不当根极于道。顾或谓艺之条绪綦繁，言艺者非至详不足以备道。虽然，欲极其详，详有极乎？若举此以概乎彼，举少以概乎多，亦何必殚竭无余，始足以明指要乎？是故余平昔言艺，好言其概；今复于存者辑之，以名其名也。""道"是世界万物的本源。老子说"道可道，非常道"；而大道"无名"。道之无限，而语言表述其意者有限。故人有"书不尽言，言不尽意"之叹。由此可知，《艺概》之名，意在言艺之概。这个"概"，即概要、概述、言简意赅之意。其基本体制与行文风格特征，就是"举此以概乎彼，举少以概乎多"；而"道"正是采用这种著述体制与文艺批评风格论的哲学基础。

　　在西学东渐的近代文坛，在西方对华侵略势力的枪炮声里，刘熙载的传统文学观念、文学批评标准与艺术思维方法，表现出其回归传统的祈望与审美追求，属于古典之美，经典之美，是大家闺秀。虽然具有某种保守复古的文人心态，但《艺概》本身的学术文化价值又是不容忽略的。作为一部综述性的文艺批评著作，其《艺概》的写作体例，既不同于"体大虑周"的《文心雕龙》与体系严密的《原诗》，也有异于一般的历代诗话，它以文体分类立卷，每卷以"概要"式品评，品评作家作品又以时代为序，品评之语则以诗话条目出之，点到为止，不做生发，形成一种貌似松散而实际严谨、言辞简约而内涵丰富、形同随笔而又体系完备的著述风格。这样别具一格的文艺理论著作，是对中国诗话传统体制的继承与超越，刘勰《文心雕龙》以降，尚未多见。

第十八章　千年诗话，功罪几何：评古贺侗庵《侗庵非诗话》

诗话是中国论诗的随笔之体，自欧阳修《六一诗话》之后发展而为中国古代诗歌评论的一种著作形式，且衍生出朝韩诗话、日本诗话、东南亚诗话等等。东方诗话，作家云蒸，著作浩繁，长盛不衰，是一种独特的东方诗学文化现象。

诗话，作为一种普及性的论诗之体，其文体本身是没有什么缺陷可非议的。如果说，诗话也有缺陷，那是源于使用诗话体式而创作诗话著作的人，是其诗学观念、思想方法、批评标准等方面有缺陷所致。所以，具体到某一部诗话、某一宗派诗话或某一时期的诗话创作，也许尚有不少疵病。正如民国时代著名诗话学家徐英教授在《诗话学发凡》中论及诗话末流时指出："宋人则务求深解，时有穿凿之词；明人则喜肆高谈，或成虚憍之弊；清人所为，托体益卑：《渔洋》之连篇颂己，《随园》之累牍酬人，事已拙焉，韵之厚矣。或标榜门户，或倾排异己，或寓戈矛以喋血，或饰粉黛以行媚，皆贻诮于通方，亦弗入于大雅；而诗话之学，有不足论者矣。"故后世论诗话之非者，中国历代皆有之，然而全面否定历代诗话者，惟有日本近代学者古贺侗庵所撰的《侗庵非诗话》一书。

余读之再三，感慨良多，亦收益匪浅。我认为侗庵之非诗话，乃是日本近代文坛复古与反复古斗争的产物。千秋诗话，功罪几何？如何对以中国诗话为代表的东方诗话做出正确的文化阐释与公正的历史评价，乃是东方诗话研究面对的一个重大课题。

一、侗庵论诗话之非

古贺侗庵（1788-1847），名煜，字季晔，号侗庵，是日本近代著名的学者，被誉为"博古之才"，平生好学尚驳辩，历观诗话。据他自己说，所阅读的中国诗话、日本诗话著作，多达二百五十余部之数。然而，他博览诗话的目的，却在于非诗话。他说："予数年来，浸觉诗话之非，因欲博阅诸诗话。盖不旁搜穷览，则必不能洞见病根；不洞见病根而非之，几于蔽美。于是乎将昌平书库及友人家所有诗话，从头翻阅，涉猎略遍，因得益照悉病根之所在，乃著《非诗话》如十卷，自誓终身不复读诗话矣。"（卷二）他认为，"历代诗话，汗牛不啻。其铁中铮铮者，独《诗品》《沧浪》《怀麓堂》《谈艺录》而已"（卷二）。

古贺煜《侗庵非诗话》凡 10 卷，撰于文化年间。前有中浣怪宇林皝庚辰《侗庵非诗话序》、文化甲戌（1814 年）秋八月初三日《侗庵非诗话自序》，后有昭和二年（1925）馆森鸿跋，昭和二年十月东京崇文院刻版发行，收入"崇文丛书"第一辑。凡四册，系非卖品，流传甚稀，弥足珍贵。

"非诗话"者，论诗话之非也。是书卷一、二为总论，盖论非诗话之目的动机，在于"慨诗道之日衰，发愤而作，出乎不得已"，认为冯班之著《沧浪诗话纠缪》、赵执信之著《谈龙录》"为一人而作，私也；予非诗话，为诗道而作，公也。一公一私，世必有辨之者"。卷三而至于卷十，则以七卷篇幅，极论诗话之非，历数诗话之病者十五种：一曰说诗失于太深；二曰矜该博以误解诗意；三曰论诗必指所本；四曰评诗优劣失当；五曰稍工诗则自负太甚；六曰好点窜古人诗；七曰以正理晦诗人之情；八曰妄驳诗句之瑕疵；九曰擅改诗中文字；十曰不能记诗出典；十一曰以僻见错解诗；十二曰以诗为贡谀之资；十三曰不识诗之正法门；十四曰解诗错引事实；十五曰好谈谶纬鬼怪女色。这十五种毛病，连学术论著皆有，又岂可非难为诗话的罪过？

非诗话之论，古已有之；而非诗话之书，则成于日本古贺侗庵。诚如馆森鸿跋中所言，"夫侗庵博古之才，词赋固非本色，而深慨诗道之衰颓，综览唐宋以下诗话，抉其疵瑕，祛其蔽惑，痛言极论，不遗余力。其意在针砭诗人膏肓，故言辞激烈，火气太重，盖势之不容己也"。侗庵非诗话，用心良苦。馆森鸿这种评议是比较客观的。

综观侗庵非诗话，所列举诗话十五种疵病，按内容而言，我以为大致可以归纳为四大类型：

一则论诗主旨之失。侗庵所谓诗话"说诗失于太深"者，主要在于"去性情之远"。他认为："夫诗本于性情，以温柔敦厚为教。故说诗者，必和其心，易其气，以意逆古人之心，庶乎得之。说诗而失于浅，犹之可也。何者？以其去性情之近也。说诗而失之深，其害不可胜言。何者？以其去性情之远也。彼作诗话者，务骛其深僻之见，以抉隐奥之理，穿凿附会，莫所不至。吾既失性情之和，其乌能得作者之旨乎？宜其愈辩而愈晦，愈索而愈远也。斯一病，诸诗话中叠见层出，难以一一枚举。而在诗道，流毒最甚，不可不大声痛斥。"侗庵大量摘引宋人诗话与千家注杜之语，指斥宋人诗话"以怨上刺乱解杜诗"、"以君子小人说杜诗"，以至"视少陵如圣贤，解杜诗如六经"，甚而"以正理晦诗人之情"，皆狂搜险觅，牵强附会，错谬百出。

二则评论之误。侗庵认为，诗话评诗之优劣工拙，往往错缪颠倒。究其原因，就在于"其好胜贪奇、回僻偏拗之情，抑塞其和平之心"所致。如钟嵘《诗品》以陶潜为"中品"，以曹操为"下品"，而刘桢、王粲反居"上品"；《六一诗话》之"祧杜而祖李"、《升庵诗话》之右李左杜，《带经堂诗话》之谓"七言歌行：杜子美似《史记》，李太白、苏子瞻似《庄子》，黄鲁直似《维摩经》"。论诗而探源流，又必指所本，谓"某诗出于某，某句本于某"，乃活剥生吞、信口雌黄而已。如钟嵘《诗品》谓陶潜出于应璩，应璩出于魏文，魏文出于李陵，李陵出于屈原。又妄驳前人诗句之疵瑕，如《六一诗话》妄指张继寒山寺"夜半钟声"之失实，《西河诗话》妄褒苏轼"春江水暖鸭先知"之远胜唐人。其他诸如"以性理解诗"、"以僻见错解诗"、"解诗错引事实"、"不识诗之正法门"者，都斥诗话论诗、评诗、解诗之误。

三则创作态度之谬。侗庵治学，讲究实事求是，反对骄矜逞能、标榜夸饰，指斥诗话作者"矜该博以误解诗意"，"稍工诗则自负太甚"，鄙弃"以诗为贡谀之资"。他指出：宋代"陋儒，既无一定之见，唯务多闻，无所取裁，于是乎记一故事，闻一新事，不胜喜幸，遽取以解诗。自以为阐古来未发之秘，高出众人之见，而不知其业已与作者之旨东西相反也"（卷四）。于己，则妄自尊大，认为"汉魏而降，诗人动辄夸其诗之工与句之妙，扬扬昂昂，自尊以卑人。盖未始知诗道之远大，而自局于小成故耳"，"其病皆原于一'矜'字"（卷六）；而于人，则"以诗为贡谀之资"，指出"诗话卷首，往往揭本朝诸帝之作，虽鄙俚无取之恶诗，亦必引《黄竹》《秋风》以为比；又于名位显盛之人，不论工拙，必从而目以宗匠良工、佳句杰作，谀言媚辞，靡不至，读之使人胸怀作恶"。他最厌恶的，是"党同伐异，好憎任私。其于咸酸殊嗜者，掊击弹驳，不啻仇雠；趋向稍同，则推奖称扬，如不容口"（卷八）。这种文风，这种创作态度，是该斥责。

四则创作方法之劣。侗庵指出，诗话创作"好点窜古人诗"，"擅改诗中文字"，断章取义地摘引诗句，又"不能记诗出典"，还"好谈谶纬鬼怪女色"。侗庵针对"后世谈诗之徒，于古人之诗，未能熟读详味，亟加讥斥"，又"轻删改古人诗"，认为"点窜古人诗。故非美事，顾古之未以善诗称者，犹可指责其瑕疵"（卷六）。他说："予历观诗话，举全诗者綦少，好摘一二句，以为谈助话柄。或指一二字，以为神品妙境。其有损于学诗者不少矣。"（卷一）而那些妄立诗法、句法、字法，有悖于诗道；好谈谶纬鬼怪女色，则背离圣贤之道，因为"谶纬鬼怪，圣人之所不语；评论女色，先贤之所戒"（卷十）。

二、侗庵非诗话缘由

且看侗庵是怎样论诗话之病的，他说："诗话之名，昉于宋，而其所由来尚矣。滥觞于六朝，盛于唐，蔓于宋，芜于明清，无讥焉。其巵说谬论，难一一屡指，而尚其梗概。诗话，《诗品》为古，其病在好识别源流，分析宗派，使人爱憎多端，固滞难通。唐之诗话，如《本事诗》《云溪友议》等书，其病在数数录《桑中》《溱洧》赠答之诗，以为美谈，使人心荡神惑，丧其所守。宋之诗话，如《苕溪》《彦周》《禁脔》《韵语》等书，其病在以怪僻穿凿之见，强解古人之诗，使人变其和平之心为深险诡激之性。明之诗话，如《升庵》《四溟诗话》《艺苑卮言》，其病在扬扬自得，高视阔步，傲睨一世，毒骂古人，使人顿丧礼让之心，益长傲慢之习。四代之病，无世无之。予特就其重者而言耳。"（卷一）这种非议，何能服人？据侗庵自言，其弱冠时，曾欲创作《爱月堂诗话》而未果，后浸觉诗话之非，因而著非诗话。侗庵之非诗话，予以全面考察，其基本动机和主要依据，大凡可以概括为五个方面：

其一，有感于文风之不正，著书以"钓利求名"之习。侗庵于《非诗话》卷一开宗明义地指出，古人著书以明道，如《诗》以理情性，《书》以论政事，《易》以明阴阳，《春秋》以辨名分。贾太傅、董江都之文虽不可与六经并称，亦皆"为怜时忧道而发"。然而，"东汉以降，著书益易而益轻，以为求名之资者有之，以为钓利之具者有之。是以书日增多，而其为书也，多损少益，徒使人听荧不知所适从"。古往今来，学问重于功名。著书在于立说，不应该抱有丝毫功利目的。侗庵是对的，他切中了时弊，认为"人果能以忧道怜时为念，则其书虽多，不无一可取，乃区区以钓利求名为心，以语言文字之末为务，陋矣"。

其二，恪守儒家诗教，主孟子"不以文害意，不以辞害志"诗说。侗庵论诗，力主"诗言志"和孔子"思无邪"、"兴观群怨"、"温柔敦厚"之说，认为说诗者，必须遵循孟子"以意逆志"的原则，反对"以文害意"与"以辞害志"。而诗人之志，至平易，不必为艰险求之；诗人之情，温厚平易老成，不必以崎岖求之。如果"诗不本于性情之正，虽工不足取也。必也其性情优柔婉至，忠厚温良，如夫子所谓可以群、可以怨，迩之事父、远之事君，然后可与言诗矣"。然而，"今之谈诗者，没身潜心于声调字句之间，惟知以雕缋粉饰取悦人目"，而"彼作诗话者，处心褊躁，立意颇僻，惟务骛佻巧之见，唱奇创之说，以凌驾前人，惊动一世"，遂使诗道日衰，世道日下，故而非之矣。

其三，出于一种传统的偏见。侗庵论诗，扬唐而抑宋。对宋诗的传统偏见，而归罪于诗话。他说："诗莫盛于唐，而诗话未出；莫衰于宋，而诗话无数。就唐之中，中晚诸子，论诗浸详，诗格、诗式等书，相继出，而诗远不如盛唐。盛唐太白、少陵足以雄视一代，凌厉千古，而未尝有一篇论诗之书。"又说："唐人不著诗话而诗盛，宋人好作诗话而诗熄。"（卷一）此等论调，出自于李东阳、谢肇淛、杨慎之辈。然而李东阳有《怀麓堂诗话》、杨慎有《升庵诗话》，故侗庵深为不满，斥二公"口非而躬犯，可谓言不顾行矣"。显然，这种传统的偏见，是站不住脚的。正如钱钟书先生所说："后人瞧不起宋代的诗歌，因而把宋代的诗话也牵连坐罪。元初就有人慨叹说：'诗话盛而诗愈不如古'；明人更常发'唐人不言诗法，诗法多出宋'那一类议论。这种话只能表示那些对唐人讲诗法的书无所知晓，至少也是视而不见。"（《中国文学史》）

其四，出于对言诗法之书的不满。他说："梁桥《冰川诗式》、陈美发《诗法指南》等书，诗话之极烦絮者，于学者无分毫之益，而为害不细。予尝读诗式、诗法等书，固已有以知著书之人，必不工诗矣。盖其立法苛刻，分体烦碎，徒驰骋于末流，而于诗道之大原正路，未尝梦见，其不能工也必矣。"（卷二）诗法之作盛于唐。唐人诗格、诗式之类诗学入门之书，是中国格律诗创作繁荣发展的必然产物。这类书籍对于诗歌格律知识的普及是有作用的，而单凭诗格从事诗歌创作，则必然误入歧途。侗庵因不满于诗法而反对诗话，则犯了以偏概全的错误。侗庵引李东阳、谢肇淛等所言，曰"唐人不言诗法，诗法多出宋，而宋人于诗无所得。所谓法者，不过一字一句对偶雕琢之工，而天真兴致，则未可与道。其高者失之捕风捉影，而卑者坐于粘皮带骨"；"诗法始于晚唐，而诗话盛于宋。然其言弥详，而去之弥远，法弥密而功弥疏。至今日则童能言之，白首纷如矣"（卷一）。诗话包括诗法，诗法不能等同于诗话。这是文学史之常识。侗庵把诗话与诗法等同起来，以非诗法而非诗话，很难以立足。

其五，重作者人品而非诗话。侗庵认为，"著诗话者，大抵长于论诗，而短于作诗者"，指责诗话作者疏于人品，"多言强辩，好抉人之瑕疵，讦人之阴私者。其检己也必疏，终不可人君子之道；必也详审沈静，不妄讪笑，时然后言者，必非庸庸平平之人"（卷一）。本来，中国诗话论诗历来注重"人品"，强调"诗品出于人品"。诗话作者大多兼诗歌创作与诗歌评论于一身；自然，"长于论诗而短于作诗者"有之；著诗话而攻讦不休者亦有之，受明代七子影响，日本诗坛攻讦之风尤烈，如山本北山与徂徕文派的复古与反复古之争，本是中国唐宋诗之争的余波未了，是明代复古与反复古之争的延续，依其性质乃是诗歌美学之争，但由于论争双方壁垒森严，呼号叫嚣，攻讦不休，不讲情面，使诸多诗人深受其害。侗庵对此深恶痛绝，故而非诗话，是可以理解的。但因此而全盘否定诗话之体及其历代诗话著作，似乎有失公允。

三、侗庵非诗话之误

从以上几方面来看，侗庵所指斥的十五种疵病，就个别而言，某一部诗话，或某一派诗话，或某一时期的诗话创作，或其中某些诗话条目，也都或多或少地存在着，这是不容抹杀的事实。然而，就整体而言，侗庵之非诗话，从诗学观念、批评标准到思维方法，都有许多值得商榷的地方。

第一，侗庵诗学是乏历史观念的。侗庵《非诗话自序》谓："予观诗话，累累如一丘之貉，概乎靡足取。其说诗也，多穿凿附会之失，而无冰释理顺之妙；其立教也，规规乎字句声律之间，而不达言志、思无邪之旨。是以于诗道为益无万分之一，而贻祸流毒，不可为量数。唐宋以还，诗随世降，如江河之就下。其所以致此，良非一端，而诗话实与有罪焉。"这是侗庵的诗学观念，是侗庵非诗话的基本立足点和出发点。他恪守儒家诗教之旨，却认为诗随世降，如江河直下。他一再声称"复古"，提倡古体，反对近体格律诗。说：予"平素常以挽颓俗、明古道为己任"；"学诗者，果能以复古为志，则当时时作四言，常作五七古以存古意，不可专作近体以沦陷于浇波"（卷二）；认为"古来诗人所竞巧而斗力者，能使诗流于纤巧而失古调"（同上）。侗庵这种诗学观念，以复古为志，尊古体而轻近体，是乏历史观念的，是非正确的文学史观，实际上已经坠入"文学退化论"的深渊。

第二，侗庵的诗学批评是主观性的，带有浓厚的个人主观色彩。他论诗注重考证求实，而其诗学宗尚，却是扬唐抑宋、扬杜抑李、扬苏抑黄。一部《侗庵非诗话》所引证的历代非诗话之语，大多是围绕着唐宋诗之争、李杜诗之争、苏黄诗之争而展开引用的。他论诗尊杜，认为："诗至老杜，是谓集大成之孔子。不学老杜，而学他人，是舍孔子而学夷惠也。"（卷九）说"杜之胜李，不独体裁字句之间，盖其德不同。故诗随而异，可见诗之本于性情也。故予尝评之云：青莲之于少陵，犹伯夷、伊尹之于孔子，圣则一也。"（卷五）他因尊杜而非诗话，说："古来诗人，莫工于子美；而被诗话之祸，莫酷于子美。宋氏以还，苟有诗话，必及杜诗，甚者全篇止评老杜一人。于是乎杜诗所咏，一草一木，必皆出于怨上讽君之旨；一禽一兽，莫不本于刺乱忧世之意。字字根于古人，句句发于经史，殆使老杜如妒妇之怨嫉，如醉汉之骂詈，如村学究之谈经，如吏书之簿录，老杜之真情真面目，湮没晦塞，不可复睹矣。故予下文历驳诗话之瑕疵，而于评杜者，最多所诋排盖亦势不得不然也。"（卷一）他最鄙弃黄庭坚，认为"古来诗人盗虚名者，莫甚于黄鲁直"。指出："宋人好以苏黄与李杜并称，不独夸耀本朝作者，亦其于诗未有所得，信以为李杜苏黄可并驱逐鹿也。平心而论，苏黄二公诗，有学有力，足以惊动一时，苏又稍称雄。但似未窥诗道之奥，得咀嚼不尽之味。其于李杜，仅如七十子之于孔子。魏泰、王若虚以下之论，可以见崖略矣。呜呼！曾不能辨李杜苏黄之异，此宋所以不及唐也。"（卷五）在中国文学史上，唐宋诗之争、李杜诗之争、苏黄诗之争，本来是一种旷日持久的诗歌美学之争。无论主何家之说，都是不同诗歌美学观念之间的合理论争，是无可非议的。然而侗庵因扬唐抑宋、扬杜抑李、扬苏抑黄，而归罪于诗话，其诗学批评则带有明显的个人偏见，未免过于主观武断矣。

第三，侗庵诗学批评的思维方法带有严重的片面性。侗庵非诗话，其思维方法上的最大毛病，是只见树木而不见森林，犹如不问青红皂白的疯子端着机枪向无辜的人群胡乱扫射一样。一是一叶障目，以偏概全。诗话论诗，每个作者都立足于各自不同的诗学观念、批评标准、审美情趣，因而出现不同的评判，也是很自然的。所谓"诗无达诂"者，就是这种现象。侗庵摘取诗话中有悖于自己诗学观念、批评标准、审美情趣之论而非之，自然会得出完全不同的结论。诸如钟氏《诗品》以陶潜为"中品"、以曹操为"下品"，确有失实之虞，然钟氏之列并非妄评，一方面《诗品》论诗于五言诗为主，另一方面为南朝崇尚藻饰华艳诗风所致。侗庵一概斥之为"位置颠倒，黑白淆伪"，是不公正的。二是断章取义，为我所用。诗话论诗，为作者的诗学观与审美观所囿，确实也有某些失误不当之处。侗庵专事于搜罗各家诗话失当的个别论诗条目，加以分门别类，系统归类，然后又引诸家诗话驳辩纠缪之论，用以极论诗话整体之非。这种批评方法自以为得计，实际只是"攻其一点，不及其余"而已。三是因人废诗，因诗而废诗话。侗庵论诗，注重人品文品，是其所长；而因不喜黄庭坚而否定江西诗派，因宗唐诗而贬宋诗，因尊杜诗而黜李诗，因尚苏轼而斥黄庭坚，因贬宋诗而非宋代诗话，甚至把诗人之"矜该博"、"稍工诗则自负太甚"以及诗人"以诗为贡谀之资"之类诗歌创作中的疵病，亦归罪于诗话。这种批评方法所导致的思维混乱，便铸成了侗庵非诗话错误的逻辑起点。

第四，侗庵的批评观念是形而下的。侗庵非诗话，缘于其对诗学批评的否定。本来，文学创作与文学批评是文学之两翼，诗歌创作与诗学批评则是诗歌之两翼，或相辅相成，或相反相成，共同促进文学艺术的繁荣发展。缺其之一，则文学就如同鸟之断其一翼而不能展翅飞翔。诗话本是一种随笔之体，发展而中国诗歌评论的一种著作形式，是诗歌创作繁荣发展的产物。侗庵非诗话，把诗歌创作与诗歌批评对立起来，把写诗与论诗对立起来，进而彻底否定诗歌理论批评。他一再声称："唐人不著诗话而诗盛，宋人好作诗话而诗熄。""宋人不善诗，而喜谈诗，诗话至三十余家。""杨慎曰：文，道也；诗，言也。语录出，而文与道判矣；诗话出，而诗与言离矣。"（卷一）他提倡学诗、写诗，从事诗歌创作，而反对著诗话、读诗话，从事诗歌理论批评。他认为，"诗话之为书，大抵一分辨证，二分自负，三分谐谑，四分讥评。三四卷之书，咄嗟可办。于是乎学士文人，才短学陋，力未能释经读史者，相率趋之，盖以其易为也"。作诗话者是"其求名好异之醉梦未觉"；而读诗话者，如同陷入魔掌，呼吁学诗者"谨勿读诗话"，最好"用读诗话之力，熟读十九首、建安诸子、陶谢李杜之诗"（卷一）。从诗歌创作而言，侗庵之见不无道理；而从文学批评言之，侗庵因非诗话而表现出的这种非文学批评观念，是极为狭隘保守的。

四、诗话何罪之有

钱钟书先生说过："在各种体裁的文评里，最饶趣味、最有影响的是诗话，是以'轶事类小说'体出现的文评。"（《中国文学史》）诗话作为一种独具特色的论诗之体，作为中国诗歌理论批评的一种主要体式，即使诗话作者与诗话著作存在这样或那样的疵病，其体式本身又何罪之有？侗庵因否定历代诗话著作，而非诗话之体，罪诗话之式，所引发出的理性思考与历史反思，是极其深刻的。

（1）诗话崛起的历史必然性

侗庵认为，诗话之兴出于作者"钓利求名"之欲。这显然是违背历史规律的。如同文学批评是文学创作繁荣发展的产物一样，诗话崛起于宋，既是中国诗歌繁荣发展的必然结果，又是中国文学理论批评专门化的产物，是中国诗文化的宁馨儿。中国的文学批评，滥觞于《诗三百》时代，而成熟于魏晋六朝，遂有《文心雕龙》之类文学批评专著面世；随着诗歌创作的繁荣发展，特别是唐诗艺术高峰之崛起，中国的文学理论批评走上了专门化之路，遂有钟嵘《诗品》与唐人诗格之类论诗著作应运而生；欧阳修首创诗话，遂使六朝以来的专门论诗、评诗、说诗之体，在名称上加以统一化，在体式上逐渐规范化。鉴于诗话之体的"文体"优势，遂出现宋代诗话、金元诗话、明代诗话、清代诗话鼎盛局面，至今未衰，流布极广，且走出国门，衍生出朝韩诗话、日本诗话、越南诗话，表现出旺盛的艺术生命力。我们不排除历代诗话作者中有"钓利求名"之徒，但诗话繁盛这种历史文化现象的出现，岂能归之于诗话作者的"钓利求名"之欲？北宋文坛泰斗欧阳修晚年退居汝阴首创《诗话》，于其本人又有何利可钓、何名可求？史学家司马光撰写《续诗话》，又何以是出于"钓利求名"？自此，历代文坛大家，几乎都与诗话结下了不解之缘。陈师道有《后山诗话》、吕本中有《紫薇诗话》、张戒有《岁寒堂诗话》、叶梦得有《石林诗话》、杨万里有《诚斋诗话》、姜夔有《白石道人诗说》、刘克庄有《后村诗话》、严羽有《沧浪诗话》、王若虚有《滹南诗话》、李东阳有《怀麓堂诗话》、都穆有《南濠诗话》、谢榛有《四溟诗话》、王世贞有《艺苑卮言》、杨慎有《升庵诗话》、胡应麟有《诗薮》、王夫之有《姜斋诗话》、叶燮有《原诗》、王士祯有《渔洋诗话》、沈德潜有《说诗晬语》、袁枚有《随园诗话》、赵翼有《瓯北诗话》、翁方纲有《石洲诗话》、纪昀有《李义山诗话》、朱彝尊有《静志居诗话》、陈衍有《石遗室诗话》、梁启超有《饮冰室诗话》，等等，他们多于绪余或晚年而撰诗话，所谓"咳唾随风抛掷可惜也"（钱钟书《谈艺录》），出于爱好与情趣而已，又何求于功名利禄之有？

（2）诗话概念与范畴的界定

"诗话"为何物，古贺侗庵未作深刻探究，却将"诗法"与"诗话"两个不同的概念与范畴混为一谈，以致非诗话之"徒屑屑然音韵声律之为尚"，"沾沾然欲以字句之间见巧、以奇新之语惊人"（卷一）。众所周知，诗话之为体，源于笔记、本事诗、轶事小说与先秦以来的诗论、诗品、诗格、诗式之类论诗之作或只言片语，直至宋代而发展为一种专门化的诗歌批评样式。因此，诗话这一概念，有狭义与广义之分：狭义的诗话，是诗歌的故事，属于诗的随笔之体；广义的诗话，是诗歌理论批评的主要样式，属于一种著作形式。无论从所谓"文体"或著作体式而言，诗话之为体，不同于文学作品，只可能存在郭绍虞先生所说的"韵散二途"，即韵文体与散文体二种。不论何种体式的诗话，与诗格、诗式之类言诗法的诗学入门之作，其概念范畴不可以与"诗法"等量齐观。诗话可以言诗法，言诗法者只是诗话论诗的一个内容，而非诗话之全部。诗话论诗，包括诗人、诗史、诗事、诗评、诗论、诗证、诗录、诗句、诗眼、诗法、诗格、诗式、诗范，等等。凡涉于诗者，诗话可以无所不论，无所不包。诗法之作，大凡在于总结诗歌创作经验，长于诗歌写作技巧的归纳。惟其如此，中国的诗法著作，在普及诗歌创作知识特别是诗歌格律常识方面，是有贡献的。试问侗庵，不懂诗歌平仄格律，岂能创作律诗？但某些诗法之作妄立诗格，某些学诗者以诗法为创作之本，不达"诗言志""思无邪"之旨，而斤斤于字句声韵之间。此风不正，诗道日衰。侗庵予以抨击，也是在理念之中。问题在于侗庵不应该全盘否定诗法，更不应该因诗法而全盘否定诗话。

（3）学术研究的客观真理性

学术研究是理性的思辨，其目的在于探求对客观事物的真理性。辩证法认为一个客观事物的存在，都是有其合理性的。诗话作为一种的历史文化现象，一种文学批评现象，其客观存在既是历史之必然，又是文学批评之必然。侗庵否定它的客观存在，把它说得一无是处，就背离了学术研究的根本宗旨。而且，事物的存在，都有其两面性，有积极的一面，也有消极的一面。

侗庵只看到诗话的消极面，而无视其积极面，全盘否定诗话，这种思想方法缺乏正确的理性思辨，显然是违背学术研究的基本原则的。侗庵非诗话，往往前后矛盾，不能自圆其说。他再三声言"不读诗话，而专潜心于《三百篇》、汉魏李唐，则入门不差矣。作诗务存古意，不作游戏诸体，则蹊径正矣"（卷二），主张"用读诗话之力，熟读《十九首》、建安诸子、陶谢李杜之诗"（卷一），却反对诗话之引述风诗、之论杜，斥诗话之病"在数数录《桑中》《溱洧》赠答之诗，以为美谈，使人心荡神惑，丧其所守"，说"被诗话之祸，莫酷于子美"（卷一）。中国数千年文学史，从来就有部分作品"好谈谶纬鬼怪女色"，"以诗为贡谀之资"，从《诗三百》、楚辞到唐诗宋词元曲，从汉赋、乐府民歌到小说戏剧，莫不如是。这是中国神秘文化、女性文化乃至宗法文化使然，是历代作家猎奇的文化心态和创作艺术使然，不足为怪。"以诗为贡谀之资"者，如《诗》之"颂"、汉之赋、唐之"上官体"、宋之"西昆体"、明之"台阁体"，皆以"润色鸿业"、歌功颂德为宗，其他如骈文、四六文、八股文、尺牍、词等亦然。如此诗文之病，侗庵却嫁祸于诗话，显然是有失公正的。这样的学术研究，何以能够到达真理的彼岸？

（4）诗话的历史功绩不可否定

千年诗话，功罪几何？历史自有公正的评说。诚如侗庵之所非者，诗话之作也有许多失误，诸如评论之失、考证之失、解诗之失、引述之失，以及所谓"诗谶"、"诗钟"、妄立诗法之类，还有诗话作者的党同伐异、派别攻讦之习、论诗的陈陈相因与主观随意性，都是不必讳言的。然而，诗话的历史功绩又是不可否定的。这是一个重大的学术研究论题，前辈学者纪昀、章学诚、陈一冰、徐英、郭绍虞、罗根泽、钱钟书、钱仲联、台静农、徐中玉，以及日本的船津富彦、韩国的赵钟业、许世旭、新加坡的杨松年等，都曾作过精辟的论述。

我在《中国诗话史》（修订本）中做了详细的阐述，认为诗话的学术价值与历史地位可以概括为八个方面来加以探讨：（1）诗话是诗歌艺术论的渊薮；（2）诗话是诗歌创作的经验总结；（3）诗话是诗歌艺术鉴赏的金钥匙；（4）诗话是诗歌批评的有力武器；（5）诗话是诗歌发展史的生动记录；（6）诗话是诗歌美学的资料宝库；（7）诗话的比较文学价值；（8）诗话的文化价值。前六个方面，研究者多已涉及，而后两个方面所论甚微。惟有赵钟业先生有《中韩日诗话比较研究》（1977）一书、《诗话学与比较文学》（1999）一文和蔡镇楚《诗话学》（1990）中的"比较诗话学"与《石竹山房诗话论稿》（1995）中的"诗话比较论"有所论述。其中，我的《中国诗话与日本诗话》《中国诗话与朝韩诗话》《中国诗话与印度梵语诗学》三篇系列学术论文，在《中国社会科学》与《文学评论》等权威杂志发表以后，学界同人普遍认为这是比较诗话学研究的开拓之作，代表着诗话研究的最新成果，充分揭示了诗话的比较文学价值。至于诗话的文化价值，一向被学界所忽略。我在《诗话与诗话学》（1998）等文中曾大声疾呼，强调从文化学的角度来研究诗话。这是因为，诗话既是中国诗文化的产物，也是民族传统文化的重要载体和传播媒介。诗话所表现出来的丰富内涵，不仅是其诗学观念，而且更多的是其史学意识与文化意识，是古代文人士大夫的生活方式、审美情趣、艺术心灵、文化性格的真实记录与历史积淀。无论是中国诗话，还是日本诗话、朝韩诗话、越南诗话，许多诗话之作重在诗文化的阐释和诗人对社会人生的感悟体验，字里行间散发着非常浓郁的文化气息，充满着历代文人的诗外人生之思。注重诗话的文化阐释，发掘诗话的文化价值，有利于诗话研究思维空间的开拓，有利于"东方诗话学"的崛起与繁荣发展，有利于纠正古今侗庵之流对诗话的种种误会与学术偏见。

五、侗庵非诗话的文化背景

日本近代学者古贺侗庵之非诗话，有其深刻而久远的文化背景。这个文化背景来自于两个方面：

第一，侗庵非诗话，渊源于中国。中国诗话诞生之后，由于作者运用诗话这种诗歌批评样式对诗人诗作进行评论的时候，出现许多复杂的情况，如批评失当者有之，考证失实者有之，审美鉴赏标准不同者有之，以诗话党同伐异者有之。如此复杂纷繁的诗坛文苑，反映在诗话创作方面必然是鱼龙混杂，良莠难分，作者的主观随意性影响了个别诗话著作的批评质量。所以，自北宋以降，人们也常常对诗话著作中的某些失误予以批评。诸如徐英先生在《诗话学发凡》一文中批评的那样："宋人则务求深解，时有穿凿之词；明人则喜肆高谈，或成虚憍之弊；清人所为，托体益卑：《渔洋》之连篇颂己，《随园》之累牍酬人，事已拙焉，韵之厚矣。或标榜门户，或倾排异己，或寓戈矛以喋血，或饰粉黛以行媚，皆贻诮于通方，亦弗入于大雅。"还有一些诗话作者受"文人相轻"陋习之影响，往往在诗话著作序跋中贬低他人诗话之作而抬高自己，所以他们的"诗话论"多半是非诗话者。古贺侗庵《非诗话》一书的研究方法与思维模式，基本上是摘录中国历代作家的"诗话论"与对某些诗话著作或诗话著作中的某些失误的批评言论，把所有批评诗话及其作者的非诗话加以整理拼凑成文，而将某些诗话著作中的失误笼而统之地全部归罪于诗话之体，这就有了一部拼凑之作《侗庵非诗话》。毋庸讳言，由于诗话作者诗学观念、批评标准、审美情趣、认识能力、学术水平的差异性，著作质量参差不齐，历代一些诗话著作，或多或少存在一些缺点错误；然而诗话体式本身无所谓存在其缺陷。诗话研究者应该将诗话之体与诗话之作区分开来，不能混为一谈。

第二，侗庵《非诗话》之著，是日本近古文坛复古与反复古文学思潮的产物。

日本天明年间，受明代七子文学复古思潮的影响，荻生徂徕（1666-1728）开创的古文辞派煽起的复古拟古之风余焰甚嚣。天明三年（1783），山本北山（1753-1812）撰《作诗志彀》与《作文志彀》，以清除萱园复古拟古之风为己任，批评徂徕"不知诗道"，提倡"诗言志"与"清新"诗风，认为"诗之清新，犹射之志彀"。山本北山是日本近古时代诗风转变的关键人物。从此，"海内靡然一变，革其面目。今诗宗清新，文学韩柳，实先生倡之矣"（《墓志铭》）。然而，《作诗志彀》问世第二年，萱园诸子群起反攻，整个文坛煽起轩然大波。佐久间熊水作《讨作诗志彀》，驳难北山对徂徕、南郭、春台的批评，并附杉友子孝《附录》非难北山书中使用文字之误。北山门人雨森牛南（1755-1815）起而应战，撰《诗讼蒲鞭》，攻诘佐久间熊水《讨作诗志彀》。天明六年（1786），何忠顺又撰《驳诗讼蒲鞭》，以维护徂徕文派。之后，有人又作《唾作诗志彀》与《词坛骨鲠》，而斥北山诗派。北山论诗主"清新"，反对摹拟复古与分唐界宋，无疑是正确的。然而，前后三十年，日本文坛围绕着《志彀》二书展开的学术论争，先后出现了《讨作诗志彀》《附录》《唾作诗志彀》《诗讼蒲鞭》《驳诗讼蒲鞭》《艺园锄莠》《辨艺园锄莠》《词坛骨鲠》等八部争鸣之作，书名冠之以"讨"、"唾"、"驳"、"辨"之类词语，复古与反复古思潮之间的派别论争是何等激烈，由此可见一斑。

侗庵在这一场余波未熄的论争中，基本上是主"折中说"，即以严羽《沧浪诗话》为宗，对清代诗话的三大学说"神韵说"、"格调说"与"性灵说"则既批判又吸收，却亦然深深地打上了那个时代的烙印。他的诗学观点，力主"以复古为志"、"以汉魏盛唐为准的"，重古体而轻近体，扬唐而抑宋，在日本诗坛的唐宋诗之争中，为复古思潮推波助澜。这就是侗庵非诗话的真实动机之所在。

六、正确评价《侗庵非诗话》

从整体而言，《侗庵非诗话》虽然存在许多纰缪，立论难以立足，已如上所述。侗庵自己也预料到："今予既著《非诗话》，人之莫我知。庸讵知不复有《非非诗话》耶？"（卷二）《侗庵非诗话》问世一百八十多年以后，处于新的21世纪的学术文化氛围之中，我撰文评论《侗庵非诗话》，并不在于作《非非诗话》，而在于替诗话正名。同时我们也应该看到，侗庵指斥诗话之非，虽然言之太苛，斥之太过，且这种好驳辩、好攻讦、"破字当头"的文风并不值得提倡，但其勤于读书、勇于探索、笃于考证、善于挑战的论辩精神与学术勇气，则应该给予必要的肯定。

诗话的系统研究，中国则成于清代学者纪昀主持编撰的《四库全书总目》与章学诚的《文史通义·诗话篇》，但这毕竟不能算是诗话研究的专门著作。惟有日本古贺侗庵的《侗庵非诗话》一书，才是真正意义上的第一部诗话研究专著。中国诗话，历史悠久，卷帙浩繁，繁盛不衰，且早已走出国门，衍生出盛极一时的朝韩诗话、日本诗话、东南亚诗话等，在世界的东方形成了一个巨大的东方诗话圈。这是怎样的一个历史的辉煌啊！

然而，第一部自成系统的诗话研究著作，不是在中国而是在日本，不是充分肯定诗话的历史功绩而是极论诗话之非，这也许正是千年诗话的一种历史的悲哀。平心而论，我们这些后辈学者，并不希望看到这种自以为是、目空一切、对历代诗话全盘否定的研究态度和学术现象，但是这部日本人在一百八十多年以前撰写的《侗庵非诗话》，却以其丰富的资料、翔实的考证、系统的综合归纳、严谨的结构体系，为我们今天从事中国诗话乃至整个东方诗话研究提供了许多借鉴，有助于诗话研究的深入开展。从这个意义上来说，《侗庵非诗话》将附骥于东方诗话之尾，而成为东方诗话史上一部不朽的诗话研究著作。

主要参考书目

1. 《七缀集》，钱钟书撰，三联书店 2002 年本。

2. 《吴宓诗话》，吴宓撰，吴学昭整理，北京商务印书馆 2005 年本。

3. 《全明诗话》，周维德编，齐鲁书社 2005 年校点本。

4. 《清代诗话知见录》，吴宏一主编，台北中央研究院文哲所 2002 年本。

5. 《新订清人诗学书目》，张寅彭撰，上海古籍出版社 2003 年本。

6. 《清诗话考》，蒋寅撰，北京中华书局 2005 年。

7. 《民国诗话丛编》，张寅彭编，上海中国书店 2005 年校点本。

8. 《比较诗话学》，蔡镇楚撰，北京图书馆出版社 2006 年本。

9. 《宋代诗话选释》，周满江、张葆全主编，广西师大出版社 2007 年本。

10. 《中国品茶诗话》，蔡镇楚撰，湖南师范大学出版社 2004 年本。

11. 《中国品酒诗话》，蔡镇楚撰，湖南师范大学出版社 2005 年本。

12. 《中国音乐诗话》，蔡镇楚撰，湖南师范大学出版社 2006 年本。

13. 《中国美食诗话》，蔡镇楚撰，湖南师范大学出版社 2007 年本。

14. 《中国美女诗话》，蔡镇楚撰，湖南师范大学出版社 2008 年本。

15. 《中国战争诗话》，蔡镇楚、蔡静平撰，湖南师范大学出版社 2009 年本。

16. 《中国诗话珍本丛书》，蔡镇楚编，国家图书馆出版社 2004 年影印本。

17. 《域外诗话珍本丛书》，蔡镇楚编，国家图书馆出版社 2006 年影印本。

18. 《莫砺锋诗话》，莫砺锋撰，北京大学出版社 2006 年本。

19. 《日本诗话的中国情结》，谭雯撰。中国社会科学出版社 2008 年本。

20. 《南北朝诗话校释》，钟仕伦校释，中华书局 2008 年本。

21. 《明清之际汾湖叶氏文学世家研究》，蔡静平撰。岳麓书社 2009 年本。

22. 《古今诗话丛编》，精装影印本，台湾广文书局影印本。

23. 《古今诗话续编》，精装影印本，台湾广文书局影印本。

24. 《日本诗话丛编》，韩国赵钟业编次，汉城太学社 1992 年影印本。

25. 《韩国诗话丛编》，韩国赵钟业编次，汉城太学社 1996 年影印本。

26. 《中国古代诗文名著提要·诗文评卷》，刘德重主编，河北教育出版社 2009 年本。

27. 《晚晴簃诗话》，徐世昌撰，傅卜棠编校，华东师大出版社 2009 年本。

28. 《诗品集注》，曹旭集注，上海古籍出版社 2011 年增订本。

29. 《江户时期的日本诗话》，祁晓明著，中国社会科学出版社 2009 年本。

30. 《江户前期理学诗学研究》，张红著，岳麓书社 2019 年本。

31. 《校辑近代诗话九种》，王培军、庄际虹校辑。上海古籍出版社 2013 年平装本。

32. 《历代诗话论作家》，常振国、绛云编次，湖南文艺出版社 1984 年本。

33. 《历代诗话选注》，张葆全、周满江撰，陕西人民出版社 1984 年本。

34. 《中韩日诗话比较研究》，韩国赵钟业撰，台湾学海出版社 1984 年本。

35. 《唐诗百话》，施蛰存撰，上海古籍出版社 1987 年本。

36. 《诗家直说笺注》，明谢榛著，李庆立孙慎之笺注，齐鲁书社 1987 年本。

37. 《清诗话仿佚初编》，杜松柏编次，台湾新文丰出版公司影印精装本。

38. 《中国诗话史》，蔡镇楚撰，湖南文艺出版社 1988 年、2001 年修订本

39. 《蒲褐山房诗话新编》，王昶撰，周维德编次，齐鲁书社 1988 年本。

40. 《宋代诗话选读》，张福勋撰，内蒙古人民出版社 1988 年 12 月本。

41. 《精选历代诗话评释》，毕桂发、张连第、漆绪邦编次，中州古籍出版社 1988 年本。

42. 《古代诗话精要》，1 册，赵永纪编次，天津古籍出版社 1989 年精装本。

43. 《百种诗话类编》，台静农编次，台北艺文印书馆 1974 年精装本 3 册。

44. 《中国历代诗话选》，王大鹏等编选，岳麓书社 1983 年本 1 册。

45. 《历代诗话词话选》，武汉大学中文系选编，武汉大学出版社 1983 年本。

46. 《诗话丛林》，韩国洪万宗编次，汉城亚细亚文化社 1983 年影印本。

47. 《云南古代诗文论著辑要》，张国庆编，北京中华书局 2001 年本。

48. 《中国古代文学批评方法研究》，张伯伟撰。中华书局 2002 年本。

49. 《古代中国人的美意识》，笠原仲二著，北京大学出版社 1987 年译本。

50. 《印度古典诗学》，黄宝生著，北京大学出版社 1993 年本。

51. 《中国古代文学理论词典》，赵则诚等主编，吉林文史出版社 1985 年本。

52. 《中国古代诗话词话词典》，张葆全主编，广西师大出版社 1992 年本。

53. 《伊斯兰文化在中国》，丁明仁著，宗教文化出版社 2003 年本。

54. 《东方文论选》，曹顺庆主编，四川人民出版社 1996 年本。

55. 《元代诗法校考》，张健撰，北京大学出版社 2001 年本。

56. 《中国文学批评史》，蔡镇楚著，北京中华书局 2006 年本。

57. 《韩国诗话全编校注》，蔡美花、赵季主编校注，人民文学出版社 2012 年 12 月本。

58. 《清代诗话珍本丛刊》第一辑，蒋寅编次，国家图书馆出版社 2018 年影印本。

59. 《中国诗话总目要解》，蔡镇楚、张红、谭雯著，天津教育出版社 2021 年 7 月精装本 1 册。

60. 《日本诗话丛书》，池田四郎次郎编，国分高胤校阅，东京文会堂书店发行。日本武库川女子大学丰富健二教授复印本。

61. 《诗话学》，蔡镇楚著，湖南教育出版社 1990 年精装本 1 册。

62. 《石竹山房诗话论稿》，蔡镇楚著，湖南文艺出版社 1995 年精装本 1 册。

63. 《宋词文化学研究》，蔡镇楚著，湖南人民出版社 1999 年精装本 1 册。

附录 Chinese Shihua and Its Japanese Counterpart

Cai   Zhenchu

Japanese shiwa has a very long history, and it has been generally accepted that it originated during the Heian period (794-1192) with the appearance of the Japanese Buddhist monk Kukai's work Bunkyohifuron (文镜秘府论). Although this view has prevailed in Japanese academic circles, it is as fanciful as the Chinese claim that Chinese shihua originated in one of the nation's three earliest dynasties –Xia (c.2100-1600 BC), the Shang (c.1600-1100 BC), or the Zhou (c.1100-256 BC). In The Study of Chinese Shihua, Funatsu Fuhiko, a celebrated contemporary Japanese shihua specialist, points out that, "As is well known, the category of writings known in Japan as 'shiwa' is a body of literary works written by the Japanese in imitation of Chinese shihua." Chinese shihua, as a literary genre, was initiated by Ouyang Xiu (1007-72) during the Northern Song dynasty (960-1127). If the suggestion that Bunkyohifuron ushered in Japanese shiwa as a literary genre holds true, the first Japanese shiwa would have preceded the appearance of Liuyi shihua by Ouyang Xiu, believed to have been the first of its kind in China, by more than two centuries. This clearly does not correspond to the historical facts.

Japanese shiwa is a product of the enduring and vigorous development of classical Chinese poetry. Over more than 1,200 years between the Nara period (710-94) and the Meiji period (1868-1911), a total of 769 anthologies and special collections of classical Chinese poems in 2,339 volumes were published in Japan.

Throughout Japan, from the imperial court down to the ordinary people and from ministers of state to monks and nuns, it was universally accepted that the most important criterion for judging an individual's breeding and level of education lay in the ability to compose kanji poems.

One of the main reasons for the rise of the shihua literary genre during the Northern Song dynasty was the exuberant development of classical poetry during pervious dynasties, especially during the Tang. Likewise, if the creation of classical Chinese poetry in Japan had not flourished to such an extent, shihua would not have appeared in Japan,and the intelligent and studious Japanese people would not have felt impelled to transplant this literary genre from China and convert it into an important vehicle for Japanese poetic and prosodic criticism.

Modern Japanese men of letters have not, however, shown great enthusiasm for studying, compiling or publishing Japanese shiwa, and Japan lags far behind China and the Republic of Korea in these areas. The Nippon Shihua Series (日本诗话丛书) in ten volumes, which was collated by Kokubun Takatane, compiled by Ikedashiro, and published in the 8th year of thd Taisho reign period (1919) by the Fumikaido Publishing House, Tokyo, contains sixty-four shihua works by Japanese writers from different periods-including Bunkyohifuron and Saikita shiwa (济北诗话), and Tohito shihua by the Korea writer Xu Ku-chong (徐居正). Most of other shiwa works produced in Japan are no longer extant. Few Japanese scholars have studied shiwa; Funatsu Fuhiko, a professor at Azumayo University, mentions "Japanese shiwa" only in an addendum to his A Study of Chinese Shihua published in 1977 by Hachiun Press, Tokyo. Japanese shiwa is only dealt with in any way systematically in A Comparative Study of Chinese Shiwa, Korean Shihua, and Japanese Shihua by Professor Zhao Zhongye (赵钟业) from the Republic of Korea. The only scholarly publication in China that deals with Japanese shiwa is the aothor's Studies on Shiwa. As with Japanese kanji poetry, Japanese shiwa was derived from a Chinese prototype and after flourishing over a long period eventually became an integral part of Japanese literature. The prototype was transplanted, imitated, and eventually emerged as a not insignificant vehicle in Japan for literary criticism. Japanese hiaku2 (日本俳话), a literary genre, such as Meisetsu Haiku by

Uchifuji Meisetsu, Tatsuu Haiku by Soda Tatsuu, Tenumado Haiku by Kakuda Chikurei, and Tatsukei-Study Haiku by Masoaka Shiki, all have the titles, stylistic rules and layout, subject matter, and format of Japanese shiwa. This demonstrates the important role played by Japanese shiwa in the history of literary criticism in Japan.

II

Form extant publications it can be determined that the earliest Japanese literary work to include the term shiwa in title was Saikita shiwa or Torikang shiwa by the Buddhist monk Mororen (1278-1346). This work written in kaiji and contains twenty-nine sections that are disparate in subject matter although all have the same basic theme, namely poetic criticism. it discusses the poetry of Li Bai, Du Fu, Wang Wei, and Wei Yingwu and comments on works by Song dynasty poets, for example, Lin Bu, Wang Anshi, Yang Wanli, and Liu Kezhuang. Basing his argument on the fact that the Liuyi shihua in both Mogawa Gakkai and the E Setsuken So Sho (莹雪轩丛书) edition of the same work consists of twenty-nine sections, Funatsu Fuhiko has concluded that the stylistic rules and layout adopted in Saikita Shiwa by Mororen could be just an imitation of those in Liuyi shihua, the prototype for all shihua has been inextricably linked to both classical Chinese poetry and Chinese shihua.

Saikita shiwa is the earliest Japanese shiwa work but later than Liuyi shihua, the earliest Chinese wrok of literary criticism to incorporate the term shihua in its title, by more than 270 years. However, Saikita shiwa is also more than a century earlier than Tohito shihua, the earliest Korean work to include shihua as part of the title. However, social, political, economic, and cultureal factors combined to check the creation of any literary work in the same vein as Saikita shihua in the three centuries subsequent to its publication. Shikanmeiwa (史馆茗话) by Bayashi Sunao appeared only at the beginning of the Tokugawa period, but from then on creation of Japanese shiwa gradually accelerated and reached its peak in the 19th century. Firstly, by that time writing shiwa had become fashionable and a large number of famous poets and literary critics utilized shiwa as a vehicle for expressing their appreciation of literary compositions or for conducting literary debates. As a result, both the status and significance of shiwa as a medium for literary criticism were elevated. Secondly, at that time the central themes of Japanese shiwa gradually shifted from classical Chinese poetry and ci to both Japanese poetry and Chinese poetry. Previously shiwa had only been written in kanji, but during this period Japanese writers also began to write shiwa in kana. Finally, by this time the number of Japanese shiwa publications had become relatively voluminous; in addtion to the sixty or so Japanese shiwa works assembled in the Nippon Shiwa Series, more than thirty unpublished Japanese shiwa works were later included in The Biographies and Works of Modern Sinologists (近世汉学者传记著述大事典) and other Japanese classics. It is difficult to determine how many of these valuable Japanese shiwa works have already been lost. Representative Japanese shiwa Joyama, Akutagawa Dankyu's three-volume Dankyu shihua, the two-volume A Fountainhead of Inspiration to Poetization (诗学逢源) by Gion Nankai, and the same author's one-volume Prosody (诗诀), and the two-volume Kokero shiwa (孝经楼诗话) by Yamamoto Kitasan.

With the advent of the Meiji period and the beginning of the Meiji Restoration, the world outlook, phiosophy of life, artistic perspective, and aesthetic concepts of the Japanese underWent a significant change. It was thus inevitable that classical Chinese poetry composed by Japanese poets and Japanese shiwa, both based on ancient Chinese conventions, Should enter a period of crisis and then decline. Japanese shiwa of the Meiji period lacked the splendor and exuberance it had demonstrated during the Tokugawa period, and as a result there was a sharp drop in the number of Japanese poets who chose to create classical Chinese poems, and both the Japanese writers and readers of shiwa. Shiwa works popular during the Meiji period were A Youngerster's Shiwa (少年诗话) by Noguchi Neisai and Sakina shiwa (醉茗诗话) by Kawai Sakina. Modern Japanese shiwa evolved after the Meiji period and continues to this day; in this regard we can mention Rofu shiwa by Miki Rofu, Seitou shiwa (西东诗话) by Fujikawa Hidero, and Renjian shiwa (人间诗话) by Kichigawa Sachijiro. Few vestiges of the traditional classical poetic criticism can be detected in contemporary Japanese shiwa and both the content and form have become completely Japanese.

III

Japanese shiwa may be divided into two categories according to the language used: kanji shiwa and kana shiwa. The first Japanese shiwa writers all wrote in kanji as a result of the earlier introdution to Japan of the classical Chinese language and the maturity of classical Chinese literature. The comments in most of these works were also directed towards classical Chinese poetry. As Japanese shiwa evolved, a new language, "quasi-kanji" (准汉文), emerged in Japanese culture, and a new form of shiwa, written in the "national language" (i.e., the Japanese language) arose to meet the occasion. During the Edo period there was simultaneous development of shiwa works written in both classical Chinese and Japanese. The Nippon Shiwa Series may serve as an example: of the sixty-four Japanese shiwa works assembled in this anthology, thirty-three are in kana, and thirty-one in kanji. Many more shiwa works in kana were published in later periods. Japanese literati of the time recognized that, since all shihua works in China were written in classical, literary Chinese, by choosing to write their own shiwa in the national (Japanese) language. Japanese writers could be laying themselves open to the criticism that they were unable to compose literary works in kanji. This immediately impelled Japanese writers to compose Japanese shiwa in Chinese. This reflected both the respect held by the Japanese for traditional Chinese culture and a very improper disregard for their own national language. The emergance of shiwa in the Japanese national language was the inevitable result of the evolution of Japanese shiwa and also provided an impetus for the nationalization of Japanese shiwa.

All the shiwa created by Japanese writers can be divided into two categories depending on their theme; those dedicated to commentaries on classical Chinese poetry and ci, and those focussing on Japanese poetry and Japanese ci. The former are almost exact copies, not only in theme but also in form, of their Chinese counterparts. Works such as Saikita shihua by Mororen, and On Poetry (诗论) by Tazaijun are good examples of this category. The second group reproduce the form of Chinese shihua but comment on Japanese poetry, and if they are written in the

Japanese language can be considered naturalized Japanese shiwa. There are also shiwa by Japanese writers that deal simultaneously with both Chinese and Japanese poetry, for example, the one-volume Shiseido shiwa (诗圣堂诗话) by Takubo Tatami.

In terms of subject matter, Japanese shiwa can be classified as follows:

(1) Poetics: Those in this category focus on poetic theory. The Aim of Poetization (作诗志彀) by Yamamoto Kitasan, for example, advances the theory of personality-oriented poetic creation, and advocated stylistic "serenity and freshness" in poetization. He disapproves of Kayazono's poetic style which is based on imitating the styles of ancient poetry. In Discussions in Literary Circles (艺苑谈) Kiyodaya justifies a stylistic gravity designed to impart scholarliness to poetic or prose compositions. In Toan's Criticism of Shiwa (侗庵非诗话) by Furuga Toan, it is proposed that Chinese poetry of the Tang dynasty (618-907), particularly that of Du Fu, be regarded as the epitome of poetization. In Katsurahara shiwa by the Buddhist monk Jichika, the author suggests that Chinese poetry of the Song dynasty (960-1297) be revered as the suvlime model, and express strong opposition to the Tang-style poetry composed by Konoshita and Mojiozo. According to the theory proposed by Hirose Damado in Damado shiwa, " meaning is the most essential element in prose. whereas emotions are central to poetry."

(2)Prosody: these works are essentially handbooks which describe the rules and forms of classical poetic composition, versification, rhyme schemes, and stylistic concerns. They are echoes of wroks preduced during the Tang dynasty on classical Chinese prosody and those giving examples of poetic styles, and were instrumental in popularizing classical Chinese prosodic lore in Japan, promoting the creation by Japanese poets of classical Chinese poetry, and elevating and refining aesthetic taste in Japanese poetic circles. They are thus of considerable significance within the body of Japanese shiwa writings.

(3)The history of poetry:The shiwa works within this category are historiographic in nature and deal with the evolution of poetry. For example, The History of Japanese Poetry in five volumes by Eduraso, the one-volume On Poetry by Tazaijun, and Kintempo shiwa (锦天山房诗话) in four volumes by Tomono Katani.

All of these deal either in detail or in passing with the evolution of Chinese and Japanese poetry and prosody.

(4) Textual research or annotations on poetry: There are a considerable number of works which focus on either the textual criticism of poetic works and / or annotation.

(5) Anthologies: These Japanese shiwa were concerned with rescuing poets or poems from oblivion, and presenting known poets' works and the authors of popular poems. The preface to the Mordern Poets Series（近代诗人丛话）in one volume by Gosaki Harushi reads: "I have given this anthology the title the 'Modern Poets Series' in the hope that I might have the right to attach what I know about some of the poets who flourished from the Meiji period onwards." The anthology includes poems by twenty poets including Tanuma Zinyama, and each poet's work is preceded by a short biography of the author. The compiler has inserted his own terse comments throughout the text.

(6) Anecdotal Shiwa: These shiwa are mainly narrative in form. In a similar way to "anecdotal poetry" (本事诗)——one of the stylistic variations of Chinese shihua –this type of Japanese shiwa continues the convention that began with Ouyang Xiu's Liuyi shihua of "allowing such anecdotes to spice idle talk." There are, however, only a small number of such works. A rare example is Shiwa of the South (The Story of a Boat with a Sinister Crew) (南国诗话——黑船记) by Kawaji Ryuko, which is written in the the form of a casual sketch and recounts the literary romance of his grandfather Kawaji Seibo.

Because of their primary concern with the chronological development of Japanese poetry, some Japanese shiwa are devoted to the poetry of a specific reign period or historical era. For example, Konoshita Hyo's Shiwa of the Meiji Period, published in the 18th year of the Showa reign period, and Modern Shiwa by Fujita Saburo published in the 13th year of the Showa reign. There are also those concerned with regional developments in the Japanese world of poetry, for example, Kokuetsu Shiwa (北越诗话) by Sakaguchi Gomine published in the 7th year of the Taisho period.

Even from this preliminary classification it is obvious that Japanese shiwa were less developed in terms of their stylistic variety than their Chinese counterparts. However, such stylistic variety as there is has already developed a strucural balance and constitutes, an important aspect of the study of Oriental shiwa.

IV

A comparison between Japanese shiwa and Chinese shihua—and particularly between Japanese shiwa and Korean—reveals that Japanese shiwa have absorbed many of the conventions of classical Chinese poetics and that in artistic style and aesthetic concepts they are quite different from Korean shihua.

(1)Prosodic Stylization

Japanese shiwa has been influenced by two foreign prosodic conventions: firstly, that of the Tang poets. The Buddhist monk Kukai summarized the content of Wen fu (文赋), Wen xin diao long （文心雕龙）, Shi pin （诗品）, and Tang poetic lore in his Bunkyohifuron in six volumes. This was the first work of its kind to influence Japanese poetic circles, and ever since its publication has been held as the archetype of Japanese shiwa. The other foreign prosodic convention was that contained in Shi ren yu xie (诗人玉屑) in twenty volumes which was edited by Wei Qingzhi （魏庆之） in the Southern Song dynasty (1127-1279). The latter was officially published in Japan by the Buddhist monk Genkei in the first year of the Masanaka reign (1324)during the Kamakura period (1185-1333). Shi ren yu xie was the first of the Song dynasty shihua works to be introduced to Japan. It is due to the influence exerted by these two Chinese prosodic conventions that Japanese shiwa writers paid particular attention to stylization and form rather than to original stories.

The primary object of criticism in Japanese shiwa was also classical Chinese poetry which had a very strict prosodic style. it was absolutely essential in creating this type of classical Chinese poem to adhere to the rules of versification, and it was precisely the classical Chinese "lushi"poems3 that served as primers for the earliest Japanese poets. Japanese poets produced a great deal of classical Chinese poetry, the overwhelMing majority of which is based on the classical Chinese "jueju" 4 style, particularly that with seven characters to a line. Since Japanese writers who created classical poems and those who wrote shiwa were equally committed to prosodic excellence, it is natural that Japanese shiwa writers should emphasize form style.

Ishikawa Joyama (1583-1672) wrote Prosodic Essence early in the Edo period. his work introduces general prosodic reles, followed by a description of the origins of ideas, inspiration, and imagination. This in turn is followed by a disquisition on poetic structures and poetic taboos, so providing a broad outline of the art of poetization. The second part is devoted to a general discussing of the origins of poetic genres and prosodic styles, a detailed description of various tonal patterns and forms of rhythm, techniques for bringing out a theme, and the prosodic features and rhyme schemes of juelu and pailu poetry. 5 The book also contains numerous quotations from poetic theorists of the past emphasizing the essentials of classical Chinese poetization. In his Prosodiy Gion Nankai (1677-1751) discusses structure, diction, versification and rhyme schemes, and compares gufeng and jinti poetry 6. The work is actually a handbook of classical Chinese poetization. Miura Baien's (1723-89) Shitetsu (诗辙) in six volumes contains a systematic discussion of the use of syntax in poetization, diction, rhyMing, and the formation of and relations between stanzas in a poem. This work provides a complete and very detailed explanation of the art of composing poetry and could serve as a primer of classical Chinese poetic theories. It has therefore always been highly regarded in Japanese poetic circles. There are a very large number of such prosodic primers by Japanese scholars, which follow on from works on prosody or the art of poetization by Tang scholars and handbooks written during the Yuan and Ming dynasties. Numerous ebtries in these Japanese primers were copied directly from Tang prosodic works.

In Japanese shiwa great importance is attached to the structure of the poem, particularly the various rhyMing and tonal schemes. A Study of Tonal Patterns in Tang Poetry in three volumes (唐诗平仄考) by lorigenjun, the first Japanese prosodic primer to deal with tonal patterns, examines the tonal patterns of Tang poems with five or seven characters to a line, and gushi (archaic style) poems. This book and Shiritsucho (诗律兆) by Chui Takeyama are considered the "two bastions" among Japanese works on rhyme and versification. However, the greatest work of all on rhyme in relation to Japanese shiwa is Shikaku kango in two volumes (诗格刊误) by Hiosuri, which was published in 1850. The first volume discusses the general rules of prosody and rhyme in gushi poetry, and archaic rhyme schemes and tonal patterns. The second volume deals with the rules governing character-substitution and the transposition of lines in a stanza or between stanzas in poems with five or seven charaters to a line and in jueju poems, and examines the various types of ao-style poetry, that is, classical poetry which does not conform to the rules governing variations in tonal pattern. This section also describes standard rhymes, characters with the same vowels or consants, poetic couplets, the use of reiteration, and lexical and semantic subtleties that can be used in poetry. The basic theme of this second volume is, however, ao-style poetry. There are few works as valuable as the two volume Shikaku kango which is devoted to discussions on the rhythm, tonal pattern, and rhyme scheme of classical Japanese poetry.

(2)"Zhongization"

In terms of their theme and format, all Chinese shihua works fall into two categories; those of the "Ouyang " school, and those of the "Zhong" school. The former was based on the proposition set forth in Ouyang Xiu's Liuyi shihua that "[poetic criticism] of specific poems should relate to relevant background material," while the latter followed the Liang dynasty critic Zhong Rong's concept expressed in Shi pin that poetic criticism of specific poems should relate only to their lexical aspects." The shihua works created by Korean literati generally follow the Ouyang Xiu school because of the influence of Korean culture and the specific social climate in which they were created. Japanese shiwa, however, tend to follow the tents of Zhong Rong.

Shi pin was the first Chinese literary work to deal exclusively with poetic criticism, and should be honored as the earliest progenitor of Chinese shihua. Under the heading "Works by Unprolific Authors " in Catalogue of Extant Publications in Japan (日本国见在书目) compiled by Fujihara Sase and published in the 3rd year of reign of Hirohei (890), there is an entry which reads: "Shi pin in three volumes." In the section headed "Works by Minor Authors " we also find: "Shi pin with Annotations (诗品注) in three volums." It is evident from these entries that Zhong

Rong's Shi pin must have been introduced to Japan at the latest by the late Tang period. Inspired by Shi pin, poetic evaluation and appreciation in the domain of Japanese shiwa was keenly critical in dividing the high from the low, the good from thd bad, and sought to establish a form of hierarchy in poetic circles.

During the Temmyo period, influenced by both the "former and later seven literary luminaries" 7who held that "prose must be written in the style of the Qin and Han dynasties, whereas poetry must be composed in the poetic style created during the High Tang period," the Japanese "ancient literature school,"founded by Hagyu Sorai (1666-1728), strenuously advocated the revival of all ancient literary styles, However, seeking to eliminate the influence of Kayazoyo's call to restore ancient literary styles, in the 3rd year of the Temmyo reign (1783), Yamamoto Kitasan (1753-1812) produced his The Aims of Poetization in which he sharply critized Hagyu Sorai, declaring that the latter "knew nothing about the art of poetization," and stressed that poetization meant the expression of a poet's true feelings. He advanced the idea that "just as an archer should aim only at his target, so a poet should aim only at 'stylistic serenity and freshness.'" As a result, "Japanese literary style took on a comletely new look. Even today poets choose to nurture this stylistic serenity and freshness in their poetry, and in terms of their literary style follow the lead of the Tang dynasty writers Han Yu and Liu Zongyuan. This ought to be accredited to Mr. Yamamoto Kitasan." (This passage is taken from the epitaph of Yamamoto Kitasan.) Yamamoto Kitasan was thus a key figure in the stylistic changes that took place in poetic creation in Japan. However, in the year following the appearance of The Aims of Poetization, a counterattack was launched by Kayazono's followers. Sakuma Kumazu published "A Refutation of"The Aims of Poetization" (作诗志彀) defending the literary precepts upheld by Sorai, Nankaku, and Harudai against Kitasan's criticism. Sakuma Kumazu added An Addendum prepareed by Sugutami Kotakai to his work in which linguistic outrages allegesd to have been committed by Kitasan are enumerated. Amamori Yuanami (1755-1815), a follower of Yamamoto Kitasan and also the proofreader of The Aims of Poetization." took up Sakuma Kumazu 's challenge and wrote a book entiled Shi syo hoben (诗讼蒲鞭) denouncing A Refutation of "The Aims of Poetization." In the sixth year of the Temmyo reign, Gachu Junyu (Ishimado Yamahito) analyzed and compared the three books mentioned above and presented his evaluation in Ruling Out 'Shi syo hoben' (驳诗讼蒲鞭) in which he defends the stylistic concerns and literary repute of the ancient literature school headed by Kayazono. Two later works, A Toll for "The Aims of Poetization" (唾作诗志觳) and A Troublemaker in Poetic Circles (词坛骨梗), were both attacks on The Aims of Poetization. Neverless, Kitasan's desire to curb the revival of ancient literary styles and traditions, a dn his advocacy of stylistic serenity and freshness can hardly be disregarded. He included in his work Koke ro shiwa a chapter entiled "Stylistic Serenity and Freshness"in which he proposes that "the orthodoxy of Tang literature lies in stylistic serenity and freshness." He stressed that a poet should create "true poetry "or "poetry that mirrors his true self," and was opposed to the imitation or revival of antiquated literary traditions and styles and the arbitrary establishment of Tang or Song literature as the epitome of literary creation. In his preface to a new edition of A Transcribed Copy of "Suiyuan shihua "8, Kitasan says,"if the whole poetic realm is surveyed in an unbiased manner, there is no discernable difference between poetic creation of the Tang and that of the Song." This testifies to the fact that Yamamoto Kitasan had the courage to uphold his beliefs and to question the infallibility of some authorities on literature.

After "going over the works produced by various schools, making a comprehensive study of the doctrines put forward by these schools and simplifying them," in order to "clarify the meaning of words," in the seventh year of the Temmyo reign (1787), the Buddhist monk Jichika (1737-1801) wrote Katsurahara shihua which consists of two parts, each part comprised of four volums. Katsurahara shihua has almost one thousand entries including annotations to poems and explanations of literary allusions. Jichika regarded Song dynasty poetry as the pinnacle of success and insisted that "the poetry created by Su Shi or Lu You can serve beginners as a ladder to the heights of Du Fu's poetics." He was particularly fond od archaisms and the use of bizarre expressions in his poetic creations, and as a result drew heated criticism. In Mumado shiwa (梧窗诗话), Rinnire wrote,"The recent fashion for archaisms has been patronized by Rokuji (an alias of Jichika), the old monk." Kikuchi Goyama also noted in Goyaado shiwa,"Spicing a poem with archaisms was one of Rokuji's idiosyncrasies. The way in which he examined poems was similar to the way in which he examined a show of fancy lanterns when he was bent on spotting the most outlandish device. The shiwa wrok he produced was therefore nothing more than a notebook used to jot down all kinds of lexical archaisms, and it remains an anomaly in traditional shiwa." Adding fuel to the fire, Zusaka Toyo published his Errors in " Katsurahara shiwa " in four volumes, which, like Errors in Work of Yan Yu9 by the Qing dynasty poet Feng Ban (1602-1671), commented on the mistakes in Katsurahara shiwa. Valid evidence is provided in Zusaka Toyo's work for every error occurring in Katsurahara shiwa. Another work by Zusaka Toyo, Yakyou shiwa (夜航诗话) is also full of censure for Rokuji's poetic theories. Joining the critics of Jichika, Ikaikeisho Hikohiro published his Commentary on "Katsurahara shiwa" (葛原诗话), which provides a glimpse of poetic criticism in Japan at this time. There were many contending factions in the realm of Japanese shiwa, all self important and engaged in endless conflict and debate, and each appearing likely to carry away Japanese poetic circles in their aggressive fervor.

(3) Conceptualization and Theorization

Even at the outset Japanese shiwa did not follow the Song dynasty tradition that shihua was only for "keeping an anecdotal record "that "served to spice idle talk," but developed into a literary genre of serious poetic criticism and the formulation of theories of poetization. Conceptualization and theorization, which tended to be very schematic in nature, were two obvious features of Japanese shiwa. Although Japanese shiwa basically followed the set pattern of Chinese shihua, the poetic criticism it contained no longer mimicked the " idle-talk "oriented sketches prevalent in the latter. A Fountainhead of Inspiration for Poetization by Gion Nankai may serve as an example. The first volumes deals with the major aspects of poetization, the evolution of prosody, and poetic inspiration. The second volum focuses on minor aspects of poetization, such as a refined as opposed to an uncultured poetic taste, levity versus gravity, limpipidity versus turbidity, and emphasis as opposed to deemphasis. This work is noted for " couching profundities in very plain language and also for ingeniously enlightening its readership and should be acknowledged as the proper standard for poetry writing." The content is very well organized, and as balanced and superb as that of Yuan shi (原诗) by Ye Xie (1627-1703), a famous Qing dynasty poetry critic. Toan's Criticism of Shiwa in ten volumes by Furuga Toan (1788-1847) is particularly worth mentioning. Furuga adopts the propositions advanced by Yan Yu in Canglang shihua and develops his own poetic theory based on his assimilation or rejection of the poetic theories of the three major Chinese Qing dynasty theorists. These theories were: (1) the theory of "poetic flavor" formulated by Wang Shizhen (1634-1711) in his work Yuyang shihua (渔阳诗话); (2) the theory of "stylistic uniqueness" developed by Shen Deqian (1673-1769) in Shuo shi zui yu (说诗晬语); and, (3) the theory of "personlity-oriented poetization" advanced by Yuan Mei in Suiyuan shihua. The eclectic poetic theory developed by Furuga Toan is based around the concept of "stylistic uniqueness," fleshed out by his borrowings from the theories of "personlity-oriented poetization" and "poetic flavor."

The systematization charateristic of poetic criticism contained in Japanese shiwa is reflected to its best advantage in works on the history of poetry. The only Chinese work to include the term "history of poetry" in its title is The History of Chinese poetry by the Song writer, Cai Juhou. However, this work is in the form of casually written notes or sketches intended only to spice up "idle talk," and is therefore only nominally a "history of poetry". In the eighth year of the Akewa reign (1771), Eduraso (1713-78) published The History of Japanese Poetry in five volumes. This work covers the history of Japanese poetry from the 7th century to the mid-Edo period, and "evaluates and comments on poetry composed by Japanese poets in the context of their lives and the circumstances in which their poems were created." The content is arranged chronologically and is mainly historiographical, although it also contains poetic criticism. This is a systematic and complete analysis of the historical development of Japanese poetry.

V

Japanese shiwa provides a precious legacy in the areas of literary theory and criticism, and the aesthetics of poetry. Its academic value can hardly be overestimated for following reasons:

(1) Its History Value

Japanese shiwa provides a graphic record of the evolution of Chinese literture in Japan and is also an invaluable "data bank "of material on literary works by Japanese writers, Japanese literary schools, and the history of poetry. The composition of classical Chinese poetry by Japanese poets began in the Nara period, came to maturity during the Goyama period, and attained its peak in the Edo period. Japanese shiwa kept pace, specifically and vividly, with the entire evolution of classical Chinese poetry by Japanese poets. Eduraso's History of Japanese Poetry, in particular, provides a very thorough and impressive account of the origins of classical Chinese poetry by Japanese poets in the 7th century and its development over more than a millennium. The first two volumess of his work deal with poetry created by Japanese rulers, the aristocracy, generals, monks, and poetesses who lived before the Keicho period. Their works are arranged chronologically and are accompanied by biographies. The third, fourth, and fifth volumes contain an anthology of poetry written after the Genwa period by poets who lived in prefectures within the Kyoto and Kanto areas. It is safe to conclude that modern studies on the history of Japanese literature and literary criticism will go nowhere if they are conducted without taking into consideration the "data bank" contained in Japanese shiwa publications. Even supplementary shiwa works such as Shi ri tsu cho, Katsurahara shiwa, Some kintai se (沧浪近体诗声律考), and Tonal Patterns in Tang Poetry (诗辙), which deal with topics such as versification, tonal patterns, rhyme and rhythm, and poetic diction, provide abundant material for research into linguistics, phonology, and poetic theory.

(2) Its Value for Comparative Studies

A comprison between Chinese shihua and Japanese shiwa is a "comparative study of cultural impact." The role of Japanese shiwa and its merits within this type of comparative study are as follows: (A) It can serve as an important system of cross-reference for research into thd history of Chinese literature, literary criticism and literary theories because Japanese shiwa not only preserves a considerable amount of background information in relation to classical Chinese poetry, but also opens up new areas of criticism for such poetry which stem from perspectives and values quite alien to Chinese culture. For example, the Chinese anthology Poetry Created in All Periods of Tang Dynasty (全唐诗). Shikawa Yonei compiled Supplement to "Poetry Created in All Periods of Tang Dynasty" (全唐诗逸) in three volumes more than two centuries ago. It contains an anthology of poems and fragments of poems written by one hundred and twenty-eight Tang poets and poetesses. Eighty-two of these poets, sixty-six of their poems, and hundreds of fragments of poems are not included in Poetry Created in All Periods of Tang Dynasty. A Reconsideration of Poetization in China (诗学新论) in three volumes by Jiharanao (1729-83) discusses in detail the stylistic features of classical Chinese poetry from different periods, beginning with an analysis of The Book of Songs and ending with a deliberation on the poetry of the Tang and Ming dynasties. The author's evaluation of the poetry of the Tang and Ming is particularly erudite. New ideas were also expressed in relation to poetry of the Tang, Song, Yuan and Ming dynasties in the second volume "Judgements Passed on Poems "of Dankyu Shiwa and in Mumado Shiwa. Because of the rather restricted outlook in China, research into the history of Chinese literature, particularly the history of poetry, and the history of Chinese literary criticism involved the use of reference materials found only in China and little advantage was taken of materials found abroad. (B) The profound influence exerted by Chinese literature and literary theories on Japanese literary circles can be keenly felt through a comparative study of Chinese shihua and Japanese shiwa. For example, in the Edo period the main criterion for Japanese shiwa writers in evaluating poetry, and the stylistic and thematic preferences displayed by shiwa writers, were based on The Book of Songs, and they were very reluctant to deviate even marginally from the moral norms read into the text of The Book of Songs by the confucians. In Nagayama Chogono's Shiaku syu se (诗格集成) we find the following passage: The Book of Songs is indisputable the archetype of Chinese poetry." whereas in Gion Nankai's Prosody it is alleged that "Generally speaking, there is no such thing as poetic creation, but an unabated effort to revive the moral verve demonstrated by the two major categories-known as "feng" (风)

and "ya" (雅) of the Songs anthologized The Book of Songs."In terms of their poetics, focus of poetic criticism, stylistic preferences, form, and writing techniques, Japanese shiwa reflect features inherent in traditional Chinese culture and share the same literary and technical lineage as Chinese shihua.

(3) Their Value in Poetic Theory

The real value and importance of Japanese shiwa in developing poetic theories and aesthetics are borne out by the theories related to the origins of poetic inspiration, and the artistic superiority of Tang or Song poetic creation, a theory derived from the study of shihua, which they advance.

The word "fountainhead" in the title of the book A Fountainhead of Inspiration to Poetization by Gion Nankai is an adaptation of the central idea contained in the second section of the chapter entitled "Li Lou" (离娄) in Mencius, one of the Four Books. Such an adaptation was designed to convey the idea that poetization calls for an appreciable degree of poetic competence. Once one has this, creating poetry is relatively easy. The acquisition of such competence could be likened to the poet diving into an inexhaustible fountainhead that emitted copious amounts of poetic inspiration. Nankai pointed out that "one who is interested in writing poetry is obliged to acquaint himself in the first place with this 'fountainhead' of poetic inspiration. By the 'fountainhead' of poetic inspiration is meant the feelings that arouse him and which he is eager to use in his poetry, rather than a verbal description he has already visualized." (This passage is quoted from the first volume of A Funtainhead of Inspiration to Poetization.) According to Nankai," the feelings which arouse him " consitute the fountainhead of his poetic inspiration. He thus laid emphasis on "feelings." Hirose Damado, reputedly "the most erudite scholar of his time", wrote in the second volume of his Damado Shima:"Speaking of creating prode or poetry, the principal task of a prose composition is to convey its writer's ideas, whereas a poetic composition is written mainly to give voice to some sort of feeling. Accordingly, impoverished feelings make only an impoverished poem." In Dokushi Yotyo (读诗要领), Ito Togai wrote: "Poetry is for imparting feelings." But what is mean by "feeling"? Damado and his followers held that "Tenderheartedness coupled with sincerity is the moral norm advocated in The Book of Songs," and this "tenderheartedness coupled with sincerity" could therefore be summarized in the single word "feelings." Damado's view in this regard coincides with the interpretation offered by the Ming-Qing philosopher Wang Fuzhi in his Jiangzhai shihua: "being aroused to plumb the depths of popular grievances." This ushered in an inquiry into the essence of poetry. In his Shi ri tsu (诗律), Akasaachi provided the following answer: "A poem tells what is on a poet's mind. As long as there is something on his mind, he is impelled to come out with it in a chanting manner to lyrical style." In the first volume of his Shigaku shinron (诗学新论) Haranao Nukuio says that "poetry is nothing more than the couching of feeling, mood, or sentiment in lyrical language." The two last comments support the idea that "poetry is intended only to give vent to a feeling." Two other propositions were advanced in Japanese shiwa to explain the essence of poetry: one is contained in On Poetry by Taizaijun who wrote: "What is poetic creation intended for? Poetry arises from thought and no one can refrain from thinking. In the long run one needs to give expression to one's thoughts. If the expression of one's thought fails to relieve one's mind competely, one cannot help resorting to chanting, singing, or groaning in order to get rid of these pent-up feelings. That is why the ancients coined the expression 'chanting a poem' to emphasize song-like quality of poetry." The other proposition on the "essence of poetry" was advanced by Tanomu Korekan in the "Introduction" to his A Study of Tonal Patterns in Tang Poetry: "I have all along insisted that there are no landscapes or sights that do not instill poetic inspiration into their viewers. Therefore, poetry is the ring of a voice from the universe." The former proposition stresses subjectivity as the predominant feature of poetry, while the latter posits objectivity as the predominant feature.

In the history of Chinese poetry there had been considerable debate over whether Tang or Song dynasty poetry is superior. This debate also influenced Japanese poetic circles; some Japanese poets asserting the superiority of Tang poetry, others claiming the leading position for poetry of Song. It is worth noting that after Gosan classical Chinese poetry by Japanese poets adheres in the main to the prosodic schemes and stylistic features characteristic of poetic creations of the Song. However, Junan alleged that only poetry of the High Tang poeiod could be seen as the epitome of poetization. In his Prosody Nankai wrote,"Poetry created during the Song dynasty is characteristically philosophical, having lost all the essential poetic qualities that are inherent in the poetry of The Book of Songs, although in a philological sense Song poetry may still be deemed acceptable. Tang poetry is congenial, mild, and equitable in nature, and comes very close to the poetic perfection inherent in the three integral parts of The Book of Songs,"feng ","ya", and "song" (颂). Tang poetry cannot claim such literary excellence merely by juggling rhyme schemes or tonal patterns." In the " Introduction " to Zhote zui hi tsu (钳雨亭随笔), Togoma repeatedly stressed the artistic superiority of Tang poetry,"for the express purpose of occasioning [in Japan] a renaissance of Tang poetry." In Kien shiwa, Minagawa Kien attempted to praise poetry produced throughout the Tang dynasty, however, he cliamed that poetry created during the High Tang should be considered the best. Kien hoped to break the spell cast over Japanese poetic circles by the seven literary luminaries of the Ming dynasty by invoking "such captivating stylistic glamour peculiar to poetic creation of the High Tang, which is characterized by its lucid simplicity tempered above ranked Li Bai, Du Fu, or Wang Wei as the highest poetic authority. in A Fountainhead of Inspiration to Poetization, Gion Nankai honored Li Bai, while Furuga Toan considered Du Fu the most eminent of all Chinese poets. In volume nine of Toan's Criticism of Shiwa he wrote,"We might as well credit Du Fu with a poetic genius and an art of poetization as high as those of Confucius who selected the cream of contemporary poetry when compiling The Book of Songs." Toan acclaimed the academic merit and historical significance of Yan Yu's " brave advocacy " in Canglang shihua of the "superiority of Tang poetry for thd purpose of ridding the literary public of mystified poetic taste." After a Japanese Buddhist monk and poet established himself as a Confucianist in Japan, and the Neo-Confucian philosophy of Zhu xi, which was introduced to Japan by two Koreans, Tui Gye (退溪) and Liul Kok (栗谷), developed during the Edo period into a body of orthodox learning, Japanese poetic circles increasingly acknowleged the supremacy of Song poetry over that of the Tang. Yamamoto Kitasan produced two works, The Aims of Poetization and Koke Ro shiwa, in which he dismissed the assertion of the supremacy of Tang poetry by the seven literary luminaries of the Ming dynasty as "antics simply parodying Tang poetic works." In the same strain there is the following passage in the "Introduction "to Katsurahara shiwa:

After Ithe Buddhist monk JichikaI arrived in Edo, he took a course in rhetoric offered by Liu Longmen. Although he adored poetry, he became disgusted by the mistaken attempts on the part of Konoshita and Mojiozo to get to explode this idea and to establish the supremacy of Song poetry. He used to claim that "access to Du Fu's prosody lies in the poetic works of Su Shi and Lu You." As a result of his advocacy, Japanese poetic circles gegan to accept the supremacy of Song poetry, to the disadvantage of Tang poetry. Literaty figures such as Yamamoto Kitasan then followed suit.

Later emerged Takeda sho shiwa (竹田庄诗话), Shiseido shiwa,and other new shiwa works, all of which joined in the chorus to establish the supremacy of Song poetry. However, in commenting on Gozando shiwa (五山堂诗话), Kikuchi Kirimago coined the new term "a parody of Song poetry " which correponded with the phrase " a parody of Tang poetry ".

Mr.Yamamoto Kitasan called on Ipoetic circles Ito eliminate all parodies of Tang poetry; this brightened our poetic climate. Now all metropolitan and rural men of letters have become enthusiastic over the supremacy of Song poetry. This is highly to his credit. I approached him and said, "Although the Tang poetry parodies have now bowed themselves out, the Song poetry parodies are still lingering indoors. This means that there is still another snag to remove. Don't you agree ? " He grinned.

Kikuchi Gosan and Yamamoto Kitasan struggled against the imitation of stylistic features from both Tang and Song poetry, and their poetic theory therefore differed from those which upheld the supremacy of either Tang or Song poetry. Zusaka Toyo remained unbiased and judicious, and steered clear of the imbroglio involving Tang and Song poetry. He declared in Yakyou shiwa, " Poetry created during any of the dynasties in IChineseI history must have merties of its own. What we should do is assimilate all of such merits. It does not make sense to discriminate against all the poetic creation of one dynasty or another." As a matter of fact, the dispute among Japanese shiwa writers about whether Tang or Song poetry should be considered superior, which was not unlike the debate among Chinese shihua writers on the same qusetion, was in essence a conflict between different schools of poetic aesthetics.

The theoretical value of Japanese shiwa becomes apparent in the study of shiwa. What is shiwa ? How was it generated as a literary genre ? In his preface to Shizando shiwa (诗山堂诗话), Saitokei gives the following answer: "Poetry existed prior to the appearance of shiwa. Therefore, the 'shiwa' of remote antiquity was simply the soliloquy in poetry, rather than a poetic discourse." Obata Yukikam, in the preface to one of his works provide a different answer:"Shiwa is actually purely analytical discourse embodied in poetry. Shiwa can provide its readers with an insight into the nature and mood of each of the poets stedied as well as with information concerning his life and the background to his poetic creation." These two quotations enable the following deductions (1) "Poetry already exsited before shiwa appeared." We are thus given to understand that shiwa was the offspring of the prosperity of poetic creation. This fills a gap left by previous studies on shiwa as a literary genre. This gap remained in China until the recent appearance of A Shihua Serial written by the contemporary author, Guo Shaoyu, in which he raise a similar point: "Shihua arose as the result of the existence of extremely profuse poetic creation." Scholars engaged in the study of shihua in China had never previously advanced such an idea. (2) In their study of shiwa, Japanese scholars tended to focus on shiwa itself. The use of the terms "soliloquy in poetry" and the "purely analytical discourse embodied in poetry " imply a stress on shiwa itself. The way in which Japanese scholars viewed shiwa was thus slightly different from the perspective of their Chinese counterparts. However, in Japan the study of shiwa did not begin until the appearance of the ten volume Toan's Criticism of Shiwa, which was published later than the Qing dynasty treatise "Shihua " contained in Wen shi tongyi (文史通义) by Zhang Xuecheng. In the second volume of Furuga Toan's work, entitled "An Overview," are comments by the author on more than two hundred and eighty shiwa works. Toan makes favorable comments about only four shihua works-Shi pin by Zhong Rong, Canglang shihua by Yan Yu, Li

Dongyang's Huailutang shihua, and Tan yi lu (谈艺录) by Xu zhenqing-describing them as " the most valuable of their kind." Toan's main aim was to draw attention to the fifteen vices commonly seen in shihua works produced during the Song and later dynasties. Such " vices " included factional disputes, pedantry, the strained interpretation of words, overating the moral of a literary allusion, prostituting poetry for sycophantic reasons, and ignorance of the proper standards governing poetry writing. Toan also applied to same censorious tone to both Yuyang shihua and Suiyuan shihua, attacking " their propensity to concoct fabrications," their flippant and coquettish style, lack of intellectual depth, and departure from the correct standards of poetry writing. Although Toan's criticism was harsh, it helped to promote the study of shiwa.

Notes

1. *Shihua* (诗话) refers to a group of diverse classical Chinese writings, which included critical reviews of poems, the history of a particular school of poetry, anecdotes about poems or poets and the circumstances surrounding the writing of such poems, treatises on prosody and criticism of specific prosodies, and comments made by well known figures in poetic circles. Once this literary genre was transplanted to Japan, the subject matter was considerably expanded.

2. Haiku is a form of Japanese *shiwa*.

3. *Lushi* are a type of classical Chinese poem, with each stanza containing eight lines with five (*wulu*) or seven (*qilu*) characters to a line. Very strict rules govern the rhymes, tonal patterns, and antithetical phrases in this form of poetry.

4. *Jueju* is a form of classical Chinese poetry written in four lines with five (*wujue*) or seven characters (*qijue*) to a line. It is characterized by very strict tonal patterns and rhyme schemes.

5. *Jueju and pailu* are two of the basic forms of classical Chinese poetry. *Juelu* poems have eight lines to a stanza, each line containing five or seven characters, and a strict tonal pattern or scheme. A poem with an unlimiated

number of lines to a stanza is known as a *pailu* poem

6. *Gufeng* or *quti* are to names applied to poetry composed in the pre-Tang period. Such poems usually have five or seven characters to a line, an unlimited number of lines, and no strict tonal patterns and rhyme scheme. Jinti or "modern style poetry " refers to the classical poetic form that resulted from innovations in classical poetry during the Tang dynasty. Such poems have a strict tonal pattern and rhyme scheme.

7. The former seven literary luminaries who flourished between 1488 and 1520 were Li Mengyang, He Jingming, Xu Zhenqing, Bian Gong , Kang Hai, Wang Jiusi, and Wang Tinxiang. The later seven literary celebrities who flourish from 1521 to 1573 were Li Panlong, Wang Shizhen, Xie zhen, Zong Chen, Liang youyu, xu zhongxing, and Wu Guolun.

8. *Siuyuan shihua*, a Chinese *shihua* work written by Yuan Mei (1716-98).

9. Yan Yu, a well-known literary critic of the southern Song dynasty.

——Translated by Huang WeiWei
and Xiao Hongsen from
Literary Criticism, 1992, No.5
Revised by Huang Jue and Su Xuetao